CRIME NA ALTA SOCIEDADE

JESSICA FELLOWES

CRIME NA ALTA SOCIEDADE:
AS IRMÃS MITFORD INVESTIGAM

Tradução de
Carolina Simmer

1ª edição

EDITORA RECORD
RIO DE JANEIRO • SÃO PAULO
2023

CIP-BRASIL. CATALOGAÇÃO NA PUBLICAÇÃO
SINDICATO NACIONAL DOS EDITORES DE LIVROS, RJ

F37c
    Fellowes, Jessica, 1974-
        Crime na alta sociedade: as irmãs Mitford investigam / Jessica Fellowes; tradução Carolina Simmer. – 1ª ed. – Rio de Janeiro: Record, 2023.
        ;23cm   (As irmãs Mitford investigam; 2)

        Tradução de: *Bright young dead*
        Sequência de: O assassinato no trem: as irmãs Mitford investigam
        ISBN 978-65-55-87324-5

        1. Ficção inglesa. I. Simmer, Carolina. II. Título. III. Série.

21-72825   CDD: 823
                            CDU: 82-3(410.1)

Meri Gleice Rodrigues de Souza – Bibliotecária – CRB-7/6439

Copyright © Little, Brown Book Group Ltd 2017

Publicado originalmente na Grã-Bretanha em 2017, por Sphere, um selo da Little, Brown Book Group

Texto revisado segundo o novo Acordo Ortográfico da Língua Portuguesa.

Todos os direitos reservados. Proibida a reprodução, no todo ou em parte, através de quaisquer meios. Os direitos morais da autora foram assegurados.

Direitos exclusivos de publicação em língua portuguesa somente para o Brasil adquiridos pela
EDITORA RECORD LTDA.
Rua Argentina, 171 – Rio de Janeiro, RJ – 20921-380 – Tel.: (21) 2585-2000,
que se reserva a propriedade literária desta tradução.

Impresso no Brasil

ISBN 978-65-55-87324-5

Seja um leitor preferencial Record.
Cadastre-se no site www.record.com.br
e receba informações sobre nossos
lançamentos e nossas promoções.

Atendimento e venda direta ao leitor:
sac@record.com.br

PARA SIMON

CAPÍTULO UM

1925

Na vida de toda criança há um momento que marca, de maneira definitiva, a transição para a vida adulta. Esse momento ainda não havia chegado para Pamela Mitford, que estava irritada e tremendo nos degraus da entrada de uma casa estreita em Mayfair. A noite estava fria, mas era o nervosismo que a fazia tremer. Ao seu lado estava Louisa Cannon, totalmente ciente de que Pamela, com seus cabelos louros, seria uma presa fácil no covil no qual estavam prestes a entrar.

— Peça a Koko que venha me buscar — disse Pam, de costas para a porta. — Não quero que você me acompanhe. Vou parecer uma criança com você a tiracolo.

— Não tenho escolha. Prometi à sua mãe que acompanharia você. Além do mais, ninguém aqui sabe que sou sua ama — respondeu Louisa pela enésima vez.

A viagem da mansão Asthall, em Oxfordshire, até Londres havia sido longa, apesar de o trajeto de trem ser familiar e de um táxi ter parado na estação Paddington quase no mesmo instante em que colocaram os pés na rua.

— Por favor. Vá buscar Koko.

Koko era Nancy, a mais velha das seis irmãs Mitford e de seu único irmão. Fazia cinco anos que Louisa trabalhava para a família, e era capaz de recitar os apelidos de cada um como se estivesse numa prova oral de francês. Com relutância, Louisa tocou a campainha, e a porta foi aberta quase no mesmo instante por uma jovem muito parecida com ela. As duas tinham praticamente a mesma altura, o mesmo tom de castanho-claro do cabelo, apesar de o dela estar preso sob uma touca, e o mesmo estilo de vestido, que parecia ser de boa qualidade, mas era velho, provavelmente por ter sido uma doação, assim como o de Louisa já fora um dia de Nancy. Estava de cara lavada e parecia cansada, mas as sardas em seu nariz de algum modo a deixavam com um aspecto revigorado. Ela fitou as costas de Pamela, e as duas criadas trocaram um olhar, constatando que estavam no mesmo barco.

— Boa noite — disse Louisa. — Por favor, poderia me informar se a Srta. Nancy Mitford está?

A criada parecia prestes a cair na gargalhada.

— Primeiro, preciso saber quem está perguntando — disse ela com um sotaque típico da região ao sul do rio.

— É a Srta. Pamela, irmã dela — respondeu Louisa. — Ela não quer entrar comigo, e não devo deixá-la entrar sozinha. Posso entrar e falar com a Srta. Nancy?

Ela concordou com a cabeça, abrindo mais a porta.

— Venha comigo.

No corredor, a moça apontou para uma porta e entrou em outra. Louisa achou estranho não ser levada ao cômodo de maneira mais formal, porém logo compreendeu o porquê. Em uma sala de estar pouco iluminada, duas poltronas grandes e antigas encaravam uma lareira acesa, que crepitava e faiscava. De cada uma, havia um braço longo e fino esticado na direção do outro. O primeiro, feminino, estava coberto por uma luva de seda preta até o cotovelo; o outro, masculino, tinha o pulso oculto pelo punho branco e engomado de uma camisa e pela manga de um paletó, a mão completamente desnuda exceto por um pesado anel de sinete de ouro. Os dois estavam com os dedos entrelaçados em uma brincadeira, como em um show de marionetes, a mão masculina se impulsionando e desviando, e a feminina levemente o cutucando e fugindo, permitindo-se ser facilmente capturada de novo.

Louisa assistia à cena por algum tempo quando a cabeça da pessoa a quem pertencia a mão enluvada espiou pela lateral da poltrona. O choque causado pelo corte chanel de Nancy passara, e, agora, Louisa conseguia admirá-lo. O rosto da jovem não exibia uma beleza convencional, mas tinha seu charme, com lábios em forma de coração, como os críticos de cinema descreveriam, pintados de vermelho-escuro, um nariz arrebitado e grandes olhos redondos que estavam semicerrados agora, focados em sua ex-ama. Louisa exibiu o típico misto de afeto e irritação.

— Com licença, Srta. Nancy — disse Louisa. — Vim avisar que Srta. Pamela chegou.

Diante dessa informação, o rapaz se virou. Seu rosto era anguloso, e o cabelo estava tão grudado e esticado na cabeça que parecia uma placa de ouro cobrindo seu crânio. Sebastian Atlas. Ele havia visitado Nancy na mansão Asthall algumas vezes, apesar de lorde Redesdale ficar vermelho de raiva sempre que o via, para a alegria da filha e o desgosto de lady Redesdale, que expressava suas emoções de forma mais discreta. Se lorde Redesdale emanava ardor e fúria, lady Redesdale transmitia frieza e ira.

— Bem, então por que ela ainda não entrou? — perguntou Sebastian, falando arrastado e afastando os dedos de Nancy com um peteleco antes de se afundar de novo na poltrona. Ele esticou a outra mão para pegar um copo de uísque.

Nancy soltou um suspiro dramático e se levantou. Então ajeitou o vestido de seda plissado, cuja barra caía pesada com centenas de miçangas minúsculas que formavam uma estampa em zigue-zague preto e branco. Aquele era seu traje mais elegante, quiçá o único da moda, e usado com uma frequência que levava a babá Blor à loucura.

— Sinto muito, Srta. Nancy — disse Louisa, imediatamente decidindo adotar o pronome de tratamento, embora as duas tivessem abandonado o hábito fazia tempo. — Mas a Srta. Pamela não quer que eu suba. Ela acha que parece infantil estar acompanhada da ama.

Um resquício do velho olhar de Nancy surgiu, e ela abriu um meio sorriso para Louisa.

— Que tolinha — disse ela. — Acompanhantes estão praticamente na moda de novo, mas ela não teria como saber.

Nancy havia sugerido aos pais que Pamela viesse a Londres para acompanhá-la em algumas festas e fazer amizades, e assim poder convidar as pessoas para seu baile de aniversário no mês seguinte.

— Caso contrário — explicara Nancy —, teremos de chamar um bando de gente para a festa de uma desconhecida no meio do nada, e todo mundo vai achar que estamos desesperados. As coisas não são mais como antes. Estamos em 1925, papai.

— Não sei que diferença faz o ano — rebatera lorde Redesdale, seco.

— Faz toda diferença. Nós precisamos estar com as pessoas certas. Não se pode aparecer em qualquer eventinho.

Em segredo, Nancy explicara a Louisa que isso não era totalmente verdade. "As pessoas" adoravam participar de todo e qualquer evento em que o vinho corresse solto e houvesse a promessa de danças animadas; estavam cientes de que eram as estrelas de qualquer festa e de que todos os outros convidados ficariam na sombra de seu brilho resplandecente. Louisa sabia que o aniversário poderia ser de Pamela, mas Nancy tinha planos para transformar o evento em sua própria festa.

O objetivo daquela noite específica era um jantar na casa de lady Curtis, mãe de Adrian e Charlotte. Nancy conhecera Adrian através de Sebastian, durante o verão na Eights Week em Oxford; a regata anual era o único momento em que as mulheres eram convidadas para jantar dentro dos muros de pedra amarela da universidade. Ela havia aprendido a tocar ukulele alguns meses antes e tinha dito a Louisa que enfeitiçara os homens com o som, como se fosse uma encantadora de serpentes em Marraquexe.

Após buscar Pamela na porta, as três entraram juntas no hall da casa. A criada havia desaparecido, mas dava para ouvir dali o som de jazz de um gramofone que vinha do andar de cima.

— Você tem que vir mesmo? — sussurrou Pamela para Louisa enquanto subiam a escada estreita devagar, a irmã mais velha guiando o caminho. — Afinal, estou com Nancy.

— Eu prometi a lady Redesdale — lembrou Louisa.

Ela se sentia mal pela tarefa que tinha de cumprir. Mais cedo, ouvira Pamela chorando baixinho no banheiro antes de finalmente sair segurando um botão que se soltara do fecho da saia. A jovem não tinha feito nenhum comentário, apenas entregou-o a Louisa, que também permaneceu em silêncio enquanto pegava linha e agulha e o prendia de volta, parada diante da menina que chorava de soluçar.

Conforme as três subiam, Louisa se preparou para o que estava por vir. Os vislumbres que tivera dos amigos de Nancy em Asthall não eram o mesmo que vê-los em seu hábitat natural, livres para curtir a vida no estilo Nova Era. Entrar no salão era como mergulhar nas páginas de fofoca da revista *Tatler*, só que ao vivo e a cores. Os olhos de Louisa demoraram um instante para se ajustar ao ver os borrões de rapazes e moças agrupados, seus traços ao mesmo tempo suavizados e destacados pelas labaredas tremeluzentes da lareira e pelos abajures Tiffany espalhados pelo cômodo. Seu olhar absorvia todos os detalhes: uma mancha de batom vermelho em um copo vazio, cigarros em piteiras compridas que ameaçavam queimar o cabelo de qualquer um que estivesse parado por perto, faixas de cabeça enfeitadas com penas elaboradas e meias roxas chamativas que ficavam à mostra quando um homem cruzava as pernas. Pamela foi engolida pela multidão, como Jonas pela baleia, assim Louisa foi em busca de uma cadeira próxima à parede, onde poderia se sentar e observar Pamela e os amigos de Nancy.

Parado diante de uma enorme lareira, apoiando a ponta dos dedos na cornija para se equilibrar, estava Adrian, com o copo levantado para receber mais uísque, obviamente ignorando o rapaz que o servia. Louisa o reconheceu pelas fotos que via nos jornais, em geral junto a uma manchete polêmica sobre as estripulias dos jovens aristocratas de Londres, e também pelas descrições de Nancy. Sua voz grave foi uma surpresa; ela não parecia pertencer àquele corpo, esguio como o de uma cobra. O cabelo escuro e ondulado não tinha sido totalmente domado pela pomada que aplicara, e os olhos azul-claros, apesar de inexpressivos, se focaram na clavícula de Nancy conforme ela se aproximava. Sua gravata-borboleta estava desfeita, e havia uma mancha em sua camisa, causada por uma bebida ingerida de forma displicente. Louisa sabia que Adrian era considerado um grande partido — se ele fosse à festa de Pamela, seria a peça decisiva para convencer todos os outros a aceitarem o convite.

— Quem você trouxe para mim, querida? — perguntou ele, falando com Nancy, mas olhando diretamente para sua irmã mais nova. — Ela parece um cordeirinho pronto para o abate, pobrezinha.

Ele riu e virou a bebida toda em um só gole.

— Esta é Pamela — disse Nancy. — Ela só tem dezessete anos, então é mesmo um cordeirinho. Seja gentil, A.

Ela lançou um olhar para ele que Louisa sabia que queria dizer o contrário.

Pamela estendeu uma das mãos e disse com a maior maturidade que era capaz de expressar:

— Como vai, Sr. Curtis?

Ele caiu na gargalhada.

— Que antiquada — disse ele, afastando a mão. — Nós não falamos assim, minha querida. Pode me chamar de Adrian. O que você quer beber?

Ele se virou para cutucar o ombro do homem que servia o uísque, mas foi interrompido pelo grunhido de uma mulher sentada em uma cadeira próxima. Os cachos dela eram indefinidos, tendo recebido permissão para crescer e se avolumar, e, apesar de seus olhos serem castanhos, não azuis, seus lábios amuados eram muito parecidos com os do rapaz. Ela também era magra, com maçãs do rosto que atestavam séculos de reprodução seletiva.

— Por favor, ignore meu irmão — disse ela. — Ele é enfadonho e extremamente grosseiro. Sou Charlotte, a propósito.

— Sou Pamela. — Ela não acrescentou mais nenhuma informação e ficou parada em silêncio.

Com exceção de alguns meses na França, Pamela passou a vida inteira na ala das crianças da mansão, na companhia do irmão e das irmãs, ou da babá e de Louisa. Ela estava navegando em águas desconhecidas.

— Venha, sente-se aqui — convidou Charlotte enquanto se levantava da cadeira e pegava duas bebidas de uma bandeja, entregando uma a Pamela. Ela lhe agradeceu e tomou um gole, mas acabou cuspindo e, quando esfregou o dorso da mão na boca, borrou o batom que tinha passado no táxi.

— Ah, que droga! — exclamou ela, fazendo Charlotte soltar um risinho abafado.

— Você é uma graça — disse Charlotte. — Venha, tenho um lenço, vamos limpar você. Admita, é uma situação engraçada.

Pamela concordou com a cabeça, aliviada, rindo de si mesma.

Antes de terminar de limpar o rosto de Pamela, porém, Charlotte parou e encarou Nancy. Louisa viu que ela dava corda em um relógio sobre a cornija da lareira.

— Ele parou de funcionar? — perguntou Charlotte.

Nancy fez uma pausa e deu uma piscadinha exagerada.

— Hora da festa — disse ela. — Sempre atraso os relógios em meia hora para nos dar mais tempo.

— Que engraçado — comentou Charlotte e continuou o que estava fazendo.

Louisa desviou o olhar das duas e ficou feliz ao ver Clara Fischer atravessando a sala. Clara, a quem os Mitford se referiam como "a americana", tinha quase vinte e um anos, praticamente a idade de Nancy, mas era muito mais afetuosa com Pamela. As duas tinham passado algum tempo juntas em Asthall, brincando com os cachorros, conversando sobre os vários atributos caninos e o desejo que compartilhavam de que os animais fossem capazes de falar, especulando sobre o que diriam. Clara era honesta e muito bonita, com o cabelo louro ondulado em cachos perfeitos e lábios carnudos, cor--de-rosa. Ela sempre usava cores claras e tecidos delicados e finos, o que a fazia parecer que estava embrulhada para presente.

Ela se aproximou de Pamela.

— Olá... Não sabia que você viria hoje.

— Quase não vim — disse Pam. — Papai não gostou muito da ideia.

— Imagino que ele não tenha gostado mesmo. — Clara abriu um sorriso irônico. — Não posso culpá-lo. São todos um bando de libertinos.

Pamela olhou ao redor.

— Eles não parecem tão ruins assim.

— Não se deixe enganar. Agora, abra espaço para que eu possa me sentar.

— Clara — disse Charlotte com uma voz pouco amigável. — Você viu o Ted? Ele vive sumindo para falar com aquela chata da Dolly no telefone, não é?

— Pois é. Ele está bem ali. — Clara olhou em direção à lareira, erguendo uma sobrancelha perfeitamente desenhada. — O que será que aqueles três estão tramando?

Ao lado de Nancy estavam Adrian e outro homem mais baixo e taciturno, com um queixo proeminente e olhos tão fundos que quase desapareciam em seu rosto. Clara e Charlotte o chamaram de Ted, porém Louisa o reconhecia dos jornais como lorde de Clifford. O trio parecia ligeiramente desorientado, sem conseguir terminar uma frase sem soltar uma gargalhada. Nancy deve ter sentido que estavam sendo observados, porque se virou e acenou.

— Venham até aqui — chamou ela. — Estamos planejando algo sensacional.

Charlotte se aproximou, apesar de o passo lento entregar sua relutância; Clara a seguiu, mas então se virou para chamar Pamela.

— Ela chamou você também.

— Atenção, pessoal — disse Adrian. Sua voz ressoou alto, e, diante daquela instrução, Sebastian se materializou ao lado de Charlotte, ajeitando a postura. Ele parecia entediado, porém Louisa sabia que aquela era sua atitude de praxe quando estava entre Nancy e os amigos dela. Ela se levantou para ouvir enquanto o grupo formava um semicírculo em torno da lareira. A voz de Adrian não diminuiu o volume, porém se tornou mais lenta e arrastada, como um vinil tocado na velocidade errada. — Ted teve uma ideia genial. Vamos fazer uma caça ao tesouro.

— Como assim, *agora*? — A boca de Charlotte assumiu um aspecto ainda mais amuado. — Não sei por que você insiste em se comportar como aqueles estúpidos...

— Não, não *agora* — explicou Adrian. — Esse tipo de coisa precisa de planejamento. Vai ser na festa de Pamela, no mês que vem.

Ele abriu um sorriso enorme e jogou as mãos para cima, como um apresentador de circo que acaba de anunciar que os tigres farão uma aparição após o espetáculo de acrobacia aérea.

Pamela empalideceu.

— Ah, acho que papai não...

— Fique quieta, mulher. — Louisa se retraiu ao escutar Nancy usar o apelido cruel, que foi inventado anos antes para provocar Pamela por ter um corpo prematuramente maduro. — Ele não precisa saber. Vamos esperar até os velhos dormirem. Aí podemos aproveitar a casa inteira, talvez até o vilarejo, se quisermos.

— Melhor não corrermos o risco de ter um jornalista ridículo nos seguindo — disse Sebastian, encontrando o olhar de Ted.

Os jornais adoravam quando um jovem aristocrata era visto participando das estripulias loucas que faziam parte das caças ao tesouro londrinas. Não que eles se incomodassem: Louisa ficou sabendo que uma vez o próprio lorde Rothermere enviara uma pista para o jornal *The Evening Standard*.

Clara bateu palmas.

— Isso quer dizer que vai ser no campo? Ah, vai estar um breu, e vamos morrer de medo! Essa ideia é simplesmente perfeita.

— Sim — concordou Adrian —, e Nancy disse que do outro lado do muro do jardim tem um cemitério. — Ele soltou uma risadinha e cambaleou ligeiramente para trás, antes de se empertigar de novo. Nancy riu.

— E também não vamos precisar de carros para nos deslocar. Podemos fazer tudo a pé. Cada um vai escrever uma charada, e a resposta será um objeto que todos conhecem. Se todo mundo concordar, podemos trabalhar em duplas.

Uma forma inteligente de garantir que a presença de todos já estivesse confirmada, pensou Louisa.

— E quem será o vencedor? — perguntou Clara.

— O último sobrevivente, é lógico — respondeu Adrian.

E foi assim que Adrian Curtis, aos vinte e dois anos, planejou sua própria morte três semanas depois.

CAPÍTULO DOIS

Guy Sullivan estava na recepção desde as oito da manhã e já tinha lidado com exatamente três casos: uma senhora idosa que fora agradecer ao jovem sargento gentil que a ajudara a resgatar seu gatinho Tibbles do telhado no dia anterior; um homem preso por embriaguez e baderna, que agora dormia em uma das celas; e um anel de ouro que havia sido encontrado na calçada da Golden Square, fato bastante curioso. Guy tinha sido cuidadoso ao anotar o recado, a queixa e a declaração de achados e perdidos, assinando e arquivando cada registro, e agora estava ali na recepção, tentando manter a postura ereta e não bocejar pela quinta vez. Eram dez e meia da manhã, e ainda precisaria esperar pelo menos duas horas para almoçar e sete para ir embora para casa. Ele não queria desdenhar do cargo que ocupava, afinal, o sonho dele não era se tornar sargento da Polícia Metropolitana de Londres? Ele ainda sentia orgulho ao polir o distintivo em seu capacete, e mantinha suas botas com um brilho reluzente, porém, às vezes, era difícil determinar sua função ali ou o que poderia fazer para progredir na carreira. Fazia quase três anos que Guy era policial — isto é, um policial *de verdade*, não apenas parte da força policial ferroviária, como antes —, e ele queria saber quando poderia pensar em se candidatar a uma promoção para detetive.

Tendo esse objetivo em mente, ele havia tentado conversar com seu superior, o inspetor Cornish, mas dera com os burros n'água antes mesmo de começar a falar. Cornish ficou muito feliz em lembrar ao jovem sargento que ele trabalhava para a melhor força policial do mundo e que, se quisesse ser promovido, teria de apresentar uma boa justificativa para merecer essa honra, e isso não ia acontecer se ele ficasse parado, esperando as recompensas caírem no seu colo. Porém, enquanto continuasse trabalhando dentro da delegacia, como tinha feito nos últimos sete meses, Guy não sabia como conseguiria mostrar iniciativa. Os policiais que traziam "casos" para serem registrados na recepção não queriam que ele interferisse em suas investigações, e qualquer um que aparecesse na delegacia por conta própria precisava ser direcionado a outro sargento, já que Guy não tinha permissão para abandonar seu posto.

Guy ajeitou o cabelo e limpou as lentes dos óculos pela milésima vez naquela manhã. Ele se perguntou se sua visão — ruim o suficiente para que não lhe permitissem lutar na guerra — seria a verdadeira razão para o chefe não lhe designar casos importantes. Os colegas tiraram sarro da cara de Guy por ele não conseguir reconhecer um rosto familiar quando, em uma manhã, o inspetor-chefe da delegacia apareceu no trabalho sem o uniforme e Guy não o cumprimentou. Ele havia tentado argumentar que o problema não tinha sido sua visão ruim, e sim o fato de que não estava acostumado a vê-lo sem a farda, o que só havia colocado mais lenha na fogueira. Como, então, Guy seria capaz de capturar um criminoso conhecido se o sujeito estivesse disfarçado?, zombaram os colegas. Cornish, que havia escutado a arruaça, perguntou o que estava acontecendo, e, desde aquele dia, Guy não participava mais das patrulhas. Pelo menos, era isso o que parecia.

Enquanto decidia se organizava as correspondências do dia por ordem alfabética ou regava a planta que ficava na entrada, Guy focou sua atenção em uma moça fardada que se aproximava da recepção. Aquela visão não era muito comum. Os boatos diziam que havia apenas cerca de cinquenta delas em toda a força policial. Dois anos antes, policiais mulheres receberam permissão para dar ordem de prisão, algo que causara uma comoção entre os homens. Mesmo assim, na maioria das vezes elas eram designadas aos casos mais tranquilos, como resgate de crianças ou gatos perdidos. Guy tivera pouquíssimas oportunidades de falar com uma delas. Ele já havia visto aquela uma ou duas vezes antes, e com certeza tinha reparado em seu lindo sorriso, porém a coisa mais notável nela hoje era o garoto que trazia pela orelha, se contorcendo todo. Ela marchou até a mesa de Guy e parou diante dele, sua respiração pesada, parecendo furiosamente determinada e orgulhosa de si ao mesmo tempo.

— Peguei este aqui roubando maçãs de um carrinho de mão no St. James's Market — explicou ela com a determinação que Guy sabia querer sugerir que costumava trazer criminosos perigosos para a delegacia de Vine Street com frequência.

Ele decidiu seguir sua deixa.

— E aposto que não é a primeira vez que ele faz isso, não é?

A policial abriu um sorriso de gratidão.

— Não. Com certeza, não é. — Sua respiração se tornou menos pesada, apesar de ela não soltar a orelha do garoto. Ele, que parecia ter cerca de quatorze anos, era pequeno para a idade e magricela, mas poderia facilmente ter escapado. Era provável que estivesse animado com a possibilidade de dormir em uma cela, onde lhe dariam pão e sopa. — Acredito que seja melhor anotarmos os dados dele antes de conversarmos com o superintendente sobre quais providências tomar.

— Pois não, policial — disse Guy, fazendo-a sorrir novamente, algo que ele gostou bastante.

Guy, sentindo-se orgulhoso, empertigou o corpo alto e magro, como um gato exibido. Louisa Cannon tinha sido a última moça a lhe causar esse efeito, e ele balançou a cabeça diante do pensamento. Voltando a se concentrar no trabalho, Guy anotou o nome e o endereço do garoto, provavelmente inventados, e chamou outro policial para acompanhá-lo à cela. A mulher foi dispensada assim que ele chegou, e Guy notou o desânimo na expressão dela.

— A senhorita fez um bom trabalho — disse ele. — Já prendeu alguém hoje, e ainda nem deu a hora do almoço.

— É, tem razão — comentou ela com pesar. Guy observou sua figura elegante, com uma farda passada à perfeição, as pernas magras destoando das botas pretas brutas com cadarços. Ela olhou ao redor, para se certificar de que ninguém a escutaria. — É só que...

— O quê?

— Nunca faço nada importante. Trabalho policial de verdade, sabe? Pensei que me deixariam acompanhar o menino até a cela, mas imagino que vão liberá-lo hoje à tarde, não é?

Guy deu de ombros, decidindo que não deveria tratá-la como se fosse boba.

— Sim — admitiu ele —, é bem provável. Não temos provas suficientes para incriminá-lo. Mas a senhorita fez a coisa certa. Tenho certeza de que, na próxima vez, ele vai pensar duas vezes.

— Sim, talvez. Obrigada. — Ela se empertigou, como se estivesse prestes a ir embora, mas então se voltou para Guy de novo. — Aliás, qual é o seu nome?

— Sou o sargento Sullivan — respondeu ele. E então, em um tom mais brando: — Mas pode me chamar de Guy.

— Farei isso — disse a moça —, se você me chamar de Mary. Sou a policial Moon.

— Mary Moon?

— Sim, mas nem tente fazer piada com meu nome. Já ouvi de tudo o que você pode imaginar, até o inimaginável.

Os dois estavam rindo quando outro sargento se aproximou da recepção, desta vez pelo lado de Guy.

— Se vocês dois não tiverem nada melhor para fazer além de ficar rindo, podem se encaminhar para a sala de reuniões. Cornish convocou todo mundo que não esteja fazendo patrulha hoje. — Então ele foi embora para intimidar outra pessoa.

Mary ficou ainda mais radiante diante dessa informação, e no mesmo instante foi em direção à sala de reuniões, mas então parou e olhou para trás.

— Você não vem?

— Não posso — respondeu Guy. — Não tenho permissão para abandonar a recepção.

— Nem por cinco minutos?

Ele fez que não com a cabeça, sentindo-se um tolo.

Mary voltou.

— Que tal fazermos o seguinte? Você vai, e eu fico aqui. Tenho certeza de que consigo lidar com a recepção por um tempinho.

— Mas e...?

— Ninguém vai deixar que eu faça nada útil, de qualquer jeito. Você vai e depois me conta como foi.

Guy tentou hesitar por mais alguns instantes, para deixar evidente que ela não precisava ajudá-lo se não quisesse, mas não conseguiu. Ele estava doido por uma oportunidade daquelas.

A sala de reuniões estava abarrotada, o inspetor Cornish tinha se posicionado à frente de todos e já falava com os policiais entusiasmados. Guy entrou de fininho e encostou-se à parede, estava praticamente de orelhas em pé na ânsia por escutar tudo. Cornish era conhecido por ser intimidador, mas seus métodos eram eficientes, fazendo muitos tolerarem seus modos grosseiros, acreditando serem produtivos para o trabalho. "Se você não aguenta a barra, por que veio trabalhar na polícia?" era uma pergunta que Guy já ouvira algumas vezes, apesar de nunca ter sido direcionada a ele, felizmente. O terno de Cornish era feito sob medida, algo além do esperado para alguém naquele cargo, e sabia-se que ele dirigia um belo Chrysler novo, que também parecia um pouco discrepante para o salário que recebia. Havia boatos sobre subornos e propinas, mas nunca nenhuma prova foi encontrada, e Guy sempre via as pessoas relatando esses rumores com indiferença, com um ar de "por que não?" que sempre lhe parecia muito deprimente. Porém, após três anos trabalhando para a polícia de Londres, ele não tinha mais muita esperança na humanidade.

— Muitos de vocês acham que Natal significa um homem gordo descendo pela chaminé para lhes dar luvas — berrava Cornish — ou um peru extra grande recheado para o Pequeno Tim — ele fez uma pausa para rir da própria zombaria —, mas, para esses vagabundos aí fora, o Natal é a época de roubar, não de presentear. E eles não esperam nem a primeira janelinha do Calendário do Advento ser aberta. — Alguns policiais soltaram risadinhas educadas, como se incentivassem um comediante em sua noite de estreia. — Pois bem, temos motivos para acreditar que a Srta. Alice Diamond e suas Quarenta Ladras estão operando com força total na Oxford Street, na Regent Street e na Bond Street. Nos últimos dois anos ela sentiu nossa pressão e atuou em províncias e cidades menores. Mas parece que ela resolveu voltar para casa no Natal, e precisamos intensificar nossa operação para prendê-la desta vez. Então quero o maior número possível de homens na rua, me passando um relatório no fim de todos os turnos. Entenderam? — Ele direcionou um olhar lascivo para a multidão. — Ótimo. Façam uma fila, e o sargento Cluttock vai lhes passar suas posições. Vocês terão de trabalhar em duplas e à paisana. — Dando uma última encarada nos homens empertigados, ele saiu da sala.

Guy olhou ao redor, desanimado. As duplas se formavam rapidamente, às vezes com uma simples piscadinha ou um aceno de cabeça para firmar a parceria. Guy sentiu uma pontada de saudade de seu ex-parceiro, Harry, mas, apesar de o amigo ter continuado trabalhando para a polícia ferroviária de Londres, Brighton e Costa Sul depois da transferência de Guy para a polícia metropolitana, ele pedira demissão alguns meses atrás para virar músico e tocar nas novas boates de jazz que abriam pela cidade. Guy até tinha amigos na delegacia, ou pelo menos conhecidos de quem gostava, mas aquilo não se tratava de encontrar alguém legal para dividir uma mesa no refeitório enquanto devoravam o prato-feito. A questão ali era encontrar alguém que o ajudaria a chamar atenção de Cornish, um parceiro que lhe traria prestígio, elogios e uma promoção. Os sete meses na recepção não ajudavam Guy na imagem de policial bem-sucedido que investigava e perseguia suspeitos. Ele ficou observando, paralisado, enquanto a sala se esvaziava em duplas, como animais embarcando de forma triunfal na arca de Noé. Por fim, quando a última dupla foi embora, parecendo duas hienas risonhas, o sargento Cluttock começou a ajeitar seus papéis e se aprontar para sair. Guy se aproximou da mesa e começou a falar, apesar de sua boca estar seca e sua voz soar como um grasnido:

— Senhor, com licença.

Cluttock o encarou, seu bigode brilhava.

— O quê?

— Posso receber uma tarefa, senhor?

Cluttock moveu a cabeça de forma exagerada, virando-a para os quatro cantos da sala.

— Não estou vendo mais ninguém aqui. Você ouviu o que o chefe disse. Todos devem trabalhar em duplas.

— Sim, senhor. Eu tenho uma dupla, mas ela... — Guy se interrompeu e pensou rápido, levando menos de uma fração de segundo para se decidir. — A pessoa está cumprindo outra tarefa agora. Mas já vai voltar, e poderemos sair para a patrulha depois.

— Nome?

— O meu, senhor?

— Não, o do engraxate do rei da Inglaterra. Sim, o *seu* nome.

— Sargento Sullivan, senhor. Policial Moon é minha dupla.

Cluttock olhou para a lista em suas mãos.

— Vocês podem ficar com a Great Marlborough Street. As lojas por lá são menores, provavelmente não serão atacadas, mas nunca se sabe. Estejam de volta às seis em ponto. Anote qualquer atividade estranha e converse com as lojistas, é óbvio. Você sabe como proceder. — Ele ergueu uma sobrancelha e encarou Guy. — Você *sabe* como proceder, não sabe?

— Ah, sim, senhor. Muito obrigado, senhor. — Guy sorria como se tivesse acabado de abrir a meia de Natal e encontrado moedas de ouro de verdade, em vez das de chocolate. Ele parou e percebeu que Cluttock o encarava. — É melhor eu ir, não é, senhor?

— Creio que sim, sargento Sullivan.

— É pra já, senhor.

Guy saiu correndo da sala de volta para a recepção.

Mary deu pulinhos de alegria quando Guy lhe contou a novidade.

— Você deu meu nome? — perguntou ela pela terceira vez. — E tem certeza de que ele não disse que eu não poderia ir?

Guy a tranquilizou de novo.

— Dei, sim. E não, ele não barrou você. Mas temos um problema.

— Qual?

— Eu ainda tenho de ficar na recepção.

— Bem... diga para a pessoa que organiza a escala que você recebeu uma tarefa especial. Eles vão ter de encontrar alguém para ficar no seu lugar. — Ela arregalou bem os olhos e uniu as mãos, como se rezasse. — Tente, por favor. Esta é minha única chance de provar que sou competente. *Preciso* disso.

Guy sabia muito bem como ela se sentia. Ele concordou com a cabeça e saiu apressado, antes que perdesse a coragem. Para sua feliz surpresa, seu superior concordou sem fazer muitas perguntas. A notícia sobre a necessidade de usar todos os policiais disponíveis para prender Alice Diamond e as Quarenta Ladras já devia ter se espalhado. Com uma velocidade impressionante, Guy e Mary foram para suas respectivas casas para trocar a farda por um disfarce e logo depois seguiram para a Great Marlborough Street, no rastro de uma das criminosas mais infames do país e sua gangue.

CAPÍTULO TRÊS

Depois da festa, Nancy, Pamela e Louisa voltaram para o apartamento de Iris Mitford, em Elvaston Place. Seu retorno tardio foi denunciado pela demora ao levantarem da cama na manhã seguinte e pelas respostas demoradas às perguntas de Iris durante um almoço tardio. Louisa ajudou as irmãs Mitford a arrumar as malas e as acompanhou até a estação Paddington, onde pegaram o trem para casa, pois queriam chegar a tempo do jantar. Então ela estava livre para o compromisso que marcara com a criada da festa da noite anterior, Dulcie Long.

Louisa tinha pedido uma folga para passar a noite em Londres, dizendo a lady Redesdale que pretendia visitar uma prima, quando, na verdade, ela não tinha parentes na cidade. Seu pai havia falecido muitos anos antes, a mãe fora morar em Suffolk, e seu tio Stephen nunca mais dera notícias após se alistar no Exército — o que foi um alívio. Ela era filha única e trabalhava desde que terminara a escola, aos quatorze anos. Depois que fora contratada pelos Mitford, se distanciando bastante de Peabody Estate, o conjunto habitacional onde havia crescido, perdeu contato com praticamente todo mundo. Sua amiga mais antiga, Jennie, frequentava meios sociais diferentes graças à sua beleza estonteante, mas, mesmo assim, Louisa sabia que a amiga ficaria feliz com um encontro das duas. Porém a oportunidade de juntar uma viagem a Londres com seu domingo de folga mensal era boa demais para ser desperdiçada. Mais do que qualquer outra coisa, ela desejava respirar o ar da cidade de novo. Após semanas de lama no interior, andar numa calçada tinha um efeito quase medicinal. A mistura rançosa de fumaça e fuligem podia aterrorizar os instintos bucólicos de lorde Redesdale, mas era tão prazeroso e nostálgico para Louisa quanto uma fatia do bolo de Guinness de sua mãe.

Em algum momento, tinha cogitado se encontrar com Guy Sullivan, mas não combinou nada com ele. Então, na casa da família Curtis, enquanto Nancy e Pamela iam jantar, sãs e salvas, ela começou a bater papo com a criada que as recebera à porta.

Talvez tenha sido o sotaque londrino da moça, que evocava um sentimento fraternal, ou a vaidade pelo fato de a jovem ser uma pessoa muito parecida com ela, mas o instinto de Louisa foi certeiro: Dulcie, assim como ela, trabalhava como criada e acompanhante de Srta. Charlotte. As duas compartilharam fofocas e histórias sobre as exigências e excentricidades de seus respectivos empregadores enquanto ajudavam a cozinheira com o jantar. E também chegaram à conclusão de que tinham passados semelhantes, cujos patrões desconheciam e não compreenderiam. Aquela conversa a fizera se sentir mais em casa do que a semana que ela tirava todo ano para passar na casa da mãe em Hadleigh.

Durante o bate-papo descontraído, elas combinaram de se encontrar na noite seguinte em frente aos leões da Trafalgar Square, às seis. O lugar foi proposto por Dulcie, e Louisa estava prestes a sugerir outro ponto de encontro, mas acabou se convencendo de que estava sendo boba. Ela tentou esquecer a lembrança da última vez em que estivera ali, com Nancy, pouco depois de saírem correndo de um baile no Savoy, com medo de um homem que poderia revelar o paradeiro de Louisa para seu tio Stephen. As duas tinham brigado porque Louisa tentara proibir Nancy de voltar à festa, mas, então, elas acabaram conhecendo um rapaz que alegara se chamar Roland Lucknor. E esse fora o começo de uma época muito turbulenta para os três, envolvendo Guy e o assassinato de uma enfermeira, Florence Nightingale Shore.

Apesar de Louisa gostar do trabalho na maior parte do tempo, nos anos seguintes ela acabou sentindo falta da amizade com Nancy e inveja de sua transição tranquila para a vida adulta. Nancy nem dormia mais na ala das crianças, tinha se mudado para a ala principal da casa, e passava os fins de semana com amigos em Oxford e Londres, e sempre voltava com histórias das peças que pregava e das festas que frequentava.

Louisa também não tinha visto mais Guy, apesar de trocarem correspondências. Ela gostava de suas cartas divertidas, nas quais ele descrevia as pessoas loucas, más e perigosas com quem cruzava agora que trabalhava para a polícia metropolitana. Ela percebia, através das entrelinhas, que aqueles encontros não seriam tão breves se ele fosse o encarregado pelas prisões, mas Guy jamais demonstrava sentir pena de si ao contar suas histórias, e ela achava isso admirável. Apesar de pouco emocionante.

Cerca de dez minutos depois das seis, Louisa esperava em frente aos leões de pedra com a melhor peça de seu guarda-roupa, um vestido azul-marinho, doação de Nancy que havia sido ajustado para suas medidas. Homens e mulheres elegantes passavam rápido, seguindo para seus compromissos noturnos, e Louisa começou a ficar inquieta, se perguntando se aquilo tinha sido mesmo uma boa ideia. Então Dulcie apareceu em uma esquina, acenando para atrair sua atenção.

— Desculpe o atraso — disse Dulcie, vindo correndo com um sorriso estampado no rosto. — Precisei ajudar *Madame* Charlotte a encontrar o broche de granada dela. Era o único que combinava, então tive de procurar... — As duas se entreolharam em reconhecimento e riram. Puxa vida, como era bom fazer algo assim. — Vamos pegar o ônibus trinta e seis — continuou Dulcie —, ele vai nos deixar num bar que eu costumava frequentar. Lá, podemos nos divertir, beber e dançar, que ninguém vai incomodar. Aqui é diferente, só tem gente esnobe e homens querendo pagar para olhar embaixo da nossa saia... Ah, você sabe do que eu estou falando. Vem comigo!

Ela começou a se afastar. Louisa respirou fundo e a seguiu.

CAPÍTULO QUATRO

Uma hora depois, as duas estavam sentadas a uma mesa no Elephant and Castle, em Southwark, na esquina de um cruzamento movimentado. Aquela parte de Londres ficava apenas do outro lado do rio Tâmisa, mas parecia pertencer a outro país. Havia poucos postes na rua, e esses ainda não tinham sido convertidos do gás para a eletricidade. Tudo parecia mais difícil, mais escuro, mais lento. Havia mais cavalos puxando carroças do que automóveis motorizados; crianças pequenas corriam pelas calçadas, esbarrando em pernas — e até passando no meio delas —, seus corpos velozes perseguidos por um "Ei!" raivoso. As mulheres andavam rápido ou, se estivessem paradas em um lugar esperando por um ônibus, tagarelavam umas com as outras com um sotaque que carregava nas vogais. Homens andavam a passos largos, determinados, com a cabeça baixa, cigarros no canto da boca. Ônibus passavam chacoalhando, apinhados até o teto, com pelo menos cinco coitados se agarrando de forma precária à barra no fundo do veículo.

O bar estava tão agitado quanto a rua lá fora, mas era bem iluminado. Os acabamentos em cobre brilhavam, e a madeira do balcão fora tão polida que reluzia. O carpete com estampa chamativa com certeza disfarçava uma imensidão de pecados do passado, porém, a olho nu, o estabelecimento parecia ser cuidado com esmero, e a mãe de Louisa diria que a clientela se vestia com pompa e circunstância. Havia poucos homens espalhados pelo lugar, senhores mais velhos, tomando sua cerveja ou jogando cartas sem fazer algazarra. O grupo em sua maioria era formado por mulheres, e Louisa notou, fascinada, que elas pagavam por suas próprias bebidas, às vezes várias de uma vez, e até viu uma jarra de cerveja ser comprada para um dos homens, que ergueu seu copo e assentiu com o queixo barbudo em agradecimento. As mulheres eram jovens, da idade de Louisa. Dava para ver que não eram de Mayfair — suas roupas não eram estilosas nem elegantes o suficiente para isso —, mas havia algo no porte delas que demonstrava um ar de confiança digno de esposa de milionário. Aquelas não eram moças oprimidas; eram moças que seguravam as rédeas da própria vida. Louisa não sabia como aquilo era possível, já que certamente tiveram a mesma vida difícil que as mulheres com quem ela cresceu.

Então uma das portas do bar foi aberta, e uma mulher entrou, fazendo uma pausa na soleira como se esperasse a barulheira no interior emudecer. Ela permaneceu ali por alguns segundos, depois as conversas foram retomadas, apesar de menos escandalosas do que antes. Dulcie deu uma leve cotovelada nas costelas de Louisa.

— Aquela é Alice Diamond — sussurrou ela com ar reverente. — Eu estava torcendo para que ela aparecesse hoje, mas não tinha nenhuma garantia.

Alice Diamond era tão alta quanto um homem, usava um casaco grosso de brocado e exibia um anel enorme de diamante em cada dedo. Seu cabelo era curto e ondulado, da cor do balcão de mogno do bar; o rosto, pálido; os traços bem marcados, com uma covinha no queixo e uma linha branca de cicatriz sob o olho esquerdo. Ela estava acompanhada de três mulheres que entraram lado a lado logo atrás, as damas de companhia eleitas com sua monarca.

— Quem é ela? — sussurrou Louisa de volta.

— A rainha — respondeu Dulcie, aumentando o tom de voz agora que o barulho ficava tão alto quantos antes. — É ela quem manda por aqui.

Louisa observou Alice se sentar à mesa que curiosamente permanecera vazia no canto do bar enquanto o restante do lugar lotava. Agora, Louisa entendia o motivo: aquele era o território de Alice. Duas das mulheres se sentaram também, enquanto a terceira foi ao balcão, empunhando uma nota de uma libra. Uma das mulheres era parruda, sem atrativos e com um olhar não muito amigável; a outra tinha um rosto inegavelmente bonito, com cílios longos e escuros, e um nariz delicado. Dulcie seguiu o olhar de Louisa e se inclinou para a frente de novo.

— Aquela é Carinha de Anjo, a tenente, se preferir. Não se deixe enganar pelo rosto bonito. Ela é a mais perigosa de todas. Foi presa por esfaquear outra mulher.

Quando uma jovem garçonete, tremendo, terminou de servir as bebidas para as três mulheres, elas beberam rápido, engolindo a cerveja nos intervalos das gargalhadas. Diante disso, Louisa praticamente conseguiu sentir cada pessoa no salão destrincando as mandíbulas de alívio. Hoje fora um dia proveitoso para Alice Diamond, e ela queria comemorar. O que significava que todos podiam entrar no clima.

— Ela é a rainha do quê, exatamente?

— Das Quarenta Ladras — disse Dulcie e limpou a espuma de cerveja do lábio superior. — As mulheres se autodenominam assim. E também temos os Elefantes, que são todos homens. Duas gangues diferentes, só que... não, se é que você me entende. Todo mundo mora a menos de um quilômetro daqui.

Louisa concordou com a cabeça. Os nomes soavam familiares, mas ela também quis que Dulcie acreditasse que aquela informação não a abalara, que talvez até fosse encarada como algo rotineiro. Ela não queria parecer impressionada ou ingênua.

— Já ouvi falar das Ladras — disse Louisa, cedendo à tentação de exagerar seu passado. Uma maneira estranha de se vangloriar. — Quando eu trabalhava com meu tio nas estações de trem, a gente sabia que era melhor ficar longe das lojas da Oxford Street.

Dulcie sorriu.

— Isso mesmo, mas elas tiveram de passar um tempo fora de Londres. Essa foi sua grande jogada, levar as Ladras para as províncias. Birmingham, Nottingham, Liverpool, lugares assim. Eu não gostei muito desses lugares... — Ela se interrompeu e fitou Louisa de esguelha.

— Você...?

Dulcie assentiu.

— Mas eu saí dessa vida. — Ela tomou um gole de cerveja. — Quer mais uma?

Louisa concordou com a cabeça e, enquanto Dulcie ia até o balcão, aproveitou para analisar o salão de novo. Era como se a chegada de Alice tivesse colocado as coisas sob uma nova perspectiva — tudo parecia mais nítido, mais claro. Agora, Louisa via que, apesar de Alice ser soberana de tudo, suas súditas — todas mulheres — também se beneficiavam do status dela. Algumas usavam casacos puídos nos cotovelos e botas que precisavam de solados novos, porém a maioria conseguiria facilmente se passar por clientes comuns e endinheiradas das grandes lojas da cidade. Uma ou duas até pareciam dignas de adentrarem a seção de casacos de pele da Harrods. Mais do que isso, havia algo em seu comportamento que sugeria que usavam aquelas roupas porque gostavam delas. A própria Louisa já não tinha colocado um vestido ou outro de Nancy em frente ao corpo, em um momento solitário diante do espelho, enquanto os tirava de uma pilha para remendá-los e lavá-los? Uma vez, segurara um deles na altura dos ombros, prendendo-o na cintura com um braço, e depois rodopiara. Com uma peça de seda, ninguém desconfiaria de que ela era apenas uma criada. Porém, ao escutar a Sra. Windsor se aproximando pelo corredor, ela tratou de pendurá-lo no braço, torcendo para o rubor em suas bochechas ter desaparecido depois de descer a escada e chegar à lavanderia.

Dulcie colocou as bebidas em cima da mesa.

— No que você está pensando?

— Ah. — Louisa balançou a cabeça. — Em nada. Só...

Ela foi interrompida por uma mulher que se aproximou de Dulcie e empurrou com força o ombro dela, forçando-a a se sentar no banco. O corte de seu cabelo grosso e escuro parecia mais um capacete do que um chanel, e a sombra em torno de sua mandíbula poderia ser confundida com uma barba. Ela emitiu um som que talvez fosse uma risada, mas soou como um rosnado.

— Quem é essa? — Ela apontou com o queixo para Louisa, que se retraiu. — Não permitimos a entrada de estranhos.

— Ela é uma de nós — disse Dulcie. — Não precisa se preocupar.

Louisa não sabia como se sentia em relação àquela declaração.

A mulher semicerrou os olhos.

— Recruta nova? Não fiquei sabendo disso.

— Não — disse Dulcie —, mas ela também é do ramo. Não vai dedurar ninguém.

— Hum. — A mulher pareceu satisfeita, ou talvez não estivesse a fim de brigar. Ainda era cedo. — É melhor que não dedure mesmo. Estamos de olho em você.

— Eu sei. — Dulcie abriu um sorrisinho. — Eu cumpri o prometido e dei as caras por aqui, não dei? Não fugi.

A moça corpulenta concordou com a cabeça antes de marchar para longe, retomando sua posição de cão de guarda, de costas para o bar, os cotovelos apoiados no balcão, tomando sua cerveja enquanto observava tudo.

— Sinto muito — disse Dulcie. — Nem sempre é tão estranho assim, mas estão em cima de mim, sabe?

— Por quê? — Louisa estava inquieta.

— Quero sair do bando. Minha irmã se casou e largou tudo, e elas estão com medo de que a gente dê com a língua nos dentes se eu fizer o mesmo. Então tentei fazer um acordo.

— Que tipo de acordo? — Louisa se empertigou.

— Preciso pagar para sair. Vai ser a última coisa que farei por elas, e aí posso ir embora. Na verdade, eu queria saber... — Dulcie a fitou com um olhar tímido.

Louisa ficou quieta. Ela desconfiava de que seria melhor não saber o que viria a seguir. Sua mente hesitava, mas seu coração batia acelerado, e o entusiasmo que brotava em seu peito era a melhor coisa que havia sentido em muito tempo.

— Eu queria saber se você pode me ajudar.

CAPÍTULO CINCO

Menos de um mês depois, os convites para o aniversário de Pamela tinham sido enviados para os amigos de Nancy, os jovens aristocratas mais famosos de Londres, e as confirmações de presença chegaram. A governanta, Sra. Windsor, havia contratado criados extras para a festa, e a cozinheira, Sra. Stobie, passara dias encomendando ingredientes e planejando o jantar, assim como o café da manhã que seria servido no fim do evento. Pam havia demonstrado bastante interesse por essa última parte dos preparativos, se esgueirando até a cozinha e implorando para mexer uma panela ou aprender a preparar uma massa.

Louisa e a babá Blor tentavam ao máximo esconder a agitação da festa das irmãs mais novas, que, se percebessem a movimentação, pediriam para descer e assistir à chegada dos convidados, como costumavam ter permissão de fazer. Hoje, estavam proibidas. Lorde Redesdale apareceu sem aviso na ala das crianças para instruir a babá de que suas filhas não deveriam nem ver de relance os amigos "calhordas" de Nancy.

— Se alguém aparecer com um pente no bolso da frente do paletó, papai vai ter um piripaque — disse Nancy, toda alegre, quando Louisa lhe contou sobre as instruções do patrão.

As meninas mais jovens — Debo, de cinco anos, Unity, de sete, e Jessica, de nove — foram facilmente distraídas por promessas de chocolate quente antes de dormir, mas Diana, de quase quinze, ficou indignada. Ainda bem que Tom continuava em Eton e só deveria voltar para casa para as férias de Natal, dali a duas semanas.

Hoje, o sentimento de expectativa aumentava conforme a lenha queimava provocando estalidos nas lareiras de ambos os lados do hall de entrada. As pinturas a óleo sóbrias foram enfeitadas com serpentina, e havia muitas velas acesas, antecipando o clima festivo. Afinal de contas, as festas de fim de ano estavam prestes a começar. Louisa, que fora recrutada para o evento, estava ao lado de duas outras criadas, todas segurando bandejas cheias de taças de champanhe. Lorde Redesdale andava de um lado para o outro perto da porta, impaciente, ao mesmo tempo que a esposa emitia barulhinhos irritados enquanto ajeitava os botões do vestido de Pamela. Nancy havia convencido os pais de que o debute da irmã deveria ser uma festa à fantasia, e, apesar de Pamela ter apoiado a ideia, agora que usava um vestido branco enorme e cheio de babados, que a fazia parecer — e se sentir como — um bolo de casamento, com uma peruca cheia de cachinhos, excessivamente quente e muito...

— Chega! — ralhou lady Redesdale. — Você só vai se divertir na festa se parar de pensar na sua aparência.

Nancy pegou uma taça da bandeja de Louisa, dando uma piscadinha. Ela estava vestida como uma condessa espanhola do século XVIII, com uma longa mantilha incrustada de pedras, o cabelo curto se espalhando por baixo de forma estranha. Sua blusa de cetim não tinha mangas, exibindo um ousado broche enorme posicionado no decote, e a saia tinha um desenho largo e reto, saindo da altura do quadril, fazendo com que a parte superior de seu corpo parecesse o pináculo de uma igreja. Lorde Redesdale continuava em forma e magro, apesar do cabelo grisalho e das rugas na testa. Ele estava usando sua veste de caça como fantasia; Nancy comentava que o pai nunca parecera tão à vontade em uma festa antes. Lady Redesdale parecia muito mais velha que o marido, e a peruca amarela não estava ajudando, pois deixava sua pele pálida, assim como o vestido medieval mal-ajambrado que Louisa suspeitava ter saído do fundo da caixa de fantasias que a família usava para brincar de charadas no Natal. Era provável que, com tantos detalhes para organizar, ela tivesse se esquecido de pensar na própria fantasia até aquela tarde.

Um minuto depois Nancy pareceu se lembrar de quem realmente era o aniversário e pegou outra taça da bandeja, entregando-a a Pamela. A irmã Mitford mais nova hesitou quando lorde Redesdale encarou a cena com ferocidade.

— Calma, papai — disse Nancy. — É só para dar uma acalmada nela.

Ele bufou e atiçou o fogo na lareira. Quando Louisa começou a sentir os braços fraquejarem e que derrubaria a bandeja, eles ouviram um carro parando do lado de fora, e então o ruído de passos sobre o cascalho e vozes em tom alto. A Sra. Windsor, que exercia o papel de mordomo, pois lady Redesdale se recusava a empregar criados do sexo masculino, abriu a porta, deixando entrar uma lufada de ar frio e o primeiro convidado.

Aproveitando a deixa, lady Redesdale e Nancy avançaram, e Louisa notou que já tinha visto alguns dos recém-chegados na festa dos Curtis. Provavelmente foram os primeiros a chegar porque estavam hospedados com os Watney na casa vizinha, onde também fora servido um jantar antes do baile, uma vez que lorde Redesdale se recursara a tolerar os amigos de Nancy enquanto fazia suas refeições. Nancy empurrou Pamela na direção de Oliver Watney, o filho. Havia um complô para juntar os dois, apesar de Louisa não compreender o motivo, já que Pamela era enérgica e saudável, enquanto ele era pálido e sem graça, e estava sempre tossindo, resultado de uma tuberculose na infância. A carranca do rapaz não se atenuava nem com a fantasia de Chapeleiro Maluco, finalizada com um paletó de retalhos, e Louisa teve de reprimir uma risadinha ao se aproximar com a bandeja.

— Seus amigos são ridículos — disse Oliver ao pegar uma taça.

— Eles não são meus amigos — protestou Pamela, que não era fiel a nenhum dos lados.

— Espero que não — continuou Oliver. — Principalmente Adrian Curtis. Que homem desagradável. Acha que o mundo gira ao redor dele. Juro por tudo o que é mais sagrado, se ele chegar perto de mim...

Louisa não conseguiu escutar o fim da frase porque Oliver se afastou com a taça, e Pamela o seguiu, nervosa.

Sebastian Atlas tinha vindo com o grupo e agora pegava duas taças da bandeja de Louisa, sua cabeça dourada se inclinando enquanto ele bebia a primeira, sorvendo tudo em apenas um gole, depois a segunda, antes de devolvê-las e se afastar com uma terceira sem nem se dar ao trabalho de cumprimentá-la. Ele parecia estar fantasiado de pirata, apesar de não ter um chapéu ou um papagaio. Usava uma calça larga, um colete escuro sobre a camisa branca aberta que revelava um peito sem pelos e uma echarpe vermelha de bolinhas amarrada no pescoço. Seb seguiu até Clara Fischer, que estava parada à porta, hesitante, e abraçou a cintura dela, mas Louisa notou que o contato a fez recuar.

Rapidamente, Louisa entrou no corredor que levava à cozinha, abastecendo sua bandeja com as taças cheias que ocupavam a mesa temporariamente posicionada ali, e voltou para o hall de entrada. Nesse meio-tempo, dois ou três carros deviam ter chegado, pois o cômodo parecia ainda mais cheio e barulhento, com os gritos de saudações e comentários animados sobre as fantasias. Duas amigas de Pamela a ladeavam, parecendo intimidadas pelos outros convidados, e Louisa ficou feliz ao notar que a aniversariante se esforçava para passar a impressão de que se divertia, apesar de continuar incomodada com o vestido.

Clara se aproximou, fantasiada de Sininho, com camadas de um tecido transparente e prateado que pareciam ser iluminadas por sua pele translúcida. Seus olhos grandes e a boca bonita faziam com que ela lembrasse Mary Pickford, tornando fácil acreditar no boato de que ela viera para Londres em busca de trabalhos nos palcos. Clara pegou uma taça de champanhe e parou por um ou dois minutos ao lado de Louisa.

— Isso que é festa, não acha? — comentou ela baixinho, seu sotaque nova-iorquino menos carregado do que antes, e Louisa demorou um pouco para compreender que a frase fora direcionada a ela.

— Sim. Faz dias que estamos cuidando dos preparativos.

— Aposto que sim. Ficou magnífico — elogiou Clara, tomando um gole vagaroso. Ela respirou fundo. — Ah, Ted chegou. — Ela abriu um sorriso pesaroso. — Bem, acho melhor eu ir. Até logo!

— Até — disse Louisa, hesitante, apesar de Clara já ter desaparecido em meio aos convidados que eram guiados para os Claustros, o caminho externo que levava ao salão de baile.

Lorde Redesdale não havia acendido lamparinas a óleo desta vez, como tinha feito para a festa de Nancy, três anos antes, o que deixava tudo mais escuro e frio, mas pelo menos ninguém sufocaria com a fumaça.

Louisa recolhia algumas taças que haviam sido deixadas nas mesas do hall de entrada quando a porta foi aberta e Adrian Curtis entrou de supetão, seguido pela irmã, Charlotte. Louisa tomou um susto diante daquele lembrete da promessa que fizera a Dulcie. Não que ela tivesse conseguido esquecer o assunto. Ele estava emburrado, o cenho franzido, enquanto a irmã falava alto, com os olhos escuros fixos nele. Adrian estava fantasiado de vigário, com óculos de meia-lua, uma gola branca larga e um antiquado chapéu de palha preto; o traje lhe dava uma aparência serena e desdenhosa, que, Louisa supôs, parecia irritar sua irmã. Era nítido que Charlotte, com uma fantasia pouco elaborada da rainha Vitória, estava incomodada. Os dois notaram a presença de Louisa, e Charlotte parou de falar de repente, sem terminar a frase.

Adrian acenou na direção de Louisa sem fitá-la.

— Pois bem, querida irmã. Você deseja continuar? Por favor, prossiga.

— Cale a boca — disse a rainha Vitória.

Os três ficaram parados no cômodo, pouco à vontade.

— Os convidados já foram para o salão de baile — informou Louisa como se não tivesse visto nem escutado nada. — Posso acompanhá-los até lá?

Ela começou a andar, e os dois a seguiram. Charlotte, de fato, *continuou* falando, e, apesar de ter parado de gritar, Louisa conseguia ouvir o que ela estava dizendo. Uma boa criada jamais deveria prestar atenção em conversas, porém, às vezes, era impossível resistir à tentação. Ela e Ada costumavam rir pelos cantos a respeito das coisas que não deviam ter escutado. Ela sentia falta desses momentos, tão raros atualmente, porém talvez pudesse fazer o mesmo com Dulcie. Mas não esta noite.

— Você precisa contar à mamãe sobre suas dívidas — dizia Charlotte. — Ela não tem noção de nada, e o Natal já está chegando.

— O que uma coisa tem a ver com a outra? — sibilou Adrian.

Louisa não conseguia vê-los, já que estavam atrás dela, mas imaginou os ombros brancos de Charlotte tensionando de fúria.

Eles chegaram ao salão de baile, e ela parou ao lado da porta para deixá-los passar. A dupla passou direto sem ao menos fitá-la.

No salão, a festa estava animada. Apesar de Charlotte e Adrian terem entrado pela porta principal por engano, distraídos pela briga deles, os outros tinham seguido pelo caminho externo para o salão de baile, que geralmente era chamado de biblioteca. Para a festa, o sofá havia sido temporariamente removido, e várias cadeiras estavam encostadas na parede para as acompanhantes. Havia apenas três ou quatro presentes, uma vez que as mães estavam ansiosas por conhecer o interior da casa dos Mitford e fofocar com as amigas. Louisa tinha aprendido que, na alta sociedade, as pessoas agiam como se todo mundo se conhecesse, referindo-se umas às outras como amigas ou conhecidas, mesmo que nunca tivessem se visto na vida. Elas seguiam um sistema de apresentações: era o mesmo que se tornar sócio de um clube, você era apresentado e recomendado por dois integrantes, então passava a fazer parte do grupo. Não havia uma sede oficial, de tijolos e cimento, mas com certeza havia uma filiação e regras a serem cumpridas se você não quisesse ser expulso e banido para sempre.

Algumas dessas regras estavam mudando, para o horror dos "velhos", como os amigos de Nancy se referiam à geração anterior. No passado, o divórcio significava exclusão permanente da alta sociedade, pelo menos para as mulheres, porém, desde que o duque e a duquesa de Marlborough anularam o casamento após a guerra e continuaram sendo convidados para tantas festas quanto antes, as outras também puderam permanecer.

— Se mamãe e papai se divorciassem, a vida ficaria mais animada — comentara Nancy com desdém —, mas imagino que isso nunca vá acontecer.

Por outro lado, certas regras eram imutáveis e tinham o mesmo peso: nada de filhos ilegítimos, nada de usar sapatos marrons na cidade, nada de dar flores colhidas do jardim para uma anfitriã. E ter conhecimento disso também não era o suficiente. Louisa poderia imitar o sotaque deles com perfeição, pegar um vestido e um colar de pérolas emprestado, e, mesmo assim, seria identificada como uma plebeia por qualquer grã-fino. Pois, apesar de todas as regras explícitas das quais viviam zombando, havia um milhão de implícitas. Bastava dar uma pequena escorregada — usar um *tweed* de peso errado para participar de uma caça, ou pedir um guardanapo em vez de usar o próprio lenço para limpar as migalhas de bolo de sua boca — para seu disfarce ir por água abaixo. Na melhor das hipóteses, seus supostos amigos poderiam rir das gafes pelas suas costas; na pior, a porta seria fechada, e não haveria batidas, dinheiro ou súplicas que a fariam ser aberta de novo.

Louisa localizou Clara no meio da multidão, que notou seu olhar e acenou discretamente em sua direção. Aquele era um comportamento que poderia fazer a porta ser fechada na sua cara, mas Nancy tinha explicado que Clara era capaz de ser perdoada por quase tudo.

— Não podemos esperar que ela saiba o que é adequado, os americanos não têm classe mesmo — dissera Nancy, que sempre fazia esse tipo de comentário para Louisa no mesmo tom em que a babá explicava a Decca por que ela precisava comer cenouras.

O ritmo era o de uma professora paciente, mas havia um ar intimidador também. Comer cenouras para conseguir enxergar no escuro e americanos não possuírem nenhuma classe eram informações relatadas como fatos indiscutíveis. E isso fazia com que Louisa ficasse confusa sobre o que fazer com as instruções agora contraditórias que recebera da própria mãe. Ela ainda não havia se acostumado a pedir às crianças que falassem "o quê?" em vez de "perdão?". Havia um abismo entre os dois mundos, e, às vezes, ela ficava tonta diante da possibilidade de cair lá dentro.

Alguns dos convidados já exibiam rostos ruborizados, apesar de ser impossível para Louisa determinar se isso acontecia por estarem sentindo muito calor com suas fantasias ou por terem exagerado no vinho — uma ou duas taças durante o jantar antes da festa teria preparado o terreno para o champanhe. Ela ficou aliviada ao notar que Pamela não estava segurando uma taça. A jovem já estava nervosa demais, e a bebida só pioraria as coisas. Nancy dançava com Oliver Watney, que parecia estar sofrendo com a situação, mas ela nem sequer o olhava, parecendo conduzir várias conversas enquanto os dois giravam pela pista de dança. Louisa reconheceu mais dois ou três convidados que tinham passado fins de semana na casa em outros tempos: Brian Howard, um homem de aparência abatida e olhos fundos, mas que fazia Nancy gargalhar; Patrick Cameron, que frequentemente era parceiro de dança de Nancy e, agora, de Pamela também. Louisa ficou fascinada ao reconhecer duas moças que viviam aparecendo nos jornais, as irmãs Jungman, que eram mais velhas que Nancy e, graças à uma bela aparência e à paixão por aprontar travessuras, extremamente cativantes. Hoje, as duas tinham se fantasiado de fazendeiras, carregando baldes cheios de leite que ameaçavam transbordar no chão a qualquer momento. Lorde Redesdale já tinha sido flagrado as observando com olhos arregalados; a esposa tentava controlá-lo segurando-o pelo cotovelo.

Louisa sentiu alguém cutucando suas costas e ouviu um sussurro seco ao seu ouvido.

— Louisa, precisam da sua ajuda na cozinha.

— Sim, Sra. Windsor. Estou indo.

Ela baixou a cabeça, saiu da festa e voltou para seu devido lugar.

CAPÍTULO SEIS

Algumas horas depois, após a Sra. Stobie ter se recolhido toda doída, reclamando que não tinha mais idade para aquele tipo de coisa, Louisa e Ada estavam paradas diante da pia da cozinha. As criadas temporárias tinham limpado boa parte do salão e lavado a louça, então não restava muito o que fazer. O *kedgeree* e o bacon estavam prontos, dentro do forno, e seriam servidos com café e torrada no desjejum às duas da manhã. Tirando isso, a ama sabia que ainda tinha de cumprir a principal tarefa da noite.

Louisa esperava que Dulcie chegasse logo, como haviam combinado entre elas. Seria um pouco mais cedo do que o horário oficial de duas e meia, acordado entre lady Curtis e lady Redesdale. A mãe de Charlotte havia pedido à criada que buscasse a filha e a acompanhasse de volta à casa dos Watney, para garantir que ela não permaneceria na companhia de rapazes até tarde da noite. Dulcie viria andando dos Watney, a apenas oitocentos metros de distância, mas Hooper levaria as duas de volta de carro. Aquele fora o meio-termo ao qual mãe e filha chegaram, já que Charlotte não queria passar a vergonha de ter uma acompanhante quando nenhuma das amigas teria uma. E significava que Dulcie e Louisa teriam apenas um breve intervalo de tempo para realizar a tarefa.

Apenas alguns minutos antes, a Sra. Windsor informou a Louisa que lady Redesdale pedira que duas xícaras de chocolate quente fossem levadas ao seu quarto. Isso significava que, para a patroa e os outros convidados de sua geração, a festa havia chegado ao fim. Os petiscos tinham sido servidos, e a governanta havia deixado a bandeja com copos, garrafas de uísque e vinho do Porto na sala de estar para os mais jovens se servirem. Após levar o chocolate quente para o andar de cima, a Sra. Windsor não dormiria — ela seria a última a se deitar —, mas seguiria para sua sala particular, para ler.

Como já estava tarde, muitos convidados já tinham ido embora. Apesar de Nancy ter conseguido convencer os amigos a virem de Londres, além de alguns de Oxford, a maioria dos convidados fazia parte dos contatos de lorde e lady Redesdale, sendo assim, consideravam que dormir tarde era uma chateação tão grande quanto uma nevasca no meio de maio. Além disso, eles sabiam que, após meia-noite, a festa pertencia aos jovens e não tinham nenhuma intenção de atrapalhá-los. A parte triste era que as personalidades mais deslumbrantes também já não estavam mais ali: Brian Howard tinha se comprometido a levar as irmãs Jungman de volta a Londres naquela mesma noite, já que o primo delas se casaria no dia seguinte e as duas precisavam comparecer à cerimônia. Louisa e Ada, e mais duas das criadas temporárias, tinham ido para a frente da casa para observá-las partir, incapazes de resistir a uma última olhada nas moças resplandecentes, protegidas por longos casacos de pele. Os baldes de leite foram esvaziados de qualquer jeito no caminho antes de elas entrarem no carro, o líquido branco formava uma poça sobre o cascalho. Hooper não ficaria nada feliz quando visse aquilo na manhã seguinte.

Mais cedo havia acontecido um pequeno incidente, quando a amiga de Clara, Phoebe Morgan, uma bela mulher de cabelo preto fantasiada de Cleópatra, tropeçou em um dos cachorros de lorde Redesdale nos Claustros e torceu feio o tornozelo. Sem querer perder a festa e voltar mais cedo para a casa dos Watney, onde estava hospedada, ela agora se encontrava acomodada no sofá diante da lareira, com uma bolsa de gelo na perna, segurando um copo de ponche quente.

— Talvez seja melhor eu perguntar se ela precisa de alguma coisa — disse Louisa. Ela estava torcendo para que a caça ao tesouro começasse antes que Dulcie aparecesse.

— Isso é só uma desculpa para dar uma espiadinha na festa, não é? — provocou Ada.

— Já volto. — Louisa deu uma batidinha com o pano de prato no braço de Ada de brincadeira.

Enquanto atravessava o hall de entrada, ela percebeu que alguém havia colocado o gramofone para tocar na sala de estar e ouviu a crepitação do fim da última música. Louisa abriu a porta e foi recebida por um bafo quente e fumaça de cigarro. Sebastian e Charlotte dançavam, em um ritmo bem mais lento que o da canção, a cabeça da moça apoiada no peito dele, os olhos fechados. No sofá diante da lareira, prestando atenção nos dois, estava Phoebe, com a perna para cima. O rosto dela não estava mais tão pálido, e havia mais duas pessoas espremidas ao seu lado. O sofá em frente abrigava um emaranhado de corpos que Louisa desembaralhou mentalmente para distinguir quatro pessoas. Perucas foram descartadas, e as mulheres desfizeram os penteados, apesar de Nancy ainda trajar a mantilha e Adrian continuar com os óculos e o chapéu de vigário. Ele parecia estar explicando alguma coisa enquanto fumava o cotoco de um charuto, sua postura dando a impressão de que se dirigia ao grupo todo, apesar de apenas Nancy estar prestando atenção nele.

Clara, que mesmo no fim da festa permanecia bela como um quadro de Toulouse-Lautrec, conversava baixinho com Ted. Ele estava fantasiado de Drácula, Louisa supunha, mas o traje era impecável, com uma capa de veludo sobre um terno. Nancy tinha ficado extremamente animada ao receber sua confirmação de presença, escrita em um papel quase da grossura de um cartão, com o velho brasão dos de Clifford no topo.

Louisa hesitou, sem saber se deveria anunciar sua presença com uma tossidela ou apenas entrar discretamente para recolher os copos vazios, mas Nancy a viu e gritou:

— Lou-Lou!

Louisa sorriu. Fazia tempo que Nancy não a chamava pelo antigo apelido.

— É de você que nós precisávamos, venha até aqui. Vamos começar uma brincadeira, mas estamos desfalcados por causa da pobrezinha da Phoebe. Quer participar no lugar dela?

Louisa olhou para trás para ver se havia alguém às suas costas.

— Eu, Srta. Nancy?

— Sim, você mesma — respondeu Nancy, chamando-a com um aceno de mão.

Louisa ficou com o estômago embrulhado. Naquele momento, ela se sentiu desarrumada com seu vestido simples e suas meias grossas de lã. Nunca nem tinha usado maquiagem na vida. As pessoas ao seu redor eram uma confusão de lantejoulas coloridas, penas e unhas vermelhas. Quando Nancy se levantou batendo palmas para atrair a atenção de todos, Sebastian e Charlotte se separaram e ocuparam lados opostos de um sofá. Pamela, que, afinal de contas, era a aniversariante, abriu um bocejo enorme e fitou a irmã com um olhar apreensivo. Como as amigas dela já haviam ido embora — a maioria ainda tinha dezessete anos e estava acompanhada da mãe —, a suspeita de Louisa era de que Pamela estivesse prestes a tentar escapulir para o quarto, mas a vontade de não perder nenhum acontecimento da própria festa acabou sendo mais forte. Fora que Nancy passaria semanas jogando isso na cara dela caso fosse para o quarto.

— Vamos começar a caça ao tesouro agora — anunciou Nancy.

Diante do anúncio, Charlotte deu um suspiro alto.

— Sinceramente, precisamos *mesmo* fazer isso?

— Sim! *Todos* nós. — Nancy falava para todos na sala, o prazer de ser a estrela do show estampado em seu rosto. Pelo menos Louisa esperava que fosse isso, não o champanhe. Era raro que Nancy sofresse as consequências de uma noite de farra, porém, quando isso acontecia, as manhãs seguintes eram desagradáveis para a casa inteira. — Agora que Lou-Lou está aqui, somos oito, então podemos formar duplas. Todos sabem as regras. Quando encontrarem uma resposta, tragam-na para cá, e Seb ou Phoebe lhe entregará a próxima pista. Temos mais oito, que serão distribuídas para todo mundo, mas em ordens diferentes, para ninguém procurar a mesma coisa ao mesmo tempo. A dupla vencedora será a que desvendar mais rápido todas as nove.

— Uma caça ao tesouro de verdade! — exclamou Clara. — As de Londres ultimamente andam tão enfadonhas. Os rapazes sempre acabam correndo na frente com aqueles carros rápidos.

— Obrigado, Srta. Fischer — rebateu Adrian, seco. — Nós nos esforçamos, sabe?

— Ah, seu bobo — disse Clara, levemente ruborizada. — Você entendeu o que eu quis dizer.

— Eu e Clara seremos uma dupla — decidiu Nancy. — Pamela, você fica com Louisa.

Ufa, pensou Louisa.

— Ted, você fica com o Togo... Quer dizer, com Oliver. Desculpe, Oliver. — O rosto magro de Oliver adquiriu uma aparência ainda mais esquelética quando ele ouviu o apelido que os Mitford deram a ele. — Isso significa que Adrian e Charlotte ficarão juntos, mas vocês são irmãos, então não tem problema.

— Se não tem outro jeito — rebateu Adrian, baforando anéis de fumaça sobre a cabeça da irmã, que o encarou com uma expressão pétrea. — Achei que Seb seria minha dupla.

Sebastian lançou um olhar malicioso para Phoebe no sofá.

— Mudança de planos — disse ele.

Phoebe abriu um breve sorriso presunçoso, mas Charlotte virou a cabeça ao escutar aquilo, subitamente interessada nos botões de sua blusa.

— Nesse caso — continuou Adrian —, como somos poucos, acho melhor se for cada um por si. Não precisamos de dois cérebros quando cada um de nós sabe usar o seu. — Ele fez uma pausa. — Pelo menos, a maioria de nós sabe.

Será que aquilo era uma maneira de se livrar de Louisa? Ela tentou não se sentir ofendida e teve algum sucesso; ele não devia estar se referindo a ela, porque provavelmente nem notara sua presença no cômodo. Mesmo assim, Louisa foi tomada pela aridez da decepção, apesar de, na verdade, dever se sentir aliviada por aquilo não atrapalhar a tarefa que ainda teria de cumprir. Nancy nem olhou para ela quando disse:

— Tudo bem. Pode ser cada um por si, então.

Louisa sabia que essa era sua deixa para ir embora, mas a vontade de saber qual seria o desenrolar da história foi mais forte. Pamela começou a se remexer ao seu lado.

— Está tudo bem, Srta. Pamela? — sussurrou ela.

Pamela assentiu rapidamente com a cabeça e abriu um sorrisinho.

— Sim — sussurrou ela em resposta, se certificando de que Nancy estava de costas para ela. — Estava feliz que você seria minha dupla. Os outros me deixam meio nervosa.

Louisa entendia muito bem aquele sentimento.

— Não se preocupe — articulou com a boca, sem ousar dizer mais nada ao notar que Nancy atravessava o cômodo até a mesa dela diante da janela.

O móvel estava parcialmente ocultado por um biombo, já que lorde Redesdale não gostava de ver a máquina de escrever da filha enquanto tomava seu drinque após o jantar. Nancy pegou um livro, *Alice no País das Maravilhas*. Louisa costumava lê-lo para Decca e Unity com certa frequência, as três maravilhadas com a ideia de escapulir por um buraco e chegar a um mundo onde tudo poderia ser o exato oposto do que lhes era familiar e lógico. Era estimulante pensar que as coisas nem sempre precisavam seguir regras.

Nancy abriu o livro e tirou de dentro dele um maço de folhas, nas quais era possível enxergar palavras datilografadas, apesar de ser impossível ler o que estava escrito. A própria Nancy comprara a máquina de escrever alguns meses antes, e a considerava seu bem mais precioso. As irmãs estavam proibidas de tocá-la, apesar de, curiosamente, ser raro que a ouvissem sendo usada pela dona. Louisa suspeitava de que Nancy gostasse que a máquina permanecesse visível porque fazia muito tempo que provocava a família sobre o livro que estava escrevendo, mas, se alguém a via se dedicando a esse ofício, era sempre escrevendo à mão em um velho caderno de exercícios. Velhos hábitos nunca mudam.

— Como todos sabem, cada um colaborou com uma charada, o que significa que haverá oito pistas para as quais vocês não sabem a resposta, e uma para a qual sabem, apesar de ainda precisarem procurar a solução pela casa. A resposta da charada deve ser um objeto fácil de ser encontrado, mas imagino que alguns de nós tenhamos tentado dificultar essa parte. — Nancy revirou os olhos de forma brincalhona na direção de Adrian, que sorriu para ela. — Vou deixar as pistas com Sebastian. Querido, pode fazer as honras e ler a primeira? Achei que poderíamos correr para encontrar essa, só por diversão, e então você pode entregar as outras conforme as pessoas forem voltando.

— Pois não, milady — respondeu Seb de forma zombeteira. Seu cabelo dourado brilhava como sempre, sem um fio sequer fora do lugar, mas seu olhar estava vidrado. Seria aquilo embriaguez ou algo diferente? Algo na maneira como Seb se levantou e pegou as pistas das mãos de Nancy fez Louisa se retrair. Ele se posicionou no tapete persa, com as pernas separadas e os pés plantados no chão, e disse: — "Vocês me encontrarão quando tiver seis pernas, ou talvez pendurado em algum lugar. Faço animais correrem e humanos precisarem de curativos. O que eu sou?" — Seguiu-se um instante de silêncio, e então Seb pegou seu copo, balançando o uísque, e o ergueu. — Boa sorte, pessoal, e que todos retornem como os heróis que são.

Houve um grito de alegria, e cada convidado se levantou, sussurrando e trocando comentários animados. Louisa saiu da sala com Pamela.

— Você entendeu a charada? — perguntou ela.

A resposta de Pamela foi rápida.

— Acho que sim! — disse ela, alegre. — Obrigada, Lou-Lou.

Louisa sorriu, aparentando mais confiança do que sentia. Sua tarefa continuava pendente, e ela estava repensando se fizera a coisa certa ao se comprometer a cumpri-la.

CAPÍTULO SETE

A caça ao tesouro estava a todo vapor, o som de passos e risadas ecoava pelo térreo da casa enquanto os participantes corriam para encontrar a resposta da primeira pista. Louisa aproveitou a oportunidade para subir e verificar quais dos quartos de hóspedes reservados para as damas continuavam vazios. A única coisa que Dulcie pedira fora um cômodo para se encontrar com Adrian Curtis.

— Ele só vai aceitar o convite se for para o quarto de uma mulher solteira — explicara Dulcie.

Louisa tinha depositado suas esperanças em Iris Mitford, a irmã de lorde Redesdale. O aposento em que ela costumava se acomodar ficava no mesmo corredor do toucador do irmão, apesar de serem separados por um grande banheiro. Conhecido como o "quarto dos ranúnculos", graças às paredes amarelas, era um dos menores da casa, mas Iris fazia questão de dormir nele porque tinha decretado que era o único livre de assombrações. Louisa sabia que lady Redesdale e a cunhada tinham o hábito de varar a noite conversando no quarto de sua senhoria, e, depois de uma festa, Louisa tinha certeza de que as duas passariam mais tempo fofocando do que o normal. O corredor estava vazio, e a luz de lorde Redesdale permanecia acesa, o que indicava que ele devia estar se trocando. Quando ele fosse para o próprio quarto, não tardaria a cair no sono. O quarto de Iris estava escuro e silencioso. Completamente vazio.

Perfeito. O chocolate quente já deve ter sido levado pela Sra. Windsor há uns dez minutos, e Louisa calculava que teriam uma hora para executar o plano. No começo, ela hesitou em aceitar fazer parte disso, mas, conforme as duas continuaram conversando e bebendo no Elephant and Castle, o pedido tinha começado a parecer algo quase inofensivo, se não inocente. Dulcie explicara que só precisava de uma oportunidade para conversar com Adrian, que se recusava a ficar a sós com ela.

— Em casa, ele passa o tempo todo acompanhado, para me evitar — dissera ela —, e não sei quando iremos a Oxford de novo. Além do mais, você conhece bem o lugar.

Louisa não quis perguntar o motivo pelo qual Dulcie precisava conversar com Adrian: algumas coisas não precisavam ser ditas com todas as letras, eram fáceis de presumir. Ele era um rapaz arrogante; ela, uma criada bonita. Os dois não seriam os primeiros nem os últimos.

Louisa desceu rapidamente a escada dos fundos até a cozinha, agora vazia e tão limpa que brilhava. Ada tinha ido embora, mas limpara o chão com um esfregão andando de costas até a saída para o jardim. O esfregão havia sido deixado à esquerda da porta, e Louisa o pegou, assim como o balde de água. Conforme ela se aproximava da pia, escutou uma batida suave e, apesar de estar esperando por aquilo, sentiu-se tão nervosa que deu um pulo, fazendo a água respingar no vestido.

— Maldição.

Outro termo muito usado pelos Mitford, principalmente por lorde Redesdale, que ela acabara assimilando. Sua mãe lhe daria um tabefe apenas pelo susto de ouvir algo assim.

Com cuidado, ela colocou o balde no chão e foi abrir a porta. Dulcie entrou rápido, como se alguém estivesse na sua cola. Ela olhou ao redor para verificar quem estava na cozinha.

— Há mais alguém aqui? — sussurrou ela.

Sua pele estava pálida; até as sardas pareciam ter sumido, e ela suava um pouco, mas a caminhada de oitocentos metros desde a casa dos Watney teria esse efeito mesmo em noites frias como aquela.

— Não — respondeu Louisa, sentindo-se estranhamente calma e no controle da situação, agora que as coisas estavam acontecendo. A verdade era que ela estava prestes a deixar que uma garota que costumava fazer parte de uma gangue de ladras entrasse no quarto de uma das hóspedes sem que ninguém soubesse. Não era bem o tipo de coisa que a Sra. Windsor faria. — Lady Redesdale se recolheu para o quarto, e a cunhada foi junto. As duas pediram chocolate quente. Você deve ter uns quarenta e cinco minutos.

Dulcie olhou para o relógio, que pendia frouxo do pulso magro. A peça parecia grande demais para ela, além de cara, talvez um modelo masculino.

— Nesse caso, é melhor você me levar para o quarto logo, e eu espero lá. Onde estão os outros criados?

— Já foram para casa ou para a cama. Resta apenas a Sra. Windsor, mas ela está em sua sala particular — respondeu Louisa. — Contanto que a gente não dê de cara com o Sr. Curtis ou a irmã dele, ninguém vai saber que você não é uma das criadas que trabalharam na festa. Mas é melhor tirar o casaco.

— Ah, sim, boa ideia — concordou Dulcie.

Ela desabotoou o casaco de lã marrom, outra peça que poderia ter saído do guarda-roupa de Louisa, e o pendurou em uma cadeira. A vida das duas se resumia a uniformes, pelo visto, fosse como criadas ou como parte da classe inferior. Ambas sabiam que, mesmo se Clara e Sebastian a vissem, não a reconheceriam como a criada que estava na festa dos Curtis em Londres. Era raro que o empregado de outra família fosse reconhecido, afinal, quem costumava olhar na cara da pessoa que estava servindo a bebida?

— Venha, vamos pela escada dos fundos.

A dupla subiu dois andares, pisando na ponta dos degraus para fazer menos barulho. Pouco antes de chegar ao patamar, Louisa esticou o braço para trás a fim de interromper o avanço de Dulcie. Ela olhou de um lado para o outro do corredor — estava vazio. Ao longe, vinha o som de risadas e passos abafados correndo sobre tapetes.

À direita ficavam os quartos que já tinham sido verificados. Louisa apontou a porta para Dulcie. A de lorde Redesdale estava fechada, e nenhuma luz escapava pelo vão inferior.

— Faça silêncio — sussurrou ela. — Lorde Redesdale já foi dormir. Vou ficar vigiando para garantir que ninguém entre e pegue vocês desprevenidos.

— Onde?

— Ali — respondeu Louisa, apontando para as cortinas pesadas que ficavam de frente para o banheiro, com uma janela por trás que dava vista para o cemitério da igreja.

— Tudo bem — disse Dulcie.

Ela engoliu em seco e se virou para a direta. Louisa deu meia-volta.

Após uma rápida olhada no hall de entrada, que estava vazio, e no salão matinal — apenas Oliver estava lá, analisando um abridor de cartas sobre a mesa de lady Redesdale —, Louisa entrou na sala de jantar. Ela ouviu Nancy e outra voz feminina — Charlotte? — no fumadouro. Adrian, com sua reputação de ser brilhante, de acordo com Nancy, já devia estar tentando decifrar a segunda pista, e ela torceu para que a resposta estivesse por perto; não queria ter de caçá-lo pela casa inteira. Louisa se aproximou da porta, o coração acelerado, inúmeras vezes repassando o que prometera dizer. Quando tocou a maçaneta de vidro, parou ao escutar duas vozes lá dentro. A de Adrian, sim, tinha certeza, mas também... a de Pamela. Era óbvio que ela possuía talento para resolver charadas. Louisa pensou rápido e entrou.

A sala de jantar estava à meia-luz. A mesa posta para o jantar da família antes do baile fora limpa, e todas as velas haviam sido apagadas, mas duas luminárias elétricas na parede estavam acesas. Seu feixe de luz era forte, mas não se estendia tanto, e o restante do cômodo permanecia na escuridão. Pamela revirava uma gaveta no aparador, enquanto Adrian permanecia parado do outro lado, na semiescuridão, fumando um cigarro. Ele falava em seu profundo tom inexpressivo, e Pamela emitia sons afetados, protestando sem muita veemência.

— ... Ted sabe que você é muito mais adequada — dizia o rapaz. — Já conversamos sobre isso. Ele não pode continuar se engraçando com aquela sirigaita da Dolly.

— Tenho certeza de que ela é muito agradável — rebateu Pamela, encarando a gaveta na qual ficavam os anéis de guardanapo. Não que fossem usados, já que lady Redesdale não gostava de parafernálias nem de ter custo extra para lavar guardanapos.

Louisa entrou e fechou a porta. Ao ouvir o barulho, Adrian falou, seco:
— O que foi?
— Com licença, Sr. Curtis. Eu não queria interromper. Tenho um recado para a Srta. Pamela.

Pamela já havia parado de revirar a gaveta e a fitava com timidez, como se tivesse sido pega fazendo algo que não devia.

— Lady Redesdale quer falar com a senhorita no quarto dela — continuou Louisa.

Ela não tinha conseguido pensar em outra desculpa. Pelo menos sua participação naquela tramoia já teria acabado quando Pamela e a mãe, depois de uma conversa confusa, concluíssem que não tinham nada para falar uma com a outra.

— Ah, que aporrinhação — reclamou Pamela. — Agora vou perder o ritmo e ficar atrás de todo mundo. Eu estava indo tão bem.

Mas ela não questionou o recado de Louisa nem considerou a hipótese de desobedecer à mãe, como Nancy faria. Pamela saiu da sala, mas Louisa não a seguiu. Adrian se aproximou do aparador e guardou um garfo no bolso, porém, quando notou que Louisa continuava ali, fitou-a com um olhar questionador.

— Tenho um recado para o senhor — disse ela.

— De quem?

— Da Srta. Iris Mitford. — Louisa fez uma pausa, esperando que ele chegasse a uma conclusão sozinho. — Posso lhe mostrar o caminho.

Adrian pareceu chocado, mas logo se recuperou.

— Por essa eu não esperava — murmurou ele. — Pois não, vamos até lá. Rápido.

Louisa voltou para o hall de entrada, acompanhada por Adrian. Clara estava lá, de quatro, a cabeça e os ombros ocultos pelo tampo de mármore da mesa embutida na parede.

— Isso que é vista — zombou Adrian enquanto passava por ela.

Ouviu-se um baque, então um "Ai!", e Clara afastou a cabeça da mesa. Ela não se levantou, permanecendo de quatro, com o cabelo armado e um sorriso largo no rosto. Porém, ao ver Adrian, empalideceu e voltou para debaixo da mesa.

— Nem imagino o que ela esteja procurando ali — comentou Adrian, quase como se falasse sozinho. — Apesar de que não seria a primeira vez que Clara tenta conseguir algo de joelhos.

Louisa fez uma pausa de leve ao ouvir isso, e Adrian tossiu, mas ficou quieto, e os dois continuaram subindo a escada. No segundo andar, ela notou uma luz emanando por baixo da porta do quarto de hóspedes e um par de chinelos do lado de fora. Aquele era o sinal para indicar que a barra estava limpa. Pensando bem, tinha sido um golpe de sorte encontrar Pamela no fumadouro com Adrian; talvez ela atrasasse ainda mais o retorno de Iris. Sem dizer uma palavra, Louisa parou ao lado da porta e indicou que tinham chegado. Ele nem a fitou enquanto entrava.

Depois de mais uma olhadinha para se certificar de que não havia ninguém no corredor, Louisa se escondeu atrás da cortina. Dali, seria capaz de escutar alguma coisa, caso Iris saísse do quarto, e correr para avisar Dulcie. Os chinelos diante da porta não eram apenas um sinal; se a tia os visse ali, o barulho que faria recolhendo-os daria tempo a Dulcie de se posicionar como uma criada preparando o cômodo para a noite.

Adrian podia bolar uma desculpa e tentar explicar sua presença ali por conta própria, caso a situação chegasse a esse ponto. Mas seria melhor que não chegasse.

Atrás da cortina havia uma janela saliente, e Louisa conseguiu se sentar no batente, puxando os pés para cima para se esconder melhor. Ela tentou relaxar, mas seu coração estava disparado, e o sangue em seu ouvido fazia o som das ondas do mar de St. Leonards. De repente, ela se lembrou de estar sentada diante do mar, comendo batatas fritas com Guy Sullivan, e sentiu uma pontada de saudade dele. Apesar de todas as complicações que vieram após aquele momento, Guy era um homem verdadeiramente bom. Ela não sabia, naquele exato instante, se poderia dizer o mesmo sobre si.

De repente, algo atraiu sua atenção. Gritos vinham do quarto de hóspedes. A voz de Adrian era mais alta, e a de Dulcie soava mais calma, porém insistente. Ela se esforçou ao máximo para entender o que diziam, mas as cortinas grossas e a porta que os separava só permitiam que escutasse uma palavra ou outra: *Você não tem direito, absurdo* e *mentira*.

Apenas um minuto depois Louisa se deu conta de que, no seu afã para entender os berros, não ouviu o som de alguém se aproximando no corredor e parando diante do quarto dos ranúnculos. Louisa afastou as cortinas menos de um centímetro, o suficiente para ver Pamela diante da porta, inclinando para a frente a cabeça com a peruca de cachos brancos de Madame Pompadour. Era impossível ver seu rosto, apenas os ombros tensos, mas o medo e a seriedade dela eram inegáveis. Parecia Maria Antonieta prestes a encarar a guilhotina.

O que ela deveria fazer? Louisa sabia que Pamela não deveria escutar a conversa nem ver Dulcie saindo do quarto. Dulcie fora enfática ao afirmar que ninguém sabia sobre ela e Adrian, e seria melhor manter as coisas dessa forma.

— As pessoas só vão querer se meter e causar problemas — dissera ela.

E então, antes que Louisa conseguisse se decidir, um barulho alto soou atrás da porta. Súbito, rápido e terrível. Um pedaço de madeira? Um osso? Como uma bala disparada, Pamela partiu pelo corredor, voando pela escadaria que levava ao hall de entrada. Louisa entrou em pânico e também fugiu, seguindo para a escada dos fundos até a cozinha, mas não antes de escutar a porta abrir e fechar às suas costas, além de passos pesados que só poderiam pertencer a Adrian.

CAPÍTULO OITO

Corada, Louisa havia acabado de chegar à cozinha quando Pamela entrou, chamando seu nome, nervosa.

— Louisa — disse ela, segurando as saias na altura da cintura para não tropeçar enquanto corria. A peruca estava torta, e o rosto pálido de espanto. — Louisa, acho que aconteceu algo terrível.

Louisa se recompôs, grata por Pamela, em seu nervosismo, não ter notado que ela recuperava o próprio fôlego.

— O que houve? Não deve ser tão ruim assim — disse ela, usando a resposta-padrão de uma adulta para uma aflição infantil.

Aquilo fora uma lição da babá Blor, que era capaz de atenuar os piores temores de suas meninas, fosse pela cabeça de um urso de pelúcia ter caído ou por um vira-lata rosnando no caminho para o vilarejo. Louisa desejou a presença firme da babá naquele momento, mas ela já estaria na cama, enfiada debaixo das cobertas.

Pamela parou, soltou as saias e esticou as duas mãos para segurar as dela.

— Foi tão estranho. Mamãe disse que não tinha pedido para me chamar quando cheguei ao quarto dela.

A única coisa que Louisa podia fazer era mentir.

— Eu devo ter entendido errado.

Pamela balançou a cabeça.

— Não faz diferença agora. Enquanto eu estava com elas, tia Iris me pediu que buscasse um livro no quarto dela, alguma coisa que queria mostrar à mamãe. Mas, quando fui até lá, ouvi vozes. A porta estava fechada e não ousei abri-la, mas juro que escutei o Sr. Curtis brigando com alguém. A voz dele é bem distinta, não é? — Em busca de aprovação, ela olhou para Louisa, que assentiu com a cabeça. — Mas então ele disse "Ninguém vai acreditar em você, ninguém vai se importar", e houve um barulho terrível... — A voz dela emudeceu.

— Que tipo de barulho? — perguntou Louisa, apesar de saber muito bem a resposta. O barulho ainda ecoava em sua mente.

— Parecia uma batida, ou uma pancada. Como algo sendo quebrado. Poderia ser alguém levando um soco. Acabei de ver o Sr. Curtis no corredor, então não foi contra ele. Acho que ele deve ter batido em alguém, pode ter machucado a pessoa. Precisamos ir até lá ver.

— Não! — Louisa falou rápido demais, e Pamela a encarou, chocada.

— Por que não?

— Porque você não sabe o que realmente aconteceu. Talvez tenha entendido errado.

O humor de Pamela rapidamente mudou, o medo dava espaço à indignação.

— Eu sei muito bem o que ouvi.

— Mas vamos partir do princípio de que o Sr. Curtis não bateu em ninguém. E se foi algo quebrando, por acidente? E se a pessoa com quem ele estava brigando fosse algum convidado? Um dos amigos de Srta. Nancy? — insistiu Louisa, usando um tom mais apaziguador agora. — Vamos esperar para ver. Talvez seja parte da brincadeira deles.

Ela pareceu convencida.

— É, talvez. Obrigada, Louisa.

Pamela olhou ao redor, parecendo um pouco envergonhada. Dava para notar que ela queria voltar à caça ao tesouro, mas não desejava passar a impressão de que seria capaz de esquecer o que tinha acontecido tão facilmente. Louisa tomou as rédeas da situação.

— Vá procurar seus amigos. Ande, vá se divertir. Vou dar uma olhada lá em cima para garantir que está tudo em ordem, tenho certeza de que está tudo bem.

Pamela concordou com a cabeça e saiu da cozinha correndo.

Tinha sido por pouco. Louisa precisava encontrar Dulcie, e rápido.

CAPÍTULO NOVE

Louisa voltou correndo pela escada, porém, antes de chegar ao topo, quase deu um encontrão em Dulcie, que recuou com o susto. Havia um hematoma em seu olho, que estava inchado e parcialmente fechado; o outro parecia levemente avermelhado por causa das lágrimas e do cansaço.

— Ele bateu em você. — Aquilo não era uma pergunta.

— Estou bem.

— Pare — disse Louisa. As duas ficaram imóveis na escada, cuja única fonte de iluminação vinha do corredor acima e da cozinha abaixo. Como ratazanas em um cano. — O que aconteceu?

— O que você acha? — rebateu Dulcie com frieza.

— Ele vai dedurar você? Ou a mim? — Louisa sentia que o emprego estava prestes a descer pelo ralo.

— Não, ele sairia perdendo se fizesse isso — disse Dulcie. — Deixe-me passar. Sei que você está tentando me ajudar, mas só vai acabar piorando a situação.

— Talvez ele fique quieto, mas Srta. Pamela pode comentar alguma coisa.

Isso fez Dulcie interromper o passo.

— O quê? Como assim?

— Ela foi até o quarto. Eu não a vi porque estava atrás da cortina, e não escutei quando ela se aproximou porque você e o Sr. Curtis estavam gritando. A menina ouviu por acaso a conversa de vocês. É possível que tenha escutado o motivo da briga. Pamela não conhece você, mas talvez deduza o que aconteceu se vir esse olho roxo. E se ela contar para a irmã dele?

Dulcie encarou a escuridão lá embaixo.

— Então vou ficar escondida até dar a hora de acompanhar Srta. Charlotte. Preciso ir. Sempre suspeitam da gente primeiro.

— *Dulcie* — disse Louisa, assustada, apesar de não saber dizer por quê.

Ela se inclinou um pouco para trás, e a criada deu um empurrãozinho nela para abrir caminho e saiu correndo, descendo a escada de dois em dois degraus, atravessando a cozinha e escapulindo pela porta dos fundos. Louisa foi andando bem devagar até a cozinha, porque suas pernas tremiam como o famoso pão de ló da Sra. Stobie. O que Dulcie quis dizer com sempre suspeitavam delas primeiro? Suspeitavam de quê?

Parada ali, com a adrenalina e o medo inundando seu corpo, era impossível pensar no que fazer em seguida. Não dava para confiar na reação de Adrian Curtis. Louisa não gostava do homem, fosse por sua arrogância ou pelos pontinhos pretos penetrantes que se passavam por pupilas em seus olhos azul-claros. Nancy o achava charmoso e engraçado, mas estava deslumbrada por suas piadas sarcásticas, seus amigos importantes e pelo fato de estudar em Oxford.

Ficar pensando nisso não ajudava em nada. Ele poderia muito bem estar de volta à festa, contando aos outros sobre Dulcie e revelando que ela, Louisa, tinha lhe dado um recado falso. Pamela ficaria horrorizada. Louisa não sabia bem o que fazer. O plano original parecia tão simples, como se nada pudesse dar errado. A única dificuldade fora sua consciência, que agora pesava como mil bigornas.

O casaco de Dulcie, que havia sido deixado nas costas de uma cadeira, tinha sumido junto com a dona. Louisa olhou para o relógio que ficava pendurado na parede atrás do fogão e auxiliava a Sra. Stobie com o preparo de seus bolos milimetricamente cronometrados. Era pouco mais de uma e meia. A cozinha estava vazia e silenciosa, apesar de ela ainda escutar alguns baques e sons dos convidados tentando desvendar as charadas.

Ninguém entraria ali — no geral, a área dos criados era respeitada e considerada fora dos limites —, mas ela precisava saber se Adrian estaria aprontando alguma coisa. Ela poderia sair com a desculpa de arrumar os resquícios da festa. A Sra. Windsor não aprovaria: depois de determinada hora, estava subentendido que a família e os convidados cuidariam das próprias necessidades, tendo privacidade dos criados.

Quando Louisa chegou ao hall de entrada, porém não tinha ninguém nem nenhum sinal de movimentação por perto. Havia resquícios da festa, mas nada muito absurdo — alguns copos e algumas partes de fantasia descartadas sobre uma cadeira ao lado da porta. Onde estava todo mundo? Ela sentia como se estivesse se intrometendo, e andou na ponta dos pés para não fazer barulho no piso de madeira. No instante em que Louisa começou a cogitar entrar na sala de estar, Nancy apareceu. Ela a encarou com curiosidade, mas nem um pouco irritada. Era nítido que a jovem se divertia como nunca. Em suas mãos, via-se uma caixa de fósforos de prata que costumava ficar no escritório de lorde Redesdale.

— Vim ver se tinha algo para limpar — explicou Louisa, mas sua voz soava hesitante.

Nancy sabia que aquilo era uma desculpa. Mas era óbvio que ela estava se sentindo complacente.

— Ah, certo, prossiga. Vou pegar minha próxima pista agora. Acho que estou indo muito bem. Aliás, você viu a mulher por aí?

Louisa foi pega desprevenida pela pergunta.

— Humm, faz um tempo que não. Por quê?

— Sebastian ia dar um presente de aniversário para ela depois da meia-noite, só isso. Estou curiosa para saber o que era. — Nancy a encarou com um ar malicioso. — Coitadinha, tenho certeza de que é alguma brincadeira. Ele não a leva a sério.

Louisa preferiu não responder e pediu licença. Seria mais seguro esperar na cozinha até Dulcie voltar para buscar Srta. Charlotte.

Um grito.

Foi mesmo?

Outro.

Foi mesmo um grito. Não tinha vindo de dentro da casa, mas do lado de fora, sem dúvida. O som era fraco, porém distinto. Louisa estava lendo na cozinha, mas sem se deixar distrair, como um cão que dormia com um olho aberto, esperando por Dulcie. Ela fechou o livro e seguiu apressada pelo corredor que levava ao hall de entrada. Clara saiu da sala de jantar, sua fantasia de seda de Sininho agora amassada e completamente sem graça, o cabelo bagunçado. O batom tinha saído, deixando uma linha arroxeada em torno dos lábios, e havia marcas vermelhas em seu pescoço.

— O que foi aquilo? — perguntou ela para Louisa. — Faz parte da brincadeira?

Louisa sentiu o rosto empalidecer.

— Creio que não.

As duas saíram pela porta da frente e seguiram pelo caminho do jardim, e Ted logo se juntou a elas, alisando para trás seu cabelo de Drácula, parecendo um pouco envergonhado. Sebastian veio logo em seguida, tremendo com a friagem noturna, ainda usando a fantasia de pirata, com vários botões da camisa desabotoados. Outro grito foi emitido, mais de angústia do que de medo desta vez, vindo do outro lado do muro da igreja. O grupo saiu correndo pelo portão ao mesmo tempo que Louisa ouviu Charlotte saindo da casa, perguntando o que estava acontecendo em um tom estridente. Nancy estava logo atrás dela.

Onde estavam Pamela e Oliver? Os dois vieram por último, mas separados. Pamela estava pálida como um fantasma. Oliver piscava muito, como se tivesse acabado de acordar.

A esta altura, todos já haviam atravessado o arco da entrada do cemitério, localizado do outro lado do caminho que seguia pela frente da casa. O chão estava molhado com o sereno da noite, e a luz da lua era fraca, quase completamente ocultada pelas nuvens. Um vento fraco soprava, e, na tranquilidade dos arredores, o suave farfalhar das folhas das árvores podia ser ouvido. As lápides de homens, mulheres e crianças que viveram e morreram sob o domínio de rainhas e reis, desde Elizabeth I a Jorge V, eram silhuetas escuras ascendendo da terra. Tudo estava oculto pela escuridão, mas uma cena era visível, cruelmente revelada por um feixe de luar.

No chão molhado, na base do campanário da igreja, com um braço caído sobre o pescoço e as pernas retorcidas sob o corpo, a boca aberta e os olhos encarando o nada, estava o corpo fraturado de Adrian Curtis. Parada ao seu lado, com o olho roxo e as mãos cobrindo a boca, via-se a figura horrorizada de Dulcie Long.

CAPÍTULO DEZ

Guy e Mary se encontraram diante da estação de metrô Oxford Circus, como foi de costume nas últimas semanas. Na primeira vez, os dois quase não se reconheceram sem a farda e cobertos por casacos compridos e pesados, em parte para se proteger do frio, em parte para esconder suas identidades o máximo possível. O tédio e a frustração da falta de sucesso começavam a abalar sua disposição, porém, naquela manhã, Guy dava pulinhos como um menino em sua festa de aniversário de seis anos, sentindo a esperança de prender um bandido naquele dia com a mesma empolgação de encontrar uma surpresa embalada com fita e papel de presente. Os dois tinham recebido instruções para vigiar as lojas menores da Great Marlborough Street, paralela à Oxford Street, separadas por uma ou duas ruas — vielas que ofereciam rotas de fuga úteis para as malfeitoras caso não contassem com um carro para escapar.

— *Carros?* — questionou Mary. — As Ladras têm carros?

Guy concordou com a cabeça. Na noite anterior, ele conseguiu umas informações a mais com um dos outros sargentos antes de sair da delegacia e achou que aquilo poderia mudar sua sorte.

— E carros bons — respondeu ele. — Alice Diamond, a líder, tem um Chrysler preto.

Mary assobiou baixinho, impressionada.

— E depois dizem que o crime não compensa...

— Ei — rebateu Guy, rindo. — É melhor nos apressarmos.

— Para quê, exatamente?

Os dois tinham chegado à Little Argyll Street e andavam devagar, semicerrando os olhos contra o sol.

— Tive uma ideia — anunciou Guy. — O sargento Bingham me disse que, apesar de as Quarenta Ladras terem a reputação de serem altas e bem-vestidas, elas nunca usam nada do que roubam. É muito arriscado ou óbvio, imagino. Então, repassam os produtos para um receptador. E ele vende tudo.

— Um receptador? — perguntou Mary.

— É o nome que se dá para alguém que vende produtos roubados.

— E para quem ele vende?

Guy deu de ombros.

— Imagino que no mercado paralelo. Eles devem ter clientes fixos. Sempre há pessoas dispostas a pagar barato por itens mais valiosos. E aqui vai a minha ideia. — Ele fez uma pausa enquanto os dois se desviavam de um senhor que andava bem devagar pela calçada. — Como o Soho e essas lojinhas ficam tão perto da Oxford Street, acho que faz sentido que elas se livrem dos vestidos e casacos de pele roubados o mais rápido possível. Podemos procurar os produtos que estão sendo vendidos *para* as lojas, e não o que é vendido nelas.

Mary o encarou e — sim, ele tinha certeza — havia admiração em seus olhos. Ora, por que não? Guy sentia como se tudo fosse possível hoje.

No entanto, Mary disse:

— Não sei. Elas não vão sair direto da Debenham & Freebody e vender tudo para uma loja na esquina, não é? Seria melhor fazer isso em algum lugar discreto.

O balão fora devidamente furado por uma agulha afiada.

— Talvez não — insistiu Guy.

— Talvez não — disse Mary, diplomática. — Mesmo assim, podemos procurar os receptadores. Imagino que sejam homens, não?

Ansioso para disfarçar sua ignorância, já que o sargento Bingham só lhe contara o pouco que sabia, Guy assentiu com ar de quem tinha pleno conhecimento do que estava falando.

— Homens deploráveis, ainda por cima. O bando de Alice Diamond, as Quarenta Ladras, é bem próximo da gangue Elephant & Castle. Eles todos vivem na mesma região de Londres.

— Ah, já ouvi falar desse pessoal. Revólveres e carros rápidos. Houve aquela perseguição no ano passado, que começou na Piccadilly e deu a volta ao redor de Londres — disse Mary. — Parece que os carros iam a oitenta quilômetros por hora. Eu nem sabia que dava para correr tanto.

Guy encarou o horizonte, como se estivesse se lembrando do momento exato em que a perseguição começara.

— Dá, sim. Venha, vamos começar com as lojas daqui primeiro. — Guy a encarou com um sorriso. — Boa sorte — sussurrou ele e pegou o braço de Mary.

Quatro horas e várias paradas depois, a dupla estava cansada e decepcionada. Era óbvio que aquela nova tática não traria resultados rápidos. Evitar outros policiais à paisana parecia mais difícil do que encontrar uma das Ladras ou seus receptadores.

— Não estamos sendo espertos o suficiente. — Guy suspirou enquanto vagavam pela rua, evitando os olhos de outra dupla de colegas da delegacia que seguia na direção oposta.

— Será que existe alguém com quem possamos conversar para descobrir mais? — perguntou Mary.

— Mais sobre o quê?

— Sei lá, mais sobre as Ladras, sobre os homens para quem elas vendem os objetos roubados... Qualquer coisa que nos dê uma pista. Até agora não conseguimos nada.

Guy ficou satisfeito ao ouvir aquela ambição partindo de Mary. Ele sabia que muitos policiais encaravam a operação como uma desculpa para trabalhar menos, passeando pelas ruas e fazendo intervalos em cafés para fazer um lanche. Mas ela sabia que aquela era uma oportunidade para os dois mostrarem serviço.

— Há um lugar em que podemos tentar — disse ele com hesitação.
— É arriscado, duvido que alguém aceite conversar com a gente. Mas tenho um truque na manga...

— Socks? — perguntou Mary. Ela estava agachada com um cão preto e branco aninhado em suas mãos.

— Eu herdei o nome — explicou Guy. — É uma longa história, mas o ganhei de... — Ele não sabia quantos detalhes deveria dar sobre a adoção do cachorro, um vira-lata maltrapilho, porém alegre, que pertencera ao tio de Louisa, que não compartilhava do temperamento do animal. — Digamos apenas que nós cuidamos um do outro.

— Estou vendo — Mary riu.

Socks pulava em Guy agora, ansioso para receber seu carinho favorito atrás da orelha.

— O antigo dono dele era um sujeito indigesto, e imagino que alguns de seus velhos amigos talvez falem com a gente quando virem Socks. É provável que conheçam receptadores e saibam como encontrá-los.

— Vale a pena tentar.

— Tem certeza de que quer fazer isso? Já passa das seis, você pode ir para casa.

— Para ficar encarando a parede enquanto tomo minha sopa? Não, obrigada. Prefiro o que estamos prestes a fazer — respondeu Mary.

Os dois tinham ido buscar Socks em Hammersmith, onde Guy ainda morava com os pais. Dali, seriam apenas duas viagens rápidas até Chelsea e o bar que ficava ao lado de Peabody Estate, o conjunto habitacional onde Louisa Cannon havia crescido.

— Somos apenas duas pessoas que pararam para beber antes de voltar para casa, lembra? — disse Guy para Mary enquanto se aproximavam de Cross Keys.

— Sim, não se preocupe. Esta não é a primeira vez que entro em um bar.

Guy abriu a porta, e Socks saiu correndo na frente, seu focinho se contraindo diante dos cheiros apetitosos que perfumavam o interior. Por sorte, era noite de sexta e o lugar já estava apinhado de homens dispostos a gastar todo o conteúdo dos envelopes pardos que ganharam pelo trabalho da semana. Ou pelos roubos que cometeram, pensou Guy, mas ficou quieto. O ar estava denso de fumaça, encobrindo o suor fétido dos trabalhadores e daqueles que não tomavam banho. Jarras cheias e copos bebidos pela metade se alinhavam no balcão em que os homens se apoiavam, espremidos como dedos do pé em uma bota apertada. Havia alguns espaços com sofazinhos, assim como várias mesas, com praticamente todas as banquetas ocupadas, mas Guy avistou uma mesa vazia em um canto e sinalizou com a cabeça para que Mary se sentasse. Mesmo que não houvesse outras mulheres ali além das garçonetes, Guy percebeu que ela estava determinada a não parecer intimidada.

— Cerveja? — articulou ele, e ela concordou com a cabeça.

Com educação, Guy abriu caminho até o balcão, os homens em ambos os lados resmungando um pouco, mas permitindo sua passagem. Ele percebeu que alguns o encaravam, e sabia que parecia deslocado. Não era só um desconhecido, seus óculos e o corte de cabelo impecável o denunciavam como alguém com emprego regular. Corajoso, ele encarou um ou dois caras de frente e pediu as bebidas. Socks havia sumido.

De volta à mesa, Guy se sentou e entregou a bebida de Mary.

— Onde Socks se enfiou? — perguntou ele.

— Ali — respondeu ela. — Acho que encontrou um amigo.

Guy olhou para a direção apontada e viu um homem velho fazendo carinho no cão, que estava sentado e olhando fixamente para os bolsos do sujeito. Não demorou para ele enfiar a mão em um deles e lhe dar algo, soltando uma risada. Então o homem notou que Guy os observava e apontou para Socks.

— Ele é seu? — perguntou o homem.

Guy assentiu e, para sua surpresa, o velho se aproximou, com Socks correndo atrás. Ele aparentava ter cerca de oitenta anos, tinha uma vasta cabeleira branca como a neve penteada para trás, e, apesar de sua calça e seu casaco estarem puídos, pareciam limpos. Seus olhos eram semelhantes aos de um macaco, fundos e brilhantes. Ele encontrou uma banqueta ali perto e a levou para a mesa dos dois, erguendo o copo em um brinde enquanto se acomodava.

— Imagino que você seja amigo do Stephen — perguntou ele.

Mary escondeu rapidamente sua surpresa quando Guy disse:

— De um tempo atrás.

— Sempre amei o cachorro velho dele. Eu me chamo Jim, a propósito.

— Bertie — disse Guy sem nem pestanejar —, e essa é Mae.

— É um prazer conhecê-la, Mae. — Jim inclinou um chapéu imaginário. — O que foi que aconteceu com Stephen, afinal? Ele desapareceu de repente, e ninguém nunca mais teve notícias.

— Entrou para o Exército — respondeu Guy, tomando um gole demorado para esconder o nervosismo. — Deve ter sido enviado para o exterior.

— Provavelmente fugiu de alguma dívida — zombou Jim.

Guy respirou fundo e olhou ao redor, como se quisesse se certificar de que mais ninguém estava escutando. Jim se inclinou para a frente.

— Essa é a história oficial, pelo menos.

— E qual é a não oficial?

— Foi para o sul. Entrou para os Elefantes.

Jim apertou os lábios.

— Um pessoal barra-pesada. Se ele se meteu com essa gente, está enrascado.

Guy gesticulou para Mary.

— Mae está pensando em entrar para as Quarenta Ladras.

— Elas são espertas. Mas tenho minhas dúvidas se você pode simplesmente pedir para entrar. Acho que é preciso nascer nesse meio.

— Eu nasci — respondeu Mary, surpreendendo Guy com um sotaque perfeito do sul de Londres.

— Ah, então você quer voltar às origens?

— Mais ou menos por aí — respondeu ela, mantendo a dicção impecável.

— Achei que as garotas tivessem parado de trabalhar em Londres — disse Jim. — As coisas ficaram muito complicadas, a polícia estava no pé delas.

— E onde mais elas trabalhariam? — perguntou Guy, rápido demais.

Jim o encarou com um olhar astuto.

— Em qualquer lugar que tenha lojas grandes. Manchester, Birmingham. Vamos ver.

Jim se virou e gesticulou para outro velho se aproximar e se juntar a eles. O homem veio mancando devagar, a cerveja ameaçando transbordar do copo a cada passo vacilante.

— O que foi? — perguntou ele ao chegar, mas seu tom não era antipático.

— Quer sentar? — ofereceu Guy, se levantando.

— Ahh, não — O velho riu. — Vai me fazer bem ficar de pé, passei o dia todo sentado. O que vocês querem comigo?

— O que você sabe sobre as Quarenta Ladras? — perguntou Jim antes de se virar de volta para Guy e Mary. — Meu camarada Pete sabe tudo que acontece nesta cidade.

Pete soltou outra risada baixa.

— Nem tanto. Mas as Ladras são aquele bando de mulheres. Dizem por aí que existe há uns duzentos anos, de alguma forma. Não sei quem é a líder agora. Eu tinha uma prima que se meteu nessa história antes da guerra. — Ele ergueu uma sobrancelha. — Você está interessada?

Mary empinou o queixo, como se estivesse sendo desafiada.

— Talvez — respondeu ela.

Pete tomou um gole da cerveja.

— Bem, não sei o que as moças andam fazendo agora. Ouvi falar que tinham saído de Londres.

— Foi o que eu disse para eles — concordou Jim.

— O último esquema delas era trabalhar como criadas em mansões do interior — continuou Pete. — Um jeito fácil de roubar coisas.

— E o que elas fazem com o que roubam? — perguntou Guy.

— Quer saber, meu copo já está meio vazio — disse Jim, balançando-o. Ainda restava quase que metade da cerveja.

Guy se virou para Mary.

— Pode nos fazer esse favor? — perguntou ele, lhe entregando algumas moedas.

Ele se sentiu um pouco culpado, sabendo que ela teria de escutar comentários desagradáveis da clientela no caminho, mas não queria arriscar perder nenhuma informação. Mary fez uma leve careta, mas se levantou e seguiu para o balcão. Jim se inclinou para observá-la com malícia.

— Ela é sua namorada?

— Mais ou menos — respondeu Guy.

— É melhor você ficar esperto se ela entrar para as Ladras. Parece que elas não gostam que as garotas delas se metam com gente de fora, se é que você me entende.

Guy sentiu a garganta apertar, tendo dificuldade em engolir.

— O que acontece?

— Elas pedem favores para os Elefantes — explicou Pete. — Eles dão um jeito nas coisas. Vendem tudo que as moças roubam e, quando necessário... — Ele fez um sinal indicando um corte na garganta com o dedo indicador.

Guy ficou feliz quando Mary colocou dois copos cheios na mesa bem naquele instante.

— E onde os produtos são vendidos?

Mas ele passou do limite.

— Você está fazendo perguntas demais — disse Jim, e sua voz se tornou azeda como leite deixado sob o sol. — Por que está tão interessado?

Guy não tinha certeza, mas parecia que Pete ou Jim tinha feito algum sinal sem ele notar. Três ou quatro homens no balcão haviam se virado e os encaravam. Ele se levantou rápido, e Socks saiu atrapalhado de baixo da mesa, onde dormia aos seus pés.

— Obrigado pela conversa, mas é melhor irmos para casa. Vamos, Mary.

— Pensei que você tivesse dito que o nome dela era Mae — falou Jim, baixando o copo.

— Falei errado — disse Guy e passou por Jim, seguido de perto por Mary.

Vários homens tinham dado as costas para o balcão e observavam a cena. Guy havia acabado de alcançar a porta do bar e segurava a maçaneta quando sentiu Mary se virar rápido. Os homens vinham em sua direção, mas ela se manteve firme, com Socks ao seu lado.

— Se eu fosse vocês, não faria isso — disse ela com uma voz ameaçadora. — Não esqueçam o que eu falei sobre onde nasci.

Os homens não se moveram, confusos, e Jim esticou um braço para detê-los. Ele olhou para Mary e sorriu.

— Calma, rapazes — disse ele. — Nada de brigas hoje.

Aliviado, Guy abriu a porta e saiu para a noite escura com Mary e Socks. No fim das contas, tinham descoberto o que queriam, e agora sabiam aonde precisavam ir.

CAPÍTULO ONZE

Sebastian quebrou o silêncio, se adiantando e segurando gentilmente Dulcie pelos ombros.

— É melhor você entrar — disse ele, a fala enrolada pelo uísque e pelo choque.

Louisa tentou encontrar o olhar dela, mas Dulcie encarava o chão, as mãos ainda cobrindo a boca, as pernas cambaleando enquanto Sebastian a guiava pelo caminho. O que havia acontecido? Um segundo confronto entre Dulcie e Adrian? As duas não tinham se visto desde que Dulcie descera correndo a escada e saíra pela porta dos fundos. Qualquer coisa poderia ter acontecido. Algo havia acontecido.

E Pamela, ai, meu Deus. O que Pamela diria sobre o que tinha escutado mais cedo no quarto da tia? Será que contaria à polícia que Louisa a mandara para o andar de cima sem motivo? Será que ela seria considerada suspeita? Talvez ela *devesse* se sentir culpada. Ela havia deixado Dulcie entrar na casa e lhe oferecido um quarto para se encontrar com um homem que, uma hora depois, estava morto. Louisa começou a sentir um bolo na garganta e desejou que todo mundo sumisse, rápido, antes que começasse a gritar de medo e confusão. Também sentiu uma vontade repentina de ter Guy ao seu lado, tranquilo e sereno, seus braços ao redor dela lhe oferecendo conforto. Ela nunca se sentira tão sozinha.

Os outros também reagiam à cena terrível diante de seus olhos. Charlotte quase desmaiou, mas Ted a segurou e a levou de volta para a casa, com Nancy apoiando-a do outro lado, protegendo-a e evitando que olhasse para trás. Louisa pediu a Clara que levasse Srta. Pamela, que não chorava, mas estava quase. Quando o restante do grupo atravessou o arco, Louisa se aproximou do corpo. Não havia dúvida de que ele estava morto. Já havia uma palidez resplandecente em seu rosto, a máscara da morte. O *rigor mortis* ainda não se instalara, e ela se perguntou se deveria esticá-lo para que não houvesse dificuldades mais tarde, porém decidiu que aquilo seria uma interferência na cena do crime. Se é que tinha sido um crime. Talvez ele tivesse caído. Será que tinha pulado? Uma piada de mau gosto em uma caça ao tesouro. Rapidamente, ela foi tomada pela raiva pensando no suicídio egoísta de um homem desagradável que devia achar que não só a vida era curta, mas também truculenta. Então ela se acalmou; era melhor esperar pela inevitável chegada da polícia. Ao lado do corpo inerte, via-se apenas o chapéu de palha preto da fantasia de vigário de Adrian, que aterrissara a uma certa distância. Ela também o deixou onde estava e voltou para a casa.

Quando Louisa chegou ao hall de entrada, encontrou lady Redesdale e a cunhada em seus roupões, assim como outros convidados, amigos de lorde e lady Redesdale, que também tinham ido para a cama mais cedo. Três ou quatro convidados permaneciam ausentes, aparentemente conseguiam dormir enquanto acontecia toda a comoção. Louisa não tinha seguido os outros pela porta da frente — não sabia ao certo se por hábito ou por um desejo de não fugir do protocolo quando todo o restante estava de cabeça para baixo —, mas dera a volta pelos fundos, como sempre, e entrou no cômodo pela porta verde que separava os aposentos da família dos usados pelos criados. Todos pareciam alinhados, como se estivessem em uma fila no correio, remexendo os pés, sem conversar. O único som que se ouvia era o choro de Charlotte, uma série de arfadas e soluços arrítmicos. As velas tinham se apagado, mas as luzes foram acesas, deixando tudo iluminado demais, como se tivesse amanhecido de repente. Lorde Redesdale saiu da saleta do telefone, também com o roupão firmemente amarrado.

— Pois bem. Liguei para a polícia, e já estão a caminho. Não há motivo para ficarmos aqui no frio, então vamos para a sala de estar.

Sebastian seguiu na frente, consolando Dulcie, que se movia devagar e com movimentos breves, inseguros, como uma criança. Phoebe tinha saído para ver o que havia acontecido, mas logo retornara ao seu posto no sofá amarelo, mancando. Pamela era reconfortada pela mãe, que exibia uma expressão indiferente, determinada a não revelar o que realmente pensava. Na sala de estar, Louisa atiçou o fogo na lareira e acrescentou mais lenha, depois pegou cobertores que estavam no banco embutido abaixo da janela e os distribuiu entre as mulheres. Seus gestos eram profissionais e automáticos. Nancy tinha removido a mantilha, e Pamela, a peruca, deixando suas cabeças expostas, com os cabelos amassados, os rostos exibindo uma palidez mórbida.

— Vou buscar a Sra. Windsor e preparar um leite quente, milady — disse Louisa e escapuliu rápido, feliz por sair de lá e, ao mesmo tempo, desesperadamente ansiosa por não conseguir falar com Dulcie.

Ela com certeza não tinha cometido o assassinato, mas será que participara daquilo de alguma forma? Será que tinha convencido Adrian a subir no campanário, sabendo que ele encontraria seu fim ali? Mas, se ela tivesse feito isso, por que se daria ao trabalho de encontrá-lo antes na casa? Nada fazia sentido.

Na sua sala particular, a Sra. Windsor pegara no sono em uma poltrona pequena e dura, com a boca aberta, o livro caído no chão e um ronco que fazia seu lábio superior tremer. Louisa sacudiu o ombro dela para acordá-la e explicou o que havia acontecido, com base no que sabia.

— O Sr. Curtis? Morto? — exclamou a governanta.

Louisa assentiu.

— Estão todos na sala de estar, aguardando a polícia. Vou preparar um leite quente para eles. O café da manhã está pronto, mas acho que ninguém vai querer comer. — A voz de Louisa foi perdendo a força.

— Sim, sim — disse a Sra. Windsor enquanto se levantava, com uma das mãos afastando o cabelo do rosto, a outra procurando a touca.

Ela parecia estar tentando resgatar algo na memória sobre como auxiliar os patrões logo após a morte repentina de um convidado. Não ficou evidente se alguma resposta lhe veio à cabeça.

Quando Louisa e a Sra. Windsor finalmente voltaram à sala de estar com xícaras fumegantes, junto com alguns biscoitos e um bolo de frutas que encontraram na despensa, um policial já estava no cômodo. E, pelo que ouviram falar, havia outro no cemitério da igreja, inspecionando o cadáver.

Clara estava no banco de janela, com os joelhos dobrados sob o queixo e um cobertor ao redor dos ombros. Ela aceitou com gratidão a xícara que lhe foi oferecida. Louisa decidiu se arriscar e falar alguma coisa com ela. A americana sempre a tratara com mais simpatia do que os outros.

— O que aconteceu? — sussurrou ela.

Clara olhou para o grupo diante da lareira. Lady Redesdale mantinha um braço em torno dos ombros de Pamela, que havia parado de arfar e agora exibia apenas uma expressão assustada e exausta. Sebastian encarava o fogo com as mãos no bolso, e Charlotte estava ao lado de Nancy, que parecia não saber o que fazer enquanto a jovem chorava copiosamente. Ted, sem a capa de Drácula, conversava baixinho com lorde Redesdale, que exibia uma expressão séria. Apesar de o fogo estar alto, o cômodo tinha sido tomado por uma friagem. Louisa sentia o frio dominando até o último fio de cabelo. Foi então que se deu conta da ausência de Dulcie.

— Estão interrogando a criada — disse Clara. — Parece que foi ela. Dá para *imaginar*? — Ela tomou um gole de leite. — Quer dizer, ela era acompanhante de Charlotte, *criada* da mãe deles. A família estava abrigando uma assassina. — Seus olhos grandes se arregalaram ainda mais. — Eles a alimentavam. Pagavam seu salário.

Ela estremeceu e fechou os olhos, como se não conseguisse acreditar no que tinha acabado de acontecer bem à sua frente. Embora, é claro, ela não tivesse presenciado nada. Ninguém tinha.

Louisa quase deixou a bandeja cair.

— Ela não fez isso!

A declaração escapuliu antes que conseguisse se controlar.

Clara a fitou com surpresa, e houve uma movimentação diante da lareira enquanto uma ou duas cabeças se viravam na direção das duas.

— Com licença — sussurrou Louisa. Ela deixou a bandeja em uma das mesas e saiu depressa, sem pensar para onde corria ou do que exatamente estava fugindo.

Após dar apenas alguns passos no corredor, porém, uma mão pesada segurou seu ombro.

— Venha comigo, senhorita — disse o policial. — Nosso detetive-inspetor gostaria de uma palavrinha.

Louisa se virou, remexendo os ombros para se desvencilhar dele. Era difícil se livrar de velhos hábitos. O policial era jovem, seu cabelo era raspado tão rente atrás das orelhas que havia uma linha cor-de-rosa nas bordas. Ele parecia estar com medo dela e, ao mesmo tempo, determinado a não deixá-la escapulir. Um pouco da sua antiga insolência veio à tona, a lembrança de um instinto que nunca esteve muito longe da superfície.

— Não precisa ficar nervosinho — reclamou ela. — Eu só estava voltando para a cozinha.

— Venha comigo — disse o policial e se virou. O fato de ele saber que sua ordem seria cumprida era extremamente irritante.

— Você não sabe o caminho — rebateu ela. — Imagino que estejamos indo para o escritório de lorde Redesdale?

Se houvesse um detetive-inspetor conduzindo investigações, Louisa sabia que colocariam o homem lá. Ela tomou a frente do policial e saiu andando rápido, ignorando seus protestos antes de ele ficar calado e segui-la em um silêncio rabugento pelo corredor, atravessando o hall de entrada e enveredando pela casa antes de chegarem à porta resistente do Cômodo à Prova de Crianças. Ali, ela deixou que ele tomasse a sua frente. Não estava com vontade nenhuma de dar os próximos passos.

As palavras que Dulcie dissera na última conversa que tiveram ressoavam em sua mente: "Sempre suspeitam da gente primeiro."

CAPÍTULO DOZE

Dentro do escritório, um homem que Louisa presumiu ser o detetive-
-inspetor local estava sentado à mesa de lorde Redesdale, que costumava estar coberta com os detritos das contas da casa, recortes de jornal
e parafernália de pesca. Nos meses de inverno, lorde Redesdale dedicava
seu tempo a desembolar linhas e a amarrar penas em anzóis. A pequena
luminária com cúpula de vidro verde na mesa havia sido deixada acesa,
seu feixe de luz lançava os olhos e a testa do homem nas sombras. Tudo
que ela conseguia ver era um nariz bulboso e avermelhado, tão cheio
de crateras quanto a Lua, pairando sobre um elegante bigode e lábios
carnudos. Ele estava sentado com os braços cruzados, tão inclinado para
trás na cadeira de madeira quanto era possível. Lorde Redesdale não era
adepto do conforto enquanto trabalhava.

Diante da mesa, via-se uma cadeira comprida e fina que não costumava acomodar nada mais pesado do que algumas cópias da revista
Country Life, mas, agora, sustentava o peso de Dulcie Long. Louisa
notou que os ombros dela estavam tensos, e as costas, empertigadas.
Cada fio de cabelo em sua cabeça parecia alerta, mas ela não se virou
quando o policial e Louisa entraram. Dulcie parecia incapaz de afastar
o olhar do bigode diante de si, estava apavorada demais para demonstrar
qualquer reação.

— Esta é a Srta. Louisa Cannon, senhor — disse o policial. — É a criada que mora na casa, a que estava com os convidados quando encontraram o cadáver.

— Obrigado, Peters — disse ele, a boca ressaltada pela luz da luminária. — É melhor você voltar para junto do grupo na sala de estar. Não deixe ninguém ir embora.

— Sim, senhor — disse Peters e saiu.

Louisa parou atrás de Dulcie. Quase dava para sentir o calor que o corpo dela emanava, e seu desejo era tocar o ombro da amiga para acalmá-la. Porém, se fizesse isso, não poderia se salvar. Uma delas precisava sair dali.

O detetive-inspetor se inclinou para a frente, e Louisa notou seus olhos vermelhos. O homem havia sido convocado em plena madrugada, provavelmente tivera de deixar a cama, e não parecia muito animado. Mesmo assim, em um caso de homicídio, sacrifícios precisavam ser feitos. Aquilo merecia sua devida atenção. Ele semicerrou os olhos e se concentrou em Louisa.

— A senhorita conhece esta mulher?

Ela pensou naquela noite no Elephant and Castle.

— Conheço — respondeu ela.

Ele fez um muxoxo com impaciência e voltou a falar:

— Quão *bem* a senhorita a conhece?

— Pouco, senhor. Nós nos conhecemos quando acompanhei Srta. Pamela a um jantar em Mayfair no mês passado, na casa de lady Curtis. — Cada formalidade era mais um tijolo na estrutura da fortaleza dela.

— E se encontraram de novo?

— Hoje à noite, senhor. Ela entrou pela porta dos fundos, conforme o esperado. Foi combinado com lady Redesdale que ela viria para acompanhar Srta. Charlotte de volta à casa dos Watney. Hooper as levaria de carro.

O inspetor fez outra tentativa de se inclinar para trás, fracassou e, em vez disso, estalou os dedos. Então olhou para Dulcie, depois para Louisa, encarando-as por um tempo suficientemente longo e desconfortável. Dulcie permaneceu imóvel, apesar de sua cadeira ranger de leve.

— Que horas eram quando a Srta. Long chegou?

— Não tenho certeza, senhor. Já era tarde, a festa já estava quase no fim, e restavam poucos convidados.

— A senhorita estava sozinha na cozinha quando ela entrou?

— Sim, senhor. A Sra. Stobie, isso é, a cozinheira, já tinha se deitado. As criadas foram para casa, e a Sra. Windsor estava em sua sala particular.

— A senhorita a levou até algum quarto no andar de cima?

Louisa não sabia aonde ele queria chegar com aquelas perguntas — será que ele sabia que Dulcie e Adrian haviam se encontrado? Que ela contribuíra para que o encontro ocorresse? Era improvável. Dulcie dera sua palavra de que ninguém descobriria que Louisa a ajudara; caso contrário, as duas perderiam o emprego. Ela achou melhor assumir o risco e confiar que Dulcie não tinha dedurado sua participação na história.

— Não, senhor. Saí da cozinha assim que ela chegou, para recolher os copos vazios da festa. Imaginei que ela ficaria esperando até dar a hora de acompanhar Srta. Charlotte de volta à casa dos Watney.

— Onde a senhorita estava quando os gritos da Srta. Long foram ouvidos?

— Eu já tinha voltado para a cozinha, estava preparando o café da manhã — respondeu Louisa.

— E a Srta. Long estava lá?

Louisa hesitou por um brevíssimo instante.

— Não, senhor. Imaginei que ela tivesse ido buscar Srta. Charlotte.

Ela torceu para não estar desmentindo a versão de Dulcie, porém o que mais poderia fazer?

O inspetor se inclinou para a frente. Ele ergueu um pano, como um garçom revelando um *steak au poivre* sob uma cloche de prata, porém o que Louisa viu foi uma coleção resplandecente de joias: um colar de pérolas, um bracelete de safira e diamante, alguns anéis, pares de brincos. Louisa quase caiu para trás. Dulcie tinha roubado aquelas coisas? Ela se sentiu traída mas, ao mesmo tempo, sabia que Dulcie fazia parte das Quarenta Ladras, não sabia? E permitiu que ela entrasse na casa. Louisa sabia que estava deixando uma ladra entrar na casa e a levou para um cômodo vazio, garantindo que ela poderia passar pelo menos meia hora lá dentro sem ser incomodada. Do que mais ela seria culpada? O coração de Louisa disparou, e sua respiração se tornou ofegante. Ela precisava se concentrar em manter a calma, em parecer inocente. Independentemente do que tivesse acontecido, ela não tinha assassinado ninguém.

— Sabe, não consigo entender como esses objetos foram parar nos bolsos da Srta. Long quando ela veio buscar Srta. Charlotte — começou o inspetor. — Ela não só teve tempo de entrar no quarto da Srta. Iris Mitford, como deu a sorte de encontrar o cômodo vazio. E sem jamais ter colocado os pés nesta casa.

A voz dele era calma. Ele falava com a segurança de um professor que resolvia em minutos uma equação que havia deixado os alunos encucados por dias na aula de matemática. Ele sabia, sem sombra de dúvida, que estava certo.

E Louisa sabia que Pamela contaria ao inspetor sobre a briga que escutara entre o Sr. Curtis e uma mulher, que só poderia ser Dulcie. A criada dos Curtis tinha levado um soco de Adrian, além de ter sido encontrada diante do corpo no momento em que ele fora descoberto pelo restante da casa e, para completar, com os bolsos cheios de joias roubadas. Louisa tomou uma decisão de pronto, rezando para não se arrepender depois.

— Não posso explicar isso, senhor — disse ela. — Depois que saí da cozinha, só a vi de novo quando escutei os gritos lá fora e... bem, o senhor já sabe o restante da história.

— Parece que sim — concluiu o inspetor, e os ombros de Dulcie começaram a tremer. — Pode ir agora, Srta. Cannon, mas fique na casa, entendeu? Estão todos proibidos de sair da residência.

CAPÍTULO TREZE

Pouco após o término do café da manhã, servido às oito em ponto como sempre — lorde Redesdale não mudaria sua rotina por nada, nem por um assassinato —, todas as pessoas que haviam estado no cemitério da igreja na noite anterior foram reunidas na biblioteca a pedido do detetive-inspetor Monroe, conforme o próprio se apresentara. Louisa, sendo uma das testemunhas que viram Dulcie parada diante do cadáver de Adrian Curtis, estava entre eles. Os poucos convidados que tinham dormido durante o burburinho foram embora cedo, provavelmente horrorizados, ou tomavam o café no salão matinal.

 A luz azulada do inverno entrava pela ampla janela saliente. Resquícios da festa da noite anterior tinham sido removidos, com exceção de um cinzeiro esquecido em uma prateleira alta, que passou despercebido por Ada quando ela varreu e tirou o pó no primeiro raiar do sol. O sofá fora empurrado de volta ao centro do cômodo, e as cadeiras de madeira para as acompanhantes tinham sido empilhadas e guardadas. Com os suéteres emprestados cobrindo as fantasias, as perucas e os acessórios descartados há muito tempo, os convidados pareciam cópias malfeitas de seus personagens. Os olhos de Pamela estavam vermelhos, mas não eram os únicos: ninguém ali aparentava ter tido uma boa noite de sono.

Além dos interrogatórios do inspetor, que duraram toda a madrugada, não havia camas suficientes, e os quartos vazios estariam frios demais, então a maioria dos convidados tinha se empoleirado em poltronas e sofás na sala de estar com ásperos cobertores de lã.

Louisa esquadrinhou a biblioteca e viu lorde Redesdale parado diante da cornija da lareira, batendo seu cachimbo em um pires. Nancy, Clara e Charlotte estavam acomodadas no mesmo sofá, ligeiramente separadas, com a irmã do falecido fumando um cigarro sem se dar ao trabalho de prendê-lo à piteira de prata que usara na noite anterior. Phoebe mantinha a perna apoiada em um banco baixo, enquanto Sebastian ocupava uma poltrona pequena, com as pernas cruzadas, também fumando. Ted havia parado perto do piano, no qual Oliver Watney estava sentado no banco, pálido, suas mãos tremiam enquanto fingia folhear a partitura — aquela não seria a melhor hora para planejar um recital.

Lady Redesdale, a cunhada Iris e Pamela estavam acomodadas no banco embutido abaixo da janela, sem se encostarem nem se olharem. Dulcie não estava presente.

— Obrigado a todos por estarem aqui — começou Monroe, ignorando o muxoxo de lorde Redesdale. — Compreendo que alguns dos senhores estejam ansiosos para voltar a Londres, mas é importante que eu converse com todos juntos antes. Imagino que não seja necessário explicar o motivo. Sei que ficarão aliviados ao saber que acredito termos encontrado o culpado. — Ele deu uma tossidela, como se tentasse suprimir um olhar de prazer. O coração de Louisa disparou, como a pata traseira de um coelho contra o chão. — É claro que as provas serão submetidas a um inquérito, mas detive Dulcie Long pelo roubo de uma grande quantidade de joias e pelo assassinato do Sr. Adrian Curtis.

Louisa ficou abalada diante dessa declaração, mas precisou se conter e esconder sua surpresa de todos. A revelação — e o sentimento de culpa — de que Dulcie havia roubado pertences do quarto já fora um suplício na noite anterior. Ouvir que o detetive a prendera por *assassinato* era um soco no estômago. Ela havia sido tão ingênua quanto Pamela, e ainda tivera a audácia de se considerar uma mulher experiente. Ai, meu Deus.

Charlotte começou a chorar de novo, e Clara pegou sua mão. Louisa notou que Charlotte puxou a mão de volta sem interromper o ritmo das lágrimas.

— Parece que houve uma briga entre o Sr. Curtis e a Srta. Long pouco antes de sua morte, quando ele a seguiu até o quarto da Srta. Iris Mitford. Podemos presumir que ele a viu roubando as joias e a confrontou. — O inspetor olhou ao redor da biblioteca, como se quisesse garantir que tinha a atenção da plateia antes de prosseguir: — Srta. Pamela escutou a discussão, assim como um som do que acreditamos ter sido o Sr. Curtis batendo na Srta. Long, o que provavelmente causou o olho roxo. A Srta. Curtis discretamente me informou que, em um passado recente, o Sr. Curtis e a Srta. Long tiveram certo envolvimento, digamos assim, e eu acredito que ela o tenha atraído até o campanário da igreja com a promessa de um novo encontro.

Ele tossiu, desta vez para esconder seu constrangimento, e lorde Redesdale quase ficou roxo de tanta raiva reprimida. Lady Redesdale apenas afastou o olhar.

— Lá, pegando-o desprevenido, ela concluiu seu objetivo e empurrou o Sr. Curtis do campanário, de onde ele caiu e morreu quase instantaneamente, na minha opinião. A Srta. Long então saiu correndo, se dando conta dos seus atos, e começou a gritar, alertando o restante da festa. E foi assim que a maioria dos senhores chegou ao cemitério e descobriu a vítima e a culpada.

Monroe olhou ao redor de novo, pegou um lenço grande e assoou demorada e vagarosamente o nariz — que continuava bastante vermelho em plena luz do dia. O cômodo foi tomado pelo silêncio.

Louisa estava pasma. Ela não suspeitara de que Dulcie tinha vindo com a intenção de roubar, mas estava completamente enganada. Ela tinha dito a si mesma que as duas compartilhavam algo, que se compreendiam de um jeito que as tornava solidárias uma à outra. Porém, agora, percebia que isso não significava que conhecesse Dulcie de verdade. Em resumo, ela precisava encarar a possibilidade de Dulcie ser mesmo culpada pelo crime e ter traído sua confiança.

CAPÍTULO QUATORZE

Guy havia encarado a conversa no bar Cross Keys como um alerta para não tentar se aproximar de receptadores perigosos caso, como suspeitava, fossem associados ao pessoal do Elephant and Castle. Então a dupla se concentrou em procurar as mulheres, as Quarenta Ladras. Para isso, ele e Mary Moon (era impossível não a chamar pelo nome completo, até mesmo em sua cabeça) bolaram um plano que parecia ser eficaz. Ele entraria sozinho em uma loja, talvez uma loja de roupas ou uma joalheria, o tipo de lugar que despertaria o interesse das criminosas da gangue, e puxaria uma longa conversa com o funcionário mais importante do lugar sobre sua mercadoria. Dessa forma, qualquer Ladra que passasse por ali se sentiria tentada a roubar, porque acreditaria que a pessoa capaz de notar suas artimanhas — Guy sabia que suspeitariam dele à paisana, sendo um homem em uma loja feminina — estava distraída. Mary entraria na loja cerca de cinco minutos depois dele e observaria qualquer sinal de uma cliente se apossando dos produtos sem intenção de pagar.

Bem, esse era o plano. Porém, depois de dois dias vagando pelas lojinhas da Great Marlborough Street, Guy tinha sido vítima de monólogos demorados cheios de informações sobre a história da produção, detalhes das peças e o valor de uma infinidade de itens, incluindo — mas não limitado a — relógios femininos, estolas de pele de raposa, uma coleira de cachorro incrustada com imitações de pedras preciosas e um conjunto de copos de cristal. Até agora, a situação mais perigosa havia sido o momento em que Guy quase comprara a coleira para Socks. Não houvera nenhum sinal de atividade criminosa enquanto ele e Mary faziam sua ronda. Na verdade, Guy tinha a nítida impressão de que as lojistas começavam a suspeitar dos dois.

No fim do turno anterior, Guy ficou sabendo que uma terceira prisão havia sido feita. Ainda não havia confirmação de nenhuma conexão com as Ladras, porém, mesmo assim, à noite, vários copos de cerveja foram consumidos no bar na esquina da delegacia de Vine Street. Até mesmo Cornish apareceu para tomar um uísque e dar um tapinha de parabéns nas costas do policial responsável pela captura. Guy foi embora depois de dois copos e caminhou por boa parte do trajeto até sua casa satisfeito pelo gélido ar noturno no rosto, que parecia ser capaz de clarear sua mente anuviada.

Na manhã seguinte, enquanto ele caminhava com Mary pela Oxford Street, desviando de poças de óleo que perduravam na calçada fazia quatro dias, as grandes lojas de departamento surgiram no horizonte, e isso fez com que tomasse uma decisão.

— Vamos à Debenham and Freebody hoje, policial Moon — disse Guy, se esforçando para não diminuir o ritmo de sua caminhada.

— Não enviaram outros policiais para lá? — perguntou Mary, puxando o lóbulo da orelha esquerda enquanto falava.

Guy estava começando a achar aquele tique muito encantador.

— Talvez, mas você nos dá uma vantagem. Sabemos que as lojas maiores estão dando queixas de roubos. Mas fica muito suspeito dois homens parados em uma seção de vestidos, as Ladras não vão nem passar perto. Se eles estivessem carregando placas anunciando que são da polícia, daria no mesmo. Por outro lado, com você, ninguém vai desconfiar de nada.

— Você diz isso, mas ainda não tivemos nenhum sucesso.

Mary cruzou os braços, talvez se dando conta de que continuava puxando a orelha. Ela não se amuou, não era do seu feitio, mas Guy sabia que ela estava ansiosa para prender alguém. E ele a entendia porque se sentia da mesma forma.

— Pense um pouco. Faz sentido que elas se concentrem em estabelecimentos maiores. Seria mais fácil passar despercebido em um lugar cheio de clientes. Elas sabem que não existem funcionários suficientes para vigiá-las mesmo que se comportem de um jeito suspeito. A última prisão foi feita lá.

— Mas e se a gente estiver se metendo na área de alguém? — Mais uma vez ela puxou a orelha.

— É melhor não nos preocuparmos com isso agora. Suponho que Cornish não daria muita importância para esse detalhe se pegarmos uma das Ladras, não acha?

— Hum, sim, pois é. — Os dois tinham parado na esquina, e, enquanto esperavam para atravessar, Mary tirou um cigarro de uma cigarreira de prata. Então ofereceu um para Guy, que negou com a cabeça, mas sorriu. — Eu sei — disse ela —, mas, de qualquer maneira, parece grosseria não oferecer.

Mary lhe passou o isqueiro, e ele acendeu o cigarro. Outro ritual. Os dois rapidamente tinham criado esses hábitos, e Guy sentia um frio na barriga quando pensava nisso. Mas não sabia dizer se era de prazer ou desconforto.

Eles não estavam fardados, o que também ajudava a confundir as coisas. Sem o corte elegante e reto de seus paletós azul-marinho e as botas lustrosas, havia uma tendência gradual, porém definitiva, de ceder ao comportamento civil mesmo durante o expediente. Guy estava com roupas um pouco mais elegantes do que costumava usar em um sábado, com um alfinete de gravata e um lenço branco engomado dobrado em forma de triângulo no bolso do paletó. O traje fora pensado para dar a ilusão de um homem acostumado a frequentar lojas caras enquanto ele fazia perguntas complexas sobre o forro de seda de uma estola de visom.

Guy se perguntou se Mary incorporava uma personalidade diferente a partir das roupas que escolhia, algo tão surpreendente quanto o sotaque

que ela adotara no bar, mas era improvável. Seu terninho cinza-escuro com saia plissada e jaqueta justa era elegante, mas não "vogueish". Era isso que ele queria dizer? Já tinha escutado a cunhada descrever alguém com essa palavra estranha, e parecia um elogio, então Guy presumiu que significava alguém digno de aparecer na revista *Vogue*. De qualquer maneira, Mary Moon com certeza passava essa impressão quando se virava levemente, girando a cintura fina de forma a parecer ainda mais magra e ajeitando a postura ao jogar a cabeça para trás e soprar a fumaça do cigarro. O engraçado era que, no geral, quando alguém era visto sem a farda pela primeira vez, a pessoa parecia menor, menos autoritária. No uniforme, ela passava a impressão de ser uma garotinha fantasiada, enquanto as próprias roupas pareciam devolver sua coragem. Agora ficava visível a força que provavelmente fora necessária para entrar para a polícia.

— Vamos à Debenham and Freebody — insistiu Guy —, pelo menos para tentar alguma coisa. Se não acharmos a mina de ouro, ou de diamante... — Ele sorriu. — Bem, ninguém precisa saber.

Mary jogou o cigarro no chão, apagando-o com o pé, e ajeitou o chapéu, que era de sua irmã e ficava um pouco grande, escorregando pela sua testa quando baixava a cabeça, mas parecia um acessório sofisticado com a tela azul-marinho que ia até a ponta de seu nariz.

— Certo — disse ela —, vamos.

CAPÍTULO QUINZE

Duas horas depois, a dupla tinha percorrido quase cada centímetro da loja de departamentos Debenham and Freebody. Guy havia erguido e analisado vários vasos de vidro, gravatas de seda e um faqueiro completo de prata polida. Mary se manteve firme e não provou uma série de vestidos estonteantes, tudo em nome da investigação. A barriga deles estava começando a roncar nesse momento, mais de tédio do que pela fome em si, e a promessa de uma tigela de sopa e um pãozinho quente em um restaurante da região logo seria tentadora demais para resistir. Pelo menos não tinham esbarrado em nenhum colega de trabalho, e Guy se perguntou se os encarregados daquele local também tinham resolvido tentar encontrar alguma pista em lugares mais interessantes. Conforme a hora do almoço se aproximava, a loja começou a encher com secretárias e telefonistas admirando os cosméticos e perfumes no térreo. Mary estava enrolando, experimentando um batom cor de cereja da Revlon nas costas da mão, e Guy se sentia cada vez mais ansioso para ir embora dali. Era desconfortável ficar parado com tantas mulheres ao redor, fitando a si mesmas em espelhos minúsculos.

— Vou para o departamento de armarinho — disse ele.

Mary corou e limpou o batom roxo-escuro.

— Também vou.

Guy se sentia reconfortado pelos rolos de tecido que cercavam as paredes do terceiro andar, o cheiro de algodão fazendo-o se lembrar de casa. Em uma extremidade, parada diante de uma mesa comprida, uma vendedora puxava de um rolo grosso metros de um linho verde antes de habilmente cortá-lo com sua tesoura cor-de-rosa. Ela parecia regular idade com a mãe dele, exibindo o mesmo estilo prático de todas as mulheres que alcançaram a meia-idade antes da guerra: cabelo grisalho preso em um coque, óculos de meia-lua equilibrando-se sobre as sobrancelhas, prestes a deslizar pelo nariz quando necessário. Apesar de tê-la visto naquela manhã, Guy sentiu uma pontada de saudade da mãe. Ele precisava de seu sorriso encorajador e de sua garantia de que tudo daria certo.

A vendedora e a cliente que comprava o tecido pareciam compartilhar uma piada, ambas abafando risinhos enquanto o pano era dobrado e guardado em uma bolsa de papel pardo. Do que as mulheres sempre riam juntas? Mesmo quando mal se conheciam, um aceno de cabeça e uma piscadela eram o bastante para estabelecer uma relação. Era como se o sexo feminino estivesse ciente de uma piada interna que os homens não conseguiam — jamais poderiam — compreender. Mary tinha se aproximado das máquinas de costura, pegando pacotes aleatórios de agulhas e lendo seus rótulos, como se estivesse à procura de um tamanho específico, apesar de Guy notar que seus olhos constantemente observavam o departamento. O lugar estava cheio agora, com várias pessoas analisando tecidos de algodão, retalhos para colchas e rolos de fita.

Guy focou sua atenção em uma mulher muito mais alta do que as outras, que estava vestida de forma elegante. Por algum motivo, ela não parecia ser uma telefonista, com seu casaco de brocado comprido e o chapéu preto sofisticado. Ela tinha um porte confiante e andava lentamente pelo departamento, tocando vários panos, mas sem pedir a ajuda de nenhuma funcionária. Foi então que Guy percebeu que havia um grupinho de três vendedoras rechonchudas paradas diante da caixa registradora, suas cabeças se movendo para cima e para baixo enquanto sussurravam umas com as outras, gesticulando. Com as blusas brancas enfiadas dentro das saias, elas pareciam um trio de passarinhos bicando sementes. Devagar — bem devagar —, ele percebeu que os olhos atentos das lojistas seguiam a mulher alta pelo salão, e era isso que as estavam deixando tão agitadas. Quem era ela? Talvez uma estrela do *teatro* — ela se vestia um pouco fora da moda, apesar de com certeza não ter mais de vinte e cinco anos. Talvez fosse uma dessas atrizes de Hollywood que Mary gostava de ler nas revistas; ela tinha tentado lhe mostrar uma ou duas matérias, mas ele não se interessava por esse tipo de coisa. Era difícil entender por que alguém iria querer saber o que um ator comeu no almoço ou como era a casa dele. A graça não era acreditar no personagem nas telas, em vez de saber como eles eram na vida real? E quem eles eram na vida real dificilmente seria tão interessante quanto sua persona cinematográfica, quando cram caçadores de dragões, princesas, ou até...

Guy sentiu alguém segurar seu braço, então se virou e deu de cara com Mary, o chapéu tão afundado na cabeça que apenas seus olhos eram visíveis por trás da tela. Ela estava ofegante.

— O que houve? — perguntou ele, mas em um tom baixo.

— Ali — disse Mary, indicando com a cabeça a mesa comprida em que o tecido verde estivera esticado poucos minutos antes.

Os óculos da vendedora estavam no nariz agora, e ela permanecia atrás da mesa, praticamente imóvel com a tesoura na mão, também observando a mulher alta. Mas Mary não se referia àquela cena. Seus olhos cinzentos estavam vidrados em uma moça parada diante de uma pilha de rolos de seda, usando um sobretudo de botão barato e uma saia estranhamente larga por baixo. Se seu rosto não fosse tão magro, Guy pensaria que ela tinha exagerado no guisado.

— Você viu alguma coisa? — sussurrou ele.

Mary balançou a cabeça.

— Não exatamente, mas... há alguma coisa estranha ali. Veja só a saia dela, é grande demais.

As vendedoras-passarinho diante da caixa registradora tinham parado de fofocar, e, apesar de uma delas estar cuidando do pedido de uma cliente, as outras permaneciam imóveis. Então a mulher alta, que andava devagar, acelerou o passo, virou para a direita e desapareceu em uma curva. Quando ela saiu de vista, as lojistas nitidamente soltaram um suspiro de alívio, e, ao se virar para a que usava óculos, Guy notou uma expressão tranquila tomar seu rosto antes de ela começar a arrumar a mesa. A mão de Mary, por outro lado, voltou a apertá-lo. Ela o puxou e indicou a mulher de rosto magro de novo, que se afastara da pilha de rolos de seda e seguia para a porta com as mãos no bolso, quase como se estivesse tentando se controlar.

Mary o soltou quando Guy balançou o braço, e ele seguiu para a porta em passos curtos e rápidos. Porém, antes que conseguisse passar, uma mulher grande com uma cesta de vime surgiu no caminho, quase tão larga quanto o corredor estreito que ficava entre a mesa e a parede cheia de tecidos. Ela segurava um pincenê em uma das mãos, se inclinando para analisar uma estampa.

— Com licença — disse Guy, sem querer tocá-la, mas querendo urgentemente que ela abrisse passagem e lhe desse espaço suficiente para passar.

De canto de olho, ele viu as costas do sobretudo barato se aproximando rapidamente da saída. A mulher se endireitou, mas se virou para encará-lo, o corpo e a cesta ainda bloqueando o caminho, o pincenê erguido diante dos olhos semicerrados que o fitavam.

— Ora, meu senhor — começou ela em um tom incomodado que indicava impaciência com a classe trabalhadora. — Eu estava apenas...

— Mil perdões, madame — disse Guy, sem nenhum interesse em saber o que ela estava fazendo. Ele realmente não se importava. — Preciso passar.

A mulher ergueu os ombros, baixou o pincenê e respirou fundo. Ela estava prestes a fazer um discurso sobre a falta de modos e o comportamento dos homens em um departamento obviamente frequentado por mulheres que precisavam tomar decisões muito bem pensadas sobre questões domésticas. Pelo menos, era o que Guy presumia que ela faria, pois não tinha intenção de ficar ali para descobrir se estava certo ou errado.

Então Guy reparou que, conforme a moça da saia ampla desaparecia de vista, Mary vinha logo atrás dela, o chapéu se balançando na cabeça enquanto ela praticamente corria. Se Guy fosse Teseu, enfrentaria aquele Minotauro com binóculo, mas ele não era um herói grego. Então deu as costas para a fera e pegou outro caminho pelo labirinto, se aproximando da saída bem a tempo de escutar Mary declarar com uma satisfação na voz:

— Creio que seja melhor a senhorita me acompanhar.

Nesse momento o clima da loja mudou, foi como se todas as pessoas presentes tivessem recebido uma carga de choque elétrico. Guy correu até Mary, que tremia enquanto segurava a refém, que puxava o braço e gritava que aquilo era um ultraje. Ele segurou o outro braço da mulher e — sem conseguir evitar — se virou para Mary com um sorriso largo, mas fechou a cara quando os gritos da moça se tornaram ainda mais altos.

— Fique quieta — disse Guy. — A senhorita pode falar tudo o que quiser na delegacia.

De repente, a percepção de que ele não a tinha visto roubando nada invadiu sua mente; só podia torcer para que Mary tivesse. Como se lesse sua mente, a mulher parou de se debater e se contentou em dizer baixinho que era inocente, que estavam atacando sua pessoa, seu caráter, e assim por diante. Guy estava extremamente ciente de que os clientes encaravam a cena enquanto eles a escoltavam pela loja, inclusive enquanto faziam uma viagem desconfortável de elevador até o térreo. Quando estavam prestes a sair da loja — Guy e Mary segurando um cotovelo cada —, um homem com o rosto vermelho usando um fraque se aproximou, arfando. Ele lançou um olhar confuso para Mary e se virou para Guy.

— O senhor pode me informar o que está acontecendo?

Guy parou, ciente de que ele e Mary não estavam fardados. A cena devia parecer bem esquisita.

— Sou o Sr. Northcutts — continuou o homem, o rosto adotando um tom de rosa-peônia, o cabelo grisalho arrepiado. — O gerente-geral — explicando ele ao notar que seu nome não causara nenhuma reação.

— Desculpe, senhor — disse Guy. — Sou o sargento Sullivan, da delegacia de Vine Street, e esta é a policial Moon. — O gerente nem se deu ao trabalho de olhar para Mary, apenas continuou focado em Guy. — Fizemos uma prisão. Temos motivos para acreditar que esta jovem estava roubando a sua loja, no departamento de armarinho.

— Sim, sim — disse o Sr. Northcutts, sem dar muita importância à informação —, mas e...

Ele baixou a voz e se inclinou na direção de Guy. A refém emudeceu e se inclinou também.

— E...?

— Alice Diamond.

Guy sentiu a mulher reagir e apertou seu braço com um pouco mais de força.

— Ela também estava aqui — continuou o Sr. Northcutts. — As lojistas a reconheceram. É um velho truque. Ela entra, distrai todo mundo, e, enquanto as meninas a observam, outras como essa aqui — dizia ele, indicando a ladra com um dedão — fazem a festa. Bem, ou tentam.

Alice Diamond também estivera lá? O orgulho que Guy estava sentindo por prender uma malfeitora foi imediatamente obliterado pelo medo de Cornish descobrir que ele deixara o prêmio escapar. Não pela primeira vez, Guy ficou com raiva da própria miopia. Era como se ele achasse que tinha pescado um bacalhau de cinco quilos e encontrasse apenas uma cavala e algas presas no anzol. Quase sentiu vontade de soltar a mulher. Mas nem tanto.

O Sr. Northcutts continuava falando, expressando seu descontentamento pela polícia novamente ter sido iludida pelo velho truque, pelo prejuízo de sua loja, quando Guy o interrompeu:

— Sr. Northcutts, creio que possa dar um depoimento na delegacia, caso tenha visto qualquer coisa que nos ajude com esta acusação. Mas, se puder nos dar licença agora, precisamos ir.

O ambiente foi tomado pelo silêncio enquanto vários pares de olhos observavam a cena. A história animaria muitos jantares e cervejas nos bares naquela noite. As pessoas que vinham da rua davam de cara com um monte de gente paralisada na loja, a maioria parada no meio de um movimento, como as estátuas de Pompeia.

— Eu não fiz nada — gritou a mulher enquanto Guy e Mary a forçavam a passar pela porta e enfrentar o ar frio da rua.

Eles só podiam torcer para ela ter de fato feito *alguma* coisa.

CAPÍTULO DEZESSEIS

Louisa sempre ficava encantada quando o inverno envolvia seus braços gélidos em torno das pedras de calcário amarelas da mansão Asthall, talvez por ter sido naquela estação fria que vira a casa pela primeira vez, quando ficou enfeitiçada por ela. Ao acordar em sua primeira manhã na mansão, ela havia se deparado com um tapete de gelo que se estendia pelos campos além do muro do jardim; de perto, as teias de aranha estavam cobertas com gotículas congeladas de orvalho. O lugar parecia pertencer a outro mundo, e, de certa forma, pertencia mesmo. Durante sua juventude em Londres, ela precisava olhar para o céu para conseguir ver uma distância tão grande quanto a que encarava ao observar o terreno de lorde Redesdale.

As meninas reclamariam do frio, batendo os pés de forma dramática na ala das crianças, ameaçando fechar a janela (mas é claro que jamais ousariam fazer isso). A mãe delas insistia em manter uma fresta de quinze centímetros aberta durante o ano inteiro. A babá Blor esfregava de leve seus braços para aquecê-las, buscava suéteres de lã que tinham o cheiro dos ramalhetes de lavanda secos mantidos nas gavetas para espantar traças. Louisa até que gostava de sentir a ponta do nariz formigando enquanto as mãos se aqueciam no fogão da cozinha. Todas as manhãs, antes de o sol nascer, sem fazer barulho, Ada acendia a lareira do quarto de lady Redesdale e descia para a cozinha a fim de ajudar a Sra. Stobie a preparar o café da manhã. Apesar de agora ser casada e morar no vilarejo, ela ainda vinha bem cedo para cumprir essa tarefa, e Louisa se perguntou quem faria isso quando ela fosse embora: Ada lhe confidenciara que estava grávida.

— Um presente de Natal adiantado — dissera ela, rindo, e, apesar de Louisa ter ficado feliz com a notícia, só conseguia enxergar os anos de trabalho doméstico que a amiga teria pela frente.

O inverno perdeu a graça nos dias após a morte de Adrian Curtis. Horas gélidas intermináveis e indistinguíveis vinham uma atrás da outra, como se jamais fossem ter fim. Até a aurora e o crepúsculo eram idênticos com sua luz cinzenta. Ninguém estava interessado nos passatempos habituais, pois todos pareciam fúteis ou cansativos demais. Nancy queixava-se de cansaço, um comportamento estranho para ela, e até lady Redesdale passou três dias de cama, reclamando de uma gripe forte, pedindo que levassem sopa em uma bandeja até seu quarto duas vezes ao dia. Lady Redesdale nunca ficava doente. Lorde Redesdale fazia caminhadas demoradas com os cachorros, voltando para casa ao anoitecer e imediatamente se recolhendo ao cômodo à prova de crianças, cuja lareira agora devia ser acesa todas as noites. A sala de jantar permanecia escura, e a Sra. Stobie estava ranzinza, pois nunca sabia quem estaria presente durante as refeições e se alguém comeria sua comida.

Na ala das crianças, a babá Blor e Louisa tentavam manter a rotina das meninas mais novas, que pelo menos não tinham conhecimento da tragédia, apesar de saberem que algo havia acontecido. Debo chupava o dedão com mais ferocidade do que de costume — "você vai acabar sem dedão", dizia a babá Blor três vezes por dia —, porém, fora isso, brincava tranquilamente com sua casa de bonecas, que já estava bem acabada depois de ter passado pelas mãos brincalhonas de cinco irmãs. Decca e Unity, quando não estavam na sala de aula com a governanta, ficavam sentadas juntas no banco junto à janela, conversando aos sussurros. As duas não pareciam estar brincando, mas, seja lá o que estivessem fazendo com as palavras, parecia entretê-las. Era um alívio escutar as risadas que vinham do quarto delas.

Diana, que já tinha ficado irritada por não ter recebido permissão para participar da festa mesmo antes de saber que perdera o que provavelmente havia sido a maior comoção que já ocorrera em Asthall, se isolou completamente. Só quando Pamela ou Nancy estava por perto, ela fazia perguntas e as repreendia sobre não terem insistido com os pais para que ela fosse à festa. O que resultava em muitas portas batidas com força ou lágrimas, às vezes ambas as coisas. De toda forma, era um comportamento muito cansativo.

Louisa estava aturdida. Quando Ada perguntou detalhes da história, ela se deu conta de que não estava nem um pouco disposta a conversar sobre o que havia acontecido. Sentia-se levemente culpada, como se suas ações tivessem causado os acontecimentos, apesar de saber que não tinham. Será que ela encorajara Dulcie de alguma maneira? Será que negara a si mesma a verdade de quem a outra mulher era e do que seria capaz, cega pelo deslumbrante glamour das Ladras? Ou será que tinha sentido um desejo incontrolável de ajudar Dulcie, de permitir que ela escapasse do seu passado como ela mesma havia feito? Louisa não sabia. Todas as suas certezas parecem não fazer mais sentido agora. Ela tentou escolher um livro na biblioteca para ler, mas ficou parada diante das prateleiras, incapaz de se lembrar de quais autores gostava. Seu apetite também havia desaparecido, como se ela não conseguisse mais julgar o que era apetitoso e o que era ruim. Ela percebeu que fazia três dias que não se olhava em um espelho. Era como se seu corpo não estivesse presente. Certa tarde, indo para o vilarejo, Louisa tomou um susto ao ver sua sombra se estendendo adiante.

Na manhã seguinte ao assassinato, o restante dos convidados foi embora rápido, apesar deles terem sido forçados a esperar a permissão do detetive-

-inspetor Monroe para isso. Quando ele disse que por ora não havia mais perguntas, o grupo espreguiçou os corpos rígidos em sinfonia, como uma corrente de bonecos de papel. O chá quente e as torradas foram o suficiente para reanimá-los para a partida. Clara foi embora com Ted, que saiu cuidadosamente com o carro; Sebastian deixou todos assustados quando seu carro girou no cascalho molhado e pareceu, por uma fração de segundo, prestes a dar de cara com o grande carvalho no meio do jardim. Charlotte, por outro lado, permaneceu na casa, histérica demais para sair dali. Lady Redesdale, indo contra sua crença de que "o bom corpo" curava a si mesmo, chamou o médico local, que sedou a irmã enlutada, permitindo que ela dormisse por quase dois dias inteiros. Louisa dividiu sua atenção entre a babá Blor, na ala das crianças, e Charlotte, no quarto azul, passando muito tempo correndo para cima e para baixo. Em determinado momento, ela se viu agarrada ao corrimão como se escalasse uma escada de mão que balançava por conta de uma forte ventania.

Se o inquérito não solicitasse uma necropsia, o enterro de Adrian ocorreria dali a dez dias. Louisa estava no quarto da moça, atiçando o fogo da lareira, quando a ouviu acordar de seu longo sono. Deitada de lado, com os joelhos dobrados contra o peito, Charlotte a encarava de olhos arregalados. Talvez ela não a estivesse reconhecendo naquele momento.

Louisa se apressou para pegar um copo de água, e em seguida ajudou Charlotte a se sentar e a beber o líquido. Depois de tomar até a última gota da água, a jovem deitou de novo, exausta com o esforço. Então, como se fosse o cuco de um relógio, ela abriu os olhos e se sentou novamente.

— Adrian — disse ela.

— Tente ficar calma — orientou Louisa, mesmo sabendo que isso não ajudava muito.

— Ele morreu. — Charlotte falava como se estivesse fazendo uma pergunta, quando sabia que aquilo era um fato.

Louisa assentiu.

— Vou buscar Srta. Nancy para a senhorita.

— Não! — exclamou Charlotte, mas então parou para observar ao seu redor e analisar Louisa, e percebeu que precisava saber o que estava acontecendo.

No fim das contas, Louisa acabou esbarrando em Pamela primeiro. Ela havia acabado de voltar de uma cavalgada e atravessava o hall de entrada descalça, usando a calça e o paletó de equitação, o cabelo bagunçado porque nunca se dava ao trabalho de prendê-lo com uma rede por baixo do chapéu. Nos últimos dias, Pamela mostrara outro lado de sua personalidade, uma resiliência e uma recusa a entrar em pânico impressionantes. Seu refúgio, como sempre, eram os cavalos e a comida, e, contanto que estivesse distraída com alguma dessas duas coisas, ela parecia quase de volta ao normal. Louisa achava que, levando em conta tudo o que estava acontecendo, Pamela seria uma companhia melhor para Charlotte do que Nancy naquele momento.

— Srta. Pamela — chamou ela.

Pamela parou e se virou.

— Pois não?

— Srta. Charlotte acordou. Pode ficar um pouco com ela? Acho que ela precisa de companhia.

Pamela pensou por um momento, então ajeitou a postura.

— Sim, claro. Peça chá e torradas para nós, está bem? Ou, melhor ainda, traga você mesma.

Louisa foi pega de surpresa; Pamela nunca lhe dera uma ordem antes.

— Sim, Srta. Pamela, agora mesmo.

As duas seguiram rumos diferentes.

CAPÍTULO DEZESSETE

O inquérito da morte de Adrian Curtis ocorreu no Tribunal da Coroa de Banbury, apenas cinco dias após o incidente. Lorde Redesdale não queria se meter no assunto, mas todas as testemunhas que encontraram Dulcie ao lado do corpo foram convocadas a comparecer para o caso de um segundo interrogatório ser necessário a fim de corroborar os depoimentos tomados naquela noite. Essa determinação foi recebida com certa gritaria, que resultou em uma interação infeliz entre lorde Redesdale e seu cachorro favorito. No fim das contas, ele foi de carro com a esposa, Nancy e Charlotte, enquanto Louisa e Pamela foram levadas pela mãe de Oliver Watney, junto com o filho, que passou o caminho inteiro parecendo que ia vomitar pela janela. Ele não conseguiu dizer nada além de "bom dia", mas a mãe falou o suficiente pelos dois, deixando bem claro sua indignação e decepção. Pamela ficou olhando pela janela, e Louisa teve vontade de apertar sua mão, mas não o fez porque se deu conta de que Pamela estava crescida demais para achar o gesto reconfortante. Mesmo assim, seria bom se alguém tivesse apertado a sua mão. (Debo parecia compreender isso, pois seus dedos gordinhos e macios agarravam a mão de Louisa com força durante os passeios das duas pelo jardim.)

O tribunal tinha paredes pintadas de cinza-escuro, uma mesa grande para o magistrado e fileiras de bancos para o público, era tão sem graça que chegava a ser decepcionante. O júri com duas mulheres e dez homens estava sentado na lateral, e todos evitavam trocar olhares, focando apenas o magistrado. Louisa ficou chocada com a aparência de Dulcie. Após apenas alguns dias, ela parecia ter emagrecido, e seu belo rosto estava pálido. O hematoma no olho que ganhara naquela fatídica noite havia se amenizado, com leves manchas amareladas e arroxeadas ao seu redor. Dulcie reparou que Louisa a estava observando e desviou o olhar rapidamente; um policial estava em pé ao lado da acusada, mas ela não usava algemas.

O magistrado, Sr. Hicks, começou se apresentando, expressando seu pesar pelos acontecimentos da madrugada do dia vinte e um de novembro, e pedindo ao júri que ouvisse com atenção todas as provas apresentadas. Ele enfatizou que o inquérito almejava estabelecer a causa da morte e que ainda não era um julgamento, apenas uma revisão das declarações coletadas na noite do ocorrido, apesar de haver a possibilidade de serem feitas novas perguntas neste dia. Louisa olhou para Charlotte, que estava sentada entre lorde e lady Redesdale, sua pele tão branca que era possível enxergar as finas veias azuis em suas pálpebras. Naquele momento, ela com certeza devia estar sentindo falta do pai, há tanto falecido, e da mãe, que parecia incapaz de lidar com qualquer luto além do próprio — diziam que lady Curtis não saía do quarto desde que fora informada sobre a morte do filho. Lorde Redesdale parecia preferir estar de volta a alguma noite de 1917 em Ypres a estar naquele salão, com a moça chorando ao seu lado. Os outros chegaram de Londres pouco antes da sessão começar — Sebastian, Ted, Clara e Phoebe — e se sentaram em silêncio na fileira atrás dos Mitford, seus rostos tão sisudos quanto estátuas em um museu.

— O tribunal convoca a honorável Srta. Pamela Mitford para depor.

Pamela foi até o banco de testemunhas, que ficava sobre uma plataforma baixa cercada. Seu rosto redondo ainda exibia traços da infância, porém ela havia pegado emprestado um dos conjuntos de saia e paletó marrom-escuro da mãe, junto com uma blusa creme de gola alta. Era um traje antiquado, que não condizia com sua idade, um cabrito fantasiado de cabra.

— Confirme seu nome e onde mora, por favor.

— Pamela Mitford, mansão Asthall.

— A festa da noite em questão, no dia vinte de novembro, celebrava seu aniversário de dezoito anos, certo?

Pamela confirmou que sim.

— Pode repetir ao júri, por favor, o que a senhorita contou ao inspetor Monroe sobre seu encontro com o falecido pouco antes da morte dele?

Pamela hesitou e olhou rapidamente para os pés.

— Não foi exatamente um encontro, meritíssimo.

— Sou o Sr. Hicks, não um juiz — corrigiu ele, apesar de seu tom ser amigável. — Apenas repita para o júri, por favor.

Pamela assentiu e se virou para os jurados. Louisa notou que a jovem não olhava para o rosto de ninguém do júri, mas para um ponto específico na parede.

— A festa estava quase acabando, só restavam poucos de nós, e estávamos fazendo uma caça ao tesouro. Pequena, pela casa apenas. Nós tínhamos acabado de começar quando recebi um recado da minha mãe pedindo que eu fosse ao quarto dela.

— De quem a senhorita recebeu o recado?

— Da minha ama; ela veio me chamar.

— E onde a senhorita estava?

— Na sala de jantar, com Adrian Curtis.

Houve certa comoção no tribunal, enquanto as pessoas se remexiam de leve nos bancos duros de madeira.

O Sr. Hicks se inclinou para a frente.

— Como o Sr. Curtis parecia naquele momento?

Pamela se virou, na dúvida se devia falar para o magistrado ou para o júri.

— Ele parecia bem. Quer dizer, não notei nada diferente. Eu só o tinha visto uma vez antes desse dia. Estávamos na mesma sala porque tínhamos desvendado a segunda charada que recebemos e procurávamos pela resposta ali. — Pamela se virou para o júri. — Sabem, a gente recebe uma pista, e a resposta é um objeto...

— Tenho certeza de que os integrantes do júri entendem como funciona uma caça ao tesouro — interrompeu-a o Sr. Hicks —, mesmo que não façam parte da alta sociedade londrina.

Ele ergueu as sobrancelhas, e uma risadinha ecoou no salão.

O rubor subiu pelo pescoço de Pamela.

— Sim, é claro.

— Prossiga, por favor. A senhorita recebeu o recado e...?

— Fui ao quarto da minha mãe, que estava lá com minha tia, a Srta. Iris Mitford. Pelo visto, ela não tinha me chamado, mas, como eu apareci...

— A senhorita está dizendo que lady Redesdale *não* enviou o recado?

— Não, senhor. Minha criada depois explicou que ficou preocupada por eu estar sozinha com um rapaz, e que meus pais talvez não aprovassem isso.

O queixo de Pamela tremeu ligeiramente. Louisa havia lhe dito isso nos dias após o assassinato, para o caso de a questionarem depois. Ainda bem.

O Sr. Hicks fez uma anotação.

— Compreendo. Prossiga.

As janelas do tribunal eram escuras por causa da fuligem, e havia grades do lado de fora, então entrava pouca luz, mas Louisa notou que o céu claro se tornara cinza-escuro.

— Aproveitando que eu já estava lá, minha tia pediu que eu buscasse um livro no quarto dela. Ela queria mostrar um trecho para mamãe. — Pamela hesitou, talvez com medo de estar acrescentando algum detalhe desnecessário, ou quem sabe para tomar fôlego. — Então fui correndo até o quarto amarelo, o quarto da minha tia. Ele fica a uma distância pequena, de poucos minutos, perto do toucador de papai.

— Seu pai estava lá?

— Creio que sim. A luz estava apagada, então imaginei que estivesse dormindo. — Ela fez uma pausa, e o Sr. Hicks gesticulou para que continuasse. — A porta estava fechada, mas escutei uma briga...

— A senhorita sabe quem estava no quarto?

— Não. Mas reconheci a voz do Sr. Curtis. Ele brigava com uma moça, mas, naquele momento, não consegui identificar quem era.

— A senhorita descobriu depois?

Houve uma pausa. Louisa prendeu a respiração.

— Sim — respondeu Pamela. — O sotaque era bem distinto, do sul de Londres. E eu escutei o mesmo sotaque de novo quando... bem, quando encontramos o Sr. Curtis.

— A senhorita a conhecia?

— Não exatamente. — O tom de Pamela indicava que ela estava se sentindo segura por ter certeza do que estava falando. — Eu a vi trabalhando na casa do Sr. Curtis, em Londres, quando compareci a um jantar no mês anterior.

— A senhorita notou a presença dela na festa?

— Não notei.

— A criada está presente neste tribunal?

Pamela assentiu.

— Poderia identificá-la, por favor?

Pamela apontou para Dulcie, que a encarou de volta, forçando-a a ser a primeira a desviar o olhar. O Sr. Hicks fez sinal para que continuasse seu relato.

— Fiquei apenas alguns minutos no corredor, escutando, e, quando estava prestes a ir embora, houve um barulho alto, como uma batida. Fiquei assustada e saí correndo.

— O que a senhorita fez depois?

— Fui até a cozinha para contar a Louisa. Isto é, Louisa Cannon, a minha ama.

— Por que contou para a Srta. Cannon?

Louisa teve a sensação gritante e desconfortável de ser alvo de olhares, apesar de os jurados não saberem quem ela era.

Pamela fez uma pausa.

— Eu não sabia a quem mais recorrer. Todo mundo estava na caça ao tesouro, em partes diferentes da casa. Fiquei nervosa depois que escutei a discussão.

— O que a Srta. Cannon lhe disse?

Pamela focou o olhar rapidamente em Louisa antes de se voltar para os jurados.

— Ela disse que nós não sabíamos o que havia acontecido, que podia ser parte da brincadeira. E que era melhor eu voltar para a festa.

— Compreendo. Está liberada, Srta. Mitford. Sua ajuda foi de extrema importância.

Pamela voltou para seu lugar ao lado da mãe, que não tocou nela, mas lhe deu um sorrisinho que desapareceu quase no mesmo instante em que surgiu.

Dulcie era a próxima. Ela foi escoltada para o banco pelo policial, que passou o tempo todo parado atrás dela. O corpo dele tinha o formato de um boneco de neve, e sua capacidade de sair correndo atrás de uma testemunha em fuga era extremamente questionável. Mas Dulcie não tinha para onde fugir.

Depois da apresentação costumeira e da confirmação de seu nome e endereço — informado por ela como a residência de lady Curtis em Mayfair, apesar de as chances de voltar para lá serem ínfimas —, o magistrado começou o interrogatório.

— Conte aos jurados como a senhorita chegou à mansão Asthall, por favor.

— Foi combinado que eu buscaria Srta. Charlotte, e voltaríamos para a residência da Sra. Watney, onde estávamos hospedadas.

— A residência da Sra. Watney é próxima?

Louisa viu a Sra. Watney se empertigar diante da menção ao seu nome no tribunal e olhar ao redor, como se fosse alvo da atenção de admiradores. Não era o caso.

— Cerca de oitocentos metros na mesma rua.

— O que a senhorita fez quando chegou à mansão? Foi recebida por alguém?

— Sim, senhor. A criada, Louisa, abriu a porta dos fundos, na cozinha, para mim.

Dulcie exibia uma postura desafiadora, apesar de estar usando um uniforme largo simples de detentos em prisão preventiva, um vestido cinza reto com uma camisa branca encardida por baixo, grandes demais para seu corpo magro.

Houve uma pausa.

— Louisa Cannon acompanhou a senhorita até o quarto no segundo andar?

— Não, senhor. — Será que Dulcie tinha respondido rápido demais? Louisa sentiu o calor invadir seu rosto. — Ela disse que precisava limpar as coisas da festa e me deixou sozinha na cozinha.

— Mas a senhorita não ficou lá, ficou?

Dulcie respondeu baixo:

— Não, senhor. Vi a escada dos fundos e subi.

— Qual era a sua intenção naquele momento?

— Achei que poderia encontrar um quarto vazio e... — Ela fez uma pausa. Era chocante escutar aquilo em voz alta, e, quando Louisa se deu conta de que a ajudara, teve de se controlar para não se esconder embaixo do banco. — Achei que poderia encontrar alguma coisa que valeria a pena levar comigo.

— Essa prática era comum da sua parte, Srta. Long? Entrar em uma casa desconhecida e procurar objetos para roubar?

— Não — respondeu Dulcie. — Nunca fiz nada parecido enquanto trabalhava para lady Curtis.

— Então a senhorita fazia isso *antes* de trabalhar para sua atual patroa?

Dulcie permaneceu em silêncio.

— Para registro nos autos, a testemunha não confirma nem nega o questionamento — disse o Sr. Hicks. — Prossiga.

— Eu subi e não encontrei ninguém. Vi a porta de um dos quartos aberta, e, quando olhei lá dentro, estava vazio. Eu sabia que todos estavam na festa, então aproveitei a oportunidade.

— Pouco depois o Sr. Curtis entrou no quarto?

— Sim.

— A senhorita havia combinado antes de se encontrar com ele lá?

Dulcie fez que não com a cabeça.

— A testemunha indicou que não — disse o Sr. Hicks.

A boca de Louisa estava seca.

— O que aconteceu quando ele entrou no quarto?

Gotas de suor, como orvalho em uma teia de aranha, se formavam no alto da testa de Dulcie, e as juntas de seus dedos, que agarravam a balaustrada diante do banco de testemunhas, estavam brancas, mas seu olhar permanecia firme. Sem saber por quê, Louisa olhou para trás, onde algumas pessoas estavam sentadas um pouco distantes umas das outras, no geral jornalistas, pelo que lhe parecia. E em um dos cantos, parecendo uma homenagem aos contornos de uma batata, estava a mulher que ameaçara Dulcie no Elephant and Castle. Ela observava Dulcie com muita atenção, e Louisa sabia que a jovem tinha notado. Não poderia haver erros ali.

— Ele me viu roubando as joias que estavam na penteadeira.

— E como ele reagiu? — O Sr. Hicks mantinha a caneta em punho.

— Ele ficou com raiva. Mandou que eu devolvesse tudo e, quando eu me recusei a fazer isso, ele me bateu.

— Onde ele bateu?

— No meu olho, aqui. — Dulcie levou a mão ao olho esquerdo.

O Sr. Hicks cruzou os braços sobre a mesa.

— Foi então que a senhorita decidiu que se vingaria?

— Como é, senhor? Não, senhor. Não, não fiz isso! — Dulcie aumentou o tom de voz, mas manteve suas mãos agarradas à balaustrada, e Louisa sabia que, se não fosse por isso, ela cairia.

— Então a senhorita combinou de se encontrar com ele no campanário?

— Não. Nada mais foi dito. Ele foi embora, e, logo depois, eu também fui.

— Então o seu encontro mais tarde na igreja foi pura coincidência?

A expressão no rosto de Dulcie mostrava que a situação era irremediável, mas, mesmo assim, ela não disse nada que pudesse fazer com que se redimisse perante o júri.

— Não me encontrei com ele, senhor. Só vi... — Ela não conseguiu terminar a frase.

— Conte-nos, Srta. Long, o que aconteceu depois que saiu do quarto.

Dulcie fez uma pausa, mas não se demorou — não o suficiente para parecer que estava se lembrando de uma história inventada. Seus cílios piscaram, e ela parecia uma criança parada no portão da escola, esperando pela mãe que não aparecia.

— Eu desci até a cozinha e peguei meu casaco. Não havia ninguém lá.

— Sim? E então? — A impaciência invadia o tom uniforme do Sr. Hicks.

— Ainda não estava na hora de levar Srta. Charlotte embora, e eu não queria que vissem meu olho machucado. Decidi esperar do lado de fora.

Ela parou de falar por um instante, e o Sr. Hicks consultou suas anotações.

— De acordo com o relatório do inspetor, a noite estava fria, mas não chovia. A lua estava oculta por nuvens. — Ele encarou a testemunha. — A senhorita tinha uma lanterna?

— Não, senhor, mas havia a luz das janelas da casa. Dei uma volta pelo jardim e acabei sentando em um gazebo, não sei por quanto tempo eu fiquei lá, mas em algum momento comecei a sentir frio. Foi então que lembrei do cemitério que tinha visto mais cedo, quando estava a caminho da casa.

— Uma escolha estranha para um passeio no meio da madrugada. A maioria das pessoas teria medo de ir sozinha. Mas a senhorita sabia que encontraria o Sr. Curtis, não sabia?

— Não, senhor, não sabia! — Dulcie quase aumentou o tom de voz, mas se controlou. — É só que, bem, não tenho medo de fantasmas, não acredito neles. Eu pensei que, se eu não conseguisse entrar, poderia pelo menos ficar esperando sentada em um banco na igreja ou algo do tipo.

Louisa percebeu alguém se remexendo ao seu lado. Ela quase se esqueceu de que tinha outras pessoas ali. Lorde Redesdale e Pamela se entreolhavam: eles acreditavam em fantasmas, apesar de manterem isso em segredo, já que lady Redesdale decretava com veemência que tal crença era uma tolice. Os dois insistiam em que, por várias noites, água pingava no caminho próximo à janela do cômodo à prova de crianças de lorde Redesdale, mas não havia nenhuma torneira ali nem poças acumuladas.

— Eu entrei no cemitério — continuou Dulcie, e as cabeças se viraram em sua direção. Aquilo era um circo, e a criada no banco do réu era a atração principal. — Estava escuro, mas era fácil enxergar a igreja. Ela é de tijolos brancos, quase brilha. — Ela se encolheu um pouco ao dizer isso. — Fui para os fundos, onde achei que estaria a porta, e então eu vi...

Todos sabiam o que Dulcie tinha visto, e todos prenderam a respiração.

— Diga aos jurados, Srta. Long.

— O Sr. Curtis, morto, senhor.

Dulcie baixou a cabeça e afrouxou o aperto na balaustrada; ela perdeu um pouco o equilíbrio, mas não desmaiou. Do nada, Louisa pensou no pedaço gelado de torta de maçã que tinha separado em um prato na despensa; ela pretendia comê-lo quando voltasse, como recompensa pelo que já imaginava que seria um dia longo e difícil. Imaginou uma colherada da fruta macia e da massa folhada entrando em sua boca, mas tudo virou cinzas.

CAPÍTULO DEZOITO

O trajeto da Debenham and Freebody até a delegacia de Vine Street a pé era de apenas dez minutos. Em um dia normal. Guy e Mary levaram quase meia hora, praticamente arrastando a moça, que se debateu e gritou por boa parte do caminho, pela Oxford Street. Quando eles finalmente entraram cambaleantes pela porta aberta da delegacia, Guy suava, e Mary havia tirado o chapéu da cabeça e o segurava com força.

Um dos veteranos estava na recepção, seu bigode curvado nas pontas tão exuberante que parecia que um pequeno texugo havia se acomodado sob seu nariz para tirar uma soneca. Ele sorriu para Guy e Mary, que, apesar de não sustentarem o porte disciplinado exigido aos oficiais da polícia, obviamente traziam uma presa da qual poderiam se gabar.

— O que nós temos aqui, hein? — perguntou ele. Era uma brincadeira comum entre os policiais, falar como as charges do jornal *Daily Express*.

Guy, ainda segurando um dos cotovelos, marchou até a recepção, esbaforido.

— Pegamos essa moça no flagra furtando na Debenham and Freebody, senhor — disse ele. — Nós precisamos de uma sala de interrogatório imediatamente.

Ao ouvir isso, o policial ergueu as sobrancelhas.

— Nós precisamos?

— Eu e a policial Moon, senhor.

— A policial Moon pode ir se recompor. Vou acompanhá-lo até a sala de interrogatório e em seguida buscarei o inspetor Cornish. Sei que ele está por aqui.

Ele passou os olhos por uma lista na mesa dele, procurando uma sala desocupada.

Mary deu um passo para trás, seu rosto tomado pela fúria, mas se manteve calada. Ela não soltou o braço da prisioneira, apesar de a moça ter desistido de tentar fugir, permanecendo parada, emburrada e em silêncio. Guy se inclinou para a frente, sua voz baixa, porém firme:

— Com licença, senhor, mas as ações da policial Moon foram fundamentais para esta captura. Ela precisa estar na sala de interrogatório também.

O policial deu de ombros, e o texugo se revirou no sono.

— Como preferir. Cornish vai resolver isso. Terceira porta à esquerda, por ali.

Na sala de interrogatório, Guy pediu a Mary que revistasse as saias da moça. Ela chutou e se remexeu, gritando que não tinha nada, mas acabou cedendo quando Guy disse:

— Pare com isso. Olhe onde a senhorita *está*. — E fez um gesto para as paredes pintadas de uma mescla de marrom-terra e amarelo-claro, e para a porta de metal com uma janelinha quadrada fechada.

Mary começou a vasculhar com as mãos pelas laterais da saia, procurando por fendas, como se estivesse abrindo cortinas, e encontrou sob as primeiras camadas de tecido dois rolos de seda lavanda. Ela os puxou e os colocou sobre a mesa.

— O que é isso, então?

A mulher deu de ombros.

— Seu nome? — perguntou Guy, o caderno e o lápis em punho.

— Elsie White.

— Idade e local de residência?

— Dezenove. Dobson Road, número trinta e seis.

— Ao sul do rio, imagino? — perguntou Guy.

— Você que sabe — respondeu ela, sorrindo da própria insolência.

Aquele provavelmente nem era seu verdadeiro nome.

Guy já ia ameaçá-la com uma acusação de obstrução da justiça quando a porta foi escancarada, e Cornish entrou, todo pomposo, bloqueando a luz do corredor. Ele olhou para Elsie e Mary, e sorriu para Guy.

— Fisgou dois peixes, hein?

— Não, senhor — disse Guy —, só um.

Ele inclinou a cabeça na direção de Elsie, que permanecia parada no meio da sala. Ninguém tinha pensado em usar as cadeiras.

— Então quem é você? — bradou Cornish para Mary.

— Sou a policial Moon, senhor — respondeu ela. — Eu estava fazendo a ronda com o sargento Sullivan, à paisana. Disfarçada, sabe...

Cornish dispensou as explicações dela com um aceno de mãos que pareciam recém-feitas, as pontas dos dedos rechonchudos visíveis sob as unhas curtas, limpas.

— Certo. — Ele se virou para Guy. — O que aconteceu, e o que isso tem a ver comigo?

Guy sentiu o sangue pulsando em seus ouvidos.

— Nós estávamos no departamento de armarinho da Debenham and Freebody, por volta das onze da manhã de hoje, quando notamos que uma das vendedoras estava muito atenta a uma senhora alta que andava pela loja sem comprar nada.

Cornish puxou uma cadeira, fazendo as pernas traseiras do móvel guincharem, e afundou nela. Guy não falou nada enquanto o inspetor pegava um charuto, cortava a ponta e o acendia. Ele não estava com pressa, e, enquanto fazia isso, os outros três permaneceram imóveis, como se estivessem em um conto de fadas e tivessem sido enfeitiçados. Então ele acenou com a cabeça para Guy, e o feitiço foi quebrado.

— Quando todos estavam distraídos, a policial Moon viu esta mulher aqui agindo de forma suspeita e foi atrás quando a fugitiva tentou escapar do departamento...

— Vamos deixar isso de lado por enquanto — disse Cornish, baforando uma coroa de fumaça cinza que flutuou até o teto e pairou lá em cima. — Estou interessado na mulher alta. Como ela era?

Guy foi pego de surpresa.

— Ela estava de casaco e chapéu escuros, que pareciam caros, creio eu. — Ele hesitou. — Acho que não vi nada além disso, senhor. — Maldita vista ruim. Maldita, maldita. Como diabo ela *era*? O que ele não tinha visto?

— A culpa foi minha, senhor — disse Mary, ligeira, e Cornish se empertigou um pouco. — Eu distraí o sargento Sullivan, quer dizer. Pedi a ele que se juntasse a mim, para prendermos esta mulher.

— Sua tolice ajudou Alice Diamond a escapar — disse Cornish, como se estivesse cuspindo cada palavra.

Nervoso, Guy fitou Mary. Então o gerente da loja estava certo. Será que ele tinha dito alguma coisa? Será que ele telefonara para a delegacia? Era possível.

Cornish deu outra baforada.

— Mas ela é esperta, isso é indiscutível. Mesmo que tivesse sido detida, duvido que encontrassem qualquer coisa incriminadora com ela. A rainha deixa essa parte para suas lacaias. — Ele exalou na última palavra, jogando fumaça na cara de Elsie; ela fez uma careta, mas não tossiu. — Descubra para quem ela passaria a mercadoria.

— Senhor?

— O receptador, Sullivan.

Com uma mão sobre a coxa, Cornish se levantou.

— Tomem o depoimento, façam um relatório e tranquem-na em uma cela. Vocês fizeram um bom trabalho.

O zunido no ouvido de Guy diminuiu.

— Mas podiam ter feito um trabalho melhor. Bem melhor. Vá ao oftalmologista, Sullivan.

A porta bateu com força.

CAPÍTULO DEZENOVE

Após o interrogatório de Dulcie, houve um recesso para o almoço, e um grupo aleatório de pessoas encontrava-se reunido em um café da esquina. Louisa sentiu um calafrio ao pensar nos inúmeros enlutados e criminosos que haviam ficado uma hora ali, aguardando um veredicto. Charlotte ainda estava muito frágil e caminhava entre lorde e lady Redesdale, que a acompanhavam com expressões impassíveis. Pamela parecia exausta depois do suplício que foi seu interrogatório, mas recusava qualquer palavra de solidariedade dos outros.

— Não foi nada comparado ao que Charlotte está passando.

Incapaz de suportar o bafo sufocante do calor da cozinha e da gordura de bacon no interior do café, Louisa saiu do estabelecimento e se deparou com Ted e Clara conversando baixinho na calçada. Por instinto, ela recuou e tentou ficar parcialmente escondida no vão da porta. Os dois fumavam encolhidos sob um poste. Louisa teve de se esforçar para ouvir o que diziam, apesar de a rua estar relativamente tranquila. Por mais impossível que parecesse, todas as pessoas continuavam despreocupadamente seu dia na cidade.

— E se perguntarem de novo onde você estava naquela noite? — questionou Ted.

Clara, com seu casaco cor-de-rosa esbranquiçado por causa da poeira da rua, fez uma careta.

— Não vão perguntar, mas fique tranquilo... Não vou dar com a língua nos dentes.

— O quê? — murmurou Ted.

— Francamente! — exclamou Clara. — Eu quis dizer que não vou falar nada.

Ted ergueu o olhar e pareceu ver o casaco de Louisa na porta.

— É melhor entrarmos.

Ele esmagou o cigarro na calçada com o pé e voltou para o restaurante, porém Louisa foi mais rápida e já estava acomodada em seu lugar quando ele fechou a porta após Clara passar.

Dar com a língua nos dentes sobre o quê? Lorde de Clifford e a americana estavam conspirando sobre algum segredo daquela noite, mas Louisa não fazia ideia se havia alguma conexão com o assassinato. Independentemente do que fosse, era algo grave, pois precisavam esconder da polícia. Ela só podia concluir que nem Ted nem Clara se encontravam onde disseram que estavam no momento em que Adrian foi assassinado.

Quanto mais Louisa pensava no assunto, observando Nancy e os amigos, mais se dava conta de que era esquisito o fato de, com exceção de Charlotte, é claro, nenhum deles parecer muito triste com a morte de Adrian Curtis. Eles haviam ficado em choque com o assassinato e com quão repentino havia sido o crime, mas ninguém havia expressado nenhuma saudade dele até então, nem lamentado o ocorrido. Pelo que tinha visto, Adrian era uma pessoa grosseira e desagradável, mas com certeza isso não seria motivo para alguém o matar, seria?

Havia outro detalhe incompreensível: por que Dulcie admitiria o roubo, mas não o assassinato? Era um crime bem menos grave que o outro, obviamente, porém, se ela tivesse dado cabo de Adrian, não seria mais fácil negar tudo e tentar se livrar de todas as acusações? Qualquer que seja a resposta, a conversa misteriosa entre Ted e Clara tornava a prisão de Dulcie questionável. Louisa precisava se ater ao seu primeiro instinto: de que Dulcie tinha falado a verdade quando dissera que estava endireitando sua vida. O roubo tem que ter sido o último trabalho que faria para as Ladras. O assassinato havia sido cometido por outra pessoa. Mas por quem?

CAPÍTULO VINTE

De volta ao tribunal, as senhoras e os senhores do júri permaneciam tão imóveis quanto soldados de madeira posicionados nos mesmos lugares, com as mesmas expressões impassíveis. Um patologista, o Sr. Stuart-Jones, foi convocado ao banco de testemunhas, um homem apático que desfilava com sapatos tão engraxados quanto os de um coronel. Foi curto e grosso ao responder o magistrado, confirmando o falecimento da vítima, os ossos quebrados na queda, a causa da morte — uma fratura cervical — e que a aparência dos hematomas no pescoço e na parte superior dos braços eram condizentes com os ferimentos de uma briga, que poderia ter acontecido poucos instantes antes da morte. Os óculos, que testemunhas confirmaram ser parte da fantasia da vítima, foram encontrados quebrados no chão perto do campanário, outro sinal de briga.

Logo depois, o detetive-inspetor Monroe foi convocado, seu nariz avermelhado tão inchado como de costume. O Sr. Hicks pediu que a localização dos convidados na casa se resumisse ao suposto horário do assassinato.

— Havia uma série de convidados na casa — começou Monroe, em um tom enfático. — Entre os que participavam da caça ao tesouro, vou determinar em que cômodos estavam no momento em que o cadáver foi encontrado. Lorde de Clifford estava no vestíbulo; a Srta. Clara Fischer, na sala de jantar; o Sr. Sebastian Atlas e a Srta. Phoebe Morgan, na sala de estar...

O magistrado tossiu.

— Perdão, prossiga.

— A Srta. Charlotte Curtis e a Srta. Nancy Mitford estavam no salão matinal; o Sr. Oliver Watney, na saleta do telefone; a Srta. Pamela Mitford, no fumadouro. A criada, a Srta. Louisa Cannon, estava na cozinha. Os convidados restantes, lorde e lady Redesdale, as crianças e os criados se encontravam em seus respectivos quartos, exceto a Sra. Windsor, que permanecia em sua sala particular, e o cavalariço, Hooper, que estava no quarto dele acima dos estábulos. Eles estavam acordados, mas não ouviram a confusão.

— O senhor também pode confirmar ao júri o que foi encontrado em posse da Srta. Long ao interrogá-la?

— Um anel de platina com pedras de safira e diamante, um par de brincos de ouro e rubi, um colar de pérolas, um bracelete de safira e diamante e um colar de ouro incrustado de rubis e diamantes. A Srta. Iris Mitford confirmou que todos esses itens pertencem a ela.

— Obrigado, detetive-inspetor, o senhor foi muito sucinto.

Monroe se levantou e, na opinião de Louisa, pareceu resistir ao instinto de fazer uma reverência.

Seguiram-se as declarações de encerramento, mas Louisa não prestou atenção. Ela só conseguia olhar para a figura lamentável de Dulcie, enco-lhida no banco. Conforme o júri saía para debater o veredicto, as palavras de Dulcie giravam em sua cabeça. Algo que já vinha acontecendo fazia dias, era como se fossem um circuito de trem de brinquedo: "Sempre suspeitam da gente primeiro." Sem dúvida, Dulcie era inocente, não? Ela não teria forças para empurrar um homem de uma janela, e não fa-ria sentido se encontrar com ele depois da briga que tiveram no quarto. Louisa também não tinha gostado da conversa que ouvira entre Ted e

Clara, apesar de não entender o que aquilo significava. Sua única certeza era de que aquele caso não era tão simples quanto o detetive-inspetor Monroe alegava ser.

O júri voltou em menos de vinte minutos. Uma mulher, que não parecia ser muito mais velha que Dulcie, estava com os olhos marejados, porém os outros permaneciam tão insondáveis quanto antes. O representante dos jurados se levantou diante da solicitação do Sr. Hicks e, quando questionado, respondeu que tinham chegado ao veredicto de homicídio doloso.

— A vida de um rapaz foi interrompida de forma trágica e descabível — declarou o Sr. Hicks para o salão, que foi tomado pelo silêncio. Ele podia parecer ser o tipo de homem que jamais teria usado algo mais ousado do que um cravo cor-de-rosa na lapela, mas declamava seu discurso de encerramento como um imperador romano de toga, com uma coroa de folhas douradas sobre a cabeça. — O Sr. Adrian Curtis era um jovem com muita vida pela frente e que poderia contribuir muito para a sociedade. Dulcie Long, eu a acuso formalmente de roubo e homicídio qualificado. A senhorita aguardará o julgamento na prisão, sem direito a fiança.

Não houve o som do martelo sendo batido, apenas o de um maço de papéis sendo reunido enquanto o policial levava Dulcie embora. Desta vez, ela usava algemas.

CAPÍTULO VINTE E UM

Na sala de interrogatório, Cornish bateu a porta ao sair. Elsie White, que permanecia parada no meio da sala desde que Mary revistara suas saias, começou a rir baixinho, mas ficou séria quando Guy se virou para encará-la. Ele fervilhava de raiva, e a vontade que tinha era de atirar a cadeira nela, para vê-la se despedaçar no chão. Mary esticou a mão em sua direção, para fazê-lo parar.

— Não — disse ela, como se soubesse o que ele estava pensando. — Vamos sair de novo, e quantas vezes forem necessárias até encontrá-la.

Elsie soltou uma gargalhada, um som retumbante que se formou em sua barriga e escapou pela boca escancarada, deixando os dentes escurecidos à mostra.

— Vocês nunca vão pegá-la — arfou ela quando a risada terminou em um chiado. — Não vão pegar nenhuma de nós.

Mary parou atrás de Elsie e, com uma força que Guy não imaginava que existia dentro dela, segurou a outra mulher pelos ombros, forçando-a a se sentar em uma cadeira à mesa. Então Mary fez um gesto para que Guy se sentasse do outro lado. Elsie ficou boquiaberta enquanto observava os policiais se posicionarem. Guy colocou o caderno e o lápis à sua frente.

— Creio que ficará bem claro, Srta. White — começou ele —, que nós a detivemos em posse de mercadoria roubada, e eu e a policial Moon podemos testemunhar sobre o roubo.

Elsie tentou abrir um sorriso provocador, mas não foi bem-sucedida.

— Se o juiz estiver de bom humor, talvez a senhorita receba... Ah, qual é seu palpite, policial Moon?

Mary cruzou os braços e fingiu refletir.

— Se ele for sensato, imagino que a Srta. White pegará apenas alguns meses.

Elsie permaneceu em silêncio.

— Tenho a sensação — disse Guy — de que nossa amiga Srta. White é fichada. Acho que podemos cogitar dezoito meses de trabalho forçado.

Mary concordou com a cabeça.

— Creio que seja a hipótese mais provável.

— A menos, Srta. White, que possa nos dar uma ajudinha em relação ao paradeiro de alguns de seus estimados colegas...

Guy teve vontade de esconder as mãos sob o tampo da mesa para cruzar os dedos.

— Não sou dedo-duro — respondeu Elsie, decidida.

— A senhorita não precisa nos contar o nome de ninguém — insistiu Guy. Ele estava pensando rápido. Precisava conseguir alguma informação, e qualquer coisa que ela dissesse seria melhor do que nada. Não havia muito a ser negociado naquele caso. Uma mulher como Elsie não teria medo de ser presa. — Só quero saber onde posso encontrar alguns dos homens que atuam como receptadores para a senhorita e suas parceiras.

Elsie balançou a cabeça.

— Não sei do que você está falando. Se vão me acusar de alguma coisa, andem logo com isso. Seria bom passar um tempo descansando em uma cela.

— Vamos ficar aqui pelo tempo que for necessário — disse Mary.

Guy ficou surpreso com sua frieza.

— A senhorita sabe do que estou falando — insistiu ele. — Receptadores. Homens que pegam suas mercadorias roubadas para vendê-las depois. Onde eles as vendem?

Elsie cerrou os lábios em uma linha fina, pálida, e balançou a cabeça.

— Se a senhorita nos contar um nome — disse Guy —, podemos reduzir aquela sentença pesada de dezoito meses para seis. Se nos contar vários nomes, podemos esquecer que você existe.

Os lábios de Elsie permaneceram cerrados, mas seus olhos se moveram, indecisos. Ela hesitou por um instante, mas aquilo era tudo de que Guy precisava.

— Um nome, Elsie.

— Não vou dizer nome algum, não em troca de nada — decretou ela, soando menos confiante do que antes.

— Então nos dê um endereço, um lugar onde podemos encontrá-los. Talvez um local frequentado por um monte de gente, onde poderíamos descobri-los por nós mesmos com facilidade. Assim, ninguém desconfiaria de que você nos contou — persistiu Guy. — Um bar ou um clube frequentado por trabalhadores. Algo assim.

Mary se inclinou para a frente.

— Elsie, você tem filhos?

A mulher deu um pulo e gritou:

— Vocês não vão tocar no meu Charlie!

Mary abriu um sorriso tranquilizador.

— Não vamos fazer nada com Charlie. Mas você não acha que dezoito meses seria muito tempo para ficar longe dele?

— Um nome — repetiu Guy.

— A 43 Club — disse Elsie. — É só isso que vão conseguir de mim. Agora, me deixem ir.

CAPÍTULO VINTE E DOIS

De volta à mansão, Louisa se aconchegou na poltrona diante da lareira na ala das crianças. A babá Blor trouxe uma xícara de chá e dois bolinhos para ela, e Unity e Decca, uma coberta. As meninas mais novas não sabiam por que Louisa precisava ser reconfortada, mas pareciam estar gostando da inversão de papéis. Até Debo foi cambaleando até o quarto para buscar seu coelho de pelúcia favorito, que tinha perdido uma das orelhas havia muito tempo, e, quando o entregou a Louisa, ela a puxou para seu colo. A caçula das seis filhas tinha cachos louros tão curvilíneos e redondinhos quanto sua barriguinha, e um temperamento tão doce quanto mel — a menos que alguém tentasse impedi-la de chupar o dedão, então lá vinha a choradeira, como dizia a babá Blor. Louisa não sabia por que precisava estar perto das crianças, exceto que, em algum momento no caminho entre a casa e o tribunal, ela perdera a capacidade de sentir os pés. Eles pareciam algo esponjoso quando pisava no chão duro, como musgo. Junto a isso havia um desejo avassalador de se enfiar em uma caixa pequena e escura e passar horas lá dentro. É claro que essa não era uma opção, havia trabalho a ser feito, e, logo, a rotina inabalável que incluía dar banho nas meninas e colocá-las na cama ofereceria seu próprio conforto.

Pamela não subiu para a ala das crianças quando eles voltaram, em vez disso permaneceu na sala de estar com os pais. Charlotte seguiu para Londres com Sebastian, Ted, Phoebe e Clara, conforme o planejado, e pretendia se encontrar com a mãe. Elas precisavam tomar providências para o velório. Nancy também estava lá embaixo, ou pelo menos era o que Louisa achava. Pouco depois de ela e a babá Blor jantarem, sentadas em lados opostos da mesa, falando menos do que o normal, Nancy apareceu na porta. Ela usava culotes e um suéter azul velho que tinha um furo em um dos cotovelos, seu cabelo parecia despenteado e puxado para trás com os dedos, e, apesar de ter a pele branca típica das beldades britânicas, suas bochechas estavam coradas e os olhos brilhavam de um jeito que não acontecia havia muitos dias.

— Pensei em subir para ver vocês duas — disse ela. — Faz tanto tempo que eu não venho aqui, e todo mundo está emburrado lá embaixo. Já comeram a sobremesa? Eu queria algo doce.

Um mingau de sêmola com uma porção generosa de creme e um bocado de geleia de morango tinha acabado de ser servido diante de Louisa, mas permanecia intocado. Ela estava se perguntando se conseguiria comer aquilo, e empurrou o prato para o outro lado da mesa, grata.

— Aqui — disse ela —, coma a minha. Perdi a fome.

— Obrigada, Lou-Lou — agradeceu-lhe Nancy, acomodando-se na cadeira, como se ainda tivesse seis anos.

A babá Blor passara o tempo todo ligeiramente inclinada para a frente, um tanto ansiosa, a colher pairando entre a tigela e a boca, mas seus ombros relaxaram quando Nancy pegou o mingau de Louisa. Elas comeram em um silêncio agradável até a última colherada raspar o fundo da tigela. Nancy se afastou e pareceu querer dizer algo, mas então mudou de ideia.

— O gato comeu a sua língua? — perguntou a babá.

— Algo assim.

— Vou me sentar perto da lareira então. — A babá se levantou e lançou um olhar afetuoso para Louisa e Nancy. — Estou lendo um livro de mistério ótimo e seria interessante voltar para ele.

Louisa se levantou e começou a recolher os pratos e colocá-los na bandeja para a criada, mas Nancy queria conversar.

— Pobre Charlotte. A própria criada. Por que será que ela fez aquilo?

Louisa ergueu a bandeja e a segurou contra o corpo, apoiando a borda dela em sua cintura.

— Eu não acho que foi ela.

— Como assim? Não havia mais ninguém lá. Ela foi encontrada do lado do corpo, Pam escutou os dois brigando pouco antes. Do que mais você precisa?

A bandeja estava pesada.

— E se houvesse mais alguém lá?

Nancy se levantou. Ela tirou a bandeja de Louisa e a colocou em cima da mesa.

— Do que você está falando? Quem?

— Não sei...

Louisa cobriu os olhos com uma das mãos, parecendo uma criança, fingindo que ninguém estava ali para ouvir o que estava prestes a dizer em voz alta. Ela passara o dia inteiro pensando na mulher presente no inquérito, como se quisesse garantir que Dulcie manteria em segredo sua conexão com as Ladras. Que outro motivo haveria para que ela fizesse isso além de proteger Alice Diamond? Será que sua presença significava que Dulcie estava encobrindo alguém ao admitir o roubo? E a conversa entre Ted e Clara? Mas Louisa não podia falar sobre nada disso sem revelar que ela mesma havia traído a casa onde morava. Ela percebeu que se ressentia de Nancy e das liberdades que a jovem tinha, liberdades que sempre lhe seriam negadas. Que diferença havia entre as duas além do acaso de terem nascido em uma determinada família? Aquele ressentimento se acumulava — havia anos? — e entrou em combustão agora, como uma fúria incandescente que latejava atrás de seus olhos.

— É só que nada disso faz sentido — explodiu Louisa. — Por que os dois brigariam e depois se encontrariam de novo? E como ela poderia ter força para fazer algo assim? Só pode ter sido outra pessoa.

— E o que você vai fazer? — O rosto de Nancy estava corado.

Até então, Louisa não tinha se dado conta, mas agora sabia.

— Vou descobrir a verdade. Vou descobrir quem é o culpado e provar que ela não fez nada.

— Tome cuidado, Lou-Lou — disse Nancy. — Talvez você tenha que decidir de que lado está. No de Dulcie, ou no nosso.

CAPÍTULO VINTE E TRÊS

Lady Redesdale, resolveu sair de sua rotina e passou a manhã na biblioteca, aboletada no banco sob a janela saliente por onde entrava o sol. Enquanto analisava uma pilha de cartões de Natal, mantinha as costas aquecidas mudando de posição no assento conforme a direção dos raios de sol. Louisa estava sentada em uma cadeira de madeira próxima à lareira — apesar do sol, era um dia frio de dezembro — ao lado de sua cesta de costura, enquanto Decca e Unity brincavam com a casa de boneca e Debo tentava participar. Suas tentativas frustradas de mover móveis em miniatura eram sempre interrompidas por alguma ordem para colocá-los em uma posição diferente. O pesado brinquedo fora removido da ala das crianças e levado até a biblioteca por lorde Redesdale e Tom, que passava as férias escolares em casa, para a alegria de todos. Não havia dúvidas de que o jovem era o motivo para que todos estivessem reunidos ali, apesar de, no momento, a família estar esperando pai e filho voltarem de uma caminhada. Após esbravejar durante o café da manhã que não via necessidade de aprender "essa baboseira de francês" e a babá Blor ressaltar que as pessoas na Europa continental não sabiam mesmo preparar uma boa xícara de chá, apesar de falarem um idioma bonito — o que fez Louisa sorrir —, Diana agora estava na sala de estudos com a governanta.

Pamela e Nancy estavam sentadas uma em cada lado da mãe, ajudando com os cartões de Natal — Nancy escolhia os nomes na caderneta de endereços, Pamela lambia envelopes e selos. Fazia quase uma hora que um silêncio pacífico reinava, e, assim que Louisa se deu conta de que logo o tédio iria se instaurar, ouviu Nancy começar a falar em um tom suplicante que ameaçava se transformar rapidamente em um choramingo.

— ... Tem mais de um mês que não vou a Londres. Fui convidada para uma peça quinta à noite, e há um baile na sexta, um evento beneficente para mães enviuvadas, e *todo mundo* vai. Até lorde de Clifford comprou um ingresso, e ele é um bom partido para nossa querida Pam.

Nancy se inclinou para a frente e piscou para a irmã, que soltou um gritinho indignado e disse que não dava a mínima para Ted, porém era tarde demais — suas bochechas já pegavam fogo.

Lady Redesdale permaneceu inclinada sobre um cartão até terminar de escrevê-lo, entregando-o depois para Pamela. Então se empertigou e se virou para a filha mais velha.

— Koko, depois de tudo o que aconteceu aqui, você não pode sair para dançar. Seria indecoroso.

Ela pegou outro cartão, indicando que a conversa estava encerrada.

— Já se passaram três semanas. O que a gente vai fazer, passar um ano de luto? Não somos vitorianos.

Lady Redesdale ergueu uma sobrancelha ao ouvir o comentário.

— Talvez você não seja, mas eu nasci durante o reinado da boa rainha, sabe.

— Bem, as coisas mudaram, mamãe. — Ela baixou a voz. — Desse jeito, não vou me casar nunca. Será minha terceira temporada no ano que vem...

Esse fato, Louisa sabia, era uma vergonha e o calcanhar de aquiles dos Mitford. Diana seria apresentada à corte em menos de três anos, e ela já era bonita o suficiente para que os pais se preocupassem com a possibilidade de ser "fisgada" antes da filha mais velha. Por mais difícil que Nancy pudesse ser, e por mais que declarasse frequentemente que estava se divertindo demais para procurar um marido (será que falava sério? Louisa não sabia dizer), ninguém desejava que fosse humilhada desta forma: sendo a madrinha de casamento solteira da irmã mais nova.

— Seria melhor entrar para um convento — zombara Ada certo dia enquanto fofocava com Louisa na cozinha.

Lady Redesdale parou de escrever e segurou sua caneta pairando sobre o cartão, como uma vespa voando acima de um canteiro de flores.

— E veja só a mulher — continuou Nancy, a voz novamente no tom normal. — Ela será apresentada à corte no ano que vem e, graças ao que aconteceu, vai ficar apavorada, achando que toda festa termina com um assassinato.

— Basta!

Lady Redesdale baixou com determinação a caneta, e Pamela se levantou, deixando cair no chão os envelopes selados, exclamando:

— Não estou *apavorada*! Não sou criança!

Um sorriso se formou devagar no rosto de Nancy, uma expressão que Louisa conhecia bem — significava que tinha atingido o alvo de suas provocações, o que aparentemente era sua atividade favorita. Até mesmo Decca, Unity e Debo tinham parado a brincadeira para acompanhar a discussão, Decca segurando uma caminha minúscula.

Nancy não se moveu nem mudou o tom de voz.

— Louisa pode nos acompanhar. Seria bom para nós mudar de ares, não acha?

Quando ela parou de falar, uma corrente fria correu pela sala, e lorde Redesdale entrou, seguido de perto por Tom, trazendo o aroma de folhas em decomposição e madeira queimada. Lady Redesdale olhou na direção dos dois e se sentou de novo, calma.

— Vou conversar com seu pai — decretou ela, e esse foi o fim da conversa.

É claro que Nancy conseguiu o que queria, e, na quarta-feira seguinte, ela, Pamela e Louisa embarcaram no trem de Shipton-under-Wychwood para Paddington e se hospedaram com Iris Mitford em sua residência em Elvaston Place. A primeira noite tinha sido uma demonstração de decoro, para provar suas boas intenções, jantando e indo dormir cedo. A manhã seguinte fora dedicada a tarefas e a uma longa caminhada pelo Hyde Park, com Nancy e Pamela sendo agradáveis uma com a outra para variar, andando de braços dados pelo caminho. Louisa seguia ao lado das duas, sem conseguir evitar se contagiar pelo bom humor delas.

— Ah, é tão bom escapar das feras — exclamou Nancy.

Pamela chiou:

— Não seja tão desleal, Koko!

— Estou falando dos cães sarnentos, é claro — disse Nancy, arregalando os olhos, e as duas caíram na gargalhada.

Às seis da tarde as irmãs se arrumaram, colocando seus vestidos de festa, saltos baixos e luvas compridas. Os cachos louros de uma e castanhos da outra faziam com que formassem uma dupla atraente. Louisa, obviamente, usava o mesmo vestido daquela manhã: fora explicado a ela que os ingressos para a peça tinham sido comprados para as duas, "Mas não para você, querida — vai ter de nos esperar no saguão de entrada até o espetáculo terminar". Louisa tentara engolir a humilhação e a decepção que sentia. Ora. Ela achava mesmo que seria convidada também?

— Certamente — dissera ela, e Iris concordara com a cabeça, aprovando.

A peça se chamava *Hay Fever* e seria encenada no Criterion Theatre, em Piccadilly, e, quando chegaram, o glamour e as luzes de Londres se mostravam em toda sua glória, jogando um feixe de luz branca para o céu que estaria completamente preto acima de Asthall. Ainda estava cedo, e elas pararam diante do estande que vendia os programas da peça, admirando os azulejos pintados e os vastos vitrais enquanto esperavam.

— Creio que o teatro seja a nova igreja — disse Nancy, recebendo um olhar de reprovação da irmã.

Clara logo se juntou a elas, ofegante de animação e exibindo o que Louisa, em segredo, acreditava ser uma maquiagem exagerada e um vestido dourado com decotes profundos na frente e nas costas, com um longo colar de pérolas destacando o corte. Em vez de luvas, ela usava inúmeras pulseiras finas de metal que cobriam ambos os braços, do punho ao cotovelo, um visual muito ousado. Talvez tivesse se inspirado nas fotos que o jornal publicara de Josephine Baker, uma fabulosa dançarina de Paris. Clara trocou beijos com Nancy e Pamela, depois puxou-as para perto.

— Ouvi um boato de que Noël Coward em pessoa virá hoje — disse ela, animada. — É minha grande chance!

— Como assim? — perguntou Pamela.

— De participar da próxima peça dele, é óbvio. Sou atriz — disse Clara, orgulhosa.

— É mesmo? — Nancy não conseguiu esconder o desprezo em sua voz. — Em que peças já atuou?

Clara tentou não se abalar.

— Nenhuma, por enquanto. Mas participei de vários testes de elenco. Lá nos Estados Unidos, sabe.

Enquanto ela falava, Sebastian se aproximou em silêncio. Ninguém notou sua presença, porém, de repente, ele estava atrás de Clara, com um terno elegante e um sorriso zombeteiro no rosto.

— Aposto que participou mesmo, Srta. Fischer.

Clara deu um pulo e, em vez de cumprimentá-lo, saiu para comprar um programa da peça. Nancy se inclinou para a frente e deu um beijo suave na maçã do rosto dele.

— Olá, querido — disse ela. — Você não devia fazer provocações.

— Essa é boa, vindo de você. Alguém mais chegou?

Pamela olhou para a porta.

— Ted está ali, e alguém que não conheço.

— Dolly — disse Sebastian, seco. — Ela é sua rival amorosa?

— É óbvio que não — respondeu Pamela, e Louisa gostou de sua resposta atravessada e madura.

Ela estava aprendendo a lidar com os amigos de Nancy, algo muito vantajoso.

Ted apoiou um dos braços nos ombros de Dolly de forma casual. A moça era bem mais baixa do que ele e usava trajes caros. Seu casaco comprido de pele de visom devia custar mais do que os guarda-roupas inteiros de Nancy e Pamela juntos, mas ela exibia um sorriso tenso enquanto os dois se aproximavam. Louisa notou que Ted se permitiu lançar um olhar rápido na direção de Clara antes de seus olhos escuros focarem as irmãs Mitford.

— Que gentil da parte de vocês aparecerem — disse ele.

— Ah, não, a gentiliza foi sua — disse Pamela. — Estou muito feliz por ter vindo.

Nancy encarou a irmã com um olhar fulminante, mas ficou quieta.

Finalmente, Charlotte chegou, sua aparência era ainda mais magra e elegante do que antes, mas sem a tristeza melancólica que a assolara durante o inquérito. Ela cumprimentou todos com educação, mesmo que com pouco entusiasmo.

— Estou atrasada? — perguntou ela.

— Não — respondeu Nancy. — Ainda não tocaram o sino, mas, como já estamos todos aqui, vamos nos sentar?

O grupo seguiu para as cabines, rapidamente se misturando à multidão de espectadores tagarelas, sem lançar sequer um olhar para Louisa.

Vinte minutos depois, o restante do público havia saído do saguão, levando consigo o burburinho de ansiedade pelo espetáculo que dominava as conversas do mundo teatral londrino por muitas semanas. Louisa preferiu não se sentar ao bar sozinha — não poderia pedir uma bebida, pois corria o risco de ser confundida com uma mulher da vida —, então, em vez disso, se sentou em uma cadeira que parecia pertencer a um funcionário, perto do estande no qual estavam os programas. Ela trouxera um livro, um dos mais novos de Agatha Christie, que havia pegado emprestado da biblioteca em Burford, *O homem do terno marrom*, mas não conseguia se concentrar — o barulho do trânsito de Londres lá fora e das pessoas passando era muita distração. Fora que sua cabeça estava em Dulcie: como ela estaria lidando com as coisas? Todos eles estavam se divertindo no teatro, sem preocupação nenhuma, pelo menos aparentemente, enquanto ela definhava na prisão Holloway. Louisa sabia que Dulcie não era de todo inocente, é claro. Mas nem ela era. E entendia muito bem como era estar movida pelo desespero. Mesmo que Dulcie fosse uma ladra, ela ainda tinha o direito de receber proteção. Sua ex-patroa não lhe daria nenhuma, sendo tão facilmente convencida quanto todos os outros de que sua criada fora capaz de um ato tão violento e cruel.

Algo estalou às suas costas, e Louisa viu Sebastian sair por uma porta lateral daquele seu jeito furtivo. Ele não pareceu notar sua presença e seguiu para a rua. Louisa, intrigada com o ar misterioso dele, se esgueirou até as grandes portas de vidro da entrada do teatro. Ela espiou através da porta e viu Sebastian parado perto de um homem um pouco mais baixo, de casaco e chapéu escuros. Além disso, Louisa achou que tinha visto uma gola vermelha também. A conversa foi rápida: Sebastian entregou algo — dinheiro? — e recebeu outra coisa em troca. Não dava para ver o que era, mas parecia ser pequeno, porque ele escondeu o objeto no bolso do casaco na mesma hora. Rapidamente, Louisa voltou para sua cadeira e pegou o livro, certificando-se de que estaria parecendo distraída com o texto para o caso de ele notar sua presença desta vez.

CAPÍTULO VINTE E QUATRO

O som dos aplausos que indicavam o fim da peça fez Louisa, que estava quase dormindo, abrir os olhos. As portas foram abertas pelos funcionários, e a plateia saiu como um grande suspiro após um segredo ter sido revelado. Houve um fluxo de pessoas que correu para os banheiros ou para as chapeleiras, e uma leva que seguiu para a rua. A corrente de ar frio que vinha através das portas abertas fez Louisa despertar por completo. Ela analisou a multidão, mas Pamela, que estava radiante, a encontrou primeiro.

— Ah, Lou, foi tão divertido! Sinceramente, acho que nunca ri tanto na vida.

Louisa não poderia se importar menos com uma diversão tão inofensiva.

— Que bom — disse ela.

— Ah, veja, Clara disse que podemos ir ao camarim. Ela conhece uma das atrizes do espetáculo. Todos nós vamos. Venha comigo.

Lá fora, Pamela e Louisa praticamente correram para alcançar os outros, que tinham virado à esquerda saindo da porta principal e entrado na Jermyn Street, onde uma plaquinha preta e branca discretamente indicava a porta dos fundos. As duas chegaram a tempo de alcançar Ted, o último do grupo a ser admitido pelo homem que controlava a entrada, que parecia atribuir a mesma importância à chegada deles quanto tudo que acontecera no palco mais cedo.

— O limite do camarim são oito pessoas — avisou ele. — Regras de segurança contra incêndio. Vou ter de entrar e contar...

O homem foi interrompido por Ted, que se virou e enfiou uma nota de uma libra na mão dele enquanto a apertava.

— É um prazer, senhor — disse Ted, com toda a calma —, estamos muito animados para encontrar nossa grande amiga, Srta. Blanche. Tenho certeza de que compreende.

O homem parou e tirou o chapéu, guardando a nota no bolso.

— Sim, senhor. Tenham uma boa noite.

Ele se sentou a uma mesa apertada ao lado da porta e pareceu bastante satisfeito.

Quando os três chegaram ao camarim número seis, porém, perceberam que o homem tinha razão. Mesmo que as regras de segurança fossem ignoradas, o cômodo era minúsculo, e eles não conseguiriam se apertar lá dentro com as cinco ou seis pessoas que haviam chegado antes. Blanche era nitidamente uma atriz famosa e declarava em alto e bom som sua satisfação em ser o centro das atenções enquanto servia champanhe para os convidados. Ela ainda estava com a maquiagem da peça, mas usava um quimono japonês de seda, amarrado apertado em torno da cintura fina. O camarim estava bem iluminado, e havia vários cartões e fotos de admiradores presos no espelho enorme. Na penteadeira com as perucas da atriz via-se um vaso de flores que definhavam e outro com rosas-brancas recém-colhidas. Clara estava perto da amiga, absorvendo cada palavra que ela dizia, além do champanhe em goles demorados, e Sebastian falava sem parar com outro rapaz lá dentro, que não parecia conseguir responder. Dolly estava sozinha, bebericando sua bebida em silêncio, e Ted parou ao seu lado, encarando os outros homens no recinto como se fosse um buldogue protegendo um bife de uma matilha de vira-latas.

Louisa e Pamela ficaram paradas no corredor, meio sem jeito e sem saber como agir, enquanto Charlotte abria caminho até a porta, sendo seguida de perto por Nancy. Charlotte parecia pronta para ir embora, mas Nancy puxou seu casaco.

— Não vá — implorou ela. — Vamos ficar mais um pouco. Podemos ir a algum lugar depois.

— Não estou no clima — disse Charlotte, ríspida.

Louisa se encolheu na escuridão. Não que ela achasse que sua presença seria notada por Charlotte, mas sentia, por algum motivo, que estava no meio de uma conversa particular.

— Você não gostou da peça? — perguntou Pamela, toda corajosa.

— Dolly não pode comprar nossa amizade, mesmo que tenha comprado os ingressos. — Charlotte apertou ainda mais seu elegante casaco de veludo. — Adrian era completamente contra a ideia de Ted se casar com ela, sabiam?

— O que ele tinha a ver com isso? — Nancy nunca conseguia se controlar, nem em situações que não eram da sua conta.

Charlotte acendeu um cigarro e suspirou.

— Ted perdeu o pai em um acidente de automóvel aos nove anos, então sua mãe costumava mandá-lo para nossa casa nas férias. Ele era afilhado de papai e precisava de uma figura masculina na sua vida, imagino. Quando papai faleceu, há três anos, Ted foi o que ficou mais abalado, então Adrian assumiu o papel de pai. Combinava com sua arrogância. — Ela deu uma risada amargurada. — Ted não gostou muito. Na verdade, acho que ele era um pouco apaixonado por mim. Ele costumava me defender de Ade quando a gente brigava. — Ela deu uma baforada final e apagou o cigarro com o salto. — Agora, Adrian se foi e aquela vaca dominou Ted. Não, eu *não* gostei da peça. Podemos ir agora?

Nancy absorveu aquelas informações. Louisa praticamente conseguia vê-la fazendo anotações mentais, porém, antes que conseguisse responder, as quatro ouviram uma voz masculina e estridente às suas costas.

— Que tristeza, minha querida. Talvez eu consiga fazer um trabalho melhor para a senhorita na próxima vez? — E uma risada relampejante se seguiu.

Nancy, Pamela, Charlotte e Louisa se viraram e deram de cara com um homem com roupas da moda e olhos gentis emoldurados por sobrancelhas tão finas quanto as de uma mulher. Não havia dúvida de que aquele era o autor da peça, o Sr. Noël Coward. Havia um grupo de três ou quatro homens e mulheres às suas costas, dando risadinhas abafadas. Nancy ficou pálida, e Pamela olhou ao redor como se estivesse procurando um lugar para se esconder, mas Charlotte parecia ofendida e nada disposta a ser alvo de zombaria. Ela abriu caminho pelo grupo e atravessou o corredor a passos duros.

Nancy tomou as rédeas da situação.

— Sr. Coward — disse ela —, pessoas com línguas afiadas demais geralmente acabam mordendo a língua. — Ele havia parado diante dela, com o corpo inclinado levemente para um lado e um sorriso divertido nos lábios. — Mas o senhor, pelo que escutamos hoje à noite, gosta de amolar a lâmina.

O Sr. Coward soltou uma gargalhada.

— Ora — disse ele, abraçando Nancy pela cintura. — A senhorita é hilária. Vamos nos conhecer melhor...

O Sr. Coward guiou Nancy para o camarim lotado, que, como por milagre, arrumou espaço para eles. Louisa e Pamela, vidradas naquela reviravolta, ficaram observando da porta. Clara se virou e viu Nancy entrar praticamente de braços dados com Noël Coward. Ela tentou disfarçar a raiva colocando um sorriso no rosto, mas era nítido que sentia que havia perdido sua oportunidade. Dolly e Ted saíram então, se apertando contra os recém-chegados. Dolly olhou para Clara, depois para o dramaturgo, e se aproximou da orelha de Ted.

— Nem adianta ela tentar dormir com esse *aí* para conseguir alguma coisa — zombou ela e se afastou pelo corredor, seguida de perto por Ted, que murmurava comentários apaziguadores que Louisa não conseguiu ouvir.

Ela e Pamela se entreolharam.

— O que vamos fazer? — perguntou Pamela.

— É melhor esperarmos por Nancy — disse Louisa, se sentindo um peixe fora d'água.

Pamela a puxou para longe da porta.

— Eu me sinto uma paspalha parada aqui. E estou morrendo de fome.

Louisa olhou para os dois lados do corredor; as portas de outros camarins estavam abertas, deixando escapar luz e barulho.

— O que acha de deixarmos um recado para ela com o rapaz lá embaixo e irmos comer alguma coisa em um restaurante aqui perto?

Pamela concordou com a cabeça.

— Sim, por favor.

As duas saíram discretamente, para deixarem o recado e irem em direção à Jermyn Street. O rapaz, muito mais simpático agora, sugeriu que jantassem no novo KitCat Club, em Haymarket, e disse que avisaria aos amigos de Srta. Blanche que elas estavam lá. Pamela começou a explicar que não poderia ir a uma *boate*, mas o homem contou que o lugar também era um restaurante, uma ideia americana, que funcionava até tarde.

— Na verdade — explicou ele, como se compartilhasse algo muito sábio que aprendera ao longo da vida —, só começam a servir o jantar depois das dez da noite. Então o lugar começa a encher... o pessoal que frequenta é bem animado, pelo que fiquei sabendo. À meia-noite tem uma apresentação de cabaré.

O homem que ficava na entrada piscou, e Pamela tratou de se despedir rapidamente e sair para a rua.

A barriga de Louisa roncava, desacostumada a sair da rotina regrada dos jantares na ala das crianças. Nancy e os amigos pareciam usar cigarro e álcool para espantar a fome — ninguém nunca parecia mencionar a necessidade de comer.

— Acho melhor não irmos até lá — disse Pamela.

— Não, melhor não.

Agora, Louisa estava com fome e decepcionada. Ela teria gostado de ver homens e mulheres elegantes, sem contar o espetáculo. Enquanto as duas permaneciam paradas ali, se perguntando o que fazer, meio desnorteadas com a cacofonia de luzes, pessoas e trânsito que fazia parecer que eram onze da manhã, e não da noite, Clara surgiu diante delas. Ela estivera chorando, e uma parte de sua maquiagem escorria pelo rosto em listras pretas.

— Clara! — exclamou Pamela. — O que aconteceu?

Clara fungou e olhou para as duas. Mesmo com as bochechas sujas e os olhos arregalados e marejados, sua beleza era inegável. Todas as outras pessoas pareciam bebês com rostos corados quando choravam, pensou Louisa, e teve de se controlar para não gritar um *não é justo*. As expressões da ala das crianças eram contagiantes.

— Nada que já não tenha acontecido antes — disse ela, e um vislumbre de indignação passou pelo seu rosto. — Acho que homens decentes não existem. São todos uns des... — De repente, ela pareceu se lembrar de que Pamela ainda era uma dama inocente e se interrompeu. — Eu só queria que alguém me desse uma oportunidade sem me pedir que... — Novamente, ela parou de falar. Clara soltou um pequeno soluço e levou uma das mãos à boca. — Ah, meu Deus — disse ela. — Estou bêbada.

— Nancy já está vindo? — perguntou Pamela, se esforçando ao máximo para ser educada e ignorar o último comentário.

Clara assentiu.

— Com *Sebastian*. — Ela praticamente cuspiu o nome do rapaz, e Pamela se retraiu, chocada.

— Ele fez alguma coisa, Clara?

Clara olhou ao redor, para as pessoas que passavam. Ninguém prestava atenção. Ela fez um sinal de segredo e cambaleou ligeiramente enquanto erguia a bolsa, pendurada por uma corrente comprida e fina. Então abriu o fecho e mostrou o interior para Pamela e Louisa.

— Mas ele não vai fazer de novo. Nenhum deles vai.

As duas olharam para dentro da bolsa e viram o brilho de uma faca aconchegada entre o forro de seda cor-de-rosa e um estojo de pó de arroz incrustado de pedras preciosas.

— *Clara*... — começou Pamela, mas a americana aspirante à atriz cambaleou para longe.

A próxima coisa que as duas ouviram foi o som violento de vômito enquanto ela passava mal na sarjeta da Jermyn Street.

CAPÍTULO VINTE E CINCO

Alguns dias após a prisão de Elsie White, Guy e Mary continuavam trabalhando à paisana, andando pela Oxford Street, apesar de não terem muitas esperanças de um raio cair duas vezes no mesmo lugar. Era aquela parte arrastada do dia, quando o tédio causava fome mas ainda estava cedo demais para o intervalo do almoço. O céu estava cinza-escuro, e uma chuva ameaçava cair. O trânsito estava barulhento, e as pessoas andavam rápido, porém as lojas pareciam praticamente vazias. O Natal ainda não estava perto o suficiente para o desespero das compras de última hora. Os dois pararam diante de uma banca de jornal, e Mary folheou as últimas páginas da revista *Tatler*, que exibiam fotos de eventos.

— Quem são essas pessoas? — zombou ela. — Veja só que nomes engraçados. Ponsonby, Fitzsimmons, Trá-lá-lá.

— Trá-lá-lá? — Guy a fitou, simulando um olhar sério por cima dos óculos. — Esse é seu relatório oficial sobre o nome dos convidados?

— Sim — respondeu Mary no tom de uma locutora de rádio. — Testemunhas viram a Srta. Trá-lá-lá dançando no Ritz com o Sr. Beltrano durante um baile beneficente para soldados mortos em combate.

Os dois estavam rindo quando uma manchete na página três do jornal *The Times* chamou atenção de Guy e o fez parar. Ele entregou algumas moedas para o jornaleiro antes que levasse uma bronca por ler as matérias de graça.

— "A guerra de Joyson-Hicks contra a imoralidade" — disse ele.

— Como é?

Guy leu um pouco mais.

— É um político que quer fechar as boates. Não as que os ricaços frequentam, mas as que ficam no Soho. A 43 Club é citada. Olhe, veja, este é o problema sobre o qual estávamos conversando. Está tudo aqui.

— Ele apontou para um parágrafo e entregou o jornal para Mary, que o leu, lutando levemente contra uma ventania enquanto o fazia.

— Os policiais precisam entrar nas boates para poder flagrar os atos imorais, mas, se fizerem isso, estarão participando das mesmas atividades que deveriam encerrar — resumiu ela. — Então qual seria a solução?

— Não faço ideia. Publicaram uma foto de George Goddard. Ele é chefe da Delegacia de Costumes, que fica na Savile Row, aqui perto.

— Precisamos ir até lá — decretou Mary, devolvendo o jornal.

— Eu sei, mas já conversamos sobre isso, não foi? Cornish não pode nos dar permissão para ir, e precisamos de uma. — Guy apertou a ponte do nariz, no ponto onde os óculos ficavam apoiados, sentindo que uma dor começava ali.

— Então podemos ir durante nossa folga.

Guy suspirou e enrolou o jornal.

— E quando estamos realmente de folga?

— Você me disse que seu amigo Harry toca lá — falou Mary.

— Sim, mas...

— Bem, então está resolvido. Se, por algum motivo, alguém nos pegar na boate, só precisamos dizer que fomos ver Harry tocar. Nem todos os frequentadores fazem algo ilegal enquanto estão lá, sabia? — Mary estava implorando, e era muito difícil resistir quando ela fazia isso. — Nós só precisamos dar uma espiada no lugar para ver como é. Podemos fazer algumas perguntas e, quem sabe, descobrir alguma coisa. É melhor do que nada, que é tudo que temos por enquanto.

— Hoje não — disse Guy.

— Pois bem, hoje não — concordou Mary. — Mas em breve.

Dava para ver que ela já tinha começado a contar os minutos.

CAPÍTULO VINTE E SEIS

Antes de saírem da mansão Asthall, Louisa tinha pedido para trocar sua folga da semana seguinte por três horas livres enquanto estivessem em Londres, para visitar um parente. Pelas suas contas, depois de estudar o mapa de Londres de lorde Redesdale, com as linhas do metrô impressas no verso, se saísse às oito da manhã, conseguiria voltar às onze, a tempo de levar as irmãs para fazer compras. Lady Redesdale concordara mesmo não tendo ficado muito satisfeita. No meio-tempo, Louisa tinha enviado uma carta para a prisão Holloway, solicitando permissão para visitar a detenta Dulcie Long. Como Dulcie permanecia em prisão preventiva, o processo foi bastante rápido, e ela recebeu a resposta antes da viagem. Foi tudo muito simples, e Louisa permaneceu tranquila até se ver caminhando rumo à prisão na manhã de sexta.

Ao entrar na Camden Road, em meio às árvores, ela viu uma construção que só poderia ser o presídio, que surgia no horizonte como um castelo de conto de fadas. Se aproximar não deixou a experiência menos desconfortável, com os grifos de pedra gigantes arqueados sobre a entrada, na qual havia vários tijolos cinza empilhados tão alto quanto o pé de feijão de João. As torres possuíam cruzes entalhadas e janelas que eram meras fendas, maléficas demais para permitir algo tão agradável quanto uma vista ou a entrada de um raio de sol. Louisa fechou bem o casaco e ajeitou a postura, porque sabia que precisava fazer aquilo.

De certa forma, ela se sentiu reconfortada ao se deparar com pessoas que pareciam ser de sua mesma classe, ou seja, pessoas como ela. Uma fila de visitantes começava a se formar diante da porta de madeira, o que produzia um efeito quase cômico, como se um mago e seu dragão estivessem esperando atrás dela. A maior parte do grupo era formada por mulheres com chapéus baratos e casacos finos, uma parte delas tinha passado ruge nos rostos abatidos, mas também havia alguns homens de gorros, chapéus Homburg e paletós escuros com as golas viradas para cima, praticamente todos segurando um cigarro entre o indicador e o dedão. Uma mulher se destacava por ser jovem e bela. Ela segurava a mão de uma garotinha com um casaco de gola de veludo, que estava agarrando seu ursinho como se ele fosse um colete salva-vidas.

Quando um sino soou ao longe, a porta foi escancarada e todos entraram, prontos para informar o nome e serem revistados pelo guarda, cujos modos revelavam apenas uma mistura problemática de tédio e desconfiança. Louisa se forçou a parar de remexer os pés e se lembrou de que não tinha motivo para se sentir culpada. A questão era: será que a pessoa que estava visitando tinha?

Registrados, os visitantes foram instruídos a seguir um agente penitenciário por uma série de corredores. Cada porta precisava ser destrancada, fechada e trancada de novo antes que passassem para a próxima, agrupando-os nos espaços feito ovelhas. Por fim, chegaram à sala de visitas, que era dividida por uma longa fileira do que pareciam ser armários abertos, como se estivessem em uma loja de penhores. Guardas cercavam os arredores, atentos; todos, sem exceção, exibiam os braços cruzados sobre a barriga saliente. Após informarem o número de sua cabine, Louisa sentou-se diante da janelinha coberta por uma grade de ferro. Ela esperou alguns minutos até Dulcie aparecer do outro lado, o rosto exibindo uma expressão exausta, a clavícula praticamente rasgando o uniforme cinza. Mais uma vez, Louisa ficou impactada pela semelhança entre as duas, porém, agora, era como olhar em um espelho que refletisse como sua vida poderia ter sido, um lembrete cruel do rumo que não tomara. Ela tentou não se retrair ao ver a expressão derrotada no rosto de Dulcie, apesar de a moça sorrir ao chegar.

— Não acreditei quando me contaram que você vinha me visitar — começou ela. — Achei que você nunca mais iria querer olhar na minha cara.

Louisa hesitou. Apesar de ter ido até lá e de se compadecer com a situação, ela ainda não tinha uma opinião formada sobre Dulcie.

— Aquelas joias — começou ela, e Dulcie baixou a cabeça. — Por que as pegou? Era esse seu acordo com... você sabe... — Ela não ousaria dizer "as Ladras" ali. — Que você tinha me contado?

Dulcie concordou rápido com a cabeça, mas continuou em silêncio.

Louisa olhou ao redor, mas ninguém parecia estar prestando atenção. Mesmo assim, manteve o tom de voz baixo.

— Você sabe que entendo um pouco essa situação, mas não deixaria que entrasse na casa se soubesse...

Dulcie olhou para cima de novo, e seus olhos estavam cheios de lágrimas.

— Eu sei — respondeu ela. — Tive de mentir sobre essa parte. Juro que, se tivesse outra opção, não teria feito aquilo. E não menti sobre mais nada, prometo.

— Eu vi aquela mulher, lá do bar. Ela assistiu ao inquérito — disse Louisa. — Era para garantir que você não contaria nada sobre elas?

— Sim — respondeu Dulcie, tendo dificuldade para formar a palavra.

— Você está protegendo essas pessoas, Dulcie? Porque acho que não deveria. Acho que elas são capazes de cuidar de si mesmas. — Louisa estava se sentindo corajosa agora.

A expressão de Dulcie ficou anuviada.

— Elas sabem que estou aqui e me mandaram um lembrete nada amigável para que eu fique de boca fechada. Minha prisão acabou facilitando a vida delas, no fim das contas.

Louisa encarou o próprio colo para reunir coragem, então voltou a olhar Dulcie pela janelinha.

— Foi você? — sussurrou ela.

Dulcie quase gritou, mas se controlou.

— Não, não fui eu. Não sei o que aconteceu, mas não fui eu.

— Então deve ter um jeito de provar isso.

— Não tem — respondeu Dulcie. — Estou lascada aqui dentro, estou lascada lá fora. E, se elas não me pegarem, irão atrás de...

Dulcie se interrompeu de repente.

— De quem? — perguntou Louisa.

— Da minha irmã, Marie. É melhor você esquecer que eu existo.

Louisa virou levemente a cabeça, porém o guarda mais próximo estava focado em uma mulher duas mesas ao lado, que parecia estar prestes a beijar o prisioneiro que estava visitando.

— Mas você pode acabar sendo enforcada por isso — insistiu ela.

— Por favor, esqueça esse assunto.

Louisa forçou um sorriso. Como se alguma das duas fosse capaz de conversar sobre o tempo ou sobre o filme mais recente de Mary Pickford.

— É claro.

— O que você veio fazer em Londres, afinal?

— Estou de acompanhante. Srta. Nancy e Srta. Pamela vão a um baile hoje, em Chelsea.

— Você sabe se Srta. Charlotte vai também?

— Não sei — respondeu Louisa com sinceridade. — Talvez. Ela foi ao teatro ontem à noite.

Dulcie fez uma careta.

— Essa gente não faz nada além de ir a festas. Se ela for, pode passar um recado?

— Não sei, Dulcie.

Os ombros de Dulcie murcharam.

— Não, tem razão. Você não pode fazer isso. Era só uma bobagem. Nem sei por que pensei nisso.

— O que era? — Louisa tentou encorajá-la. — Posso tocar no assunto, caso surja um momento oportuno.

— É só que a costureira está esperando Srta. Charlotte buscar e pagar por um vestido, e ela é uma de nós, sabe. Precisa do dinheiro. A Sra. Brewster, na Pendon Road, número 92, em Earl's Court.

Louisa hesitou, sem saber se poderia ajudá-la com esse favor.

— Tudo bem. Mas Dulcie... quem você acha que é o culpado? Deve ter sido algum convidado da festa, não é?

Dulcie fechou a cara.

— Sei que você quer ajudar, mas é melhor esquecer esse assunto. Estou dizendo, não tem jeito. O julgamento será logo após o Natal, e depois dele vai ser meu fim. Ninguém pode fazer nada. Desista.

Louisa foi tomada pela lembrança de seu tio Stephen, de tudo que ela fizera e conseguira se safar. Dulcie não era melhor nem pior do que ela, e estava tentando andar nos trilhos. Fora puro azar. O tipo de destino que mulheres como elas sempre sofriam, porque ninguém conseguia entender como era impraticável transformá-lo. Quando uma pessoa vive entre ladrões, é tratada como se fosse um deles, e, no fim, desesperada, faminta, acaba chegando à conclusão de que pode muito bem agir como um. Isso já é ruim por si só, mas, então, quando ela tenta mudar, dá para contar nos dedos quantas pessoas permitem que isso aconteça. Nos dedos de só uma mão, na verdade. Louisa tinha conseguido uma chance — fora difícil, mas não impossível. Ela não podia desistir de Dulcie, não agora.

CAPÍTULO VINTE E SETE

Louisa estava exausta quando chegou ao apartamento de Iris Mitford, sentindo que precisava voltar para a cama, mas ainda não era nem meio-dia. Na sala de estar, encontrou Pamela e Nancy com a tia — uma mulher magra de quarenta e poucos anos, bonita e à frente do seu tempo —, de batom vermelho. (Sua cunhada preferia morrer a ser vista usando cosméticos na pele.) Os olhos cinzentos exibiam malícia e determinação. Iris adorava os jovens, o que não englobava crianças, e tendia a enfatizar a necessidade de socializar e de estar bem-vestida. Quando ficara sabendo da festa à fantasia para comemorar os dezoito anos de Pamela, tinha aconselhado as sobrinhas a "agarrar um homem, não um prêmio". ("Apesar de Iris nunca ter feito isso", dissera Nancy, recebendo um tapa de Pamela no braço.)

Pamela levantou com um pulo quando Louisa entrou na sala, o que a fez concluir que havia interrompido uma das histórias picantes de Iris sobre a vida na era eduardiana, que provavelmente não seria bem-vista por lady Redesdale. Fora Iris que ensinara a Nancy sobre o conhecido truque da "fuga furtiva", que consistia em descer pelas extremidades das escadas para evitar fazer barulho nos degraus e ser pega em flagrante.

— Mesmo assim — explicara Nancy na viagem de trem —, é muito engraçado porque Iris sempre foi conhecida por ser comportada. Suponho que, agora que mora em um apartamento e tem dinheiro, ela pode fazer o que der na telha.

Nancy não conseguiu disfarçar a inveja em sua voz.

— Mas ela ama animais, como eu — acrescentara Pamela. — Uma vez, escreveu uma carta para o *Times* concordando com a alegação da Duquesa de Hamilton de que leite de cabra é "extremamente palatável", e que as pessoas deviam ser encorajadas a bebê-lo. Ela também cuidava das galinhas da casa do vovô em Batsford, colhia os ovos e tudo.

Quando Louisa conhecera Iris Mitford, achara esta última parte difícil de acreditar, mas Pamela jurava que era verdade.

— Oi, Louisa — disse Pamela. — Eu estava contando a Iris sobre o nosso jantar de ontem.

Isso era mentira, mas até que uma das boas. A capacidade de Pamela de se recordar dos detalhes de cada migalha que comia era admirável. Iris nem se mexeu quando Louisa entrou; de pernas cruzadas, a mulher fumava um cigarro em uma piteira comprida.

— Bom dia — disse Louisa, tomando o cuidado de não dizer "Iris", o que seria inapropriado, nem "Srta. Mitford", o que desagradaria a anfitriã. Apesar de a maneira formal de se referir à mulher fosse, teoricamente, "Srta. Mitford", ela preferia ser chamada apenas pelo nome e sobrenome, sem prefixo. — Só queria avisar que voltei e estou pronta para levar Srta. Nancy e Srta. Pamela para cumprirem seus afazeres.

Iris a encarou sem muita vontade.

— Pois bem, podem ir, meninas. Venham falar comigo antes de saírem à noite. Quero ver o que vocês vão vestir.

As irmãs riram e se despediram da tia com um beijo na bochecha.

Às seis da tarde, depois de um dia agradável fazendo compras e tendo concluído com sucesso suas pequenas tarefas, além de se empanturrar de chocolate quente no café na Peter Jones, as garotas estavam de volta a casa, vestidas e prontas para a inspeção na sala de estar. Iris também estava arrumada para sair para jantar, com um vestido preto em crepe de chine que ia até um pouco abaixo dos joelhos, com um pingente de estilo egípcio preso em uma corrente dourada que pendia bem abaixo de sua cintura. Pamela estava parada em frente à lareira como um soldado em revista, com a coluna empertigada, resignada às curvas que impediam o caimento elegante do vestido, mas pelo menos a cor de marmelada combinava com ela. Nancy estava com seu vestido adornado com miçangas de novo, porém, desta vez, usava um par novo de luvas compridas bem vistosas, com pequenos botões roxos por toda a lateral, do pulso ao cotovelo.

— Vou sair com o coronel Maltravers hoje — dizia Iris — e não tenho hora para voltar. Não me incomodem pela manhã, meninas. Gracie vai cuidar de tudo. — Seguiu-se uma pausa e o vislumbre de um sorriso cheio de dentes. — Vocês estão lindas. Não passem vexame, está bem?

O feitiço entre elas foi quebrado, e, depois de uma confusão de beijos e despedidas, as meninas saíram correndo, puxando Louisa e entrando no táxi que as aguardava.

Primeiro houve um jantar, um evento pequeno, organizado por uma amiga de lady Redesdale, do qual Louisa ficou de fora, esperando no corredor, sozinha e sem jeito, enquanto o tinido dos talheres e o murmúrio educado de conversas vinham da sala de jantar. Quando finalmente chegou ao fim, elas pegaram outro táxi, apesar de o baile ser ali perto, na Lower Sloane Street. Nancy e Pamela passaram boa parte do trajeto conversando, animadas, porém, assim que chegaram, Louisa logo percebeu que provavelmente a noite seria decepcionante. Apesar de haver um punhado de homens, a presença de mulheres da idade de Nancy era muito maior, mesmo que nenhuma fosse bonita e que grande parte estivesse acompanhada de tias idosas. Louisa abafou uma risada ao ver um senhor idoso de cartola, apoiado em uma bengala, fazendo careta sempre que o ramo de menta de seu drinque fazia cócegas em seu nariz.

Pamela viu duas amigas e foi até elas; enquanto isso, Nancy, fazendo careta, afanou uma taça de um garçom que passava. Uma banda tocava uma valsa aleatória — embora ainda fosse muito cedo para as pessoas dançarem —, e as tias se sentavam em grupinhos nos cantos do salão, como corvos marcando território. Louisa permaneceu ao lado de Nancy por um instante, ainda incapaz de encarar a verdade incontestável de que pertencia ao grupo das acompanhantes enfadonhas.

— Isso vai ser insuportável — disse Nancy, e Louisa a fitou com solidariedade.

A babá Blor lhe ensinara que seu dever era lembrar às meninas de como tinham sorte, mesmo nas situações mais desagradáveis, porém nem a babá seria capaz de dizer que Nancy teria uma noite divertida. Uma mulher parruda, com pescoço largo e traços equinos, se aproximou das duas, e Louisa rapidamente deu um passo para trás.

— Nancy, minha querida — bradou ela —, que bom que veio, especialmente depois de toda aquela *situação medonha* com a morte do Curtis.

A última parte foi dita em um falso cochicho, que só não seria escutado por pessoas do lado de fora do salão.

— Sra. Bright — disse Nancy em um tom seco —, mamãe mandou lembranças à senhora e ao seu marido. Nós ficamos *tão* tristes por saber que Paul foi expulso de Oxford.

A Sra. Bright se retraiu.

— Foi uma desistência voluntária depois de um mal-entendido — murmurou ela, mas a punhalada fora certeira. — Mande lembranças a ela também.

A mulher se afastou a passos largos.

Pamela voltou, parecendo abalada.

— Ninguém fala de outra coisa — sussurrou ela para Nancy.

Não era preciso perguntar ao que a garota se referia.

Nancy terminou sua bebida.

— Olha, precisamos ficar pelo menos um pouco. Mamãe tem espiões em todos os cantos, vigiando cada um dos nossos passos. Ela é pior do que os malditos comunistas. Não finja que está surpresa, mulher. Você sabe como ela é. Mas podemos sair de fininho e ir para uma boate.

— Não podemos! — arfou Pamela. — Mamãe vai descobrir.

— Não tem como ela descobrir — disse Nancy. — Podemos voltar para cá antes de o baile acabar, para sermos vistas nos despedindo da Sra. Bright e do restante dos convidados.

Louisa começou a falar, mas Nancy a interrompeu:

— Você não precisa participar, Lou. Fique aqui, e, se der tudo errado, digo que você não sabia de nada.

— Ah, que ótimo! O único problema é que eu sei, né?! — respondeu ela. Mais do que isso, ela também queria ir a uma boate, *muito* mais do que ficar ali e se juntar às outras acompanhantes, porém não podia deixar transparecer essa vontade. Fazia tempo que ela havia aprendido que qualquer sinal de empolgação perante a alta sociedade resultaria em um banho de água fria; eles fariam de tudo para manter uma certa distância. A única forma de ter sucesso era demonstrar indiferença. A menos que você fosse americano, é claro, a exceção à regra nessa e em tantas outras coisas. Clara Fischer era tão entusiasmada quanto um filhotinho de labrador, e seu círculo de amizades permanecia encantado com ela. A faca na bolsa de Clara surgiu novamente nos pensamentos de Louisa: será que ela já a usara antes? Por que diabo Clara precisaria carregar uma faca por aí? Ela parou e se recompôs: não havia nada que pudesse fazer sobre aquilo agora.

As três se levantaram e olharam ao redor. A situação não tinha melhorado. Inclusive, até os garçons começavam a exibir um semblante de desespero agora.

— Não existe nada mais deprimente do que uma festa que dá errado — disse Nancy. — Eu preferia estar em um velório. Pelo menos a gente poderia se acabar de chorar.

Pamela riu, e Nancy pareceu satisfeita.

— Então vamos falar com a maior quantidade de pessoas possível, para todos atestarem que estivemos aqui, caso alguém pergunte — disse Pamela afavelmente.

As duas irmãs olharam para Louisa com expectativa.

— Tudo bem — disse ela, fingindo ter sido convencida. — Mas só vou com vocês porque preciso ter certeza de que estarão seguras e de que voltarão a tempo.

— Eu sabia — disse Nancy ao mesmo tempo que os convidados ficaram em silêncio e uma pessoa anunciou que os lordes, damas e cavalheiros já poderiam seguir para o salão de baile. — Em vinte minutos, me encontrem aqui — sussurrou ela. — Ninguém vai notar se a gente sair depois.

Pouco depois, Nancy as guiava por uma porta francesa nos fundos do salão de baile. Sem os casacos, elas estavam morrendo de frio, mas andaram rápido pela lateral da casa até chegarem à rua, onde Nancy chamou um táxi como se tivesse feito isso a vida toda. Ela notou que Louisa a encarava.

— Às vezes, digo à mamãe que vou visitar Tom em Eton e, em vez disso, pego o trem para Oxford e passo o dia lá. Não faça essa cara de choque, Lou, tenho vinte e um anos. Eu seria uma boba se não fizesse isso de vez em quando.

Elas entraram no táxi, e Nancy disse ao motorista que o endereço era o número 43 da Gerrard Street, no Soho.

— Soho, Nancy? Isso é uma boa ideia?

Louisa nunca fora lá, porém, assim como todo mundo, lera as matérias do jornal *Daily Sketch* sobre prostitutas, cafetões e bêbados. Desde a chegada das melindrosas, dos músicos de jazz e da dança Black Bottom, sem mencionar as histórias sobre overdoses de cocaína e comércio ilegal de álcool, a região ganhara a reputação de ser um local extremamente sórdido.

— Todos estarão lá — respondeu Nancy, confiante.

Pamela permaneceu em silêncio, mas, estranhamente, não parecia estar muito nervosa.

O táxi ganhava velocidade agora, se aproximando cada vez mais da rotatória movimentada do Hyde Park, onde carros vinham voando de quatro direções diferentes para se unirem à roda em movimento. Você só podia torcer para conseguir pegar a saída certa.

— Como você sabe? — perguntou Louisa.

— Porque Ted está noivo de Dolly Meyrick, e ela está administrando a boate agora. A mãe dela foi passar uns meses em Paris para sair do radar da polícia. Então todo mundo vai estar lá. — Nancy fez uma falsa expressão triste para Pamela. — Desculpe tocar nesse assunto de novo, querida.

A irmã mais nova ignorou este último comentário.

— Dolly é filha da Sra. Meyrick?

Louisa ficou fascinada com a descoberta. O fato de a moça estar noiva de lorde de Clifford também era muito extraordinário. A Sra. Meyrick, como todos que apreciam fofocas da alta sociedade bem sabiam, era uma *cause célèbre* por suas infames boates e prisões frequentes.

— É — respondeu Nancy com as sobrancelhas erguidas. — Olha, eu acho que essa história de casamento pode acabar não dando em nada. Ted não tem nem vinte anos ainda, e dificilmente vai ter a permissão da mãe. Fora isso, ela era atriz quando casou com o pai dele, e algumas pessoas podem dizer, muitas com certeza dirão, que Ted está simplesmente casando com a própria mãe, como todos os homens fazem.

— Naunce, não seja tão maldosa — ralhou Pamela, mas todas explodiram em gargalhadas e risos, um alívio bem-vindo, que pareceu liberar semanas de ansiedade, além da tensão daquela noite.

Conforme Piccadilly surgia, com Eros diante do pano de fundo de várias placas com lâmpadas coloridas anunciando cigarros Army Club e "Cannes — a orla das flores e dos esportes", resplandecente com luzes cascateantes que reproduziam o pôr do sol cor-de-rosa e laranja sobre um mar azul, Louisa foi inundada pela adrenalina, como se ela também estivesse ligada ao gerador.

A entrada da 43 Club não dava qualquer sinal sobre o que as aguardava lá dentro. Podia ser tarde da noite na rua longa e estreita, mas ela parecia tão tumultuada quanto o dia de feira em Burford, com homens e mulheres lotando as calçadas, assim como um ou dois bêbados cambaleando. Olhando de soslaio, Louisa pensou ter visto o começo de uma briga na esquina. Depois de as três descerem do carro, o taxista saiu em disparada, sem intenção de pegar passageiros ali, e Nancy bateu à porta fechada da entrada. Ela foi aberta por um homem enorme de smoking, que as analisou com um olhar rápido, talvez levemente questionador ao encarar Louisa, e as deixou entrar.

Logo na entrada havia um guichê, no qual uma bela moça com o cabelo tão brilhante quanto uma moeda nova de cobre estava sentada. Ela abriu um sorriso cheio de dentes e pediu por dez xelins de cada uma — "taxa de afiliação" —, que Nancy pagou.

— Assaltei o cofrinho antes de virmos — explicou ela.

— O de Unity? — disse Pamela, mas Nancy apenas abriu um sorriso maldoso em resposta.

Dava para ouvir com clareza a batida rápida de uma banda de jazz, com a melodia aguda de um trompete vindo alegremente do andar inferior enquanto elas desciam a pequena escada íngreme, com as paredes de ambos os lados pintadas de um vermelho vibrante. Ao fim dos degraus, chegaram a uma sala pouco iluminada, e Louisa foi atingida por uma nuvem de fumaça, calor e barulho tão entorpecente quanto vinho. Nancy gritou e acenou para alguém antes de se enfiar na multidão agitada, os corpos se afastando e voltando a se unir como se fossem água. Pamela entrelaçou o braço ao de Louisa e gritou em seu ouvido:

— Não conheço ninguém aqui, Lou.

— Fique atrás da Nancy — gritou Louisa de volta.

As duas mergulharam juntas no mar, e Louisa quase torceu para nunca mais precisar voltar à superfície para recuperar o fôlego.

CAPÍTULO VINTE E OITO

Conforme Nancy havia previsto, seus amigos estavam na boate — Sebastian, Clara, Ted e Charlotte. Phoebe também. O grupo ocupava duas mesas lotadas de taças cheias e meio vazias de champanhe, à beira da pista de dança. Havia outras pessoas com eles, todas desconhecidas para Louisa, mas que exibiam as características da classe deles: as mulheres tinham os olhos delineados de preto, lábios cor de ameixa vermelha e cabelos com corte chanel; os homens, rostos pálidos, ternos e o ocasional dândi. O branco dos olhos deles brilhava através da fumaça de cigarro enquanto analisavam Louisa e Pamela, e ela sentiu como se estivesse andando em direção a um altar de sacrifício. Clara se aproximou e abraçou Pamela, então lhe lançou um olhar de desculpas discreto. O último encontro que tiveram com ela não tinha sido dos melhores.

— A vida continua, não é, minhas caras? — disse ela e então analisou Pamela. — Você está simplesmente maravilhosa. Sim, está *mesmo*. — A alegria de Pamela estava estampada em seu rosto. Clara então se virou para Louisa e disse com seriedade: — Sabe, você é muito bonita. Se cortasse o cabelo, ninguém diria que é uma criada. — Louisa não sabia bem como reagir, mas Clara não esperou por uma resposta. Ela se virou para encarar a banda no pequeno palco elevado, com os braços abertos, como uma apresentadora de uma casa de espetáculos. — Vocês deram sorte hoje, tem show do Joe Katz.

A admiração era nítida em sua voz, mas Louisa não prestou atenção nisso naquele momento — seus sentidos estavam atordoados pela multidão, pela batida da música, pela movimentação das pessoas, pela fumaça e pela adrenalina do perigo que percorria por todo seu corpo.

— Aqui.

Alguém colocou um copo na mão de Louisa, ela nem conseguiu ver quem foi. Com a garganta seca, bebeu tudo num só gole, e na mesma hora sentiu-se tonta. Ela torceu para Pamela não ter visto a cena. Nancy estava imersa na multidão, falando rápido com Sebastian e Ted, que tinha uma das mãos na cintura de Dolly. A jovem parecia menos tímida ali, virando de vez em quando para dar ordens às garçonetes, mas, fora isso, estava concentrada em cada palavra que o amado dizia. Charlotte estava sentada a uma mesa, sozinha e emburrada, fumando com aspirações frequentes e curtas. Ela parecia ter acabado de sair de uma briga, ou prestes a começar uma. Ou talvez estivesse apenas triste. No táxi, Nancy tinha contado que a mãe de Charlotte ainda não tinha saído do quarto e parecia não se importar com o destino da filha agora que perdera o filho. Clara pegou a mão de Pamela e a guiou para a pista de dança, onde dois rapazes de cabelo penteado para trás e sorriso travesso imediatamente se aproximaram delas. Louisa notou que Pamela baixava a cabeça para falar com o rapaz — que era, infelizmente, alguns centímetros mais baixo —, tentando fazer perguntas corteses mais alto do que a música, mas tendo de pedir a ele que repetisse a resposta porque não conseguia escutar. Louisa se escondeu atrás de Clara e encheu seu copo de novo; depois, deu uma boa olhada em Joe Katz e sua banda.

Naquele momento, Joe estava de costas para a boate enquanto regia o grupo de músicos. Devia haver mais ou menos doze homens ali, sentados e usando ternos elegantes, cada um com seu instrumento — saxofone, trompete e trombone. De repente, a batida mudou, e Joe se virou, agarrou o microfone alto à sua frente no palco e começou a cantar. Foi só então que Louisa notou que o homem tinha a pele preta, maçãs do rosto proeminentes, dentes brancos alinhados e uma expressão no olhar que parecia convidá-la a se jogar na pista de dança. Ele cantava uma canção sobre — como poderia ser diferente? — noites estreladas e amor, cada nota soava como ouro derretido.

Louisa sentiu o ritmo dominar seu corpo e, quando deu por si, já estava em meio aos dançarinos que vibravam como um só, se remexendo e deslizando ao som do jazz ardente. Cada pelo no corpo dela parecia estar arrepiado, e sua pele estava em chamas. Ela tirou o casaco que usava sobre o vestido túnica simples, e o atirou em uma cadeira. Se nunca mais o visse, que diferença faria? A voz de Joe ziguezagueava entre os corpos como se fosse uma echarpe de seda, envolvendo-os. Louisa sentia que ficava cada vez mais enroscada. Conforme se aproximava do centro, ela trocava olhares e sorrisos rápidos — tanto amigáveis quanto sedutores — com as pessoas ao redor, sendo homem ou mulher, sem distinção. Suor escorria pela sua testa, e, mesmo assim, ela permaneceu em movimento. Seus ombros balançavam, seus quadris rebolavam, até que se deu conta, surpresa, de que todos se moviam como um único ser, amorfo. Estava concentrada apenas na música e na voz de Joe, que falavam de romance e amores. Tudo, tudo desapareceu, e a única coisa que importava era continuar dançando. Quando um homem se aproximava e começava a imitar seus movimentos, Louisa sorria em consentimento, mas, assim que se cansava daquilo, se afastava e seguia em frente sozinha. Ela estava feliz assim. Em certo momento, uma mulher com um vestido de penas lilás chegou mais perto do que qualquer homem, deslizou para cima e para baixo pela lateral de seu corpo e sussurrou em seu ouvido:

— Continue *assim* mesmo.

E Louisa obedeceu.

Ninguém sabia que ela era uma criada. Ninguém sabia que ela crescera em um conjunto habitacional. Ninguém sabia o que a deixava com medo à noite, deitada sozinha, antes de a aurora acariciá-la com seus dedos rosados. Ninguém sabia que ela estava exultante de felicidade naquele momento, de um jeito que nunca havia se sentido antes, ficando subitamente apavorada com a possibilidade de jamais se sentir assim de novo. Aquelas pessoas não sabiam nada sobre sua vida, Louisa não sabia nada sobre a vida delas, e ninguém se importava. Era perfeito.

É claro que o momento teria um fim.

A banda parou, Joe anunciou um intervalo, e os dançarinos se afastaram. As pernas de Louisa ardiam, o suor em suas costas esfriava, e sua boca estava seca. Ela avistou Clara e Pamela, ainda juntas, e foi até as duas. Pamela a agarrou.

— Ele não é maravilhoso? — exclamou ela.

— Quem? — perguntou Louisa, apesar de a resposta ser óbvia.

— Joe Katz! — disse Pamela com a voz ofegante.

Pamela também estivera dançando, e seu cabelo estava solto e lindo, os cachos, despenteados. Então todos estavam apaixonados por Joe, e Louisa viu várias mulheres cercando-o enquanto ele seguia para o bar.

— Cadê a Nancy? — perguntou ela, ciente de seus deveres agora que a música havia parado. Ela não fazia ideia de que horas eram.

Pamela apontou para uma mesa próxima, e Louisa viu que Nancy estava lá, fumando um cigarro e conversando com Charlotte. Ela se perguntava se ousaria interromper quando sentiu alguém cutucar seu ombro. Então ela se virou e, a princípio, não viu ninguém, porém baixou um pouco a cabeça e se deu conta de que Harry estava parado ali, com um sorriso largo. Harry era amigo de Guy Sullivan, os dois tinham trabalhado juntos na polícia ferroviária. O homem era bem baixinho, mas tão bonito quanto um ator de Hollywood, com seus olhos azuis e a covinha no queixo.

— Harry! — exclamou ela.

A experiência tinha ficado muito melhor agora que conhecia alguém ali — agora Louisa realmente se sentia parte daquilo.

— Srta. Louisa Cannon — respondeu ele em um tom sedutor e pegou sua mão para beijá-la, erguendo uma sobrancelha enquanto o fazia. — É um prazer vê-la por aqui.

— Como estão as coisas? — perguntou ela, feliz. — O que está fazendo aqui?

— Sou da banda — disse Harry, apontando para o palco. — Somos bons, não acha? Aquele Joe é fenomenal.

— Você é da banda! Não vi você. Que instrumento?

— Rá, bem, Deus ficou me devendo alguns centímetros quando me fez, então é difícil me enxergar quando estou sentado — brincou ele. — Estou no trompete. Saí da polícia, vivo da música agora. Melhor, impossível.

Uma onda nostálgica inundou Louisa.

— É tão bom ver você, Harry. Tem notícias do Guy?

— Não temos nos visto muito ultimamente. Esta boate não é muito a praia dele, mas a gente devia tentar convencê-lo a vir, agora que você está frequentando também. Ele sempre fica feliz em vê-la, sabe.

Louisa corou.

— Eu sei. Também gosto de vê-lo.

Harry apontou para o copo vazio dela.

— Vamos pegar uma bebida para você. — Ele chamou um garçom e pediu uma garrafa de champanhe. — Por que não? — perguntou ele ao ver sua expressão. — A gente devia comemorar nosso reencontro.

— Quando os dois pegaram suas bebidas e encontraram um lugar para sentar, Harry acendeu um cigarro e se virou para encará-la de novo. — Agora, me conte, o que uma boa moça como você anda fazendo em um lugar como este?

— Como assim?

— Ué, estou falando deste lugar. Aqui vive cheio de gente de reputação duvidosa. Músicos, gângsteres, mulheres da noite... Sabe, aqui é um lugar seguro para eles. A polícia nunca faz batidas.

— Eu não fazia ideia — disse Louisa, fingindo uma expressão de choque que logo se transformou em uma gargalhada. — Esse é o meu pessoal — brincou ela. Então houve uma pausa, e ela parou de rir. — O que você quer dizer com gângsteres?

— Ah, nada parecido com aqueles criminosos violentos que vivem sendo notícia em Nova York, apesar de alguns deles gostarem de fingir que é a mesma coisa, pelo glamour. Mas alguns aparecem aqui, a maioria para vender droga. E... — Harry se inclinou para mais perto, sussurrando no ouvido de Louisa: — Alice Diamond. Ela vem sempre aqui.

Ele se recostou no assento e fez um sinal para que fizesse segredo.

Louisa gelou. Alice Diamond frequentava aquela boate?

— Ela não veio hoje, só costuma aparecer aos sábados. Eu imagino que depois de um dia produtivo roubando na Bond Street. Ela é conhecida como a rainha do submundo, lidera uma gangue de quarenta ladras, ou pelo menos é o que dizem por aí. Mas não é algo que dá para dizer só de olhar para ela; seus vestidos são chiques e anda com diamantes em cada um dos dedos.

Harry sorriu, feliz por estar contando uma fofoca tão boa.

— Quando foi a última vez que você a viu? — perguntou Louisa, completamente sóbria agora.

— No fim de semana passado. Ela vem sempre. Acho que gosta do velho Joe, mas, vamos combinar, quem não gosta?

Louisa esboçou um sorrisinho e tomou uma golada de sua bebida. Se Alice Diamond frequentava a boate, aquela poderia ser sua chance de conhecê-la e descobrir algo que pudesse ajudar a libertar Dulcie.

Tudo que ela sabia era que faria o que fosse preciso. Se Louisa não conseguisse vencer Alice Diamond e sua gangue, então talvez tivesse de se juntar a elas.

CAPÍTULO VINTE E NOVE

Na manhã seguinte, Louisa acordou aliviada ao lembrar que as três haviam retornado à festa na Lower Sloane Street a tempo — pelo menos de acordo com o relógio do hall de entrada — de entrarem escondidas e se despedirem da anfitriã. O evento não parecia ter melhorado durante a ausência delas, e quando parou para pensar na noite que quase havia perdido, Louisa fez uma prece de agradecimento para o ar. Ela não acreditava em Deus, apesar de todos os pais-nossos que rezara na escola e de comparecer semanalmente com os Mitford à missa, quando lorde Redesdale cronometrava o sermão do vigário ("nem um segundo além de dez minutos"), porém, depois de escutar a música de Joe Katz, suspeitou que algum outro tipo de força espiritual estivesse agindo naquele momento.

O fato de Harry ter mencionado Guy Sullivan também tinha desestabilizado ela. Louisa se deu conta de que havia meses que não o via. De muitas maneiras, se apaixonar e casar com Guy seria um final agradável, simples e provavelmente feliz. Aos vinte e três anos, Louisa sabia que a mãe diria que ela estava começando a ficar sem tempo. Porém, na opinião dela, o casamento poderia significar o começo de um novo capítulo para um homem, com uma esposa para cuidar dele e filhos para ver crescer, enquanto, para uma mulher, era o início de anos de trabalho doméstico.

Quando lia nos jornais sobre as mulheres que trabalhavam como cientistas ou na política, ou até pilotando aviões nos Estados Unidos, ela sempre notava que quase nenhuma era casada.

Louisa balançou a cabeça. Que diferença isso fazia? Havia trabalho a ser feito.

Ela saiu da cozinha, onde estava dando uma mãozinha para Gracie, e bateu à porta de Pamela.

— Bom dia, Lou — disse Pamela, puxando para cima a saia de tweed e resmungando um pouco enquanto fechava os botões. — Acho melhor eu passar a comer metade de uma toranja no café da manhã. Li uma matéria sobre isso na *Lady*. Parece que o suco da toranja queima tudo de ruim que você comer depois.

Louisa seguiu o exemplo da babá Blor, que sempre ignorava esse tipo de comentário, porém, de toda forma, Pamela estava ansiosa para conversar sobre a noite anterior.

— Você não acha que mamãe vai descobrir o que fizemos, acha? — continuou ela.

— Não tem por que ela descobrir, a menos que você conte. — Louisa se esforçou para usar um tom de advertência, torcendo para que isso convencesse Pamela a ficar quieta.

— Não, não vou contar. Ela também não entenderia, de qualquer jeito. Era como se a gente estivesse em outro mundo, não era? Aquela música, e a dança... Tantos vestidos bonitos, e, nossa... Coquetéis. — Ela tocou a lateral da cabeça e fez uma careta. Pamela continuou refletindo sobre os detalhes das roupas, das bebidas e, é claro, dos canapés que eram servidos eventualmente. — Foi uma ideia maravilhosa aqueles quadradinhos de torrada com patê e biscoitos com pequena quantidade de caviar. Será que a Sra. Stobie faria algo assim? Papai teria um piripaque.

Louisa sorriu, mas, de repente, sentiu preguiça só de pensar em voltar para a mansão Asthall. Será que ela estava começando a se desvencilhar dos Mitford? Ela não sabia quando tinha começado a se sentir assim, mas não estava assustada com a ideia.

— A senhorita sabe quais são os planos de Srta. Nancy para o restante do dia?

— Nada de mais, creio eu — disse Pamela. — Ela comentou que se encontraria com Clara para tomar chá.

— Quer sair comigo? — perguntou Louisa. — Tenho uma ideia.

Algo tinha acabado de lhe ocorrer, e, agora, era impossível parar de pensar naquilo.

Pamela se sentou na beira da cama.

— Sim, vamos. Preciso de ar fresco.

Menos de dez minutos depois, as duas estavam diante de um salão de beleza, o vento de dezembro soprando seus casacos, as mãos segurando com firmeza os chapéus. Lá dentro, através da fachada de vidro, elas podiam ver mulheres elegantes sentadas em cadeiras com homens parados às suas costas, empunhando tesouras como deuses gregos descarregando sua vingança.

— Você tem certeza? — perguntou Pamela.

— Sim, absoluta.

Louisa sentiu uma onda de animação e não conseguiu conter algumas risadinhas.

Lá dentro, uma moça sentada à recepção olhou para cima; seu cabelo estava perfeitamente penteado em ondas que brilhavam como uma castanha-da-índia recém-caída do pé.

— Posso ajudar, senhora?

— Sim, quero um corte chanel, por favor.

As paredes eram lilases, e havia um poodle em miniatura deitado em uma cesta ao lado da recepcionista, seu pelo tingido do mesmo tom. Pamela cutucou os ombros de Louisa e apontou para ele, o choque estampado em seu rosto.

— Ele é igual ao de Antoine de Paul — explicou a mulher, direta, suspirando ao ver que o nome não causou nenhuma reação, e continuou:

— Sabe, o renomado cabeleireiro, *monsieur* Antoine?

Louisa não sabia se o uso das técnicas de um cabeleireiro em um poodle era uma boa recomendação, mas não voltaria atrás agora.

Pamela se sentou em um sofá branco baixo próximo à vitrine e pegou uma revista *Tatler*, enquanto Louisa foi conduzida até uma cadeira diante de um espelho. Solto, o comprimento do cabelo ia até abaixo dos ombros, não era cacheado nem liso, e tinha uma cor sem graça. Depois que ele foi lavado, ela observou longos pedaços caírem no chão antes de aparecerem o secador de cabelo e o modelador quente que fumegava e fazia suas orelhas arderem. Quando terminou, Louisa se encarou com admiração e surpresa. Ela exibia ondas brilhantes que destacavam o castanho de seu cabelo, e o corte curto, reto, tornava seu queixo mais proeminente e seus olhos maiores.

Pamela tirou os olhos da revista.

— Ah, minha nossa. Papai vai ter convulsões.

Louisa se sentia tão bem, quase poderosa, e sussurrou para Pamela como se compartilhasse um segredo:

— Você não quer cortar também?

Pamela arfou.

— Ah! — Ela corou, depois olhou para baixo com desânimo. — *Quero*. Eu acho. Mas não me atreveria. — Então ela fez uma pausa. — A babá *ficaria* irritada se me ouvisse falando assim. Você sabe que ela sempre diz que ninguém nem vai notar mesmo.

As duas riram; conheciam bem as pérolas de sabedoria da babá.

De volta às ruas iluminadas de Chelsea, elas caminharam juntas, apreciando a decoração natalina das lojas. Louisa estava empolgada, e o fato de ter recebido olhares de dois rapazes que passavam ajudou.

— Sabe, não consigo fazer nenhuma mudança drástica no meu cabelo, mas talvez eu possa encomendar um vestido novo? — perguntou Pamela, com um sorriso triste. — Ainda tenho um pouco de dinheiro do meu aniversário para gastar, e Sebastian fez um comentário sobre minha roupa de ontem que não foi exatamente grosseiro, mas...

De repente, Louisa se lembrou de uma coisa. Ela tinha esquecido completamente do assunto, porém, agora, revirava o bolso atrás de um pedaço de papel — tinha anotado a lápis o endereço quando saiu do presídio, e depois apagou o assunto da mente. Ela pegou o bilhete que dizia *Sra. Brewster, Pendon Road, 92, Earl's Court.*

— Sim — disse ela a Pamela. — Dulcie comentou comigo uma vez sobre uma costureira. Criadas conversam sobre esse tipo de coisa útil, sabe.

— Dulcie? A criada que...? — Pam não terminou a frase, hesitante.

— Sim, mas não se preocupe com isso. É o nome da costureira de Srta. Charlotte. Acho que ela precisava buscar um vestido. Posso fazer esse favor e encomendar algo para você ao mesmo tempo. Não haveria mal nenhum nisso, não acha?

— Não. — Pamela abriu um sorriso entusiasmado. — Mal nenhum. Obrigada, Lou-Lou.

— Pois bem — disse Louisa, que estava alegre e esperançosa, o tipo de mágica que só um vestido novo pode fazer. — Vamos. É agora ou nunca.

E, de braços dados, com passos mais empolgados do que o normal, as duas jovens foram praticamente aos pulos até a estação de South Kensington.

CAPÍTULO TRINTA

Pamela e Louisa pegaram o metrô até a estação Earl's Court e, seguindo as orientações do bilheteiro, andaram por algumas ruelas bem precárias antes de chegarem ao prédio da Sra. Brewster. A porta da frente estava encostada — havia vários apartamentos ali e, obviamente, alguns recebiam clientes que iam e vinham com regularidade —, então as duas foram logo subindo a escada revestida com carpete puído até o terceiro andar, onde uma pequena placa de cobre anunciava BREWSTER. Logo depois de baterem à porta, ouviram um barulho do outro lado e dois trincos abrindo. Uma mulher idosa enfiou a cabeça na fresta entre a porta e o batente. Ela parecia mais agressiva do que nervosa, mas, mesmo assim, Louisa resolveu dar a ela o benefício da dúvida.

— Olá, eu me chamo Louisa Cannon, e esta é a Srta. Mitford. Desculpe por não avisarmos antes, mas a senhora nos foi recomendada pela Srta. Charlotte Curtis.

A pequena figura empertigada escancarou a porta, saiu andando pelo corredor sem esperar para ver se seria seguida e entrou em um cômodo à esquerda, que era um pouco maior e mais mobiliado do que o vestíbulo da mansão Asthall. Havia uma longa mesa de madeira no centro da sala, com uma pilha de materiais dobrados e vários apetrechos de costura em uma das pontas. Uma máquina Singer preta e dourada ocupava a cabeceira da mesa, tão imponente quanto o homem da casa. O papel de parede era nitidamente antigo, com as pontas soltas e enroladas acumulando poeira londrina. Jogados nos encostos das cadeiras ou pendurados em pregos aleatoriamente presos na parede, via-se uma variedade de vestidos, e nenhum deles faria feio nas lojas elegantes de Knightsbridge. A costureira usava um avental branco amarrado em torno do corpo frágil, com alfinetes presos nas alças e fitas penduradas no bolso. Quando se aproximou da mesa, ela tocou a superfície como se estivesse em uma corrida, e então foi para o outro lado e ficou em pé atrás do móvel. Louisa tinha a forte impressão de que ela fazia isso para se proteger. Mesmo assim, a Sra. Brewster sorriu para elas, e Louisa percebeu que, apesar de sua pele ter rugas, o tom era oliváceo, e, mesmo que estivesse grisalho perto das têmporas, o cabelo permanecia preto como a noite, preso em um coque alto na cabeça. Quando ela falou, as duas se surpreenderam — mesmo que já fosse algo esperado — ao ouvir um forte sotaque italiano.

— A *signorina* Curtis me recomendou? — perguntou ela com um olhar animado.

— Sim — respondeu Pamela. As duas tinham concordado em contar essa mentirinha inofensiva. — Quero um vestido novo, algo que esteja mais na moda. Sabe.

Ela apontou para o que estava usando, que era verde-escuro e de lã, perfeitamente adequado para ir à igreja de Asthall no domingo, mas não para passar uma tarde na capital. Louisa sentiu uma pontada de tristeza ao ver o gesto, talvez por constatar que Pam não era mais criança. A Pamela de alguns meses atrás não daria a mínima para roupas, contanto que pudesse passar seu tempo ao ar livre, andando a cavalo, ou conversando com a Sra. Stobie sobre o cardápio do almoço de domingo.

— Compreendo muito bem, *signorina* — disse a Sra. Brewster. Ela juntou as mãos e olhou ao redor da sala, os olhos semicerrados se fixando em um vestido de corte simples, porém deslumbrante, de veludo devorê prateado com decote canoa cavado na medida certa, e cintura baixa. — Algo assim?

Ela deu a volta na mesa e o segurou contra Pamela.

— Sim — disse Pamela, a alegria tomando sua voz. — Exatamente assim!

— Este é uma encomenda para a Srta. Peake, então não está à venda, mas talvez eu possa fazer algo parecido para você, só que um pouquinho diferente. O que acha? — Ela seguiu para a pilha de tecidos e puxou um veludo cor de mel, quase igual ao cabelo de Pamela. — Este, creio eu — disse ela, segurando o pano sobre a clavícula da cliente. — Talvez com isto... — Do bolso, ela tirou uma fita de cetim rosa-escuro. — Algo assim para o cinto?

A última vez que Louisa vira Pamela tão feliz fora quando ela avaliava o brilho de uma bomba de chocolate pouco antes de comê-la.

— Posso usar o toalete? — perguntou Louisa.

Ela não precisava ir de verdade, mas sentia que Pamela precisava daquele momento sozinha com a costureira, sendo adulta e tomando suas próprias decisões sobre o vestido.

— Fica no corredor, à esquerda — disse a Sra. Brewster, ocupada com o veludo, já colocando alfinetes entre os lábios.

Louisa não teve pressa, ficou um bom tempo analisando seu reflexo no espelho, admirando o novo corte, observando ângulos diferentes e até usando um espelho de mão que encontrara perto da pia para ver melhor o penteado e o "v" anguloso na sua nuca. De acordo com Diana, ela era praticamente uma mulher de meia-idade, mas achava que, talvez, não parecesse tão velha. Será que devia encomendar um vestido novo para *ela* com a Sra. Brewster? Provavelmente não era correto que uma garota e sua criada usassem os serviços da mesma costureira. Depois de um tempo, ela saiu do banheiro, mas parou subitamente ao ver, através da fresta de uma porta do outro lado do corredor, um garotinho, talvez de três anos, parado ali, observando-a com timidez. Louisa se abaixou.

— Olá — disse ela em um tom amigável. — Qual é o seu nome?

O menino não respondeu, mas continuou encarando-a com seus enormes olhos azuis. O cabelo dele era escuro e bem curto, sem nenhum resquício de cachos pueris, mas suas mãos eram tão gordinhas que ainda não era possível ver as juntas dos dedos, e seus cílios tão grossos que pareciam cortinas. A bermuda azul-celeste combinava com os olhos dele, porém Louisa notou que a peça tinha sido remendada mais de uma vez, e a camisa estava amarelada de muitas lavagens.

— Eu me chamo Louisa — insistiu ela, mas o garoto subitamente saiu correndo e fechou a porta.

A Sra. Brewster tirava as últimas medidas de Pamela quando Louisa entrou.

— Quem é aquele garotinho? — indagou ela, imediatamente se questionando se devia ter perguntado, mas a curiosidade havia sido mais forte.

— O *bambino* não é meu — respondeu a costureira. — Cuido dele para tirar um extra, apesar de gastar praticamente tudo que ganho em comida para ele. É um trabalho difícil para uma senhora de idade como eu, mas, desde que *mio caro signore* Brewster partiu para o outro plano, preciso fazer o que posso...

Ela emudeceu e só voltou a falar para acertar com Pamela o valor do vestido, que estaria pronto dali a uma semana. Louisa perguntou se havia um vestido ou alguma conta pendente para a Srta. Charlotte Curtis, e a Sra. Brewster ficou muito feliz com a lembrança, enfiando um papel nas mãos de Louisa. Depois de terem cumprido a missão, as duas foram acompanhadas até a porta da costureira e seguiram para a rua.

Pamela entrelaçou o braço ao de Louisa.

— Ande, vamos voltar logo para a casa da minha tia para nos arrumarmos para mais tarde. Quero voltar à 43.

Louisa sabia que tinha o dever de proibir aquilo, mas como faria isso? Ela estava tão animada com a ideia quanto sua pupila.

CAPÍTULO TRINTA E UM

Desta vez, as três jovens foram preparadas. Louisa tinha levado dinheiro no bolso, Pamela comprara um novo par de meias de seda, e Nancy havia telefonado para Clara e se certificado de que os amigos estariam lá também. Louisa não tinha um vestido novo, então precisou usar suas roupas de domingo, que tinham o mérito de ter a gola e o punho da manga brancos, contrastando com o restante, felizmente colocadas em sua mala porque a babá Blor uma vez lhe dissera para sempre levar uma peça elegante quando fosse a Londres, "só para garantir". Além, é claro, de seu novo corte de cabelo, que a fazia se sentir tão bonita quanto qualquer moça da alta sociedade. Talvez ela até chamasse atenção de Joe Katz hoje.

As duas irmãs jantaram com a tia, que tinha retornado, e lhe desejaram boa-noite. Como o planejado, elas fingiram ir para a cama, mas, ao entrarem no quarto, colocaram os vestidos.

— Deitamos só com a colcha por cima de nós, torcendo para Iris não enfiar a cabeça pela porta para nos dar boa-noite — contou Pamela para Louisa no táxi, ofegante. — Se ela tivesse feito isso, talvez teria notado que Nancy foi dormir com brincos!

O desafio a havia deixado empolgada.

Louisa ficou esperando por elas na esquina da Elvaston Place na hora combinada, tinha saído escondida do apartamento mais cedo. Não estava tão frio, mas algo no clima de festividade tornava a noite mais gelada, e ela afundou o chapéu na cabeça. Uma ou duas casas tinham pendurado guirlandas de Natal nas portas, e os postes brilhavam com suas fortes luzes brancas. As três se cumprimentaram com sorrisos nervosos, sem trocar uma palavra, como se a tia fosse capaz de ouvi-las a quarenta e cinco metros de distância, no segundo andar do prédio. Rápido, elas se afastaram, caçando um táxi com os olhos.

O homem alto que guardava a porta logo reconheceu as jovens quando as três chegaram à 43, então permitiu a entrada delas, e todas entregaram os xelins deles na recepção antes de descerem a escada estreita como se frequentassem sempre o lugar. Assim como antes, a fumaça e a música as atingiram primeiro, e Louisa inalou como se fosse ar fresco de uma manhã de primavera no campo. Afinal de contas, ela era uma garota da cidade grande. Talvez o combustível dos seus pulmões fosse a fumaça de carros e a poeira das construções.

O lugar estava ainda mais cheio do que na noite anterior. As cadeiras e mesas de madeira estavam posicionadas bem longe da pista de dança. A banda tocava a todo vapor, e Louisa ficou feliz ao ver Harry com seu trompete, os olhos fechados em concentração e o suor escorrendo pelas laterais do rosto. Joe Katz estava no placo, segurando o microfone com as duas mãos. O corpo balançava como junco ao vento, a voz era doce e os olhos observavam o ambiente. Por um breve instante, Louisa teve a impressão de que os olhos dele estavam fixos nela, reparando em seu novo corte de cabelo, mas logo se deu conta de que devia estar imaginando coisas. Havia tantas pessoas dançando na pista hoje que mal sobrava espaço para se mover, que dirá dançar. Todos se movimentavam ao ritmo da música como se fossem uma só coisa, a voz de Joe Katz agia como pedras jogadas naquele rio de pessoas.

E, então, Louisa a viu. Alice Diamond. No meio da multidão, talvez fosse difícil notar alguém específico, mas ela era a mulher mais alta ali.

Apesar da altura, Louisa notou que a ladra dançava bem, com passos delicados. A mulher estava com um penteado elegante, ruge e cílios postiços, e, mesmo não tendo muitos atrativos, o olhar de puro êxtase amenizava seus traços e também lhe dava um aspecto mais relaxado. Louisa notou que havia outras três mulheres perto dela, todas muito estilosas, e que, apesar de não estarem dançando, estavam em movimento, como se estivessem vigiando o local. Será que era mesmo ela? E, se fosse, por que ninguém mais parecia notar esse fato tão impressionante?

Então Louisa quase riu alto da própria tolice. Aquele era, é óbvio, o principal motivo para Alice Diamond frequentar a 43 Club: ninguém mexeria com ela, nem com ninguém ali dentro. As paredes escuras, as luzes fracas, o movimento dos corpos dançantes ao som da música inebriante: tudo isso nivelava as pessoas, independentemente da sua origem.

Nancy e Pamela tinham começado a andar pela multidão, atravessando grupos de pessoas em movimento, enquanto garçons erguiam bandejas no alto e dançarinos iam e vinham da pista de dança. Louisa contava as cabeças como se estivesse num passeio escolar. Sebastian, Charlotte, Clara, Phoebe e Ted escolheram o mesmo lugar da noite anterior. Clara cumprimentou Nancy e Pamela com entusiasmo antes de ver o corte de cabelo de Louisa e aprovar o resultado. Louisa não conseguiu conter sua alegria — era bom ser notada.

Pamela estava prestes a se afastar quando lembrou:

— Você trouxe a conta da costureira? Posso entregá-la para Charlotte agora.

Louisa tirou o papel do bolso, entregou a Pamela e observou enquanto a menina ia até Charlotte, que estava sentada à mesa com o semblante emburrado e os olhos maquiados concentrados em Sebastian. Ele estava com o olhar vidrado, e um de seus braços envolvia uma mulher que usava uma maquiagem pesada e um vestido que tinha um decote perigosamente baixo. Ela tentava chamar a atenção de um garçom, apesar de Louisa notar que a mesa diante do grupo estava abarrotada com taças, um bule de café e uma caixa de chocolates aberta, porém intacta. Louisa estava prestes a se virar quando, de soslaio, viu a mulher se afastar de repente de Sebastian e lhe dar um tapa forte no rosto antes de ir embora. As pessoas ao redor ficaram imóveis, mas Sebastian apenas deu de ombros e, levemente cambaleante, puxou uma cadeira para se sentar. Charlotte foi se sentar ao seu lado; ela parecia estar tentando mostrar a ele a conta que Pamela lhe entregara, porém Sebastian apenas fez um gesto com uma mão, dispensando-a. Ao mesmo tempo, Louisa o viu enfiar uma das mãos no bolso, para verificar algo que estava lá dentro.

Quando Louisa se deu conta de que estava encarando a cena, se virou e viu Alice com a cabeça agachada, falando com alguém no meio da boate, e agora era difícil ter certeza de que aquela mulher era mesmo ela. De repente, sentiu alguém cutucar seu ombro e ficou surpresa ao ver que Phoebe a chamava. A jovem estava toda suada, várias mechas de seu cabelo tinham grudado na testa. Ela abriu a palma da mão, encarando-a com um olhar astucioso. Ali havia uma latinha de prata, com a tampa aberta, exibindo algo que parecia com talco branco no interior.

— Quer um pouco? — perguntou Phoebe, falando arrastado. — Está boa. Seb que me deu.

Louisa não conseguiu evitar; ficou escandalizada.

— Não, obrigada. — Ela sabia que soava conservadora, mas torceu para Phoebe estar doida demais para notar.

Phoebe fechou a caixa e começou a se balançar ao som da música, os olhos quase fechados e vidrados.

— Eu era uma das Merry Maids, aqui, sabe.

— Ah, é mesmo? — Louisa se esforçou ao máximo para parecer educadamente interessada.

— Sim, foi por isso que achei... nós duas somos parecidas. — Phoebe deu uma risada triste e gesticulou para a multidão. — Eles dizem que são meus amigos, mas é mentira, nunca vão se esquecer de onde eu vim. Só me querem por perto por causa da minha *boa aparência*. — Ela se inclinou mais para perto, piscando, e Louisa teve medo de que caísse.

— Foi por isso que não me convidaram para o teatro.

— Compreendo. — Louisa tentava soar evasiva, porque conversas com bêbados nunca pareciam acabar bem. Por outro lado, estava com medo de parecer antipática, e talvez Phoebe se sentisse da mesma forma que ela. Apesar de usar as roupas certas, da sua beleza e dos convites para sair com Nancy e os amigos, ela jamais faria parte do círculo deles de verdade. — Que bom que seu tornozelo melhorou.

Phoebe riu, abafando a gargalhada com uma das mãos.

— Aquilo nem era verdade.

— O quê?

— Quer dizer, eu até tropecei no cachorro, mas não machuquei o tornozelo. Só queria ficar sozinha com Sebastian. Mas aquela vaca idiota não deixa ele em paz. — Ela fez uma careta e olhou para onde Charlotte conversava com Sebastian, que ainda parecia indiferente. — Acho que vou lá agora, na verdade.

Phoebe tinha *mentido* sobre ter torcido o tornozelo?

De repente, a música parou, e Phoebe saiu apressada. Louisa se sentiu exposta na ausência do som, enquanto todos seguiam para suas mesas ou subiam a escada até o bar. Ela não podia se sentar com Pamela nem Nancy, mas também não queria perder as duas de vista. As três estavam juntas naquilo, mas Louisa sabia que Nancy podia tentar passar a perna nela a qualquer momento.

Em vez disso, Louisa se aproximou da banda, e, agora, foi sua vez de cutucar Harry no ombro. Ele secava a testa com um lenço grande e, quando a viu, soltou uma gargalhada.

— A gente precisa parar de se encontrar desse jeito. O que você veio fazer aqui de novo?

Louisa ergueu as mãos, exibindo as palmas, como se pedisse desculpas.

— As meninas queriam vir e eu tenho de cuidar delas.

Ele lançou para ela um olhar de esguelha e então virou para o lado de um jeito engraçado.

— Veja só — disse ele com um assobio baixo —, você cortou o cabelo. Ficou bonito, Srta. Cannon. De verdade.

Louisa gostou do elogio e fez uma dancinha.

— Ah, muito obrigada, gentil senhor.

— Guy deve vir hoje, está sabendo? — comentou Harry. — Depois que você apareceu, falei com ele e disse para dar um pulinho aqui. Ele falou que viria neste fim de semana. Sinceramente, passei esse tempo todo tentando convencê-lo a vir, mas bastou mencionar o seu nome...

— Está certo, Harry — disse Louisa —, mas pode parar com a provocação. Seria bom mesmo vê-lo.

— Vamos atrás dele. Tenho dez minutos e, além do mais, se ele estiver aqui, preciso garantir que não caia nas garras das Merry Maids.

— Quem são elas?

— Oficialmente, as dançarinas da boate — disse Harry. — Não oficialmente... — Ele piscou, e Louisa entendeu na hora.

— Tudo bem, mas não posso sair daqui, preciso ficar de olho nas meninas — respondeu Louisa. — Se Guy estiver por aqui, por favor, peça a ele que venha falar comigo.

— Pode deixar — disse Harry e foi embora, seu corpo ágil encontrando espaços entre os homens e as mulheres com facilidade.

Louisa se apoiou na parede, sentindo-se segura por entre as sombras, satisfeita em observar as pessoas fumando e bebendo. Ela estava perdida em pensamentos quando ouviu uma voz gentil perguntar:

— Ei, moça, tem fogo?

Não parecia ter ninguém ali, e então ela percebeu que a voz vinha de trás dela, de baixo, de alguém sentado em sombras ainda mais profundas. Dentes brancos brilharam em um sorriso bonito. Joe Katz.

— Ah, sinto muito, não tenho — respondeu ela, sem fôlego. Droga. Por que não carregava fósforos na bolsa?

— Não se preocupe, boneca. Eu nem devia fumar mesmo, o médico disse que não faz bem pra minha voz.

— Sim — respondeu Louisa, se odiando por não conseguir pensar em um comentário engraçadinho, como uma melindrosa de verdade faria.

— Você já esteve aqui antes, não foi? — perguntou Joe, ainda sentado, segurando o cigarro apagado.

— Ontem à noite — respondeu ela e teve a ousadia de continuar falando. — Acho sua música maravilhosa, Sr. Katz.

— Pode me chamar de Joe.

— Joe.

— Soa bonito quando sai da sua boca. — Joe deu uma risada baixa e levantou. — Foi um prazer, senhorita...?

— Cannon. Louisa Cannon. Quer dizer, pode me chamar de Louisa. — Droga, ela não conseguia raciocinar direito.

— Louisa. — Ele falou seu nome enrolando a língua, como uma pessoa rodopiando pela noite. — Mil perdões, mas é melhor eu voltar para a música.

Por um segundo, ela achou que ganharia um beijo nos lábios, mas, então, ele pegou sua mão e lhe deu um beijo ali, a boca era macia e quente. Nesse momento, Louisa fantasiou sobre a sensação que os lábios dele deveriam proporcionar se estivessem colados aos seus.

CAPÍTULO TRINTA E DOIS

Segundos depois, Louisa sentiu o clima mudar. Era como se todo mundo tivesse recebido um sinal secreto, e a pista estava lotada de novo, todos prontos com uma bebida ou um parceiro de dança, esperando a música determinar seu próximo passo.

Quando Louisa olhou para cima, deu um pulo: Guy estava parado a poucos metros dali, seu semblante expressava choque. Mais alto do que a maioria das pessoas na boate, seus óculos redondos brilhavam com a luz refletida pelas luminárias nas mesas e nos brilhos nos vestidos e nas joias das mulheres. Ela se afastou da parede e foi na direção dele, tentando deixar de lado os pensamentos sobre Joe Katz, como se Guy fosse capaz de ler em seu rosto a imagem daquele beijo.

— Guy — chamou ela —, sou eu, Louisa.

— Você cortou o cabelo — disse ele, surpreso demais para dizer oi.

— Sim — respondeu ela, tendo de aumentar o tom de voz para conseguir falar mais alto que o som do trompete, que se misturava aos toques altos das teclas do piano. Não fazia sentido ter uma conversa de verdade. — Vim com a Srta. Nancy e a Srta. Pamela. — Ela apontou com a cabeça na direção das duas, apesar de não saber se permaneciam no mesmo lugar de antes.

— Entendi. Eu fiquei pensando... — Ele se inclinou para mais perto, as sobrancelhas franzidas de preocupação. — Li no jornal sobre o que aconteceu. Deve ter sido horrível. Como estão todos?

Louisa começou a responder, mas foi interrompida por uma moça bonita, que se aproximou e esticou a mão na sua direção.

— Olá, eu me chamo Mary Moon — disse ela. — Trabalho com Guy.

— Olá — disse Louisa, sem saber o que isso significava.

Ela olhou para Guy, mas o rosto dele não oferecia nenhuma resposta. Mary Moon — aliás, que nome ridículo — usava um vestido que talvez devesse parecer sofisticado, mas na opinião de Louisa era exagerado e com muita informação, cheio de estampas e lantejoulas e coisas.

Mary entrelaçou as mãos e, ao observar o salão, arregalou os olhos. Guy gesticulou para Louisa se aproximar e sussurrou ao seu ouvido:

— Harry disse que está rolando um boato de que Alice Diamond viria aqui hoje — explicou ele.

Era mesmo ela, então.

— Você a viu? — perguntou Louisa.

Ele balançou a cabeça.

— Não, mas ainda vamos dar uma olhada por aí. É meio estranho trabalhar disfarçado com esta roupa, mas... fazer o quê?

Louisa notou que ele segurava uma cartola.

— Achei que você tivesse vindo porque Harry pediu. — Louisa sentiu que foi maldade de sua parte fazer questão de mencionar isso, quando era nítido que Guy queria impressioná-la com seu trabalho policial.

— Sim, mas já que estamos aqui... É aquilo, a polícia nunca dorme. — Ele parecia desconfortável.

— Talvez devêssemos beber alguma coisa? — sugeriu Louisa.

Guy concordou e pediu ao garçom que trouxesse um ponche de frutas para os três. Quando ele se afastou, Mary disse que, se estavam à paisana, deviam ter pedido gim ou champanhe, como qualquer outro cliente faria.

— Mas isso significaria beber ilegalmente — reclamou ele. — Já passa das dez da noite.

— Você não está no seu expediente — argumentou Louisa.

— A polícia nunca dorme — repetiu ele, mas não argumentou mais sobre isso.

O garçom voltou carregando uma bandeja com uma jarra cheia de um líquido vermelho-escuro e três copos, junto com a conta. Guy semicerrou os olhos e deu um sobressalto.

— Duas libras? — perguntou ele. — Isso é uma piada?

O garçom deu de ombros.

— Eu não decido o preço — disse ele, e Louisa reconheceu um forte sotaque italiano. Por que tantos italianos começaram a aparecer na sua vida de repente?

Depois de enfiar a mão no bolso, Guy pagou a conta e, então, tomou um gole do copo, quase cuspindo o líquido dentro dele de novo.

— Isso tem gim! — exclamou ele, furioso ao ver Mary e Louisa rindo.

— É assim que eles fazem, então — disse Mary, que imitou o garçom, dando de ombros de um jeito exagerado, e então tomou um gole também. Louisa quase simpatizou com ela naquele momento.

Um instante depois, Guy se recompôs e ajeitou os óculos.

— Podem me dar licença? — disse ele. — Vou dar uma olhadinha rápida por aí.

— Vou junto — disseram Louisa e Mary ao mesmo tempo.

Guy olhou para elas com as sobrancelhas franzidas.

— Não, obrigado — disse ele. — É algo que preciso fazer sozinho. Já volto.

As duas o observaram se afastar. A música continuava tocando, mas os ouvidos de Louisa já tinham se ajustado ao som, de alguma forma filtrando e amenizando as notas mais altas e agudas.

— Ele não é maravilhoso? — perguntou Mary para Louisa, olhando para ela através da borda do copo.

Louisa foi pega de surpresa.

— Pois é.

— Não há muitos iguais a ele, na polícia, quero dizer — continuou ela, como se recitasse um pequeno discurso. Será que ela tinha treinado aquilo antes? Óbvio que não. — Ele é bondoso e gentil, além de muito divertido. — Ela ficou olhando nos olhos de Louisa. — Sei que vocês são bons amigos. Você sabe se ele... bem, se está saindo com alguma garota?

Louisa ficou irritada.

— Não, não sei. Por que eu deveria saber?

— Ah, eu só estava curiosa — disse Mary, seus lábios cor-de-rosa bebericando o líquido doce.

— Vou dançar — disse Louisa. — Fique à vontade para ficar esperando por Guy.

Ela abandonou a Srta. Moon, incomodada pela outra tê-la deixado nervosa.

Louisa se deu conta de que não conseguiria dançar como no dia anterior — estava envergonhada demais para se jogar na música —, então resolveu ver como Nancy e Pamela estavam. Ela havia ficado de olho nas duas, mas sem prestar muita atenção. Agora via que Nancy dançava com um rapaz desconhecido, bem perto das mesas, enquanto Pamela e Charlotte estavam sentadas juntas, conversando. Ou melhor, Pamela parecia aturdida, e Charlotte falava sem parar. Antes que ela conseguisse chegar até elas, Clara se aproximou e a puxou de leve para o lado.

— Oi, Louisa — disse ela em um tom gentil. — Acho melhor você não ir lá agora.

— Como assim?

Clara apontou para Charlotte com a cabeça.

— Ela está meio desconfiada de você. Sabe, ela acha que você era amiga demais da Dulcie, e está preocupada com isso. O que foi aquela conta que Pamela trouxe da costureira?

Louisa sentiu a irritação tomar conta dela novamente.

— Por quê?

— Ah, não se ofenda, meu doce. É um momento difícil. Sabe como é.

— Não — respondeu Louisa. — Não sei.

Clara a encarou com frieza, e, quando voltou a falar, seu tom era ríspido, e o sotaque, firme, mesmo que ainda americano.

— Não se esqueça do seu lugar. Se você quer saber, Srta. Charlotte acha estranho que Dulcie soubesse exatamente onde conseguiria roubar as joias. Imagino que exista uma explicação muito razoável para isso, mas você entende...

Como se um balde de água fria tivesse sido jogado sobre sua cabeça, Louisa se sentiu reprimida e encurralada. Aquele lugar, que parecia um refúgio apenas vinte e quatro horas atrás — um refúgio seguro e aconchegante do mundo, com nada além de música e pessoas que não julgavam nada além da dança —, havia se tornado um antro de acusações duras, lembrando-a de qual era *seu devido lugar*.

— Diga à Srta. Pamela e à Srta. Nancy que vou esperar por elas no lavabo feminino lá em cima — disse ela. — Iremos embora daqui a uma hora.

O ritmo da música acelerava conforme Louisa se afastava, e os dançarinos ao redor acompanharam a batida rápida. Foi então que viu Guy voltando na direção de Mary, que permanecia à beira da pista de dança meio perdida, e logo acelerou o passo para alcançá-lo antes que ele chegasse à policial. Ele parecia desconfortável no terno e, Louisa notou, seus óculos estavam começando a embaçar.

— Louisa — disse Guy. Ele não estava esperando encontrá-la.

— O que houve?

Guy parou e olhou para trás.

— É só que... pensei ter visto outro policial à paisana aqui.

— Algum conhecido?

— Na verdade, ele é muito superior... É chefe da Delegacia de Costumes, que fica na Savile Row.

— Faz diferença ele estar aqui?

— Acho que não, mas acredito que ele não vai ficar muito feliz me vendo por aqui, no território dele. Acho melhor eu ir. — Houve uma pausa, enquanto eles ouviam Harry tocar seu solo com floreios no trompete. — Desculpe, Louisa. Foi muito bom ver você.

— Eu também. Talvez a gente se fale de novo outro dia. Adeus, Guy.

Sem nem se virar para ver se Mary Moon os observava, Louisa foi embora. Andando o mais rápido possível pela multidão, subiu os dois lances de escada e entrou no lavabo feminino. Por que ela estava tão chateada? Não sabia.

O lugar estava quase tão lotado quanto a pista de dança, com mulheres lutando por um espaço diante do espelho para retocar o batom e pentear o cabelo; outras ocupavam dois sofás de veludo cor-de-rosa e conversavam, animadas, em grupos de três ou quatro. Havia uma pequena fila para os banheiros, e uma mulher parada no meio no tumulto, com a saia puxada até quase a cintura, parecia estar prendendo de novo todos os grampos de suas meias. Ali não havia música, apesar de ser possível escutar o barulho do andar inferior, e várias mulheres fumavam, dando um clima de boate ao cômodo pintado com uma cor escura. Quando a mulher terminou de arrumar as meias e ficou de pé, Louisa ficou chocada ao perceber que era Carinha de Anjo, uma das ladras que Dulcie lhe mostrara no Elephant and Castle. As tatuagens nos dois braços poderiam revelar sua identidade, mas estavam cobertas com luvas compridas hoje. As Ladras sabiam se vestir com elegância. Fazia sentido, é claro, que, com Alice Diamond ali, sua companheira mais próxima também estivesse, porém foi um momento eletrizante estar ali com ela, assustador e emocionante ao mesmo tempo. Louisa havia lido sobre as montanhas-russas americanas, onde as pessoas se sentavam em um trem com vagõezinhos abertos e seguiam por trilhos que davam voltas, subindo e descendo. Aqueles que experimentaram o brinquedo descreviam a sensação de pavor e náusea pelo caminho, antes da alegria eufórica de chegar ao fim em segurança. Era exatamente como ela se sentia agora.

Carinha de Anjo talvez tivesse informações sobre Dulcie e o receptador que ela combinara de encontrar para entregar o dinheiro e as joias. Mas como perguntar sobre isso? Impossível. Ela sentiu a frustração entalar sua garganta.

Então uma mulher entrou correndo e foi até Carinha de Anjo, e Louisa, que estava perto, acabou ouvindo a conversa.

— Aqueles malditos desgraçados conseguiram entrar — disse a mulher, que também era jovem e usava um vestido caro de veludo vermelho, falando com um sotaque forte do sul de Londres.

— Quem deixou que entrassem? — perguntou Carinha de Anjo, praticamente rosnando.

— Não sei, mas, com a Sra. M. fora, eles acabaram não sendo reconhecidos na porta. Eles estão lá embaixo agora, causando um rebuliço. E se virem Alice?

— Ela dá conta sozinha, mas é melhor descermos. Eles só deveriam ter feito a troca, não entrado, principalmente depois daquela briga. Ela vai ficar irritada, e não quero que arrume confusão hoje.

As duas foram embora, com Carinha de Anjo estalando os dedos e convocando outras mulheres, que guardaram os batons e logo a seguiram. Louisa foi atrás, sua mente trabalhando tão rápido quanto seus pés. O que ela quis dizer com "eles só deveriam ter feito a troca"?

Quando as mulheres chegaram ao andar superior, não demorou muito para notarem a mudança no clima. A música continuava alta e agitada, mas os dançarinos estavam mais agrupados, se distanciando ao máximo de um grupo arruaceiro de rapazes que tinha ocupado várias mesas. Apesar de usarem ternos escuros e o cabelo penteado para trás, eram brutos, além de estarem nitidamente bêbados. Louisa viu um deles discutindo sobre um pedido com um garçom, enfurecido, enquanto outros puxavam as mulheres pela cintura, tentando beijá-las, ou colavam o corpo no delas enquanto dançavam, rindo, sem se importar se as parceiras de dança faziam caretas ou tentavam empurrá-los. Um homem grande, que Louisa tinha visto antes, com sobrancelhas grossas e cabelo grisalho, marchou até eles, ladeado por vários garçons, e, no mesmo instante, uma briga começou.

Em vez de a música ser interrompida, ela produzia batidas cada vez mais insistentes, oferecendo ritmo para os golpes lançados, conforme mesas e cadeiras eram derrubadas. Algumas mulheres berraram, mas logo foram levadas para fora da boate. Louisa esgueirou-se pelos cantos do salão até alcançar Nancy e Pamela.

— Precisamos sair daqui — disse ela e as puxou em direção à saída.

Pamela parecia aflita, e Nancy, irritada, mas não dava para Louisa se preocupar com isso agora. Ao chegar à escada, as pessoas se esbarravam e empurravam umas às outras, fazendo-as escorregar, mas Louisa já se sentia mais segura por terem se afastado da confusão.

Carinha de Anjo estava um pouco à sua frente, com um braço em torno da cintura da mulher que vira mais cedo, que só podia ser Alice Diamond. Então, em meio ao tumulto de pessoas chegando à entrada no primeiro andar, pegando rápido seus casacos, as duas mulheres desapareceram. Elas não podiam ter saído pela porta principal nem tinham como ter subido a escada que levava ao lavabo, porque Louisa teria visto, tinha certeza. Mas, nesse momento, ela viu Dolly Meyrick saindo de um canto escuro, ajeitando o cabelo e parecendo recuperar o fôlego. A namorada de Ted. Havia uma conexão ali, Louisa não tinha dúvida.

CAPÍTULO TRINTA E TRÊS

Na manhã seguinte, Louisa precisava arrumar as malas de Nancy e Pamela para o retorno a Asthall. Elas haviam levantado cedo — a força do hábito facilitava as coisas — e ido tomar o café da manhã com a tia. Nenhuma das duas demonstrou qualquer desejo de prolongar o momento, então Louisa sabia que não teria muito tempo para ajeitar tudo. Elas pegariam o trem das dez em Paddington, e, quando chegassem em casa, Louisa voltaria a se dedicar à rotina da ala das crianças. A babá Blor com certeza iria querer um descanso depois de sua ajudante passar uns dias em Londres. Havia apenas uma coisa que Louisa precisava fazer antes de irem embora. Fechando a mala de couro marrom e deixando-a no chão, ela atravessou o corredor em silêncio. Havia apenas um telefone, e não seria possível ter uma conversa particular, porém, com Iris e as meninas tomando o café, talvez pudesse arriscar.

— Delegacia de Vine Street, por favor — disse Louisa para a telefonista.

— Agora mesmo, senhorita — respondeu a voz aguda. Houve um clique, uma conexão e então um policial perguntando como poderia ajudar.

— Poderia falar com o sargento Sullivan?

Houve uma hesitação do outro lado da linha; pelo visto, o policial esperava anotar detalhes sobre um objeto perdido ou um crime que fora cometido.

— É algo com que eu possa ajudar, senhorita? — perguntou ele. Por que todo mundo presumia que ela era uma senhorita e não uma madame?

— Não, sinto muito, não pode — disse ela sem nenhum remorso na voz.

— Pois não. Aguarde um pouco, por favor.

Ela ouviu o barulho do telefone batendo na mesa e então os passos pesados do policial saindo em busca de Guy. Finalmente, mais passos e o farfalhar do objeto sendo erguido de novo.

— Alô? Aqui é o sargento Sullivan. Quem fala?

— Guy, é Louisa.

— Está tudo bem?

— Sim, sim, só achei que você deveria saber o que aconteceu ontem à noite.

— O que houve?

— Pouco depois que você saiu, um grupinho apareceu e começou a fazer baderna. Houve uma briga, e fugimos.

— Sinto muito que vocês tiveram de passar por isso. — Ele parecia realmente achar isso. — Mas vocês estão bem?

— Sim, estamos bem. É só que tenho quase certeza de que Alice Diamond estava *mesmo* lá ontem.

— Quê? Como você sabe?

— Alguém apontou para ela. — Não dava para contar que ela sabia quem era a mulher, dava? — Quando eu estava no lavabo feminino, escutei alguém avisar às outras de que uma briga estava prestes a acontecer, e elas disseram: "Eles só deveriam ter feito a troca, não entrado." Então saíram correndo.

— Isso faz sentido — disse Guy com a voz animada. — As Ladras têm receptadores, homens que vendem os produtos roubados para as mulheres não terem de lidar com essa parte do negócio. Fui informado que eles frequentam a 43.

Louisa absorveu essa informação, tentando encaixar as peças do quebra-cabeça. Agora, nada estava fazendo sentido, mas sabia que precisava guardar o que ele disse para pensar depois.

— A questão é que Alice Diamond estava bem na nossa frente, e sei que ela não saiu pela porta principal nem subiu a escada para o lavabo. Eu teria visto.

— O que você que dizer?

— Acho que Dolly Meyrick a ajudou a sair escondida da boate, por uma porta secreta nos fundos.

Houve um breve silêncio, enquanto Guy processava a informação.

— Você viu isso?

— Não exatamente. Ela estava lá e no instante seguinte evaporou. Logo depois vi a Srta. Meyrick. Ela é filha da dona, sabe, está administrando a boate enquanto a mãe está em Paris.

— Supostamente.

— É, supostamente. De toda forma, vi a filha sair de um canto escuro, parecendo meio esbaforida. Não consigo imaginar de que outra forma elas teriam saído.

Parecia um pouco patético agora. Mas, pelo menos, era mais do que aquela moça tola, a Srta. Moon, teria visto na noite anterior. Sem mencionar que Pamela ficaria feliz. Talvez lorde de Clifford rompesse o noivado quando ficasse sabendo o que a noiva tinha feito.

— Obrigado, Srta. Cannon, vamos investigar. — Ele a chamava assim porque outras pessoas estavam escutando a conversa, Louisa sabia.

Ela ouviu um barulho vindo da sala de jantar, som de talheres tilintando e pratos sendo deixados de lado.

— Preciso ir. Espero que a informação ajude. — Louisa desligou antes que ele pudesse responder e segundos antes de a criada, Gracie, chegar ao corredor e encará-la com um olhar sério.

— Estou aguardando Srta. Nancy e Srta. Pamela — disse Louisa com o máximo de autoridade possível. — Vamos partir para a estação daqui a pouco.

Parecia que, independentemente do que fizesse, sempre conseguia escapar por um triz.

Enquanto Louisa reunia Nancy, Pamela e as coisas delas, se aprontando para o retorno à mansão Asthall, Guy colocava o telefone no gancho e se perguntava o que deveria fazer agora.

Harry saberia sobre a briga, então Guy lhe enviou um recado pedindo para ligar para a delegacia assim que possível. Naquela manhã, ninguém mencionara nada sobre a polícia ter sido chamada na boate, apesar de ser pouco provável que a Srta. Meyrick informasse alguém sobre o incidente, com álcool claramente sendo comercializado de forma ilegal.

Harry dormia até tarde depois das apresentações na boate, então eram quase quatro da tarde quando Guy foi chamado de novo ao telefone.

— Oi, Guy. O que houve? Por que tinha de ligar para você? — perguntou Harry do seu jeito bem-humorado de sempre. — Vai me perguntar sobre a Srta. Cannon de novo?

— Não — disse Guy, sucinto. — Isso acabou.

— Acho que nem começou — disse Harry, provocando.

Mas Guy não estava no clima.

— Fiquei sabendo que houve uma briga na boate ontem. Você ficou sabendo alguma coisa sobre isso?

— Vai fazer eu me arrepender de ter convidado você? — perguntou Harry. — Fiz o convite para um amigo, não para um policial.

Guy resolveu que seria melhor deixar seu lema de "a polícia nunca dorme" de lado por enquanto.

— Não, claro que não. Não vou fazer nada, é só curiosidade.

— Foi o pessoal do Elephant and Castle. Quer dizer, os rapazes — disse Harry. — Eles quase nunca aparecem, e, se a Sra. Meyrick está na porta, os reconhece e barra a entrada. Mas ela está viajando, pelo menos oficialmente, e a garota que estava lá obviamente não sabia. Eles foram expulsos depois que causaram um fuzuê. Como sempre.

— E Alice Diamond? Louisa disse que você mencionou que ela também estava na boate.

Houve uma pausa rápida, e então Harry respondeu:

— Sim, ela sempre aparece. É fácil reconhecê-la, e todo mundo sabe quem ela é. Suas garotas se comportam, a menos que alguém arrume confusão. Se for o caso, brigam feito homens. Eles devem ter tido algum desentendimento esta semana, por que faz tempo que não vejo isso acontecer.

— Tudo bem. Obrigado, Harry.

— Você não vai começar a fazer perguntas complicadas, né?

Guy cruzou os dedos.

— Não, não se preocupe. Não vou estragar seu trabalho.

— É só isso, então?

— É só isso, meu amigo. Está liberado.

Guy desligou.

Agora, tinha algo para contar a Cornish.

Depois de verificar se as botas e a fivela do cinto estavam bem polidas, Guy bateu à porta da sala de Cornish, com o coração, se não na boca, em algum lugar no meio da garganta, brigando com seu pomo de adão. Ele sabia que Cornish estava lá, mas não ouviu resposta, então bateu de novo e, desta vez, recebeu um "Entre!" impaciente do outro lado.

A sala do inspetor quase não tinha mobília e era quase do mesmo tamanho da mesa grande na qual trabalhava. Havia um retrato do rei pendurado na parede atrás dele e uma janela com vista para os fundos de outra ala, onde havia um camburão estacionado. Cornish folheava uns papéis, com uma expressão de cansaço no rosto.

Ele mal olhou para cima para ver Guy entrando e, quando o fez, foi apenas para dizer:

— Ah, é você. — E voltou para os papéis.

— Senhor, boa tarde — disse Guy, com a postura o mais empertigada possível.

Cornish murmurou alguma coisa em resposta, mas não o encarou.

— Senhor, recebi algumas informações sobre Alice Diamond que acredito serem úteis.

Diante disso, Cornish parou de folhear e levantou a cabeça, cheio de expectativa.

— Parece que ela frequenta a boate na Gerrard Street, número 43, e foi vista lá ontem à noite.

Cornish suspirou e baixou os papéis.

— Ah, é? E o que a viram fazendo lá?

Guy se deu conta de que não tinha resposta para essa pergunta.

— Nada, senhor. Quer dizer, não sei, senhor. Acabei de receber a informação, confirmada por duas testemunhas, de que ela esteve na boate e foi embora assim que começou uma briga.

— Ela foi vista roubando alguma coisa? Se vangloriando de seus roubos bem-sucedidos?

— Não, senhor. Não pelo que me informaram, senhor. — A sala não parecia quente quando Guy havia entrado, mas suas axilas suavam agora.

— Eu gostaria de poder dizer que é útil termos uma confirmação de que ela está em Londres, mas já sabíamos disso. A informação de que Alice Diamond foi vista em uma boate não faz diferença alguma. A menos que ela estivesse bebendo... — Um tom de esperança surgiu em sua voz.

— Não posso confirmar, senhor.

— Então é completamente inútil — rugiu Cornish. — Saia daqui e só volte quando descobrir alguma coisa que não seja um desperdício do meu tempo.

CAPÍTULO TRINTA E QUATRO

Durante o dia, o número 43 da Gerrard Street parecia apenas outra casa desmazelada no Soho. As calçadas eram encardidas, e havia poucas pessoas circulando. Ainda levaria mais duas ou três horas antes de a clientela começar a aparecer em busca de prazeres ilícitos. Ignorando a campainha que anunciava o Sr. Gold, alfaiate, no último andar, Guy bateu com firmeza à porta e foi imediatamente recebido por um homem que preenchia quase todo o espaço da entrada, como se tivesse sido feito sob medida.

— Ja? — Aquele devia ser Albert Alemão, famoso porteiro da 43.

Guy estava fardado, então era pouco provável que Albert Alemão não soubesse qual era seu propósito ali. Ele com certeza não queria tomar um drinque fora de hora.

— Eu gostaria de conversar com a Srta. Meyrick.

Guy ficou parado, se perguntando o que deveria fazer, quando a porta foi batida na sua cara, mas então ela foi reaberta um minuto depois, com a figura enorme sinalizando para que o seguisse. Os dois passaram pela mesa em que cobravam as entradas, pela escada que descia em curva até a pista de dança no porão, subiram em direção aos lavabos no primeiro andar e entraram no que parecia ser uma pequena sala de estar, com um papel de parede estampado com muitas flores e dois sofás cheios de almofadas de vários tamanhos. Havia uma lareira, com um tapete de pele de tigre em frente, fazendo Guy se lembrar da cantiga sobre uma ousada escritora ("se Elinor Glyn oferecer/um tapete de tigre para lhe aquecer/você aceitaria/ou só numa cama pecaria?"). Seus irmãos a cantarolavam o tempo todo, até a mãe pegá-los no flagra e dar um tapa na nuca de todos. Sentada no sofá, felizmente, e não no tapete, estava uma moça de cabelos escuros, ondulados de forma elegante, usando um terninho bonito de lã verde-oliva. Não havia nenhuma semelhança entre ela e as dançarinas da boate de sua mãe; seu visual combinaria mais com uma reunião de diretoria de uma empresa. Que pensamento ridículo. Mulheres nunca participavam de reuniões da diretoria. Sério, Guy lembrou a si mesmo de se concentrar no que precisava fazer e ignorar o clima de sedução que o fogo e o cheiro inebriante do vaso de lírios em uma mesa próxima produziam.

A mulher se levantou e esticou a mão.

— Boa tarde, policial. Como posso ajudar?

Guy sentia que estava em uma situação delicada.

— Boa tarde. A senhorita é Dorothy Meyrick?

— Sim, mas todos me chamam de Dolly. Por favor, fique à vontade.

Ela gesticulou para o sofá em frente. Guy se sentou e imediatamente afundou nas almofadas. Era impossível manter a postura reta, a menos que ele se arrastasse para a beira do assento, mas chegar a essa posição exigiu que agitasse seus braços e pernas compridos de um jeito vergonhoso. Era como lutar contra uma nuvem.

Dolly riu.

— Desculpe. Eles são mais confortáveis do que práticos. Quer beber alguma coisa? Temos um uísque single malt muito bom.

— Não, senhorita, obrigado.

Guy recuperou o equilíbrio — ele esperava — e pegou seu caderno e lápis.

— Ah, policial — disse ela em tom equilibrado —, por favor, guarde isso. Tenho certeza de que, seja qual for o assunto, podemos conversar

com sensatez antes de o senhor precisar anotar qualquer coisa, não acha?
— Ela falava de um jeito tão coerente que seria desagradável discordar, então ele guardou tudo de volta no bolso, relutante.

— Creio que uma pessoa chamada Alice Diamond esteve aqui ontem à noite?

O rosto de Dolly permaneceu impassível.

— Ora, policial, não é razoável presumir que eu me lembre de todos os meus clientes maravilhosos. Devia haver quase cem pessoas aqui ontem.

— Mas a senhorita recebe os clientes na entrada, certo? E vê todo mundo que entra?

— É verdade, policial... O senhor *tem* um nome? Isso tornaria nossa conversa muito mais amigável.

— Sargento Sullivan. — Guy estava se esforçando para não ser conquistado tão facilmente, mas o calor da lareira o amolecia.

— Sargento Sullivan, o senhor tem toda razão. Eu *devia* estar fazendo isso ontem à noite, mas acabei me distraindo com uma coisa ou outra. Imagino que o senhor entenda como é, para mim, ter de administrar este lugar sem minha mãe. Parte da equipe não está acostumada a aceitar ordens de uma jovem como eu, e, de vez em quando, preciso chamar a atenção de um ou outro para que me respeitem. — Ela fez uma pausa. — O senhor tem certeza de que não quer um gole de uísque? Ou uma taça de vinho?

— Não, obrigado.

— Bem, ontem à noite, Susie estava recebendo o pagamento das entradas, sabe. E, infelizmente, ela liberou a entrada de um grupo de rapazes que causou confusão. Nunca mais vou deixá-la na porta.

— A senhorita conhece esses rapazes? — perguntou Guy, começando a entender que algumas pessoas simplesmente tinham habilidade de evitar perguntas que não queriam responder.

— Eles aparecem de vez em quando, mas não com muita frequência. Não é nada que a gente não consiga resolver — disse ela no mesmo tom equilibrado. Ela virou o corpo de lado, como se tentasse se aquecer com a lareira, e olhou para ele, inclinando a cabeça. — Sargento Sullivan, nós temos protetores. Homens como o senhor, que têm a bondade de nos ajudar em troca de pequenos favores. Nossa boate é um lugar muito agradável. Talvez o senhor também se interesse por algo assim?

Guy ficou desnorteado.

— Desculpe, madame, não sei se entendi.

Ela riu, como se ele tivesse acabado de contar a piada mais engraçada do mundo.

— Ah, eu sou apenas uma "senhorita". Mas só por pouco tempo, estou noiva de lorde de Clifford, sabe?

Guy sabia que essa breve informação deveria colocá-lo em seu lugar. *Esta aqui não é uma dona de boate qualquer*, dizia ela, *mas a futura esposa de um aristocrata. E você é apenas um pobre policial fardado.*

Ela semicerrou os olhos.

— O senhor está surpreso?

— Ah, não, óbvio que não — disse Guy pisando em ovos. — Meus parabéns, madame. Isto é, Srta. Meyrick.

— Obrigada — respondeu ela, educada. — Tivemos algumas poucas objeções, por assim dizer. Mas foi tudo resolvido com facilidade.

— Entendo. — Guy não sabia bem qual era a mensagem agora. Aquela mulher falava em códigos que ele não conseguia decifrar.

— Se o senhor retornar, vai ser bem-cuidado. E tenho certeza de que, sendo um homem tão *sympathique*, e tão forte... certamente será bom para nós.

Guy não sabia como responder, mas, de toda forma, não teve oportunidade.

— E, agora, meu caro sargento, é melhor eu me despedir. Tenho uma noite cheia de trabalho pela frente, e ainda preciso cuidar de algumas coisas. Albert está esperando pelo senhor na porta.

Ela se levantou, e ele entendeu que também devia fazer o mesmo, passando por outra interação humilhante com as três almofadas menores antes de apertar a mão dela e ir embora. Acabou não conseguindo descobrir porcaria nenhuma.

CAPÍTULO TRINTA E CINCO

O clima finalmente tinha começado a melhorar em Asthall após o fatídico assassinato de Adrian Curtis, e todos estavam ansiosos pelo Natal. A Sra. Stobie resmungava irritada sobre o trabalho dobrado, mas o barulho de panelas sendo mexidas e os aromas deliciosos de comidas sendo assadas no forno nunca cessavam. Sempre que uma oportunidade surgia, Pamela se esgueirava até a cozinha, e, apesar de a cozinheira reclamar que tinha mais o que fazer além de ficar ensinando coisas à ela, Louisa notou um olhar de satisfação e aprovação em seu rosto quando Pamela retirou do forno uma assadeira cheia de tortinhas perfeitamente douradas, com a massa dobrada nas pontas como se fossem a barra de um vestido.

Em uma certa manhã, pouco depois de voltarem de Londres, Nancy apareceu na cozinha depois do café da manhã enquanto Louisa trazia a bandeja da ala das crianças e Pamela revirava a despensa em busca de groselha. Quando Pamela emergiu, triunfante, Nancy a fitou com um olhar fulminante.

— Sinceramente, você é *mesmo* esquisita. Qualquer um pensaria que você não passa de uma criada da cozinha.

Louisa percebeu que Ada ficou levemente ofendida, mas foi Pamela quem rebateu:

— Qual seria o problema se eu fosse?

Nancy a ignorou e balançou a carta que segurava.

— Lou-Lou, vim falar com você. Jennie virá tomar chá amanhã. Ela e Richard estão vindo visitar os pais dele e perguntaram se podiam passar aqui. Pensei em vir avisar porque vocês duas são velhas amigas, não são?

— Sim, obrigada — disse Louisa, apesar de fazer muito tempo que não via Jennie e de estar um pouco magoada por não ter sido ela a receber a carta.

As duas eram amigas da escola e tinham crescido juntas na mesma área de Chelsea, mas Jennie escapara daquele mundo ao conhecer o marido, Richard Roper, um arquiteto e boêmio. Ela havia se casado com um bom partido e, apesar de continuar a mesma Jennie doce de sempre, frequentava meios sociais completamente diferentes, ainda mais depois que o casal se mudou para Nova York, três anos atrás. Se as duas tivessem a oportunidade de conversar, Louisa ficaria feliz. Afinal, fora Jenny quem lhe apresentara Nancy, fazendo com que conseguisse o emprego como ama em Asthall; ela devia ser grata a Jenny por tudo, não devia?

No fim das contas, não foi tão difícil quanto ela temia. Depois que Jennie e Richard tomaram o chá com lorde e lady Redesdale na biblioteca, a sineta tocou e Louisa desceu. Geralmente, aquele era o momento de buscar as meninas menores depois de passarem uma hora com os pais, porém, hoje, lady Redesdale disse que as levaria de volta por conta própria, enquanto lorde Redesdale e Richard foram para o escritório fumar charutos. Jennie e Louisa ficaram a sós, o que foi generoso da parte de sua patroa, apesar de ser provável que Nancy tivesse incentivado o gesto. Louisa não se sentia bem com o fato de se sentar na biblioteca para conversar com sua amiga, o que ela sabia ser bobagem, já que não havia mais ninguém ali e Jennie não era sua empregadora. Mas, mesmo assim, as duas não eram mais iguais, fato destacado pelo avental de Louisa e pelo conjunto elegante de vestido e casaco de caxemira marrom com acabamento de pelo de visom de Jennie. Talvez, pensou ela com tristeza, o costume de servir tivesse afetado até suas amizades. Não conseguindo decidir se ficava em pé ou sentada, Louisa acabou fingindo que arrumava uma cesta de costura no chão enquanto conversava com sua velha amiga. Seu coração ficou apertado quando pensou em falar o que realmente estava se passando pela sua cabeça, mas, antes de ter a oportunidade, Jennie lhe confessou:

— Quero lhe contar uma coisa, querida — sussurrou ela. — Estou grávida. Ainda é recente, então não parece, e Richard não quer que ninguém saiba antes de contarmos para os pais deles. É por isso que viemos visitá-los.

Louisa se levantou e deu um abraço na amiga.

— Que notícia maravilhosa. Para quando é?

— Fim de julho. Um bebê de verão. Todo mundo diz que eles são alegres.

Jennie estava radiante com a novidade, sua pele de porcelana, iluminada.

— Qualquer bebê vai ser alegre com você sendo a mãe — disse Louisa. Ela estava feliz de verdade pela amiga.

— Espero que sim. — A expressão de Jennie se anuviou. — Só estou um pouco preocupada por... bem, vai ser diferente da forma como nós fomos criadas, não vai? Tenho medo de fazer tudo errado.

— Toda mãe pensa assim, e você tem Richard ao seu lado. Tudo será perfeito, tenho certeza. E, além do mais, você tem a mim, pode me perguntar qualquer coisa. Sei tudo sobre dar banhos em bebês.

Jennie riu.

— Sim, e, de toda forma, teremos uma babá, então acho que vou acabar não fazendo nada disso.

Louisa sabia que não devia ficar magoada com a lembrança de que, enquanto ela recebia para dar banho nos filhos de outra mulher, Jennie não teria nem de cuidar do próprio, porém foi doloroso da mesma forma. Mas com que outra pessoa Louisa poderia desabafar? Ela precisava falar com quem entendesse o mundo no qual crescera e aquele em que trabalhava agora. Sem mencionar que tinha uma coisa sobre Dulcie que estava lhe incomodando muito ultimamente, e ela precisava compartilhar com alguém.

— Quero conversar com você sobre uma questão — começou Louisa, se perguntando se iria, se devia, continuar.

— O que foi, querida?

Louisa contou um resumo da história, atropelando alguns detalhes, sobre o que tinha acontecido nas últimas semanas, desde que conheceu Dulcie e foi ao Elephant and Castle até a morte de Adrian Curtis. Falou também sobre a boate 43, o comportamento estranho dos amigos de Nancy e sobre Alice Diamond e as Quarenta Ladras. Até Joe Katz foi mencionado. Jennie quase não a interrompeu, a não ser para pedir que ela repetisse algo inacreditável vez ou outra. Quando terminou, Louisa estava quase chorando.

— O que devo fazer, Jennie? — implorou ela.

— Não sei nem o que pensar direito. Sobre qual parte? É muita coisa para assimilar.

— Sabe como é... Nós não estamos na mesma situação de antes, mas isso não quer dizer que nos adaptamos totalmente a esta nova vida. Sei que vivo melhor do que minha mãe, que meu trabalho é mais fácil, e os Mitford cuidam bem de mim. Mas, quando eu vejo aquelas mulheres...

— Que mulheres?

— As Ladras, e até as dançarinas da boate. Elas parecem tão independentes. Usam roupas lindas, fazem o que querem. Não devem nada a ninguém.

Jennie ficou irritada.

— Elas são ladras e prostitutas, Louisa. Isso não é vida. Você sabe! Nós duas nos esforçamos muito para fugir disso. — Ela olhou ao redor, como se estivesse com medo de que alguém fosse capaz de escutá-la. Será que seu marido não sabia exatamente como era sua vida antes de conhecê-lo? — Nem *ouse* pensar em uma coisa dessas.

— Não me julgue. Eu só sinto que não me encaixo em lugar nenhum. Não sei o que fazer.

— Você vai fazer o *seguinte* — disse Jennie, quase cuspindo as palavras. — Você vai contar para a polícia sobre Dulcie e conexão dela com as Ladras. O que você estava pensando, guardando esse segredo? Imagine se ela mentiu?

— Não posso fazer isso, vão matá-la. — Louisa nunca tinha se sentido tão patética.

— Louisa, escute. Dulcie estava metida com as Ladras; você não sabe se pode confiar nela. Não tem como ter certeza de que ela não participou do assassinato. É muita coincidência, não acha? Ela rouba as joias e logo depois é encontrada do lado do corpo.

— Sim, mas deve ter mais coisa que não sabemos nessa história. A conta não fecha. Eu vi que ela usava um relógio naquela noite. Que outro motivo ela teria para fazer isso se não fosse para verificar a hora?

Jennie pareceu confusa com essa mudança de raciocínio.

— Como assim?

— Acho que ela deve ter combinado de se encontrar com alguém no campanário, e era por isso que precisava do relógio. Mas não com Adrian. Não faz sentido ela ter conversado com ele na casa e depois tê-lo encontrado de novo na igreja. Estou falando de alguém que pegaria as joias roubadas. É assim que as Ladras se livram das mercadorias roubadas, elas têm receptadores que as vendem. Assim não são pegas com nada. Acho que a pessoa com quem ela se encontraria deve ter assassinado Adrian Curtis.

— Então por que ela não contou nada disso?

— Porque causaria problemas para as Ladras ou para um dos receptadores, seja lá quem for o culpado. E isso colocaria a vida dela *e* da irmã em risco.

Jennie pensou no assunto.

— Então ela já é uma mulher morta de qualquer jeito. Mas essa decisão dela é um sinal de que está protegendo alguém. — Um instante se passou. — Ela está protegendo a si mesma, é óbvio. Será que ela não armou para ser você a pessoa que contaria à polícia sobre as Ladras?

— Como assim?

— Ela escolheu o bar, não foi? Depois lhe contou sobre as Ladras e pediu que a levasse até um quarto para se encontrar com Adrian Curtis.

Louisa pensou um pouco.

— Você acha que ela queria que eu contasse para a polícia, para não ser a dedo-duro? Acha que Dulcie sabia sobre o assassinato e armou para cima dessa pessoa, contando que eu faria a minha parte?

— Exatamente.

— Mas, então, eu teria de contar aos Mitford que deixei uma ladra entrar na casa. Mesmo que eu não fizesse ideia de que ela fosse roubar alguma coisa.

O olhar de Jennie não foi compreensivo.

— Mas foi isso que aconteceu, não foi? E me sinto culpada em parte também. Eu trouxe você para cá. Eles cuidaram de você, e essa é a recompensa que recebem. Eles mereciam mais do que isso. *Eu* merecia mais do que isso.

Sem se despedir, Jennie saiu da sala e deixou Louisa sozinha, encarando o fogo na lareira.

CAPÍTULO TRINTA E SEIS

Guy e Mary Moon estavam na delegacia de Vine Street, comendo sanduíches a uma mesa cheia de pilhas altas de pastas de arquivo, que acumulava migalhas de outros almoços. Guy queria voltar logo para as ruas, mas se sentia mal por Mary, que havia sido advertida de forma enfática para ficar na delegacia, para o caso de precisarem de uma policial para lidar com crianças perdidas ou crimes cometidos contra mulheres. Apesar de a dupla ter conseguido prender Elsie White, o inspetor-chefe disse que não queria a delegacia inteira atrás das Quarenta Ladras, então Mary teria de permanecer ali.

— É tão frustrante — dizia ela, a boca cheia de pão e presunto. — Eu *sei* que deve ter um monte de mulheres vendendo cocaína na 43, mas, se não me enviarem lá à paisana, não posso fazer nada.

— Não sei, Mary — disse Guy. — É um trabalho perigoso. Eu não ficaria tão animado se fosse você.

Mary suspirou e olhou para a janela, mastigando.

— Eu só quero sair daqui de vez em quando.

Um policial se aproximou da mesa.

— Sinto muito por interromper a festa — sorriu ele —, mas alguém quer falar com você no telefone.

Guy corou e levantou, limpando as migalhas do colo.

— Desculpe. Já volto.

Na recepção, Guy pegou o telefone que estava com a luz piscando.

— Aqui é o sargento Sullivan — disse ele, formal. Talvez fosse a Srta. Meyrick ligando para dizer que se lembrou de ter visto Alice Diamond na boate e fazendo algo pelo qual poderia ser presa.

— Guy? Sou eu. Louisa.

— Ah, olá. — A imagem de Joe Katz beijando a mão de Louisa surgiu em sua mente.

— Escute, preciso lhe contar uma coisa importante. É uma questão de polícia, mas não quero que seja algo oficial.

— Não sei se entendi. — Guy se lembrou de imediato das complicações de Louisa.

— Nem eu, na verdade. — Seguiu-se um som, que pode ter sido um soluço de choro ou uma risada engasgada. — Só me escute e depois me ajude a decidir como proceder. Por favor.

Era hora do almoço, e a delegacia estava tranquila.

— Tudo bem. O que houve? — O telefone ficou em silêncio. — Louisa? Você ainda está aí?

— Sim, estou aqui. É sobre Adrian Curtis, o assassinato, quer dizer. Tenho uma informação sobre Dulcie Long, a criada que foi presa. Ela também foi acusada de roubar uma das convidadas que estava hospedada aqui, e confessou esse crime.

— Eu lembro.

— Eu devia ter contado algo para a polícia na época e não contei. Dulcie é uma das Quarenta Ladras, e eu sabia disso antes de ela vir para Asthall. Na verdade, ela me levou ao bar delas.

— Bar delas, como assim?

— É um bar que todas frequentam. O Elephant and Castle. Se você quiser encontrar Alice Diamond e as outras, é para lá que elas vão a maioria das noites.

— Mas qual é a conexão com Adrian Curtis?

Louisa engoliu em seco. Essa era a maior confissão.

— Antes da festa, Dulcie me pediu que encontrasse um quarto vazio para os dois conversarem a sós naquela noite. E, além disso, fiquei de dar um jeito de levá-lo até lá também.

— Quê? — Guy parecia incrédulo.

— Ela me disse que os dois precisavam conversar, mas que ele se recusava a falar com ela. Dulcie trabalhava para a mãe e a irmã dele, e ele morava em Oxford, então era complicado conseguir uma oportunidade. Os dois tinham um... você sabe.

— Posso imaginar.

Louisa ficou feliz por estarem conversando pelo telefone e Guy não conseguir ver o quanto ela estava corada de vergonha.

— Foi então que ele a pegou roubando e bateu nela. É por isso que a polícia acha que Dulcie é culpada, porque os dois tiveram uma briga antes.

— Prossiga. — O tom de Guy ficava cada vez menos amigável.

— E se Dulcie tivesse combinado de se encontrar com um receptador que trabalhava para as Ladras para entregar as joias roubadas? Ela insinuou para mim que, quando um roubo é registrado, sempre suspeitam primeiro das criadas.

— Com motivo, pelo visto — comentou Guy.

— Sim, tudo bem. A questão é que, se ela planejou roubar alguma coisa, também teria se certificado de que não estaria com nenhuma joia no momento em que estivessem procurando por elas. A solução seria se encontrar com um receptador.

— Sei que as Ladras trabalham como criadas em mansões no interior — disse Guy. — É um jeito fácil de terem acesso a objetos valiosos.

— Foi aí que, no dia seguinte, lembrei que Dulcie estava com um relógio naquela noite, sendo que nunca a tinha visto usando. Acho que precisava dele porque combinou um horário para se encontrar com alguém.

— Ela ia buscar Srta. Charlotte, não ia?

— Sim, mas poderia ter usado o relógio da casa para isso. Acho que ela pretendia entregar as joias para alguma das Ladras ou algum dos seus ajudantes.

— Mas ainda não entendi o que isso tem a ver com a morte de Adrian Curtis.

— Eu também não sei ainda, pelo menos não tenho certeza, mas acho que Dulcie combinou de se encontrar com o receptador no campanário. De onde o Adrian Curtis foi empurrado.

— Por que alguém teria pedido para o Sr. Curtis ir até lá?

— Talvez não tenha sido Dulcie, mas o próprio receptador. Minha teoria é que ela combinou de se encontrar com um homem, mas o assassinato acabou acontecendo antes. Eu juro que não sabia que ela roubaria dos convidados. Achei que ela só precisava ter uma conversa particular com Adrian Curtis, nada além disso. Dulcie me disse que estava tentando endireitar sua vida, que gostava de trabalhar como criada. O problema era que sua irmã tinha acabado de se casar com alguém de fora do bando, e quando ela decidiu que sairia também as Ladras ficaram nervosas, fazendo ameaças para que provasse sua lealdade. Agora, ela está sendo acusada de assassinato e não pode contar a polícia que foram as Ladras, porque ela *e* a irmã estariam em perigo. E faz pouco tempo que me dei conta de que o plano dela era que eu contasse tudo a você. Bem, para a polícia. Acho que foi por isso que ela me levou ao bar.

— Faz sentido. Ela armou contra as Ladras e está usando você para isso — disse Guy, devagar, tentando juntar as informações em sua mente. — Mas ainda não entendo por que o Sr. Curtis se meteu na situação.

— Não quero pensar assim — disse Louisa em um tom equilibrado, cuidadoso. — Mas os dois brigaram. Acho que, talvez, ela quisesse que ele se machucasse. Não consigo acreditar que ela seria capaz de planejar um assassinato, mas nada é impossível.

— De toda forma, Dulcie Long *foi* cúmplice — disse Guy —, mesmo que não tenha empurrado ninguém do campanário e o culpado seja o receptador.

A voz de Louisa soava muito baixa do outro lado da linha.

— Sim, tem razão.

— E você, mesmo sabendo que ela era uma ladra, a levou para um quarto vazio da casa — disse Guy. — O que significa que também está envolvida nisso.

Nenhum som veio do outro lado da linha além de uma respiração ofegante.

Guy fez o que pôde para não se compadecer; ele precisava descobrir tudo que fosse necessário agora.

— E o homem? Alguém o viu, ou Dulcie simplesmente inventou essa história?

— Ninguém o viu. — A voz de Louisa era fraca.

— Além de Dulcie Long não ter um álibi, ela ainda estava metida com as Ladras. E você sabia disso. — Ele fez uma pausa. Precisava recuperar o fôlego. — Você a deixou entrar na casa. Você traiu a confiança de todo mundo, Louisa. Como pôde fazer uma coisa dessas?

Mas ele estava falando com o nada. Louisa havia desligado.

Guy estava com as mãos suadas e o coração disparado. Ele precisava pensar com cuidado em qual seria seu próximo passo. O caso não era dele, então não podia ser visto interferindo. No entanto, Cornish tinha dado ordens diretas para que encontrassem um receptador que trabalhasse para as Ladras, então, caso a conexão com Dulcie pudesse ser provada, ela seria condenada e enforcada. E ele queria ser o policial que garantiria isso.

CAPÍTULO TRINTA E SETE

O vestido encomendado na Sra. Brewster estava pronto para ser retirado, e Pamela queria buscá-lo a tempo do Natal e do baile de caça — que Nancy decretou ser as duas festas mais entediantes do ano, "abarrotadas de homens que desejam casar com uma cópia das próprias mães, todos devidamente cercados por moças iguais a elas". Se Nancy pudesse, ficaria indo e vindo de Londres toda semana, então Pamela sabia que não demoraria muito para as duas se unirem e convencerem a mãe a deixá-las voltar mais uma vez antes de ficarem presas em Asthall para as celebrações de fim de ano. Louisa as acompanharia, é claro.

— Não é muito abuso pedir a Iris que abrigue vocês de novo? — questionou lady Redesdale, apesar de Louisa perceber que Nancy já tinha descoberto o calcanhar de aquiles da mãe, amolecendo-a.

— Não, mamãe — disse Pamela, interferindo para dar apoio à irmã. — Ela falou que é ótimo quando estamos lá, porque podemos ajudar com as tarefas e coisas assim.

— Se vocês têm certeza — disse a mãe —, então, estou de acordo. Mas que seja por pouco tempo. Peguem o trem amanhã cedo e voltem antes do chá no dia seguinte. Tenho uma reunião com os Conservadores locais e gostaria que as duas estivessem presentes.

A alegria de ir a Londres superou os clássicos resmungos que seriam feitos diante dessa ordem, e Pamela deu um beijo de gratidão na mãe, que a dispensou com um aceno de mão.

— Podem ir. Não se esqueçam de perguntar ao seu pai se ele precisa que tragam algo da Army and Navy.

No trem para a capital, as três ficaram sozinhas em um vagão de primeira classe. Como frequentemente acontecia, a conversa acabou chegando ao assassinato de Adrian Curtis e no que havia acontecido naquela noite.

— Ainda não entendo por que Adrian foi ao campanário — disse Nancy.

— Dulcie deve ter dito para encontrá-lo lá — respondeu Pamela —, quando eles conversaram no quarto da tia Iris.

— Sim, mas não foi uma conversa, foi uma briga. Por que ele aceitaria se encontrar com ela depois de discutirem? Não faz sentido. — A testa de Nancy estava franzida de um jeito bonito; a expressão lhe dava uma aparência mais jovem. Nancy se virou para Louisa. — Você não sabe de mais nada, Lou? Você conheceu Dulcie quando viemos para a festa em Londres, não foi? Ela comentou alguma coisa?

Louisa estava torcendo para que sua blusa tampasse seu pescoço a ponto de não revelar as manchas vermelhas que deviam estar surgindo em sua pele. Ela sabia que não tinha culpa — não tinha nenhuma informação sobre o assassinato e continuava acreditando que Dulcie era inocente, pelo menos do ato em si. Mas tinha consciência de que agira mal.

— Não, é claro que não — disse ela.

Pamela olhou pela janela, observando os campos e as sebes passando rapidamente. Logo, elas fariam uma curva e se deparariam com hortas e fileiras de casas, e, depois que o trem cruzasse o último túnel que levava ao caminho estreito entre sacadas como as teclas pretas de piano, chegariam à estação Paddington.

— A caça ao tesouro foi ideia dele — murmurou Pamela. — E se Adrian orquestrou a própria morte?

— Ah, agora você foi longe demais. De toda forma, acho que foi o Ted quem fez a sugestão — advertiu Nancy. Ela pegou uma revista e começou a folheá-la, sem prestar atenção nas páginas.

Louisa começou a considerar que talvez as irmãs estivessem no caminho certo. Se lorde de Clifford sugeriu a caça ao tesouro e Dulcie realmente se encontrou com um receptador que trabalha para as Ladras naquela noite, então ele seria a conexão óbvia, principalmente pelo fato de a gangue frequentar a boate de sua atual noiva. Fora a conversa misteriosa que ela escutara entre lorde de Clifford e Clara, na qual ela prometeu não dar com a língua nos dentes. Tinha também a história da faca na bolsa de Clara. Phoebe, que costumava trabalhar na 43, também podia estar envolvida de alguma forma — ela já tinha admitido ter fingido a torção do tornozelo. Eram informações demais para assimilar, mas devia existir alguma ligação. O que Louisa ainda não conseguia saber era se Dulcie havia participado da conspiração ou não.

Depois de levar as malas para os quartos e cumprimentar Iris, as três seguiram para a Sra. Brewster. Nancy se convidou para ir junto e justificou, com delicadeza, que estava indo para se certificar de que Pamela não havia cometido nenhum erro grotesco. Ao baterem à porta, a Sra. Brewster demorou um pouco para atender, e, quando as recebeu, parecia mais magra do que antes, ou talvez apenas mais cansada. As rugas profundas em seu rosto quase produziam sombras, e sua pele olivácea havia assumido um tom acinzentado. Mesmo assim, ela bateu palmas e as guiou até a sala de costura cheia de tecidos empilhados. Nancy começou a exclamar sobre os vestidos pendurados, tocando veludos macios e sedas suaves. A Sra. Brewster pegou o vestido de Pamela, e a menina soltou um suspiro de surpresa, feliz com o caimento do pano cor de mel e pela genialidade da faixa cor-de-rosa.

— Prove, *signorina* — disse a Sra. Brewster. — Se precisar fazer ajustes, eu já resolvo isso hoje. O que mais tem é agulhas e linhas por aqui. — Ela riu, mas o som parecia desanimado.

Louisa, que estava parada na soleira, olhou em direção ao corredor se perguntando onde estaria o garotinho. Desta vez, ela havia trazido algumas roupas para ele, coisas antigas da ala das crianças das quais ninguém sentiria falta. Algo nos olhos azuis dele fez com que Louisa não conseguisse tirá-lo da cabeça. Sabendo que não dariam falta dela, saiu sorrateiramente pelo corredor. Diante da porta por onde ele havia espiado da última vez, ela hesitou por um instante, então bateu de leve e a empurrou. O cômodo era uma cozinha minúscula, com uma janela que tinha vista para os fundos dos prédios vizinhos; através dela, a luz de inverno entrava e banhava o menino de olhos redondos feito a lua, que estava sentado à mesa segurando um giz de cera com uma das mãos. Ele tomou um susto com a visita.

— Olá — disse Louisa. — Não se preocupe, sou uma amiga. — Ela agachou para que ficassem da mesma altura. Ele observava todos os seus movimentos, apertando bem forte o giz de cera com os dedos, mas não emitiu uma resposta. — Meu nome é Louisa, mas pode me chamar de Lou. Como você se chama?

O lábio inferior do menino começou a tremer, mas ele continuou quieto. De repente, a porta foi escancarada, e a Sra. Brewster entrou.

— O que é isso? — perguntou ela. — Ele fez barulho? Eu avisei, *bambino*, você precisa ficar quieto.

Louisa se levantou.

— Ele não fez nada, Sra. Brewster. Eu que quis dar um oi. Trouxe algumas roupas para ele, coisas das quais não precisamos mais.

Ela ofereceu um pacotinho embalado com papel pardo. A senhora o aceitou e o colocou sobre a mesa.

— *Grazie* — disse ela. — Roupas são ótimas, mas é de comida que precisamos.

Louisa se sentiu mal, como se tivesse fracassado na sua tentativa de cuidar do menino.

— Mas por quê? — perguntou ela. — A senhora não recebe encomendas suficientes?

— Ah, sim, tenho muitas encomendas! Até demais. E, mesmo assim, não basta. O aluguel só sobe, sobe, sobe, o tempo todo. O Sr. Brewster não me deixou nada, *niente*. Só dívidas de jogo. E a mãe do *bambino* está na cadeia, então não me envia nenhum dinheiro.

Um pensamento surgiu na cabeça de Louisa, e ela imediatamente o descartou por ser absurdo.

— O que a senhora vai fazer? — perguntou ela.

A Sra. Brewster lançou um olhar triste para o menino.

— Eu gosto dele, pobrezinho, ele não sabe por que veio ao mundo. Mas não posso alimentá-lo, terei de levá-lo para um abrigo. Sou eu ou ele.

— E o pai?

— Ah, não faço ideia. Morreu ou sumiu, quem vai saber? — Ela deu de ombros.

— A senhora não pode deixá-lo em um abrigo.

Nervosa, Louisa falava aos sussurros, apesar de o menino provavelmente não entender o que aquilo significava. Mas *ela* sabia muito bem. O abrigo era o maior medo, o bicho-papão da infância de Louisa; se você perdesse o emprego, se ficasse doente, seu destino seria o abrigo. Era o lugar aonde pessoas pobres iam para morrer.

O pensamento que havia surgido instantes atrás voltou com força. Talvez Dulcie tivesse mandado Louisa de propósito para a Sra. Brewster, e não para fazer um favor para Srta. Charlotte.

— A mãe dele é a Dulcie Long? — perguntou ela de repente, as palavras escapulindo antes de conseguir se segurar.

As sobrancelhas da Sra. Brewster foram parar no topo da testa.

— *Sì* — respondeu ela —, mas como você sabe?

Então aquele era o verdadeiro motivo para Dulcie tê-la enviado para a Sra. Brewster. O mais engraçado era que a semente da curiosidade de Louisa não tinha sido plantada porque o menino lembrava a mãe, mas porque ele parecia com o finado Adrian Curtis.

215

CAPÍTULO TRINTA E OITO

Louisa colocou mais dois cubos de açúcar em seu chá, que já tinha sido adocicado. Ela estava sentada sozinha à mesa na cozinha do apartamento de Iris Mitford, esperando Nancy e Pamela terminarem de almoçar com a tia. A cozinheira também estava no cômodo, mas as duas não tinham trocado muitas palavras; ela era uma escocesa taciturna, mais preocupada com a crocância do porco no forno do que com o nervosismo de uma colega de trabalho. Conforme Louisa mexia a bebida, sua mente dava voltas. Não havia nenhuma prova, é claro, de que o menino fosse filho de Dulcie Long e Adrian Curtis. Esse pensamento não passava de um palpite, de uma mera semelhança entre dois pares de olhos azuis. Será que Charlotte Curtis fazia alguma ideia? Se Louisa estivesse certa, com certeza ela sabia. Dulcie devia estar trabalhando para a família Curtis quando engravidou, e Charlotte perceberia se a criada tivesse sido enviada para longe para ter o bebê. E, agora que Louisa havia chegado a essa conclusão, parecia estranho ela ter continuado trabalhando para os Curtis depois disso. Será que lady Curtis recontrataria uma criada que havia engravidado do filho?

Talvez, se quisessem manter a criada de boca fechada.

Será que essa informação significava que Dulcie tinha uma motivação para matar Adrian? As Ladras poderiam ter descoberto que ela teve um caso com ele, uma pessoa de fora do bando, e isso fez com que ela temesse pela própria vida. Ou será que o próprio Adrian ameaçou contar para todo mundo que era o pai da criança, isso também seria um motivo plausível? Se bem que, será que Adrian contaria para alguém? Pelo que Louisa sabia sobre esse tipo de situação, o bebê acabaria em um orfanato e a história seria abafada. E era por isso que Dulcie precisava esconder o filho. Ela pode ter contado para lady Curtis que o menino havia sido adotado e fingido que não o via mais, até pago para alguém cuidar dele. Será que Dulcie estava pedindo dinheiro para Adrian por causa do filho, e se esse fora o motivo da briga?

Ela precisava conversar com alguém que pudesse lhe dar respostas. Mas quem? Só poderia falar com Dulcie de novo quando tivesse certeza de que ela não estava mentindo. Tinha sido um erro acreditar que, por terem passados parecidos, as duas seriam, de alguma forma, semelhantes. Não eram.

Mesmo assim, independentemente do que Dulcie estivesse fazendo, estava claro que sua intenção não era proteger a si mesma. Ela sabia que seria condenada por assassinato no julgamento e que não poderia dizer nada. Guy talvez estivesse investigando a conexão com as Ladras, mas era pouco provável que ele descobrisse alguma coisa, e seria ainda mais difícil comprovar que elas têm algum envolvimento no assassinato. Seria necessário ter informações mais completas, e o que acabou de descobrir talvez fosse a única esperança deles. Se Louisa pudesse ajudar Dulcie a provar que Adrian era o pai do seu filho, se ela revelasse ao tribunal que era mãe, talvez conseguisse evitar a forca.

Quando o almoço terminou, Louisa foi chamada à sala de estar pelo toque da sineta. Mesmo em apartamentos como este, nem muito grande nem muito pequeno, havia áreas claramente demarcadas, que funcionavam como o grande salão de um palácio. Pamela levantou quando Louisa entrou, e no mesmo momento uma voz falou, ríspida:

— Não se levante quando a *criadagem* entrar na sala!

Tanto Pamela quanto Louisa ficaram imóveis, como se estivessem brincando de estátua, até que o homem que havia falado desapareceu atrás de um farfalhar de jornal. Nancy e Iris tomavam café, um pouco envergonhadas com o acesso de raiva. Pamela cutucou Louisa para que se virasse e saísse do cômodo.

— Desculpe — articulou ela com a boca.

Louisa balançou a cabeça para mostrar que não fazia diferença. E não fazia mesmo; havia sido apenas mais um daqueles pequenos golpes contra sua autoestima com os quais já estava acostumada. De vez em quando, ela se perguntava se chegaria o dia em que o martelo lhe acertaria de um jeito que a desmoronaria por completo.

— Vamos dar uma volta — disse Pamela. — O convidado da minha tia é um tanto desagradável, e estou precisando dar uma escapadinha.

As duas pegaram seus casacos e chapéus e saíram, fechando a porta de leve.

Lá fora, o dia ainda estava claro; o tempo, nublado. Mulheres usavam casacos de pele compridos, e homens, cachecóis enrolados no pescoço para encarar o frio revigorante. Quase instintivamente, elas seguiram para a loja de departamentos Peter Jones, na Sloane Square, com suas belas árvores de Natal nas vitrines. Tanto Louisa quanto Pamela gostavam do café no último andar que tinha vista para as casas de telhado vermelho de Chelsea.

— O que foi aquilo hoje de manhã? — perguntou Pamela quando as duas estavam sentadas com um bule de chá entre elas, o leite em uma jarra azul e branca.

— Como assim? — Apesar de ela ter entendido muito bem.

— Reparei que aconteceu alguma coisa entre você e a Sra. Brewster enquanto eu experimentava o vestido.

Louisa acabou decidindo, depois de pensar durante alguns instantes, que precisava conversar com alguém e Pamela seria uma boa opção.

Pam era diferente das outras irmãs, e muito mais interessante por conta disso. A babá Blor dizia que ela era firme como uma rocha, e isso era verdade — a pé no chão da família. Enquanto Nancy e Diana podiam ser inconstantes e geniosas, Pamela era estável e bondosa. E, algumas semanas atrás, havia provado ser confiável e centrada durante uma crise. Apesar de lhe faltar confiança quando se tratava de si mesma, no que se referia aos outros sua capacidade de lidar com dificuldades era nítida. Louisa a admirava.

— Ela está cuidando de um menino de uns três anos. Eu o vi da última vez e, por algum motivo, não consegui parar de pensar nele, então levei algumas roupas antigas de Tom para lhe dar.

Pamela assentiu em aprovação.

— Que bondade a sua.

— Mas esse não é o problema — disse Louisa. — A Sra. Brewster havia me contado que não é parente do menino, que só estava cuidando dele porque precisava de um dinheiro extra. Hoje mais cedo ela me disse que a mãe foi presa e não envia mais o dinheiro e, por isso, não consegue mais sustentar o menino. Talvez ele precise ir para um abrigo.

— Puxa vida, que triste. — Pamela serviu o leite nas xícaras já cheias de chá. Louisa nunca tinha se acostumado com o hábito de colocar o leite depois.

— A questão é que... — Louisa fez uma pausa, torcendo para estar fazendo a coisa certa. — O menino é filho de Dulcie Long.

Pamela baixou a jarra e a encarou.

— Você tem certeza?

— Foi o que a Sra. Brewster disse, e não sei o que ela teria a ganhar mentindo sobre isso.

— Que coisa. Pobrezinho. É bem provável que ele nunca mais veja a mãe.

— Não, nem o pai. — Ao dizer isso, Louisa torceu para que sua tática funcionasse.

— Como você sabe? Quem é ele?

— Não posso dizer com certeza, mas ele me lembrou muito Adrian Curtis. — Louisa observou Pamela, interpretando sua reação.

— Ah, francamente — disse Pamela —, isso é muito improvável.

— Por quê?

— Porque... bem, é algo que não pode ser provado. E você está dizendo isso baseado em quê? No cabelo escuro do menino?

— São mais os olhos, eu acho. Mas faria sentido, não acha?

— O que faria sentido? Estou perdida agora. — Pamela tomou um pouco do chá e ajeitou a postura na cadeira, como uma diretora dando uma bronca na pupila.

— Srta. Charlotte contou à polícia que seu irmão e a criada tiveram um...

— Os jornais chamam de "entrosamento" — ajudou Pamela.

— Sim. E talvez o menino tenha alguma ligação com a discussão que tiveram naquela noite. Talvez até possa ser a motivação para assassiná-lo.

— Achei que você acreditasse na inocência dela.

Louisa suspirou e colocou as mãos sobre o colo.

— Eu acreditava. Agora não sei de mais nada.

— Acho que não cabe a você achar alguma coisa. A polícia não deveria ser informada sobre isso? Apesar de eu não entender que diferença faria. — Pamela parecia séria, como se estivesse irritada por Louisa ter lhe passado esse fardo, e talvez tivesse razão.

Mas Louisa não podia deixar o assunto de lado.

— Há outras coisas que não fazem sentido — começou ela.

— Como assim?

— Acho que nem todo mundo está falando a verdade sobre o que realmente aconteceu naquela noite.

— E todo mundo seria...?

— Os participantes da caça ao tesouro — disse Louisa, sem coragem de olhar nos olhos de Pamela.

— Tome cuidado, Lou-Lou.

Então Louisa, sem se conter, começou a contar tudo o que sabia:

— No dia do inquérito, ouvi lorde de Clifford dizendo para Srta. Clara não dar com a língua nos dentes sobre onde ela estava na noite do assassinato. E Srta. Phoebe admitiu para mim que não torceu o tornozelo.

— O quê?! — Pamela estava chocada.

— Ela disse que fingiu para poder ficar sozinha com o Sr. Atlas. — De qualquer maneira, Louisa ficou aliviada por ter se livrado desse peso.

— Então não há com que se preocupar. Tenho de admitir, não é a melhor explicação, mas é melhor do que nada. — Pamela afastou a xícara.

— Acho melhor você confiar no trabalho da polícia. Eles tomaram depoimentos naquela noite, e tenho certeza de que estão investigando direito. Se você está preocupada, talvez seja melhor falar com as pessoas certas.

— É verdade, vou conversar com Guy Sullivan. Ele saberá como proceder.

— Que bom — disse Pamela. — Creio que seja melhor deixar esse assunto nas mãos dos profissionais.

Louisa sabia que tinha sido repreendida. Independentemente do que acontecesse, ela não devia mais envolver os Mitford. O único problema era que talvez isso fosse impossível.

CAPÍTULO TRINTA E NOVE

Naquela noite, depois de ter recebido um recado deixado por telefone, Guy foi encontrar Louisa na esquina da Elvaston Place. Ela aproveitou o fim do expediente de Guy para sair de fininho durante o jantar das meninas com a tia. Enquanto o policial não chegava, ela ficou esperando debaixo de um poste, torcendo para não parecer uma mulher da vida, com o casaco abotoado até o topo, o chapéu afundado na cabeça e as mãos enfiadas no bolso. Sua respiração virava fumaça à sua frente, e ela batia os pés, mas só teve de esperar por apenas alguns minutos antes de vê-lo descendo a rua. Mesmo sem a farda, ele ainda mantinha um porte admirável, alto e magro, com um sobretudo comprido e um chapéu Homburg de feltro marrom. Um cachecol de tricô, que alguém havia feito especialmente para ele, estava enrolado em torno de seu pescoço e queixo, e esse detalhe, por algum motivo, era muito comovente. De longe era possível ver as lentes de seus óculos refletindo a luz dos postes, e, como sempre, ele só percebeu que ela já estava ali quando se aproximou, abrindo um sorriso que exibia um diastema. Ah, o alívio de ver seu sorriso — ela tivera certeza de que ele nunca mais ia querer contato depois de ter confessado ter permitido a entrada de Dulcie na mansão Asthall, mesmo conhecendo sua história.

— Você parece um ônibus — disse ele. — Nunca te vejo, e, do nada, você aparece duas vezes seguidas.

— Muito engraçado — respondeu ela. — Vamos dar uma volta no quarteirão? Está frio demais para ficarmos parados, mas também não tenho tempo para um café.

Os dois seguiram pelas calçadas londrinas, as ardósias cinza limpas ao longo das casas altas com pilares cor de creme que ladeavam a rua. Virando a esquina ficava o Museu de História Natural, o edifício preferido de Louisa em sua cidade natal, com os tijolos vermelhos, azuis e brancos e as gárgulas sorrindo para os transeuntes. Quando era pequena, sua alegria de todo ano era uma visita para ver os dinossauros, apesar de ela preferir as vastas vitrines com conchas, cheias de cores delicadas, que sua mãe dizia abrigarem o som do mar.

Eles andaram em silêncio por um ou dois minutos, e, vendo que Louisa não sabia por onde começar, Guy falou primeiro:

— Não vou fingir que não fiquei chocado com o que você me contou da última vez — disse ele. — Para ser sincero, não sei bem o que estou fazendo aqui, tirando que, quando você me pede alguma coisa, não consigo recusar. — Ele abriu um sorriso triste.

— Obrigada. Sei que deve ser difícil. Mas você precisa acreditar que dos males foi o menor. Realmente acreditei que a vida dela estaria em perigo se eu não a ajudasse.

— Eu sei disso — disse Guy. — Na verdade, refleti sobre o assunto, mas não consegui chegar a nenhuma conclusão... E comecei a me perguntar se a ideia talvez não fosse empurrar a própria Dulcie do campanário.

— Isso não explicaria o que Sr. Curtis estava fazendo lá.

— Pode só ter sido uma coincidência infeliz.

— Não acho que é o caso. — Louisa balançou a cabeça. — Enfim, tem mais uma coisa. O porquê de eu precisar conversar com você. É só um palpite, mas talvez você possa fazer algo em relação a isso, então precisava lhe contar.

Ela falou sobre as visitas à costureira, a descoberta do menino e a identidade de sua mãe, além das suas suspeitas de que talvez Adrian Curtis fosse o pai.

Quando terminou de contar tudo, os dois haviam chegado à Cromwell Road, seguindo na direção de Knightsbridge, depois do museu Victoria and Albert. Guy estava calado, perdido em pensamentos.

— É melhor voltarmos — disse ela e puxou o cotovelo dele. Depois de alguns instantes, não conseguiu mais se segurar. — Mas então? O que você acha?

— É muita informação, mas a maioria é só especulação — disse Guy. — Você acha que Dulcie admitiria que tem um filho?

— Não sei. Ela não me contou sobre ele, mas a Sra. Brewster me disse o nome dela, então isso deve contar.

— Se o menino for mesmo filho dela, sem dúvida ela não arriscaria assassinar alguém e ser presa, não é?

— É o que eu acho — disse Louisa. — Ela em nenhum momento abandonou o menino, e fez questão de que alguém cuidasse dele. Mas a família dela não deve saber que ele existe, porque não tem ninguém pagando a Sra. Brewster.

— Se Adrian Curtis era o pai, será que ele sabia?

— Acredito que sim. — Louisa estava empolgada agora, quase andando de lado para olhar para Guy enquanto conversavam, o rosto dele iluminado pelo brilho amarelo dos postes de rua. — Se aconteceu enquanto Dulcie trabalhava lá como criada, ele deve ter sido cúmplice dela nessa história da gravidez. Seria impossível esconder a condição dela.

— É verdade — disse Guy. — Mas ele não se compadeceu o suficiente para pedi-la em casamento.

— Não — respondeu Louisa —, mas ele não seria o primeiro a fazer isso.

— Você está dizendo que acredita na inocência dela? — perguntou Guy. — E o receptador que você acha que iria encontrá-la naquela noite?

— Não temos certeza disso. E descobri outras coisas que me fazem questionar essa teoria.

— Que coisas?

— Naquela noite, havia outra pessoa lá com uma conexão com as Ladras além de Dulcie. Lorde de Clifford estava na festa. Na verdade, segundo Nancy, a caça ao tesouro foi ideia dele, e sua noiva...

— É Dolly Meyrick, que administra a 43, frequentada pelas Ladras — concluiu Guy.

— Também ouvi lorde de Clifford e Clara tendo uma conversa estranha. Ele pediu que ela não revelasse onde realmente estava naquela noite, e ela prometeu não "dar com a língua nos dentes".

— Não é nada concreto, mas concordo que parece estranho. Bom, neste caso, Dulcie precisa provar sua inocência.

— Como ela vai fazer isso? — Louisa estava disposta a tentar de tudo. Se Dulcie fosse inocente, ela também seria.

— Se conseguirmos provar que Adrian Curtis e Dulcie tinham uma relação amigável, talvez ajude.

— E como ela vai conseguir provar isso?

— Por cartas ou algum presente que tenha sido trocado entre os dois. Não sei. — De repente, Guy parecia aborrecido. — É muito frustrante, porque, às vezes, duas pessoas gostam muito uma da outra, mas não há nada que prove isso. — Ele havia levantado a voz sem intenção, então se virou para o lado oposto de repente, fingindo analisar uma porta.

Louisa tocou sua manga, e ele se virou de novo, os dois trocaram um olhar de pesar.

— Vou visitá-la — disse ela. — Dulcie terá as provas necessárias para mostrar que não é culpada.

— Mas ela ainda não apresentou nada — disse Guy. — Será que prefere mesmo levar a culpa a admitir que uma das Ladras é culpada?

— Parece que sim — respondeu Louisa. — Mas não é o que eu prefiro, e vou fazer de tudo para salvá-la. Podia ter sido eu, Guy.

— Como assim? — Ele estava confuso.

— Se eu não tivesse sido salva por você e pelos Mitford, teria acabado igual a ela. Estaria no mundo do crime porque não havia outra opção. — Ela não admitiria o quão perto ficou de voltar para essa vida, mas no fundo sabia a verdade. — Solucionar essa questão é algo que devo a todo mundo.

CAPÍTULO QUARENTA

Quando Louisa voltou para o apartamento, o jantar ainda não havia sido recolhido da mesa. Rápido, ela foi para o seu quarto — que não passava de um depósito com uma cama dobrável montada —, tirou o chapéu e o casaco e foi para a cozinha. Se tivesse sorte, a cozinheira lhe daria algo para comer. Gracie, a criada que vinha trabalhar diariamente, era muito mais velha, e as duas não tinham conversado nada além de amenidades. Normalmente, Louisa ficaria feliz em ter uma companhia, mas ficou satisfeita por não ter de jogar conversa fora com ninguém. No forno, ela encontrou um prato requentado com algumas fatias de presunto defumado, cenouras e batatas cozidas. Melhor do que nada.

Ela havia comido apenas duas garfadas quando Nancy apareceu.

— Aí está você!

— Desculpe — disse Louisa, tentando engolir o presunto. — Você estava me procurando?

— Sim, mas não tem muito tempo — respondeu Nancy, puxando uma cadeira. — Não precisa parar de comer.

Louisa fincou alguns pedaços macios de cenoura no garfo, mas estava constrangida.

— Pam me contou sobre a criança na Sra. Brewster.

Louisa quase se engasgou e tomou um gole de água.

— O quê?

Nancy riu.

— Nem adianta olhar para mim desse jeito, você pode contar comigo. Afinal, acha mesmo que o filho é de Adrian?

— Não sei. Eles são parecidos, mas não posso dizer com certeza.

— Quem pode? Você vai perguntar para Dulcie?

— Já cogitei isso. Mas não sei se adiantaria de alguma coisa, fora o fato de que tenho certeza da inocência dela, e que talvez isso possa provar que ela não tinha nenhuma intenção de assassinar o pai do seu filho.

— Foi o que eu pensei — disse Nancy. Ela, que usava uma blusa de seda, saia e sobretudo preto, parecia alegre e muito mais adulta do que Louisa se sentia. — Então, quero ir à prisão com você.

Ainda bem que Louisa já havia engolido a comida, senão teria engasgado de novo.

— Não sei se isso é uma boa ideia.

— Qual é o problema? A mulher pode vir também. Seria bom para ela. Vai ser uma chance de adquirir mais experiência de vida.

— Lorde e lady Redesdale teriam um piripaque.

— Eles não precisam saber. Vamos de manhã, antes de pegarmos o trem de volta para Asthall.

— Não sei se vai ser possível. É preciso pedir permissão antes da visita.

— Você já a visitou antes?

— Sim — respondeu Louisa, sem saber aonde ela queria chegar, mas sentindo que não ia gostar quando descobrisse.

— Então seu nome está na lista dos visitantes aprovados, e, quanto a mim...

— O quê?

— É só bajular um guarda da prisão. Você vai ver.

Na manhã seguinte, depois de passar a noite em claro, Louisa e as duas irmãs saíram do apartamento dizendo a Iris Mitford que iriam à loja

Army and Navy para fazer compras de última hora para o Natal. Ela ficou surpresa com a quantidade de presentes que haviam comprado naquele ano, mas não as impediu de sair. Assim como na primeira vez, Louisa foi andando até a estação South Kensington e pegou a linha Piccadilly até a estação Holloway Road. Com quatorze paradas, a jornada pareceu longa, e Pamela não ajudou nem um pouco, mantendo a cabeça enfiada no romance do momento, *Mrs. Dalloway*, de Virginia Woolf, mesmo que raramente virasse uma página. Nancy ficou tagarelando, mas Louisa não tinha estômago para bater papo naquela manhã. Ela só conseguia pensar na possibilidade de recusarem a entrada delas nos portões. Se fosse o caso, tudo teria sido em vão, e ainda haveria o risco de uma das duas deixar algo escapulir para os pais, o que causaria sua demissão na mesma hora. Famílias aristocráticas com certeza não aprovavam que suas filhas visitassem presidiárias.

Quando finalmente começaram a andar rumo à prisão, Louisa notou que as irmãs sentiam a mesma pontada de medo e surpresa que ela sentira quando havia encarado pela primeira vez a construção imponente.

Pamela puxou Nancy.

— Koko, acho que não devíamos fazer isso.

Mas fazer esse tipo de comentário era o mesmo que desafiar Nancy: só servia para deixá-la mais determinada e lhe dava outra desculpa para desmerecer a irmã.

— Não seja tão covarde. Precisamos descobrir a verdade sobre o que aconteceu, e ninguém além de nós pode fazer isso.

Nos portões, as três esperaram na longa fila de visitantes. Com seus olhos verdes, Nancy observou cada pessoa, mas Pamela parecia assustada e manteve a cabeça inclinada para o chão, evitando as pessoas ao redor e a própria prisão em si. Quando chegaram à recepção dos visitantes no interior, Louisa deu seu nome e o de Dulcie, e foi aprovada com um aceno de cabeça. O guarda olhou para Nancy e Pamela, que se encolheu como se estivesse tentando sumir dentro do casaco. Ele empinou o queixo.

— Elas estão com a senhorita?

— Sim — respondeu Louisa. — As Srtas. Nancy e Pamela Mitford. Ele consultou a lista.

— Os nomes não estão aqui. Elas não podem entrar.

Pamela pareceu aliviada e se virou para sair, mas Nancy a puxou de volta.

— Poxa, senhor policial — disse ela. — O tio Winston vai ficar decepcionado.

O guarda parou de escrever.

— Quê?

— Sabe... Winston Churchill, o atual ministro das Finanças? — disse Nancy, o rosto transparecendo inocência. — Ele é nosso querido tio e nos pediu que viéssemos aqui para avaliar as condições da prisão. Faz parte do trabalho de um ministro do Gabinete do Reino Unido, sabe? Realmente saber como as coisas funcionam, começando pelas pessoas comuns.

O nariz do guarda se contorceu.

— Ele é seu tio, é?

— Sim — disse Nancy, parecendo quase a rainha Maria com seu esnobismo aristocrático. — Nosso tio muito querido.

Ele olhou de um lado para o outro.

— Imagino que não tenha problema desta vez. — Ele anotou os nomes delas no caderno de visitas. — Espero que a senhorita fale bem de mim, hein?

— É claro que sim, senhor...?

— Marsh — respondeu ele. — Sr. Marsh. Faz trinta e oito anos que trabalho aqui, vou me aposentar já, já.

— Parabéns, Sr. Marsh — disse Nancy, seu sorriso tão luminoso quanto faróis de carros. — Nós vamos por aqui?

As três seguiram para a sala dos visitantes, Nancy cutucando Louisa com o cotovelo.

— Não falei?

— Não aprovo — respondeu Louisa. — Winston Churchill não é seu tio.

— Ele é casado com uma prima. É quase a mesma coisa — disse Nancy. — O que importa é que nós entramos.

Pamela parecia ter relaxado um pouco agora que haviam passado pelo guarda.

— É horrível aqui — sussurrou ela para o nada. — Que cheiro horrível de repolho cozido.

— Isto aqui por acaso tem cara de hotel? — rebateu Nancy em um tom de autoridade, e Pamela ficou quieta.

Louisa estava mais preocupada com a reação de Dulcie no momento em que visse todas elas do outro lado da grade, levando em conta que não fora avisada da visita. As três se sentaram em cadeiras de madeira que foram posicionadas uma ao lado da outra, e Louisa percebeu o medo na expressão de Dulcie ao vê-las, mas, mesmo assim, ela não se virou para ir embora.

— O que aconteceu? — perguntou Dulcie depois de se sentar. Ela estava ainda mais magra e pálida, como uma criatura noturna que nunca via a luz do sol. Algo em seus olhos a fazia parecer bem mais velha do que o trio de jovens que estava à sua frente.

— Elas querem ajudar, Dulcie — disse Louisa no tom mais carinhoso possível, apesar de Dulcie estar imóvel e gélida. — Preciso perguntar uma coisa, e, por favor, não fique abalada.

Para surpresa de Louisa, Pamela interferiu.

— Precisamos resolver isso logo, e não temos muito tempo aqui. Srta. Long, nós fomos à casa da Sra. Brewster.

O nervosismo ficou nítido no rosto de Dulcie.

— Quando estávamos lá, Louisa conheceu um garotinho. A Sra. Brewster falou que ele é seu filho. É verdade?

— Sim — disse Dulcie, pega desprevenida demais para negar. O fato de seu segredo ter sido revelado a fez se debulhar em lágrimas. — Como ele está? Estou com tanta saudade. Faz tanto tempo que não o vejo.

Louisa falou agora:

— Seu filho está bem. Levei algumas roupas de presente. Ele parece estar muito feliz com a Sra. Brewster.

— Mas não tenho mandado nenhum dinheiro. Não consigo. Estou com medo de perdê-lo, de ela querer se livrar dele.

— Ela mencionou o dinheiro — disse Louisa, já que não fazia sentido mentir. — Alguém da sua família pode ajudar?

— Não — respondeu Dulcie. — Não tenho coragem de contar para ninguém. Se as Lad... — Ela se interrompeu na hora. — Ninguém pode saber onde ele está — disse ela, olhando nos olhos de Louisa. — É sério.

— E a família Curtis? — perguntou Pamela.

Dulcie se virou para ela, agora com os olhos vermelhos.

— O que tem eles?

Pamela perguntou em um tom equilibrado:

— Quem é o pai do menino?

Dulcie olhou para Louisa, que lhe deu um sorriso tranquilizador.

— Adrian Curtis — disse Dulcie por fim e soltou um suspiro trêmulo. — Ele sabia sobre Daniel. Esse é o nome do meu menino. Ele até o encontrou algumas vezes, mas não podia se envolver. Não de verdade. A família o deserdaria e o deixaria sem dinheiro. — As últimas palavras foram ditas em um tom amargurado.

— A questão é que — disse Nancy, tomando as rédeas da situação —, se você conseguir provar que Adrian era pai do seu filho, o júri pode se sentir menos propenso a acreditar no seu envolvimento no assassinato. Pelo menos tem uma chance de você ser poupada da sentença de morte.

A palavra pairou entre elas, pesada.

— Eu não posso fazer isso — respondeu Dulcie, ainda nervosa, porém mais calma agora. Ela tinha, afinal, muitas horas solitárias em sua cela para pensar sobre aquilo e se resignar com o destino. — É a minha palavra contra a deles, e quem acreditaria em mim? Ainda mais agora.

Ela respirou fundo, e dava para ver que tentava se controlar. Por alguns minutos elas ficaram sentadas ali, em silêncio, antes de um sino tocar e as cadeiras começarem a ser arrastadas. Os trinta minutos haviam acabado.

— Precisamos ir — disse Louisa. — Sinto muito, Dulcie.

— Visite meu menino, está bem? Diga a ele que sua mãe o ama e dê um beijo nele por mim. — Sua voz falhou.

— Vou fazer isso — disse Louisa, agora convencida de que Dulcie não podia ser a assassina e mais determinada do que nunca a descobrir a verdade.

Se não tinha sido Dulcie, então quem? As Ladras? Um dos convidados da festa? Afinal, eles estavam lá naquela noite, e qualquer um poderia ter cometido o crime.

CAPÍTULO QUARENTA E UM

O retorno para o apartamento de Iris foi silencioso, enquanto Louisa, Pamela e Nancy digeriam tudo o que tinham visto e ouvido. Louisa sabia que tinha chacoalhado os mundinhos delas e, apesar de se sentir um pouco culpada, havia uma parte de si que também estava feliz. Talvez ela começasse a parecer menos estranha aos olhos das irmãs e passasse a ser apenas alguém que nascera em circunstâncias diferentes. Ela não queria compaixão nem pena nem mudar quem era, só desejava ser compreendida.

Pamela foi ágil quando chegaram ao apartamento, pela primeira vez tomando as rédeas da situação em vez de Nancy, dizendo que precisavam correr para voltar para a mansão. De todas, ela foi a que ficou mais abalada com a visita ao presídio e estava ansiosa para o retorno à "vida normal" em Asthall.

— O que é normal, afinal? — perguntou Nancy, ríspida.

— Não sei — suspirou Pamela —, mas só vou me sentir bem novamente quando me sentar em uma sela.

Enquanto Louisa arrumava as malas e as meninas discutiam, a tia apareceu.

— Olá, meninas — disse ela, simpática. — Decidi voltar a Asthall com vocês hoje à tarde. Já telefonei para a mãe de vocês avisando. Londres às vésperas do Natal é simplesmente demais para mim. Prefiro ficar deitada no sofá, comendo o bolo da Sra. Stobie.

Louisa ficou atenta a essa informação. Se Iris acompanhasse Pamela e Nancy no trem, ela poderia ficar para trás. A Sra. Windsor e lady Redesdale não ficariam nada felizes, muito menos a babá Blor, mas isso não parecia tão importante quanto ajudar Dulcie.

Quando a tia saiu do quarto, Louisa contou seu plano para as irmãs. Nancy apenas levantou uma sobrancelha, sem fazer comentários, enquanto Pamela declarou que aquilo fazia com que ela desejasse ainda mais que pudessem pegar o próximo trem para casa.

Depois de se despedir das três, Louisa deixou um bilhete para a Sra. Windsor no bolso de Nancy — Iris, que no momento ficara confusa, também havia sido avisada de que Louisa precisaria lidar com uma emergência familiar —, uma onda de liberdade empolgante tomou conta de seu corpo. Ela decidiu pegar um ônibus para Piccadilly e torceu para Guy estar na delegacia de Vine Street antes de ela dar seu próximo passo. Seu plano era visitar a Sra. Brewster sozinha, para tentar descobrir se havia alguma coisa nos pertences do menino que provasse uma conexão com Adrian Curtis, e talvez ajudar a costureira a encontrar uma alternativa para o abrigo.

Na delegacia, avisaram Guy sobre sua presença, e ele veio até a recepção, onde ela esperava sentada em um dos bancos de madeira, torcendo para não parecer uma criminosa.

— Louisa — disse ele, feliz por vê-la, mas também preocupado. — Está tudo bem? Aconteceu alguma coisa?

Ela não sabia por onde começar.

— Você tem cinco minutos?

Guy concordou com a cabeça.

— Sim, claro. Conte o que aconteceu.

— Dulcie admitiu que teve um filho com Adrian Curtis.

— Ela pode provar?

— É óbvio que não. Ninguém pode. — Louisa estava nervosa. — Mas tudo está a favor dela, não acha? Nossas opções estão acabando. Já é quase Natal, e o julgamento está marcado para começar logo depois do Ano-Novo.

O silêncio de Guy não revelou se ele concordava ou discordava.

— Tenho certeza de que ela está protegendo alguém, mas não sei se é alguma das Ladras ou outra pessoa — continuou Louisa.

— Você sabe dizer por que ela está fazendo isso?

— Ela devia estar querendo conversar sobre o filho deles, talvez a ideia fosse fazer uma chantagem. Isso explicaria por que precisavam ficar a sós. Só que não faz nenhum sentido ele ter aceitado encontrá-la de novo no campanário depois da briga. Uma briga na qual ele bateu nela, lembra?

— Concordo — respondeu Guy. — Essa é a peça do quebra-cabeça que está faltando para mim.

O sargento Cluttock apareceu na recepção e lançou um olhar confuso para Guy, mas não interrompeu a conversa.

— Mesmo assim, se Dulcie tivesse planejado se encontrar com alguma das Ladras, por que o Sr. Curtis estaria lá também?

— Ainda não tenho uma resposta para isso — admitiu ela.

Os dois ficaram em silêncio por um instante.

— E se as Ladras soubessem sobre a criança? — perguntou Guy. — E se armaram o assassinato de Adrian Curtis como vingança?

— Vingança pelo quê?

— Por ter abandonado o filho, e por Dulcie.

— Não acho que as Ladras tenham tanto sangue-frio. Elas podem até roubar, mas não são assassinas. — Louisa sabia que estava correndo risco ao defendê-las como se fossem suas amigas, mas ela as tinha visto no bar. As mulheres eram um bando de delinquentes arruaceiras, sem dúvida, mas não pareciam assassinas sanguinárias.

— Se não elas, talvez os Elefantes.

— Talvez.

Ela não era capaz de firmar nenhuma teoria. De repente, tudo parecia muito vago e teórico, um jogo de palavras contra palavras. Mas ela estivera naquele presídio, tinha visto o rosto pálido de Dulcie. Essa era uma questão de vida ou morte, não uma partida de xadrez.

— Seja qual for a resposta, a Srta. Long está escondendo alguma coisa — disse Guy. Ele entendia a seriedade da situação, Louisa tinha certeza. — Talvez eu possa conversar com ela.

Essa ideia deixou Louisa nervosa. Não queria que Dulcie achasse que ela havia conversado com a polícia.

— Mas outras coisas também não se encaixam direito — disse ela, hesitante. — Em relação aos convidados da festa.

Guy a encarou, chocado, e então riu.

— Não vai me dizer que acha que foi um dos amigos de Nancy!

— Acho que não dá para excluir essa possibilidade. — Louisa estava envergonhada agora, e começou a puxar um fio solto de seu casaco. — Uma delas, Srta. Phoebe, admitiu para mim que fingiu ter torcido o tornozelo para ficar sozinha com o Sr. Atlas. Isso significa que ela mentiu sobre o álibi.

Guy esfregou os óculos e os empurrou para o topo do nariz.

— Realmente, é uma confissão preocupante. Mas ela estava com o Sr. Atlas no momento do assassinato, não estava? Então não faz tanta diferença.

— E, em outra ocasião, vi uma faca na bolsa de Srta. Clara.

Guy piscou.

— Eles vivem em outro mundo, não é? Ela contou por que estava com a faca?

— Ela deu a entender que alguém, talvez Sebastian Atlas, tentou obrigá-la a fazer alguma coisa, mas, quando nós vimos a faca, ela disse que não tentariam de novo.

— Nós?

— Eu e Pamela estávamos no momento.

Guy concordou com a cabeça.

— E qual deles é o Sebastian Atlas?

— Ele é o alto, magro, com cabelo bem louro. Não gosto muito dele, mas não sei exatamente por quê. O comportamento dele também é bem esquisito. No dia do teatro, eu estava esperando na entrada quando o vi sair escondido enquanto todo mundo estava lá dentro. Ele conversou rápido com um homem na rua, parecia estar comprando alguma coisa.

— É fácil imaginar o que ele estava comprando. — Guy se levantou. — Desculpe, mas preciso voltar para o trabalho. Posso acompanhá-la até a porta?

Louisa abriu um sorriso, grata.

— É claro.

Porém, enquanto andavam até a porta, Guy sussurrou:

— Eu não devia me meter nesse caso, não é da minha jurisdição, mas vou tentar encontrar os relatórios do inquérito e dar uma olhada em quem estava na festa e quais eram seus álibis. Concordo que, se Dulcie for inocente, precisamos provar isso. Se ela combinou de se encontrar com um homem no campanário naquela noite, precisamos descobrir quem era.

Conforme Louisa saía da delegacia, ela se perguntava o que era aquele sentimento, aquela empolgação, apesar do céu cinza e do vento forte. Então entendeu: havia alguém do seu lado. Era uma sensação boa.

CAPÍTULO QUARENTA E DOIS

Louisa entrou na rua da Sra. Brewster praticamente dando pulinhos de felicidade. Talvez o motivo fosse o fato de não haver nenhuma criança pequena andando ao seu lado, nenhuma tarefa ordenada pela Sra. Windsor, nenhum lugar em que precisava estar além de onde ela quisesse. Ela sabia que, no geral, seu trabalho como criada era fácil e cômodo, e sentia-se grata pelo dinheiro e pela estabilidade. O que fazia não era exaustivo nem envolvia muita sujeira, e todos a tratavam bem, mesmo que de forma brusca de vez em quando. Porém, em Londres, era fácil perceber as moças que trabalhavam para se sustentar em empregos modernos e empolgantes, antes de voltar para seus próprios apartamentos para trocar de roupa e sair para dançar, ou irem jantar com alguém. Talvez essa nunca fosse ser sua realidade, mas pelo menos havia sentido um gostinho dela. Outra coisa a motivava agora — não o medo, algo que a moveu por tanto tempo, mas ambição. Essa era uma palavra grandiosa e corajosa demais para uma pessoa como ela, mas, sim!, Ambição era o que sentia.

Ela empurrou a porta — que nunca parecia estar trancada — e subiu praticamente correndo as escadas até o apartamento, tocando a campainha da Sra. Brewster três vezes, rápido. A Sra. Brewster abriu a porta e a encarou com surpresa.

— Olá — disse Louisa —, posso entrar?

— *Sì, sì.* Entre, mas não repara na bagunça, não estava esperando visita...

Ela foi parando de falar e apontou para a sala de costura, que não estava bagunçada — os tecidos permaneciam empilhados em seus devidos lugares —, mas era nítido que ela estava ocupada. Havia metade de um vestido em uma máquina, e pedaços aleatórios de pano e linha no chão. Daniel se divertia brincando sentado no chão com um conjunto de blocos, empilhando-os bem alto até que caíssem. Quando Louisa enfiou a cabeça no cômodo, ele se virou e, ao vê-la, sorriu e acenou.

— Fui visitar a mãe dele — disse Louisa.

A Sra. Brewster não expressou nenhuma reação, mas pegou Daniel do chão.

— Venha — disse ela. — Vamos tomar um chá.

Louisa seguiu os dois até a cozinha, onde a Sra. Brewster colocou uma chaleira no fogo e deu um pedaço de pão para Daniel comer. Quando a costureira abriu o armário para pegar a lata de chá, Louisa notou que não havia quase nada lá dentro. Por algum motivo, não fazia sentido ela ter tantas encomendas de clientes abastadas, como Srta. Charlotte, e não ter nenhum dinheiro. Ela havia mencionado as dívidas de jogo do Sr. Brewster, talvez estivesse tendo de lidar com essa situação desagradável. Louisa sabia que nada era tão exaustivo quanto ser pobre. Nesse momento, ela se sentiu culpada pelo dinheiro que gastara com o corte de cabelo, quando podia ter dado um pouco para a Sra. Brewster.

Louisa pegou Daniel e o colocou sentado em seu colo, depois fez carinho nos cabelos macios do menino. Ela lhe deu um beijo na testa e sorriu para ele.

— Foi sua mãe que mandou — disse ela, mas o menino não respondeu, completamente focado no pão que segurava com as mãos.

A mulher mexeu a água quente na chaleira antes de esvaziá-la e tirar as folhas cuidadosamente com uma colher, e então disse, soluçando:

— Não quero abrir mão do *bambino*, mas... — Lágrimas genuínas surgiram em seus olhos, e ela as secou rápido.

— Eu sei — respondeu Louisa. O que mais ela poderia dizer? As mãos dela estavam atadas.

De repente, a campainha soou, seguido por três batidas fortes à porta. A Sra. Brewster deu um pulo e quase derrubou as xícaras e o pires que levava para a mesa.

— Fique aqui — alertou ela e saiu rápido.

Louisa ficou segurando Daniel, mas ele choramingava e, quando a Sra. Brewster saiu do cômodo, começou a se debater para sair do colo dela.

— Fique comigo... — dizia Louisa, quando ouviu vozes irritadas no corredor.

A Sra. Brewster respondia em uma mistura rápida e aguda de italiano e inglês, mais agitada do que o normal, insistindo em que não tinha dinheiro para pagar.

As outras vozes eram masculinas, todas com sotaques fortes do sul de Londres e uma rispidez que atravessava a porta. Louisa não sabia ao certo quantos eram — dois, três? Daniel havia largado o pão, e seu lábio inferior tremia, seu choramingo ficando mais alto.

— Shhh — disse Louisa, mas ele começou a puxar a maçaneta.

Ela estava tentando ouvir o que acontecia lá fora, mas as vozes estavam abafadas agora. Deviam ter entrado na sala de costura, apesar de a tagarelice incessante da Sra. Brewster só poder indicar a vontade de que fossem embora.

Por meio minuto, Louisa se distraiu, e então se deu conta de que Daniel já tinha passado pela porta, chorando alto. Ela ficou paralisada, sem saber se deveria tentar agarrá-lo, mas era tarde demais.

— Quem é esse aqui? — ouviu ela pela porta, aberta apenas alguns centímetros, mas o suficiente para tornar as vozes mais audíveis.

— É só uma criança — disse a Sra. Brewster, deixando transparecer seu pânico.

— Mas não é sua, é? A menos que a medicina tenha começado a fazer milagres — zombou um dos homens.

Com certeza havia um segundo homem mais jovem.

— Começou a cuidar de bebês, é?

Daniel havia parado de chorar agora. Ou a Sra. Brewster o tinha pegado no colo, ou foi silenciado pelo clima de tensão na sala. Na ala das crianças, Louisa havia aprendido que os pequenos eram sensíveis ao humor dos adultos, mesmo que não entendessem o estava acontecendo.

— Ora — disse o primeiro homem. — Você está ganhando dinheiro para ficar com esse daí?

A Sra. Brewster não respondeu, ou pelo menos Louisa não conseguiu ouvir.

— Ele pode servir de alguma coisa para a gente — disse o segundo. — Que tal fazermos o seguinte, se da próxima vez que a gente vier você ainda não tiver o dinheiro que está devendo, vamos levá-lo. Um garotinho bonito assim tem muita serventia. É justo, não acha?

Mais uma vez, não houve uma resposta audível. Instantes depois, a porta bateu, e só então Louisa saiu para o corredor. Ela entrou na sala de costura e encontrou a Sra. Brewster agarrada a Daniel, que havia parado de chorar, mas não parecia mais a criança feliz que era quando ela chegara, meia hora antes. Sobre a mesa, ao lado da máquina de costura, havia um grande pacote embalado em papel pardo.

— Eles vão voltar — disse a Sra. Brewster, as olheiras escuras sob seus olhos ainda mais destacadas.

— Quem eram eles?

Os ombros da costureira tombaram para a frente, e ela baixou a cabeça, evitando o olhar de Louisa.

— Os Elefantes. Geralmente é outro homem que vem e me entrega os materiais, mas estou devendo dinheiro a eles. São homens terríveis, e fico com medo.

— A senhora está dizendo que os tecidos que usa são fornecidos por esses homens? — Louisa sabia o que estava perguntando: ela trabalhava conscientemente com produtos roubados?

A Sra. Brewster mal tinha coragem de admitir aquilo, mas o fez. Ela olhou para cima agora, suplicante.

— Eu não tinha outra opção, não posso bancar os tecidos das lojas. A mãe de Daniel me apresentou a eles. E os produtos são bons, sabe? O que vou fazer? Preciso pagá-los.

— Vamos pensar em algo — disse Louisa. — Prometo.

A verdade é que ela sabia que não tinha o direito de fazer uma promessa dessas, mas também não poderia abandonar o menino, não quando ele estava sendo ameaçado por esses homens. Daniel, afinal, não tinha feito nada para merecer aquilo, apenas nascido em uma situação desafortunada. Ela sabia como era. O mais importante seria tirá-lo dali, mas para onde poderia levá-lo?

CAPÍTULO QUARENTA E TRÊS

Tirar Daniel da Sra. Brewster não tinha sido exatamente difícil, mas a mulher ficara desolada no momento da despedida. A costureira havia deixado com Louisa uma bolsa de pano surrada com os pertences de Daniel — algumas roupas e brinquedos —, que também incluíam uma foto de Dulcie, não emoldurada, mas prensada entre dois quadrados de papel-cartão, presos com uma fita. Não havia nada de Adrian Curtis.

A expressão da Sra. Brewster era de tristeza quando ela foi em direção ao cômodo em que Daniel esperava.

— Vou sentir saudade dele.

— Eu sei — disse Louisa. — Tenho certeza de que Dulcie entrará em contato para agradecer por tudo o que a senhora fez. Foi muita bondade sua cuidar tão bem dele.

A Sra. Brewster não respondeu. Daniel brincava com seus blocos, sem prestar atenção à conversa que acontecia acima dele. Mesmo quando Louisa se abaixou ao seu lado e tocou seu braço, ele continuou focado na tarefa, cuidadosamente equilibrando um retângulo vermelho de madeira sobre um amarelo. A Sra. Brewster avisou:

— *Bambino*, obedeça à moça.

Só então ele se virou para Louisa, e ela se viu refletida nas piscinas que eram seus olhos azul-claros.

— Daniel, vou levar você para a sua família. Eles vão cuidar de você agora.

O menino não disse nada, apenas se virou para pegar outro bloco.

— Venha. Vamos comprar um bolo para o lanche. Você gosta de bolo de chocolate, Daniel? — Louisa sentiu sua voz vacilar. Ela não sabia o que faria se Daniel não quisesse ir com ela. No fim, acabou pegando o menino com firmeza, segurando-o sob os braços e então prendendo as pernas dele em torno de sua cintura. Ele se remexeu e agitou os braços, a mão espalmada abrindo e fechando, os olhos semicerrados. Um gemido escapou dos seus lábios trêmulos. — Dê um bloco a ele, por favor — disse ela, e a Sra. Brewster entregou o bloco vermelho, que Daniel agarrou com ambas as mãos, encaixando a cabeça no pescoço de Louisa, segurando o precioso pedaço de madeira contra o peito como se nunca mais fosse soltá-lo.

Na rua, caiu a ficha da dimensão do que ela acabara de fazer. Agora era responsável por um menino de três anos que dependia totalmente de seus cuidados, e, se o que planejou desse errado, não existia um plano B. A única coisa que importava era salvar a vida de Dulcie, e o menino precisava ser a chave para isso.

Já estava ficando tarde, então Louisa comprou um pãozinho para Daniel em um café da região — não era o suficiente para ser considerado um jantar, mas ele comeu com alegria enquanto Louisa o colocava no chão de uma cabine telefônica. O sobrenome de Dulcie era "Long", pelo menos ela sabia disso, e, se fazia parte das Quarenta Ladras, sua família devia morar em Lambeth, perto do Elephant and Castle. Louisa analisou a lista telefônica e logo achou três endereços de Longs na região certa. Ela os anotou e ligou para a delegacia de Vine Street. Deixou um recado para Guy, pedindo que a encontrasse, junto com Mary Moon, na estação Lambeth às onze horas daquela noite. Com sorte, isso lhe daria tempo suficiente.

Por ter tido um dia longo, e pensando no quão cansado e pesado estava Daniel, Louisa resolveu pegar um táxi de Earl's Court para Lambeth. Tudo isso custaria o dinheiro que era destinado à sua mãe, mas decidiu que não pensaria nisso agora. Resolveria a questão em outro momento.

A viagem ao sul do rio — que precisara convencer o motorista a fazer, lhe pagando metade da tarifa estimada adiantado, depois de ele reclamar sobre ter de atravessar a ponte ("Não vou receber nada para voltar") — levou quase uma hora. Ela foi afundada no banco, com Daniel dormindo ao seu lado, e, pela janela, observava as luzes alinhadas com perfeição à margem do rio. Do outro lado da ponte, a noite parecia mais escura. O táxi passava por ruas estreitas, sem quase nenhum carro à vista. Durante o trajeto, tiveram de parar duas vezes e pedir informações.

Antes de descer do carro para bater à primeira porta, Louisa pediu que o motorista a esperasse, deixando Daniel no carro. A mulher que atendeu disse que a família Long havia se mudado há muitos meses, e ela não sabia dizer para onde haviam ido. No segundo endereço, ninguém atendeu, e a casa parecia vazia. Louisa sentiu o nervosismo tomando conta de seu corpo, e agora o medo do que aconteceria se não encontrasse a irmã de Dulcie começava a atormentá-la.

A terceira casa, na Johanna Street, número 33, estava completamente apagada, exceto por uma luz na janela do andar de cima, meias-luas amarelas atravessavam o topo das cortinas fechadas. O motorista estava com pena dela agora e havia desligado o taxímetro. Ele ficou esperando junto ao meio-fio, com o motor ligado e Daniel esparramado no banco traseiro, um leve ronco fazia seus lábios estremecerem. Louisa bateu à porta, tremendo no degrau, e ficou parada ali por tempo suficiente para observar um homem andar pela rua de uma ponta a outra. Ela bateu de novo, e então ouviu alguém descendo a escada antes de, finalmente, ouvir o som de fechaduras sendo abertas.

A porta foi escancarada por um homem baixo de pijama de flanela, que a babá Blor ficaria se coçando para lavar e passar.

— O que foi? — disse ele. Seu tom não era nada amigável.

— Sou amiga de Dulcie — disse Louisa.

Ao ouvir isso, o homem enfiou a cabeça para fora.

— Quem está com você?

— Ninguém.

— O que o táxi está fazendo ali então? — Ele parecia mais nervoso do que agressivo, e Louisa notou que a barba por fazer em seu queixo era quase toda grisalha.

— Ele está esperando por mim. Por favor, não há motivo para ter medo. Estou tentando encontrar a irmã dela, Marie.

Isso assustou o homem.

— Não sei nada sobre Marie.

Ele bateu a porta com força e começou a trancar tudo.

É óbvio, ele devia estar pensando que ela era uma das Ladras, tentando encontrar Marie. Como ela era tonta! Louisa se inclinou para gritar pela caixa do correio:

— Não sou uma delas, juro.

Não houve resposta. Só havia uma opção então.

— Estou com Daniel. O filho de Dulcie. Por favor, você precisa me ajudar.

Era óbvio que o homem não havia saído de perto da porta. Em um instante, ele a abriu de novo.

— Você está com o filho da Dulcie?

— Sim — respondeu Louisa, com frio e com medo, sem ter certeza se tinha feito a coisa certa, mas incapaz de pensar em outra alternativa.

— Ele está no táxi.

— Jesus Cristo! Traga-o para dentro.

Pouco depois, Louisa estava na cozinha, o táxi havia sido dispensado, e Daniel dormia no sofá da sala de estar, coberto por uma manta. Marie havia acordado e se juntado à Louisa e ao homem que ela agora sabia ser o pai de Dulcie, William. Louisa não teve muito tempo — Guy estaria esperando na estação Lambeth, e ela tinha esperança de que ele não fosse embora até que ela chegasse —, mas conseguiu explicar para os dois como conhecia Dulcie, que acreditava na sua inocência e que tinha resgatado Daniel para que ele não fosse parar em um abrigo.

— Ela nunca falou sobre o paradeiro dele — disse o pai. — Seu medo era de que Alice e aquele pessoal o encontrassem e o usassem contra ela. Mas nós estávamos preocupados com o rapazinho.

Marie concordou com a cabeça.

— É melhor ele ficar com a gente mesmo — disse ela. — Somos a família dele.

— Vocês sabem quem era o pai?

Marie e William se entreolharam.

— Era aquele Sr. Curtis, certo? Não que ele se considerasse pai do menino. Lavou as mãos na primeira oportunidade.

— Escutem — disse Louisa. — Estou tentando provar que Dulcie não fez nada. Quer dizer, que não é uma assassina.

— Ela não matou ninguém — disse Marie. — Ela não faria isso. Sei que algumas de nós podem ser encrenqueiras, mas Dulcie não. Ela queria sair desde que eu entrei. A culpa é minha por ela nunca... — Ela engasgou com um soluço, e William esfregou as costas da filha.

— Acho que Dulcie sabe quem é o culpado, mas não pode contar para a polícia — sugeriu Louisa.

— Ela sabe? — Marie secou as lágrimas com as costas da mão.

— Creio que sim — disse Louisa. — Ela deve ter combinado de se encontrar com alguém naquela noite, um receptador das Ladras. Talvez a própria Dulcie tenha providenciado para que ele levasse os itens roubados. Acredito que esse homem, seja lá quem for, matou Adrian Curtis, e ela não quer contar para a polícia porque, se as Ladras descobrirem que ela o dedurou, a punição será pior do que qualquer sentença dada por um juiz.

— Se ela marcou com alguém dos Elefantes, acho possível — respondeu Marie, séria. — Mas o que eles teriam contra Adrian Curtis?

— Talvez soubessem que ele era o pai do filho de Dulcie? — perguntou Louisa. — Seria uma vingança por ela ter se envolvido com uma pessoa de fora da gangue? Ou talvez por ele não querer saber de Daniel?

Marie concordou com a cabeça.

— Pode ser. Essas fofocas correm soltas.

William levou as mãos à cabeça.

— O que estou tentando dizer, na verdade, é que eu poderia contar à polícia — disse Louisa. — Posso falar que o vi, e a informação viria de mim. Não de Dulcie.

O pai a encarou, seus olhos ficaram pretos de tanto que a pupila dilatou.

— Você faria isso por ela?

— As Ladras não vão me machucar, não podem — respondeu Louisa. — Elas não sabem quem eu sou.

— Mas vão descobrir! — disse Marie, alarmada, mas não conseguiu silenciar o pai, que falou ao mesmo tempo, em um tom alto e firme. Seria impossível Louisa não ouvir.

— Billy Masters — disse ele. — Esse é o nome do rapaz.

CAPÍTULO QUARENTA E QUATRO

Mais cedo naquele dia, Guy e Mary estavam na delegacia de Vine Street, travando uma batalha amigável.

— Por favor, Guy. Me leve à 43 de novo. — Mary Moon tinha as mãos unidas em oração, os olhos arregalados ao máximo, implorando.

Guy riu, mas sem entender a reação dela.

— Por que você quer tanto voltar lá?

Mary colocou as mãos nos bolsos do casaco e fez biquinho.

— Porque sim, e não posso ir sozinha.

— Não sei se aquele lugar é apropriado para moças respeitáveis.

— Talvez não seja, mas, se eu quiser me tornar uma policial minimamente competente, não posso deixar qualquer coisinha me afetar.

Guy pensou no assunto. Ele queria voltar à boate porque, se houvesse uma conexão entre lorde de Clifford, Dolly Meyrick e as Quarenta Ladras, a 43 seria o lugar mais provável de encontrá-la. Ir com uma acompanhante o ajudaria a se passar por um dos frequentadores do lugar. Por outro lado, seu medo era de encontrar outro policial lá. Guy tinha quase certeza de que George Goddard, que chefiava a Delegacia de Costumes, não tinha ido à 43 a trabalho, e, nesse caso, observar um policial superior em uma boate parecia indiscreto, quase como se o estivesse vigiando dentro da própria casa. Guy podia não achar certo que o homem estivesse bebendo ilegalmente e passasse a noite cercado por dançarinas, mas isso não era da sua conta. Harry pediu a Guy que não contasse nada a nenhum de seus colegas de trabalho, para evitar boatos de que ele havia falado com a polícia. Cada vez mais, Guy tinha certeza de que algo não estava certo, mas suspeitava ser o único que não estava disposto a fazer vista grossa.

— Tudo bem — disse ele, por fim. — Me encontre em frente à estátua do Eros às oito e meia, e iremos juntos.

— Obrigada, Guy! — Mary deu pulinhos e estava prestes a lhe dar um beijo de agradecimento, mas se controlou a tempo.

Então Mary também tinha algum plano, pensou Guy, apesar de nem imaginar qual era.

Na hora marcada, Guy esperava na Piccadilly Circus, apreciando as luzes brilhantes dos painéis publicitários e o burburinho animado das pessoas que circulavam ao redor. Ele se sentia elegante no terno caríssimo que comprara havia pouco tempo. Até seu irmão Bertie tinha comentado sobre o corte moderno e a boa qualidade da casimira cinza. Ele precisou se esquivar das inevitáveis perguntas sobre por que — e para quem — estava todo arrumado. Os irmãos de Guy costumavam sair para beber nos pubs de Hammersmith; boates no Soho não eram muito a praia deles. Por algum motivo, ele não havia mencionado Mary, talvez por não querer botar o carro na frente dos bois, ou por não saber ao certo como realmente se sentia sobre ela. E ainda tinha Louisa, que voltara a dominar seus pensamentos. Enfim, ele lembrou a si mesmo, determinado, que a saída de hoje era apenas uma questão de trabalho.

Perdido em pensamentos, ele não notou Mary parada à sua frente, acenando e rindo.

— Você é muito quatro-olhos — zombou ela.

Guy se esforçou ao máximo para não demonstrar surpresa, mas, apesar de já tê-la visto sem a farda quando procuravam as Ladras, e de já terem ido à 43 antes, estava claro que ela queria impressionar hoje. A policial havia feito um corte de cabelo chanel reto, perfeitamente curvado sob cada orelha, além de estar usando um chapéu cloche prateado com um véu vazado que cobria seu rosto até o queixo. O efeito, com seus lábios pintados de vermelho-escuro, era impressionante. Apesar de ela estar com o casaco abotoado, dava para ver a franja prateada da barra do vestido, e os sapatos de salto. Além disso, ela estava eufórica, e seu sorriso de colegial dissipou a confusão de Guy sobre seus sentimentos.

Os dois foram andando para a boate; ou melhor, Guy andou e Mary foi trotando, dando pulinhos de um jeito bem desconcertante e produzindo ruídos com os saltos. Ele havia se acostumado com os passos pesados de suas botas, das quais ela reclamava por serem feitas de couro duro, desconfortável. No trabalho, seu cabelo precisava estar preso em um coque firme, sem um fio fora do lugar, e o uso de maquiagem não era permitido. Apesar de os homens da delegacia fazerem comentários provocantes e as pessoas frequentemente a encararem na rua com sua saia comprida e capacete policial, Guy havia se acostumado com o visual prático dela durante os turnos deles. Agora ele estava sem palavras e se via dividido entre querer que ela tivesse uma noite divertida, o que nitidamente era a vontade dela, e manter o tom mais adequado para uma tarefa de trabalho.

Na entrada da boate, o espectro abrutalhado que os dois agora conheciam como "Albert Alemão" estava de guarda. Ele lançou um olhar desconfiado para Guy, mas abriu a porta. Lá dentro, Dolly Meyrick estava sentada à mesa, recebendo os dez xelins de entrada de cada cliente. Depois da confusão que a gangue havia causado, era melhor não arriscar. Ao ver Guy, ela abriu um sorriso largo.

— Que bom revê-lo — disse ela. — E o senhor trouxe sua namorada desta vez? — O comentário foi acompanhado de um olhar de esguelha para Mary.

Sem se dar conta do que fazia, Guy se afastou de Mary e começou a se explicar, mas então percebeu que ela parecia bastante ofendida.

— Só estamos de passagem — disse ele. — Meu amigo é da banda.

— Vou providenciar a melhor mesa para o senhor, sargento Sullivan — disse Dolly, uma mulher que, apesar de jovem, não tendo mais de vinte anos, devia ter herdado o carisma e a competência da mãe.

— Não precisa, eu... — começou Guy, mas Mary puxou seu braço, e ele ficou quieto.

Talvez não fosse uma boa ideia aceitar a hospitalidade da dona da boate. Será que estaria infringindo alguma lei? Ele só precisaria se certificar de não beber nada alcoólico. Nem dançar com nenhuma das dançarinas da boate. Na verdade, não devia nem olhar para elas. Ah, droga. Por que é que tinha aceitado vir hoje?

Dolly estalou os dedos, e uma mulher surgiu das sombras, usando um vestido de melindrosa e uma faixa com uma pena de avestruz preta ornamentada em torno da cabeça. Quando ela parou ao seu lado, Guy teve de se afastar para que a pena não fizesse cócegas no nariz.

— Venham comigo — disse ela depois de trocar uma palavra rápida com Dolly.

Sem outra escolha, Guy e Mary a seguiram e desceram a escada íngreme para o porão. O espaço não estava tão lotado quanto da última vez, apesar de muitas pessoas estarem dançando ao som da banda; Guy viu que Joe Katz cantava uma música lenta ao microfone. A melindrosa os guiou até uma mesa com duas cadeiras e logo depois sumiu de vista, como uma ave de rapina, pensou Guy, mal-humorado. Ele olhou ao redor, mas não encontrou Alice Diamond, apesar de ter de admitir que a mistura de pouca luz mais sua visão ruim fazia com que não tivesse certeza de nada. Mary havia deixado o casaco no andar de cima, mas continuava com o chapéu. Ao sentar-se de pernas cruzadas na cadeira, ela começou a balançar os pés e a mover a cabeça para todos os lados.

— O que você está procurando? — perguntou Guy.

Dois pontos cor-de-rosa surgiram nas bochechas de Mary.

— Eu só estava assistindo à banda — respondeu ela. — Sabe se o Harry veio hoje?

Ah, pensou Guy.

— Sim, deve ter vindo. Está lá atrás. — Ele resistiu à vontade de comentar que a baixa estatura de Harry fazia com que fosse difícil encontrá-lo.

Ele sabia que devia ser educado e tirar Mary para dançar, mas foi salvo pela chegada de um garçom com uma garrafa de champanhe e duas taças.

— Por conta da casa — disse ele, desaparecendo em seguida.

Mary olhou para Guy, a taça já a caminho da boca.

— Podemos beber, *por favor*?

— Ainda estamos no horário permitido — disse Guy. — Não cabe a mim lhe dar permissão. Mas eu estou de serviço, no caso. — Imediatamente, ele se arrependeu de ter dito isso. Por que precisava ser tão certinho em momentos assim?

Mary se sentiu censurada e baixou a taça. Ela piscou algumas vezes e ficou olhando para a frente.

De repente, a música parou e Joe anunciou um intervalo rápido. Os dançarinos saíram da pista, retornando para suas mesas ou subindo a escada até o bar no primeiro andar. Foi então que Guy notou um homem louro e o reconheceu como sendo um dos amigos de Nancy e Pamela Mitford. Ele estava sentado, mas, ao ver duas moças que saíam da pista indo ao seu encontro, levantou. Elas também pareciam familiares — a de cabelo escuro era irmã do homem que foi assassinado na mansão Asthall, Guy tinha certeza. Ela transmitia um ar reservado, o que fazia sentido, levando em consideração as circunstâncias. A outra era muito bonita, uma jovem pequena e loura, que estava com um vestido que lembrava as pétalas de rosa que caíam no fim do verão. Enquanto ele observava, Dolly Meyrick foi até a mesa e se sentou no colo de um homem que ele ainda não tinha visto, um rapaz de aparência mais jovem, que usava um terno elegante, bem cortado. Havia algo no clima do grupo que Guy achou intrigante. Apesar de todos se conhecerem bem, havia um desconforto na interação deles, como se não estivessem muito à vontade. A loura bonita estava frequentemente dando goles rápidos, inquietos, na sua bebida, seus olhos azuis rondando o ambiente, como se tivesse esperança de alguém surgir para levá-la embora dali. Dolly e o noivo eram os únicos que pareciam felizes, sem prestar atenção ao restante da boate, trocando carícias e conversando aos sussurros. O homem muito louro exibia uma expressão carrancuda, pálida, e tentava afastar a mulher que Guy achava ser irmã do falecido — Charlotte Curtis, era esse seu nome —, que acariciava sua manga de um jeito preguiçoso, ineficaz, como um gato sonolento.

— Ei, meu amigo, que bom que veio! — Guy saiu do transe com um tapinha na lateral da sua cabeça.

Harry estava parado em pé ao lado dele, segurando uma xícara, o líquido transbordando e caindo no terno de Guy, que estava sentado.

— Cuidado! — exclamou Guy, mais indignado do que pretendia.

— Tudo bem, não esquenta. — Harry riu e piscou para Mary, que riu também.

Guy olhou para os dois.

— Vocês já se conhecem, não é?

Harry e Mary se entreolharam.

— Pode-se dizer que sim — respondeu o amigo, e as bochechas de Mary coraram de novo.

Guy havia apresentado os dois da última vez que estiveram na 43, mas, agora, se perguntava se eles teriam se encontrado sozinhos desde então.

— Nesse caso, vou deixá-los à vontade. Com licença — disse Guy e, antes que Harry o impedisse, foi embora, vinte minutos depois de chegar, precisando se afastar da multidão e da fumaça, necessitando respirar o ar noturno.

CAPÍTULO QUARENTA E CINCO

Guy passou por Albert Alemão e olhou ao redor. A rua, como sempre, estava agitada por causa dos estabelecimentos que funcionavam em horários alternativos. Apesar de ter saído correndo da boate, ele não estava pronto para encerrar a noite. Enquanto a adrenalina percorria seu corpo, ele se deu conta de que provavelmente deveria voltar e se certificar de que Mary chegaria em casa com segurança, no mínimo. Estava irritado consigo mesmo por não ter dedicado mais tempo na procura das Ladras e de seus cúmplices. Mas como fazer trabalho policial quando nenhum policial devia estar lá dentro em primeiro lugar? Guy precisava de um tempo para processar aquilo tudo, então foi para um café do outro lado da rua e pediu um chocolate quente. Quando a garçonete levantou uma sobrancelha, ele disse:

— Foi isso mesmo que eu quis dizer, um chocolate quente. Não quero que misture com rum nem nada do tipo.

— Como o senhor quiser — disse ela, guardando o bloquinho de volta no bolso do avental e se afastando.

Guy foi até uma mesa perto da janela e se sentou ao lado do vidro, de onde poderia pelo menos ser útil, observando as entradas e saídas na 43. Ainda não eram nem nove e meia da noite, então não tinha muito movimento na rua. As coisas melhorariam depois que as boates começassem a expulsar a clientela, provavelmente por volta das três da manhã. Guy sabia que a moda era ir a duas ou três boates antes de encontrar um lugar que servisse comida chinesa ou presunto e ovos de madrugada. Para ele, parecia um estilo de vida bem decadente. Na mesa ao seu lado, um homem de chapéu e com a lapela do casaco levantada estava sentado desacompanhado. Provavelmente outro policial, pensou Guy. Ou isso ou era um homem esperando que mulheres da vida começassem seus turnos.

Guy terminou o chocolate quente, se deliciando com a crocância do açúcar no fundo da caneca. Enquanto juntava as moedas para pagar, acabou reparando com um olhar rápido para o lado de fora que dois homens estavam parados a alguns metros da porta da 43. Albert Alemão encarava a direção oposta — ele estava de vigia? Um dos homens não usava chapéu, e seu cabelo louro-claro era visível mesmo no escuro — só podia ser Sebastian Atlas —, enquanto o outro era mais baixo, parecendo mais ágil, por algum motivo. Os dois negociavam — Guy tinha certeza de que viu o Sr. Atlas entregando dinheiro em troca de algo. Então, aquilo que Louisa vira não tinha acontecido apenas uma vez. Sem pensar direito no que estava fazendo, Guy jogou as moedas na mesa, pegou o chapéu e correu para o lado de fora, atravessando a rua e mal desviando de um carro que buzinou para ele. Os dois homens olharam para cima e correram em direções opostas. Guy decidiu ignorar o amigo de Nancy, por enquanto. Ele queria o outro cara.

O homem desceu correndo a Gerrard Street, com Guy em seu encalço, se esforçando para acompanhar o ritmo dele. Havia gente suficiente na calçada para atrasar o homem enquanto ele abria caminho, e Guy estava chegando perto, mas, então, o fugitivo entrou em uma rua lateral. Guy virou a esquina e xingou — ele havia sumido.

Houve um barulho na outra extremidade, seguido de um "Ei! Aonde você pensa que vai?", e Guy percebeu que seu criminoso tinha dado de cara com um policial fardado, que lutava para segurar o sujeito que se debatia. Ser pego em flagrante por um policial era azar, mas, por dois, parecia descuido.

— Segure ele — gritou Guy. — Sou o sargento Sullivan, da delegacia de Vine Street.

— Pode deixar — respondeu o policial, e Guy foi correndo até os dois. Quando os encontrou, o fugitivo já estava algemado, com os braços para trás.

— Eu não fiz nada — disse ele, e Guy agora conseguia ver que era um rapaz jovem, que mal aparentava ter vinte e um anos, uns bons trinta centímetros mais baixo do que ele, a pele com cicatrizes de acne e olhos embotados. Seu hálito era desagradável, mas as roupas eram elegantes; ele usava o colarinho levantado, exibindo um pedaço de seda vermelha. Provavelmente usava isso para se misturar com a clientela chique.

— Meu palpite é que fez sim — respondeu Guy. — O que o senhor estava vendendo?

— Nada.

Guy revistou seus bolsos e tirou um maço de cigarros, uma caixa de fósforos e algumas moedas.

— É só isso, patrão — disse o garoto. — Agora, me solte.

Guy apenas suspirou e enfiou a mão no bolso interno do casaco, puxando uma cigarreira esmaltada, dentro da qual havia vários pacotinhos de papel branco dobrado.

— O que eu vou encontrar aqui dentro?

O homem o encarou com surpresa.

— Não sei. Alguém deve ter colocado aí. Na verdade, me lembrei agora, esse casaco nem é meu. Devo ter pegado o errado.

— Nem adianta tentar — disse Guy. — O senhor vem com a gente.

Na delegacia, Guy conduziu o interrogatório, junto ao sargento Oliver, o policial do plantão noturno. Ele tivera de dispensar o homem que o ajudara porque não trabalhavam para a mesma delegacia. Os pacotinhos de papel continham um pó branco, que confirmaram ser cocaína quando o sargento Oliver colocou um pouco na boca. Depois disso, não levou muito tempo para o indiciarem por tráfico, apesar de o meliante, Samuel Jones, negar tudo e passar o tempo todo alegando inocência. Guy listou os pertences de Jones, desde os cigarros até um bolo de notas de uma libra, e então notou que ele usava um par de abotoaduras bem chamativas.

— Que material é esse?

— Lápis-lazúli — respondeu Jones, orgulhoso. — É coisa fina.

— Onde o senhor comprou?

Jones olhou rápido para baixo.

— Não comprei, foi presente.

— Presente de quem? — insistiu Guy.

— Não é da sua conta.

Guy queria impressionar Oliver, ou melhor, queria que o pessoal da delegacia ficasse sabendo que ele era alguém que sabia fazer o trabalho. Não ia deixar aquele ali escapar fácil.

— O senhor prefere que eu torne isto mais difícil do que deveria ser? — disse ele, deixando a voz mais grave. — O magistrado pode demorar até uma semana para aparecer, e tenho certeza de que o senhor vai ficar muito confortável até lá, aproveitando a cadeia...

— Não posso dizer quem foi, e, mesmo se pudesse, não diria — respondeu Jones. — Foi um grã-fino. Alguém muito agradecido. — Ele sorriu, e Guy viu o sargento Oliver sorrir também.

— Hoje, do lado de fora da boate, quem estava com o senhor?

Jones ficou em silêncio.

— Era um dos seus clientes, certo? — Guy apontou para as abotoaduras, as pedras azuis incrustadas em ouro, como um círculo de areia em torno de um mar extremamente azul. — Foi ele quem lhe deu isso aí, não foi?

Jones ficou quieto.

— Vou presumir que isso seja um sim, está bem?

O sargento Oliver sorriu de novo, mas, desta vez, em apoio a Guy.

— Você pode presumir o que quiser — cuspiu Jones.

— Leve-o para a cela — disse Guy para o policial. — O magistrado vai cuidar disso amanhã cedo.

Jones gritou e se debateu, mas o sargento o arrastou para fora da sala de interrogatório.

Guy fez um registro oficial dos pertences de Jones e colocou tudo em um grande envelope pardo. Menos as abotoaduras. Precisava mostrá-las para uma pessoa. Ele tinha o pressentimento de que aquilo o ajudaria em algum momento. Mas, antes de conseguir tomar uma atitude, Guy recebeu um recado.

— É da Srta. Louisa Cannon — avisou o jovem policial. — Ela disse que era urgente.

A instrução era objetiva, mas o significado não. "Encontre-me na estação de metrô Lambeth North às onze da noite. Traga a policial Moon." Ele só poderia torcer para conseguir chegar a tempo. E por que será que a Mary tem de estar presente? Só chegando lá para descobrir.

CAPÍTULO QUARENTA E SEIS

A casa dos Long ficava a poucos minutos andando da estação Lambeth North. Louisa foi correndo para lá, fechando o casaco com força contra o vento frio e rezando para que Guy ainda estivesse esperando — ela não sabia o quanto tinha atrasado, mas, pela expressão no rosto dele, já passava muito das onze. Mary Moon estava ao seu lado, batendo os pés, que calçavam sapatos bonitos em vez das botas do seu uniforme, por causa do frio; os braços, cruzados com firmeza contra o peito, as mãos protegidas. Louisa correu até eles, pegando os dois, que olhavam para a direção oposta, de surpresa.

— Desculpem — arfou ela. — Vou explicar tudo, mas obrigada por virem.

— O que houve? — perguntou Guy.

Ao ouvir o tom na voz dele, Louisa se deu conta de que o recado havia assustado Guy e lamentou por isso.

— Precisamos pegar um ônibus — disse ela. — Vamos ao Elephant and Castle. Explico tudo no caminho.

Sentados no andar de cima do ônibus, com Mary e Louisa lado a lado e Guy atrás, os três se posicionaram de forma que conseguissem encarar uns aos outros. Só havia mais uma pessoa ali, um homem fumando no fundo, os olhos entreabertos, a cabeça apoiada no colarinho levantado, como se tentasse parecer que estava dormindo.

Aos sussurros, Louisa resumiu rapidamente a história sobre Daniel, o encontro com o pai e a irmã de Dulcie, e, finalmente, disse o nome que haviam lhe contado: Billy Masters.

— Quero ir até o Elephant and Castle e ver se consigo descobrir alguma sobre esse tal de Billy. Se ele for o culpado, vou escutar pelo menos algum boato.

— Como é que é? Você não pode simplesmente chegar lá e começar a fazer perguntas sobre Billy Masters. — Mary estava horrorizada com a ideia.

— Vou dizer que quero entrar para a gangue. Elas já me viram antes, sabem que sou leal a Dulcie. Não contei à polícia sobre a conexão entre ela e as Ladras. Isso deve fazer alguma diferença.

Guy balançou a cabeça.

— É perigoso demais, Louisa. Não posso permitir. Só se eu for junto.

Louisa foi pega desprevenida quando Mary interferiu:

— Não, sua presença só vai piorar as coisas. Você é homem, não conseguiria se misturar. — Ela se virou para Louisa. — Posso ir com você. Duas é melhor do que uma. É mais seguro, caso algo aconteça.

Guy abriu a boca, estava prestes a fazer uma objeção, mas pensou melhor.

— Se vocês fizerem isso, vou ficar por perto, só para garantir.

O trajeto era rápido, e, quando estavam a uma parada antes da grande rotatória no centro do Elephant and Castle, o trio desembarcou.

Eles andaram um pouco antes de Louisa parar.

— Guy, é melhor você ficar por aqui. É arriscado demais. Podemos nos encontrar no ponto de ônibus. Vai ser mais fácil se você esperar lá.

Guy relutou, mas sabia que as duas mulheres não cederiam. Inferno.

— Tudo bem — disse ele. — Mas não estou nem um pouco contente com isso.

— A gente sabe se cuidar — disse Mary e, pegando Louisa pelo braço, foi andando para longe de Guy, que observou as costas delas se afastando, incomodado.

Assim que Louisa e Mary viraram a esquina, avistaram o Elephant and Castle aberto. A lei dizia que bares deviam parar de funcionar às onze, mas, quando a clientela não fazia muita questão de seguir as regras, parecia que os lugares não viam problema em estender o horário de funcionamento. Apesar de as janelas estarem cobertas por cortinas escuras, elas viram que três mulheres um pouco mais à frente abriram a porta e entraram, liberando o barulho e a fumaça de cigarro no ar frio da noite.

— Rápido — disse Mary. — Se nós entrarmos logo atrás, vai parecer que estamos no mesmo grupo.

Elas correram e conseguiram segurar a porta. Quando entraram, quase imediatamente foram empurradas para trás. Era a mulher parruda que Louisa conhecera quando viera com Dulcie, a mesma que estava no tribunal, e ela não parecia nada satisfeita com esse reencontro.

— Você — disse ela, e Louisa sentiu o cheiro de gim no seu hálito quando ela se inclinou em sua direção, seus narizes quase se tocando. — O que você está fazendo aqui?

— Sou amiga de Dulcie — disse Louisa com um sobressalto. — Lembra?

Agora tinha ficado muito claro para Louisa que ela havia superestimado seu relacionamento com as Ladras, e que o fato de não ter dedurado Dulcie durante o inquérito não fazia nenhuma diferença. Para o bando, ela não passava de um inseto irritante, zunindo. E, agora, estava presa na teia delas.

— Eu sei quem você é — disse a mulher, fazendo com que até essa declaração parecesse uma ameaça. — Mas quem é essa?

Ela apontou com a cabeça para Mary e semicerrou os olhos. Apesar de Mary ter encolhido um pouco os ombros, Louisa se surpreendeu com sua incrível determinação. Ela não havia saído correndo, como era de esperar.

— Uma amiga — disse Louisa, quase sussurrando. Duas outras mulheres se juntaram à conversa.

— O que está acontecendo, Bertha? — perguntou uma mulher magra com o rosto maquiado, e que não tinha nenhum traço de bom humor no seu comportamento.

— Deixa comigo — disse Bertha, alargando os ombros. — Não se preocupem. — Ela agarrou a lapela do casaco de Mary. — Quem é você?

— Vera — respondeu Mary.

Bertha olhou para Louisa, talvez buscando alguma reação à resposta, mas Louisa manteve uma expressão neutra.

— Podemos conversar em outro lugar? — perguntou Louisa.

— Nós podemos conversar aqui mesmo — disse Bertha, sem soltar o casaco. As duas mulheres atrás dela começaram a ficar inquietas, enquanto uma outra mais alta ao lado da dupla pegou um cigarro e o acendeu. Essa era a deixa de Bertha: — Nós temos todo tempo do mundo — continuou ela.

— Queremos entrar para o bando — declarou Louisa, corajosamente.

Bertha a encarou, seus olhos cor de cassis superarregalados.

— O que você acha que nós somos? Um clube de cavalheiros? Não é simplesmente pagar uma taxa e entrar. — Ela começou a rir descontroladamente da própria piada.

— Eu sei disso — respondeu Louisa —, mas quero o que vocês têm. Roupas bonitas e dinheiro. Minha mãe era lavadeira, e é uma vida difícil. Quero mais do que isso para mim. — Foi um discurso corajoso, e, por um instante, Bertha pareceu impressionada.

— Achamos que Dulcie é inocente — disse Mary de repente, e Louisa entrou em pânico. Ela sabia que tinha sido uma péssima jogada.

As criminosas ficaram em alerta, e Bertha olhou para Mary de alto a baixo.

— É mesmo?

Louisa e Mary estavam encurraladas. As portas do bar, com dobradiças rígidas, estavam fechadas às suas costas e só abriam para dentro. Bertha permanecia parada diante das duas, seu corpo largo ocupando quase todo o espaço com suas pernas grossas afastadas. Atrás dela estavam as duas mulheres, animadas com a possibilidade de uma briga de verdade. Louisa notou que o bar havia caído em silêncio. A conversa delas não tinha passado despercebida. E essa nem era a pior parte.

Um clima de agitação surgiu no ar. Muitas pessoas viravam a cabeça e cutucavam umas às outras com o cotovelo enquanto tomavam suas bebidas com goles rápidos. Louisa conhecia os sinais. Algo estava prestes a acontecer, e ela era o epicentro da coisa. Bertha largou Mary, mas não havia brecha para elas fugirem, e seria impossível se virar para abrir a porta sem que ninguém agarrasse suas lapelas. Ela nem ousava olhar para Mary, sentindo o medo emanar da outra como ondas iguais às da praia de Brighton no inverno. Não existia nenhuma saída. Havia se metido nessa situação sem pensar direito no que estava fazendo, certa de que era uma delas também, de que conseguiria scr compreendida e mostrar que estavam do mesmo lado. Mas seu tempo roubando com tio Stephen, por mais breve que tivesse sido, havia ficado em um passado remoto. Mesmo que os bandidos falassem em códigos — apesar de não ser bem assim —, ela já não lembraria mais. A quem estava querendo enganar? Seu mundo girava em torno da ala dos criados, de histórias de ninar, da preocupação da babá Blor com peças de quebra-cabeça perdidas e de saber que lorde Redesdale ladrava mas não mordia.

Tinha cometido um erro ao levar Mary. Para quê? Ela queria *se exibir*, feito uma competidora boba. Queria que Guy visse que ela era não apenas corajosa, mas também esperta, e que Mary testemunhasse isso e se sentisse inferior a ela. Vaidade, apenas. Ela se sentia uma completa idiota. Uma idiota que corria um risco muito alto de ser atacada a qualquer momento.

Enquanto Louisa pensava nisso, paralisada, Bertha de repente tropeçou e cambaleou para o lado, abriu a boca como se quisesse dizer alguma coisa, mas fechou-a rapidamente. Ela havia pensado melhor. Nesse momento, parada diante das duas estava a mulher alta que Louisa havia visto ali antes, e na 43, com suas roupas de caimento impecável e anéis em todos os dedos. A rainha em pessoa. Alice Diamond.

CAPÍTULO QUARENTA E SETE

O medo tomou conta de Louisa, deixando-a toda arrepiada. Ela não podia fazer nada além de observar enquanto Alice cruzava os braços, os diamantes brilhando nos dedos compridos, com unhas curtas e limpas. Seus olhos escuros analisaram as duas, os lábios tão comprimidos que não passaria nem um selo entre eles. Bertha começou a dizer alguma coisa, mas Alice a calou com um olhar.

Mary estava completamente paralisada. Ela, além de não conseguir se mover nem falar, estava transparente de tão pálida.

Louisa tentou engolir saliva, mas sua boca estava completamente seca. Ela tentou falar, mas só conseguiu grasnar. Alice soltou uma gargalhada, e Bertha emitiu um som que devia ser uma risadinha, mas foi mais ressoante que uma arma disparando balas.

— Vocês são praticamente convidadas de honra, não? — perguntou Alice e olhou de um lado para o outro, esperando suas súditas rirem de sua piada. E é claro que fizeram isso.

— Elas vieram aqui para fuxicar sobre a Dulcie — rosnou a mulher que havia apagado o cigarro.

Alice se inclinou um pouco para a frente, e o sorriso desapareceu.

— Eu não meteria o bedelho onde não fui chamada, se fosse vocês.

Louisa ousou falar. Afinal, já estava debaixo da chuva e sairia molhada de qualquer forma.

— Não acho que ela seja culpada. Acho que armaram para ela.

Alice ficou quieta, mas estalou os dedos, e alguém lhe entregou um cigarro, já aceso.

— Ela vai levar a culpa por um homem. É isso que eu acho. — Louisa tinha total consciência de Mary ao seu lado, com os cotovelos fincados na lateral do corpo, como se tentasse diminuir seu tamanho o máximo possível.

Alice tirou um pouco de tabaco do cigarro.

— Conte mais.

— Não tenho mais nada para dizer — respondeu Louisa. — A questão é que nada disso faz sentido. Dulcie admitiu ter roubado as joias, mas ela jura que é inocente do assassinato. O meu palpite é que ela ia se encontrar com alguém naquela noite, mas não pode dizer quem era, por medo do que farão quando, ou se, ela sair da prisão.

O silêncio que pairou no salão era ensurdecedor para Louisa. Ela continuou:

— Acho que pode ser alguém que vocês conhecem. E se ele estiver tentando armar para cima de todas vocês? Tentando acabar com as Ladras?

Bertha cuspiu no chão.

— Nenhum homem pode acabar com a gente — disse ela.

— E se foi o Billy Masters?

— Como você ficou sabendo desse nome? — gritou Bertha.

Antes de Louisa esboçar qualquer reação, outra mulher se aproximou, talvez curiosa para saber o que estava acontecendo perto da porta. Louisa mal registrou sua presença, desesperadamente tentando pensar em uma desculpa para explicar como ela sabia o nome de Billy, mas Mary deu um passo para trás como se tivesse levado um tapa. A mulher chegou mais perto e olhou bem para ela, depois deu um tapinha no ombro de Bertha.

— É a policial.

Alice se virou.

— Eu ouvi isso mesmo? — perguntou ela.

— É, foi essa aí que me pegou na Debenham and Freebody.

Louisa nem ousou tentar olhar para o lado, seu receio neste momento era de que Mary estivesse prestes a desmaiar. Será que havia qualquer coisa que pudesse dizer para fazer Alice entender que um erro terrível fora cometido e que ela só estava ali porque queria provar a inocência de Dulcie?

Não, não havia.

De soslaio, Louisa viu que algumas cadeiras haviam sido empurradas para trás, e uma mulher tinha arregaçado as mangas da camisa, para revelar os braços repletos de tatuagens em preto e roxo que iam do cotovelo até o pulso. A garçonete continuava servindo cervejas, então ouvia-se o som fraco da bomba e o ocasional estalo de um fósforo sendo aceso. O bar havia se acalmado, era como se a plateia esperasse as cortinas do teatro serem abertas, confortáveis ao saber que tinham seus ingressos e que a estrela do espetáculo havia chegado.

Só que, hoje, não haveria show. Alice bateu palmas e riu quando Louisa e Mary deram um pulo. Ela se virou para Bertha.

— Acho que a policial está nervosa, mas não tem motivo nenhum para isso, tem?

Bertha rosnou. Rosnou de verdade, como um cão raivoso.

— Não — continuou Alice —, nós somos tão gentis. Não há motivo para a polícia se preocupar. — Ela se virou de volta para Louisa. — Eu convidaria vocês para tomar alguma coisa — disse ela —, mas acho que não aceitariam, certo?

Nenhuma das duas respondeu, sem saber direito como interpretar o comentário.

A voz dela ficou mais baixa.

— *Agora* seria um bom momento para vocês irem embora.

Devagar, Louisa começou a se virar, o tempo todo olhando para trás, mas ninguém no bar se moveu quando ela abriu a porta, e Mary saiu em disparada. Louisa estava prestes a sair correndo também quando Alice agarrou seu braço e sussurrou em seu ouvido:

— Por outro lado, Dulcie Long devia ficar bem nervosa. Nossos garotos seguiram você. Você e o filho dela, até a casa da irmã. Agora, aquela família tem duas traidoras, e não gosto disso. Não gosto nem um pouco disso.

Ela a soltou com um empurrão, e Louisa saiu correndo pela porta em direção à rua, sem saber para onde estava indo, contanto que ficasse bem longe do Elephant and Castle e de todo mundo que bebia lá dentro.

CAPÍTULO QUARENTA E OITO

De alguma maneira, Louisa conseguiu correr de volta pelo caminho que tinha feito na ida e chegou à rua do ponto de ônibus. Apenas quando teve certeza de que não tinha mais ninguém atrás dela, se inclinou para a frente, apoiou as mãos nos joelhos, numa tentativa de recuperar o fôlego. Seu peito doía, e os olhos ardiam. Depois de alguns instantes, ela ajeitou a postura e sentiu imediatamente uma náusea; incapaz de evitar, vomitou na grade do quintal de alguém e rezou para ter acertado um canteiro de flores. Devagar, com as pernas trêmulas, ela seguiu para o ponto de encontro com Guy, e lá estava ele parado, abraçando Mary, que tinha a cabeça apoiada no peito dele. Não era aquilo que Louisa queria ver, mas não podia culpá-la. Se tivesse alcançado Guy primeiro, teria feito o mesmo.

Louisa se aproximou, e, quando Mary a viu, se afastou de Guy. Ela estava chorando.

— Perdão, Louisa — disse ela. — Eu não ajudei em nada, fiquei paralisada... — Uma nova onda de lágrimas a assolou.

Guy estava desolado.

— Eu devia ter ido com vocês.

— Não — disse Louisa —, isso só pioraria as coisas. Agora, minha maior preocupação é a Marie. Precisamos falar com ela.

Mary assoou o nariz e aos poucos foi se recuperando.

— Como assim?

— Quando fomos embora, Alice sussurrou para mim alguma coisa sobre ter sido traída por Dulcie. Alguém me seguiu quando saí da casa da Sra. Brewster. E eu toquei no nome de Billy Masters, o que irritou uma delas. Agora, por nossa causa, Alice acha que Dulcie contou para a polícia sobre ele e o restante da gangue. E vão querer se vingar.

— Isso significa que *existe* uma ligação entre Dulcie, as Ladras e esse homem, o tal de Billy Masters. Ele só pode ser a chave. Será que foi ele que se encontrou com ela na mansão Asthall? — Guy, que havia passado uma meia hora terrível esperando Louisa e Mary voltarem, queria muito se redimir, solucionando o caso.

— Existe uma conexão — disse Louisa —, mas não sabemos nada além disso, não é?

— Não existem provas concretas — disse Mary.

— Não — suspirou Guy.

Já estava tarde, e o frio era castigante. Louisa estava extremamente cansada e faminta, mas não tinha arranjado nenhum lugar para dormir naquela noite. Seu plano era pegar o último trem de volta para Shipton, mas ele já teria partido há muito tempo.

— Você pode ficar comigo — ofereceu Mary. — O lugar é pequeno, mas posso arrumar algumas almofadas com uma coberta no chão.

Sendo assim, elas se despediram de Guy e pegaram dois ônibus para a quitinete de Mary em um prédio para mulheres que abrigava apenas enfermeiras e umas poucas policiais de Londres. O local era apertado, mal tendo espaço ao redor da cama, pia e cômoda, apesar de ela ter orgulho de sua arrumação, com um vidro de geleia que abrigava ramos de azevinhos e frutas vermelhas. Louisa não prestou muita atenção nos detalhes porque já passava de uma da manhã quando chegaram, e seu

corpo estava moído de exaustão. Mesmo tendo de evitar fazer barulho —
as paredes eram muito finas, explicou Mary —, ela insistiu em deixar a
cama de Louisa confortável e até se ofereceu para fazer chocolate quente
no fogareiro a gás que mantinha no quarto. Só que Louisa caiu no sono,
sem nem tirar as botas, antes mesmo de Mary terminar a frase.

CAPÍTULO QUARENTA E NOVE

Quando Louisa entrou pela porta dos fundos de Asthall na manhã seguinte, a Sra. Stobie já estava com o almoço quase pronto. Ela olhou inquisitivamente para a ama desgrenhada.

— Mas que visão — disse ela, séria. — A babá Blor ainda não desistiu de você, mas acho melhor você tentar recompensá-la.

Louisa mal conseguiu concordar com a cabeça, exausta pela noite maldormida e pela viagem cedo de trem sem um desjejum, fora a longa caminhada de volta para casa debaixo de frio e chuva. Ela subiu a escada para a ala das crianças se arrastando, torcendo para conseguir se esgueirar até o banheiro para se limpar rápido com uma toalha de rosto e água quente antes de anunciar seu retorno. Tom, Diana, Nancy e Pamela deviam estar na biblioteca, ou fazendo uma caminhada. Debo, Unity e Decca podiam estar na sala de estudos com livros de colorir e lápis. Esse havia se tornado o método mais usado pela babá Blor e Louisa para entreter as meninas durante as festas de fim de ano, e nos dias ruins e úmidos demais para levá-las ao jardim entre o café da manhã e o almoço, apesar de a caminhada da tarde nunca ter sido cancelada, mesmo que estivesse chovendo a cântaros.

Louisa encontrou a ala das crianças silenciosa ao chegar, e aproveitou para se trocar no seu quarto depois de ter se limpado e jogado uma água no rosto. A babá estava no canto da sala de aula, ocupada apontando lápis com um canivete. Debo foi correndo até Louisa quando ela entrou e a abraçou apertado na altura dos joelhos, enquanto Unity e Decca olhavam para cima e acenavam para cumprimentá-la, logo voltando para seus desenhos. Era como se sua ausência não tivesse feito diferença alguma.

Já em Londres sua ausência tinha feito toda diferença do mundo, não tinha? Ela estava apavorada por Marie e Daniel. Eles precisavam ser alertados de que Alice Diamond sabia que o filho de Dulcie estava lá, mas como avisar sem revelar que ela havia sido responsável pela burrice de levar a gangue até a casa deles? Aqueles homens deviam tê-la visto saindo da Sra. Brewster. A pior parte era que as Ladras também achavam que Dulcie tinha dito para Louisa — e para uma policial — o nome de Billy Masters. Ele era mais essencial para elas do que Dulcie. Se alguém da gangue se deparasse com ela ou Mary, suas vidas estariam em perigo. A mansão Asthall era um local seguro, mas esses pensamentos ficariam rondando sem parar em sua cabeça, causando pesadelos.

— Suponho que a emergência tenha sido resolvida? — perguntou a babá.

Louisa concordou com a cabeça, se esforçando para parecer tranquila.

— No fim das contas, não era tão ruim quanto parecia — disse ela, torcendo para não ter se entregado.

Nancy sempre dizia que a babá era a única pessoa que conseguia fazê-la sentir vergonha de suas traquinagens, e Louisa sabia exatamente como era essa sensação. Pelo menos só tinha perdido um dia, e encontraria uma maneira de recompensá-la. Louisa sabia que a babá Blor estava acostumada com sua ajuda, mas era impossível não pensar que, agora que Debo não era mais um bebê e as outras já estavam maiores, havia cada vez menos necessidade da sua presença ali. É claro, algo sempre precisava ser arrumado e tarefas não faltavam, como passar as roupas das crianças ou remendar roupas de cama. Mas a verdade era que nada disso era muito trabalhoso, e, com a governanta ali na maior parte do tempo, não sobrava muitos afazeres. Talvez fosse por isso que tenha ficado tão distraída com os acontecimentos em Londres.

A rotina da ala das crianças, que um dia já fora reconfortante, com hora certa para as refeições, caminhadas, lavagem de roupa e banhos, agora parecia sufocante. Debo era uma criança calma e fácil, mas Unity e Decca costumavam se recolher em seu mundinho particular, falando de um jeito que só elas entendiam. Mesmo assim, as duas não eram nem um pouco parecidas, então, ao mesmo tempo que se entretinham com seus próprios planos, passando horas no quarto que dividiam ou em um canto da biblioteca, seus risos eram repentinamente interrompidos por brigas, e logo estavam berrando e batendo os pezinhos.

Tom viera passar as férias em casa, mas, aos dezesseis anos, ele se considerava um rapaz e preferia passar tempo com o pai, acompanhando-o em caminhadas demoradas e caças, em vez de divertir as irmãs, que o enchiam de perguntas intermináveis sobre a escola e a comida que ele podia comer lá. Diana, com quinze anos e aparência e comportamento de mulher, se ressentia do confinamento na ala das crianças e frequentemente se frustrava por querer acompanhar Nancy ou Pamela em qualquer saída ou tarefa das duas. Sozinha, ela ficava lendo na biblioteca, com uma expressão amuada no rosto, que começava a assumir os traços perfeitamente esculpidos de uma estátua de mármore. Quando estava na companhia dos outros, ela tinha a tendência de ser irritadiça, o que deixava sua mãe furiosa.

Mesmo assim, Louisa sabia que as crianças permaneciam as mesmas de sempre, e continuava gostando muito de todas elas. A esperança dela era de que seus temores fossem apenas consequência de sua mente confusa. Mesmo que não fosse por Marie e Daniel, ela não queria ter saído de Londres. Talvez o sentimento de Nancy fosse contagiante: Louisa começava a se sentir cada vez mais oprimida pela beleza e pela amplitude do campo e, por causa disso, ansiava pela liberdade que homens e mulheres apertados em uma pista de dança de uma boate decadente na Gerrard Street proporcionavam.

CAPÍTULO CINQUENTA

Foi Ada quem deu a Louisa a notícia surpreendente de que Charlotte Curtis chegaria a Asthall mais tarde naquele dia.

— Parece que ela vai passar uns dias aqui antes do Natal — disse Ada enquanto as duas recolhiam os pratos do almoço na ala das crianças. — Meio estranho, na minha opinião.

Louisa ficou surpresa por Nancy e Pamela não terem mencionado a visita, mas as irmãs provavelmente não tinham aprovado sua decisão de permanecer em Londres.

Charlotte chegou às quatro da tarde, e Nancy a buscou na estação de trem, com Hooper dirigindo o carro. Faltava uma semana para o Natal, porém, com a mãe se recuperando em uma casa de repouso no sul da França, Charlotte havia pedido para passar a semana com os Mitford, em Asthall. Todo mundo estranhou a ideia, que havia sido questionada na cozinha pela Sra. Stobie e Ada, assim como na sala de estar por lorde e lady Redesdale. Por que ela iria querer passar o Natal na casa em que o irmão havia sido assassinado? Louisa escutou várias teorias: que ela desejava investigar por conta própria um pouco mais as circunstâncias do assassinato; que, como lady Redesdale havia sido tão solícita nos dias que sucederam o ocorrido, ela viria em busca do mesmo reconforto para seu luto; que não tinha outro lugar para ir, já que não mantinha o costume de frequentar a casa de outros amigos. Nancy achava que a resposta era mais simples: a mansão Asthall ficava perto de Oxford, e o interesse dela era visitar os amigos de Adrian.

Quando Charlotte chegou, era evidente que ainda estava imersa em seu luto. Cada camada de suas roupas era bela e suntuosamente texturizada, pigmentada com um preto tão intenso que quase chegava a ser roxo. Louisa pressupôs que tudo que ela usava era novo; as mangas, a gola e a barra tinham a aparência de algo que nunca havia sido lavado. O cabelo em ondas espessas, castanhas, batia pouco abaixo do queixo, e seus olhos se tornavam maiores e mais tristes com a ajuda do delineador preto, um estilo de maquiagem ousado demais para o campo. Ela se movimentava lentamente, mas com graciosidade, e acenou de forma delicada para suas malas no hall de entrada, como se fossem um fardo metafísico que outra pessoa deveria carregar. Ao mesmo tempo, fazia isso com a confiança determinada de uma mulher que jamais teria de levantar nada mais pesado ou menos glorioso do que um anel de diamante.

Lady Redesdale tinha providenciado que todos se reunissem na biblioteca, onde sentia que o clima seria menos formal e mais adequado para receber aquela jovem que mal conheciam. Falando com franqueza, ela havia confidenciado à Sra. Windsor — que contou para a Sra. Stobie, que contou para Ada, que contou para Louisa — que estava com medo de as crianças menores sentirem que a diversão do Natal seria afetada pela presença da Srta. Curtis, mas que, ao mesmo tempo, também estava feliz pela oportunidade de diminuir a culpa que sentia pela morte ter acontecido em Asthall. Se pudessem oferecer momentos felizes para ela, talvez a Srta. Curtis conseguisse ressignificar suas memórias ali. Lorde Redesdale estava bem horrorizado com a ideia de uma melindrosa passar tanto tempo em sua casa, indevidamente influenciando a cabeça fraca de suas filhas, mas era provável que as criadas tivessem interpretado de forma errada os gritos distantes e as batidas constantes da porta de seu escritório.

De toda forma, todos estavam reunidos na biblioteca, onde o calendário do Advento, que estava apoiado na cornija da lareira, tinha tido sua 17ª janela aberta durante a manhã por Decca, revelando um alegre pisco--de-peito-ruivo. Louisa trouxe Debo, Unity e Decca da ala das crianças para o cômodo — cada menina foi arrumada depois da ventania que enfrentaram na caminhada da tarde; os cabelos haviam sido penteados de novo e presos com fita de veludo, além de terem colocado vestidos limpos, meias brancas e sapatos com fivelas. Tom chegou de seu passeio com o pai, junto com Pamela, que estava nos estábulos, enquanto Diana havia passado a tarde toda deitada no sofá da biblioteca, lendo um livro sobre a rainha Elizabeth. Pelo menos foi isso que ela falou para a mãe. A governanta havia sido dispensada até janeiro, e as crianças tinham sido bem objetivas ao expressar que não fariam nada "educativo" até seu retorno.

Ada trouxe uma bandeja com pãezinhos quentes com manteiga, que as crianças atacaram depois de Charlotte recusá-los, pedindo apenas por uma xícara de chá sem leite e uma fatia de limão. Louisa lançava olhares furtivos para ela e estava mais certa do que nunca de que havia uma semelhança com Daniel; era algo que ia além do tom escuro de seus cachos, era no jeito que a boca fazia beicinho e no queixo suave que compartilhava com o irmão. Mesmo em momentos felizes, a linhagem Curtis sempre pareceria emburrada por alguma bobagem — um gelo a mais em sua bebida, ou uma bainha descosturada no meio de uma festa.

O chá ocorreu sem muitos percalços, apenas com as crianças tagarelando com animação, perguntando a Charlotte quais presentes queria ganhar de Natal, ou se ela gostava mais de pássaros ou de Jesus ("nos *cartões de Natal*, mamãe!", exclamaram quando lady Redesdale protestou). Talvez tivesse sido o clima monótono no ar que fez Nancy anunciar de repente que estava planejando um jantar para a noite seguinte.

— O quê? — disse lady Redesdale, que tinha sido pega desprevenida. Nancy sabia que a mãe não a repreenderia na frente de Charlotte.

— Sebastian e Ted estão em Oxford, e viriam para cá sem problemas — disse Nancy, tranquila.

A notícia deixou a expressão de Charlotte visivelmente mais animada.

Nancy continuou, aproveitando que a mãe estava desnorteada pela surpresa.

— Conversei com Clara por telefone hoje cedo, e ela disse que gostaria de vir também. Talvez até possamos convidar Phoebe.

Um som gutural saiu da garganta de lady Redesdale, mas Nancy a interrompeu:

— Já conversei com a Sra. Stobie, e ela disse que, contanto que possa preparar um jantar simples de frango assado, há comida suficiente. Podemos montar a mesa aqui, para não incomodar a senhora e o papai.

Iris Mitford, que observava a cena com sua postura elegante e serena de sempre, riu da praticidade da sobrinha, mas não de um jeito reprovador. A testa larga de lady Redesdale se franziu, mas ela falou em um tom resignado:

— Charlotte, imagino que isso seria bom para você, certo? Já que não deve voltar a Londres antes do Natal.

— Sim seria maravilhoso passar um tempo com todo mundo — respondeu Charlotte, e, pelo rubor de seu pescoço, Louisa entendeu que aquela de fato era a verdadeira razão para estar visitando a mansão Asthall. Charlotte se virou para Nancy. — Talvez seja melhor não chamar Dolly. Suponho que ela precise cuidar da boate, de toda forma.

Nancy riu.

— Tudo bem, nada de Dolly. Venha, vamos ligar para os outros.

Qual seria o plano de Nancy?, se perguntou Louisa.

Ela não precisou esperar muito para descobrir.

CAPÍTULO CINQUENTA E UM

Na manhã seguinte, Louisa estava dentro do quartinho de roupa de cama, e decidiu reorganizar as prateleiras apenas porque isso lhe daria uma desculpa para permanecer ali por uma ou duas horas. O quartinho tinha três paredes cheias de prateleiras fundas e uma janela basculante. O cheiro do algodão recém-lavado a deixava com saudade da mãe, e ela havia descoberto que esse sentimento nostálgico causava um misto de reconforto e tristeza. Quando essas sensações tomavam conta dela, passar um tempo ali sempre ajudava. Naquele momento, Louisa tentava não pensar em Dulcie, porque passara a madrugada inteira fazendo isso, completamente perdida em pensamentos, sem chegar a nenhuma solução concreta. Ela não podia escrever para alertar Dulcie sobre Alice Diamond porque todas as cartas eram lidas por um carcereiro, nem tinha uma desculpa para voltar a Londres tão rápido sem que arriscasse perder seu emprego. E, de toda forma, mesmo que alertasse Dulcie, de nada adiantaria: a pobre moça apenas ficaria sofrendo na prisão, incapaz de se comunicar com a família.

Enquanto Louisa tentava decidir se os lençóis de solteiro deviam ficar em uma prateleira mais baixa, para serem alcançados por uma criança prestativa, Pamela entrou. Louisa sabia que Pamela também gostava de se esconder ali, geralmente para ler um livro quando queria escapar das irmãs. O quartinho de roupa de cama era um lugar aquecido porque os canos de água quente passavam pela parede dos fundos, mesmo quando as rígidas instruções de lorde Redesdale sobre o aquecimento significavam que o restante da casa estava um gelo. Desta vez, não havia nenhum livro nas mãos de Pamela.

— Lou — disse ela —, preciso da sua ajuda.

Louisa, antes de se comprometer com uma promessa, tentou não demonstrar nenhuma reação. As Mitford podiam pedir ajuda para ressuscitar um rato moribundo ou resgatar um coelho preso em uma das odiosas armadilhas do caseiro com a mesma facilidade que outras crianças pediam para que amarrassem seus sapatos.

Pamela fechou a porta, e as duas ficaram praticamente grudadas uma à outra.

— Nancy quer fazer uma sessão espírita — disse ela.

— Uma o quê? — Louisa não conseguiu entender por que Nancy iria querer fazer algo assim.

— Sabe, quando você tenta entrar em contato com os mortos. — Ela sussurrava como se fantasmas pudessem estar espionando por trás das fronhas dobradas.

— Sim, mas por quê?

— Ela acha que podemos conversar com Adrian, para descobrir o que aconteceu.

— Achei que você acreditasse em fantasmas.

— Eu acredito! — Pamela estava séria.

— Então não acha que isso pode ser meio perigoso?

Louisa não sabia se acreditava em fantasmas, mas essa ideia implicava provocar o sobrenatural, e ela não gostava disso. E ninguém mais gostaria. A babá Blor ficaria horrorizada se descobrisse.

Os ombros de Pamela se encolheram.

— Sim, acho. Mas você sabe como é quando a Koko coloca alguma coisa na cabeça.

Louisa começou a ceder. Talvez não desse em nada, mas, se algum deles tivesse visto Dulcie com o tal Billy Masters ou conseguisse se lembrar de algo sobre ele, poderia valer a pena. Havia uma oportunidade ali, com todos reunidos, de tentar coletar informações. Se ela desse sorte, teria algo útil para contar a Guy, que poderia dizer ao chefe como ela havia sido prestativa.

Ela queria entrar para a polícia? Louisa ignorou o pensamento.

— Quando Nancy pretende fazer isso?

— Precisa ser depois que mamãe e papai forem dormir. Na biblioteca, após o jantar.

— Não acredito que estou perguntando isso, mas do que vocês precisam?

— Quase nada, na verdade, uma toalha de mesa e quatro velas. Seremos eu, Nancy, Charlotte, Sebastian, Ted, Phoebe e Clara. Nancy também convidou o Oliver, o que me fez morrer de vergonha.

Louisa não disse nada, mas entendeu. Pobre Pamela, sempre sendo jogada para cima dele. Não era como se algum dos dois demonstrasse muita animação com a ideia. Houve um dia terrível no verão, quando organizaram uma partida de tênis, que Pamela acabou sozinha com Oliver na quadra, depois que todos foram embora de fininho. Ela os ouviu rindo do outro lado da cerca viva e se sentiu humilhada.

— Enfim, acabou que Oliver não vai poder vir. Aposto que a mãe dele não gostou da ideia. Então precisamos que você esteja lá também.

— Tem certeza?

Pamela fez um muxoxo, impaciente.

— Uma sessão espírita precisa de um número par de pessoas, e não posso pedir a Tom ou Diana. Diana é muito jovem, e Tom vai dedurar a gente para o papai. Esses dois vivem grudados agora.

Esse tipo de observação doeu em Louisa como se uma farpa minúscula tivesse entrado sob uma unha.

— Nesse caso, quando a Sra. Windsor for se deitar, levo as velas para a biblioteca. Vou fazer isso por volta de meia-noite. A hora das bruxas.

Pamela fingiu fazer cara de medo enquanto abria a porta atrás dela.

CAPÍTULO CINQUENTA E DOIS

Como Louisa não tinha nada a ver com o jantar de Nancy, e precisava ficar na ala das crianças com a babá Blor e as meninas menores, não viu a chegada de ninguém, apesar de ter percebido a movimentação dos preparativos, com um Hooper resmungão sendo convencido a fazer várias viagens à estação de trem para buscar os convidados que chegavam em horários inconvenientemente diferentes. Apesar de Nancy ter dito que a Sra. Stobie estava animada em preparar um jantar simples, ela bufava feito o vulcão Etna ao mandar Ada descascar batatas ao mesmo tempo que preparava uma torta de maçã. Ada e Louisa, por outro lado, estavam empolgadas. Graças ao temperamento imprevisível de lorde Redesdale, eles não recebiam muitos convidados, e a mudança na rotina era bem--vinda. A gravidez de Ada começava a ficar aparente agora, e ela contou a Louisa que trabalharia pelo máximo de tempo possível antes de ser obrigada a parar.

— Você terá de me visitar para contar todas as fofocas — brincou ela, e Louisa sorriu, apesar de sentir um aperto no peito. Seria esse seu futuro também?

Às 11h45, quando Louisa teve certeza de que Diana estava finalmente dormindo, ela foi para o andar de baixo. Mais cedo, Diana havia insistido em jantar com Nancy e os amigos, o que causou uma discussão com lorde Redesdale, que a proibiu expressamente de fazer qualquer coisa além de um rápido cumprimento durante a chegada deles. Diana era famosa por sua teimosia, mas seu pai não cedeu nessa ocasião.

Louisa foi até a cozinha e viu que a Sra. Stobie já tinha se recolhido. Não havia sinal da Sra. Windsor, e sua sala particular estava escura, então ela devia ter terminado o serviço. Sem fazer barulho, Louisa foi para a sala de jantar e pegou quatro candelabros de prata e velas novas, assim como uma toalha de mesa limpa em um dos armários. Em meio à sua impossibilidade de ajudar — a frustração por não saber o que Guy fazia a respeito da ameaça contra a família Long era insuportável —, pelo menos ela se mantinha ocupada.

Quando Louisa entrou na biblioteca, reparou que Ada já havia recolhido os restos do jantar. Pamela estava colocando mais um pedaço de lenha na lareira enquanto atiçava o fogo. Sebastian e Ted se apoiavam na cornija da lareira, fumando e conversando. Havia várias garrafas de vinho vazias no canto, e Louisa notou que o decantador já estava pela metade. Charlotte ocupava o sofá, com suas roupas pretas agora habituais, fumando. Apesar de a enlutada não ter se mexido com a entrada de Louisa, Pamela ficou agitada. A menina começou a balançar a cabeça para Louisa, como se tentasse alertá-la, mas era tarde demais, pois Nancy, sentada ao lado de Clara no banco da janela, levantou com um pulo e bateu palmas.

— Ah, que ótimo! Você chegou — exclamou ela.

Charlotte olhou para cima na mesma hora.

— O que está acontecendo?

— Koko, acho que a gente não devia... — Estava evidente que o medo de Pamela em relação a fantasmas era mais forte do que seu consentimento anterior com o plano da sessão espírita.

— Bobagem — disse Nancy, ríspida. Louisa se lembrou de Nancy silenciando Unity enquanto declarava que Papai Noel era na verdade lorde Redesdale. — Pessoal — continuou ela, tranquila —, vamos fazer uma sessão espírita para tentar uma comunicação com o Adrian.

— Mas não vamos mesmo. — Charlotte atirou o cigarro na lareira. — Não acredito nessas coisas. Seria pedir para arrumar problemas.

— Você não quer falar com seu irmão? — perguntou Pamela, mais corajosa.

— Você fala como se eu estivesse me recusando a dar um telefonema. Ele *morreu*. Sou tão capaz de conversar com ele quanto de arrancar minha própria cabeça e carregá-la por aí.

— Bom, se não é real, não faz nenhum mal tentar, não é? — disse Nancy. — E, se der *certo*, podemos acabar descobrindo alguma coisa.

— O que exatamente descobriríamos? — Sebastian havia se esticado no sofá, usando o colo de Charlotte como travesseiro.

Louisa ficou parada ali, ignorada, os candelabros ficando mais pesados a cada segundo.

— Quem o matou, é óbvio — respondeu Pamela em desafio.

— Nós sabemos muito bem quem fez isso — disse Seb, ainda deitado, com os olhos semicerrados. — E ela está prestes a receber pena de morte por isso.

— Louisa não acredita que Dulcie seja culpada. — Nancy olhou para a ama ao falar, um desafio direto.

Louisa sentiu seu rosto enrubescer e desejou poder largar as coisas que segurava.

Ted se virou, ficando de costas para o fogo, e encarou Louisa como se a visse pela primeira vez.

— Você? Do que *você* sabe?

A língua de Louisa parecia pesada e grossa dentro de sua boca, seus lábios tão secos que estavam grudados. Ela tentou falar, mas foi difícil.

— Acredito que alguma outra pessoa tenha se encontrado com o Sr. Curtis no campanário, antes de Dulcie chegar lá.

— Por que você acha uma coisa dessas? — Ted semicerrou os olhos.

Louisa nunca quis tanto na vida que um buraco se abrisse debaixo dela.

— É só uma teoria — murmurou ela. Maldita Nancy.

Charlotte tirou outro cigarro da cigarreira de prata, e Louisa notou que seus dedos tremiam. Ela queimou dois fósforos antes de conseguir acendê-lo.

— Por que vocês não me contaram nada disso? — murmurou ela enquanto fechava o objeto.

— Que tal perguntarmos para Adrian? — sugeriu Nancy, se levantando para pegar os candelabros de Louisa. — Agora é o momento perfeito.

CAPÍTULO CINQUENTA E TRÊS

Louisa estendeu a tolha branca na mesa comprida em que havia sido servido o jantar mais cedo, depois posicionou as quatro velas. Pamela as acendeu, e Nancy apagou a luz. Então Charlotte levantou e anunciou que ia dormir.

— Não — disse Nancy confiante. — Mesmo que você não concorde com nada disto, existe a possibilidade de conseguirmos descobrir a verdade sobre a morte do seu irmão. Precisamos tentar.

— Nós sabemos a verdade — disse Charlotte. — Nossa criada o empurrou do campanário. Caso você tenha esquecido, ela está na prisão, esperando ser julgada, e ninguém acredita que ela vai escapar da forca.

— E se outra pessoa *estivesse* lá naquela noite, na igreja? — perguntou Pamela.

— Não seja criancinha — rebateu Ted, e Pamela o encarou, furiosa.

— Você é só um ano mais velho do que eu, sabia? — disse ela, e ele respondeu apenas com um murmúrio conciliatório.

Clara e Phoebe se levantaram e foram se sentar à mesa. Phoebe exibia um ar desafiador, sua bela aparência endurecida pelas sombras da sala. Louisa achava que uma mansão interiorana como Asthall não devia ser seu hábitat natural. Na festa, ela podia ser linda e animada; em um jantar íntimo, ficava exposta. Havia traços de um sotaque londrino que insinuavam um passado mais interessante do que o das pessoas que moravam nos condados que rodeiam Londres.

Pamela se aproximou de Charlotte e segurou seu braço.

— Vamos nos sentar. É claro que ninguém está sugerindo o contrário, mas queremos ajudar. Vamos pelo menos tentar.

— Como o espírito vai se comunicar com a gente? — perguntou Nancy. — Não temos um tabuleiro ouija.

— Podemos colocar um copo de água na mesa — disse Pamela — e pedir ao espírito para mover a água em resposta às nossas perguntas. Louisa, pode fazer isso, por favor? — Ela se sentou.

Clara, com a voz deliberadamente tranquila, tentando amenizar a situação, chamou:

— Venham, meninos, sentem-se com a gente. Vocês são cheios de não me toques, mas é só uma brincadeira, afinal de contas.

Sebastian se aproximou com passos tranquilos, despreocupados.

— Para mim, não faz diferença alguma — disse ele, sentando-se ao lado de Pamela. Charlotte o encarou como se tivesse sido traída.

Louisa pegou um copo, e logo os oito estavam sentados à mesa, na penumbra, com apenas o brilho da lareira e das velas iluminando seus rostos.

— Vamos todos dar as mãos — instruiu Pamela — e perguntar se Adrian está aqui. Como só eu acredito nessas coisas e só uma pessoa pode ser a médium, fico com esse papel.

Charlotte fez um muxoxo, mas permitiu que suas mãos fossem seguradas por Pamela e Nancy, que estavam ao seu lado. Ted segurou a mão de Clara e a de Nancy. Louisa tinha sentado ao lado de Phoebe, que estava próxima de Clara. Sebastian ocupava a cadeira entre Louisa e Pamela.

— Adrian Curtis, você está entre nós?

Agora que estavam sentados no escuro, o clima era menos hostil. Mesmo assim, Louisa estava nervosa, segurando a mão seca de Sebastian de um lado e sendo apertada por Phoebe do outro. Ela era agradecida por nunca ter sentido a presença gélida e misteriosa de um fantasma, apesar de Pamela e lorde Redesdale acreditarem fervorosamente que a mansão Asthall era assombrada. Nancy também sempre afirmava ser imune a fantasmas. Mesmo assim, Louisa teve uma ideia para tornar aquela situação mais útil e não precisaria mais do que empurrãozinho na direção certa, caso fosse necessário.

Todos na sala ficaram em silêncio, e o copo de água permaneceu imóvel.

— Adrian, se você estiver entre nós, se comunique através da água — repetiu Pamela.

Nancy revirou os olhos, mas Louisa notou que Charlotte encarava o copo intensamente e parecia com medo.

Chuva respingou na janela, e madeira estalou em algum lugar; havia motivos plausíveis para tudo isso, mas um ou dois deles estremeceram. Todos estavam focados no centro da mesa quando a água se agitou de leve. Nancy deu um pulo.

— O que foi isso?

— Shhh — disse Pamela. — Adrian, se for você, queremos perguntar sobre... — Ela pareceu pensar na melhor maneira de se expressar. — Sobre a última vez em que nos vimos.

De novo, a água no copo se agitou. Louisa se concentrou em fincar os pés no chão. Seria possível que um deles estivesse batendo os joelhos para causar aquilo? Sim, era completamente possível.

E mesmo assim, mesmo assim...

Charlotte estava totalmente concentrada no copo.

— Queremos saber o nome da última pessoa que viu você.

Sebastian tentou puxar as mãos, mas Pamela e Louisa o puxaram de volta.

— Nós não deveríamos perguntar sobre algo que sabemos a resposta primeiro? — sussurrou Clara. — Sabe, para estabelecer contato?

Ted soltou uma risada.

— A gente não está levando isso a sério, né?

Nancy o repreendeu.

— Já que nós estamos aqui. Não custa nada ter um pouco de fé.

Pamela tentou de novo.

— Queremos saber o nome da última pessoa que viu você. Vou falar as letras do alfabeto. Mova a água quando for a certa.

Um silêncio tenso tomou conta da sala.

— A.

Nada nem ninguém se mexeu, e, aparentemente, todos prendiam a respiração.

— B.

A água se agitou sozinha.

— B — reconheceu Pamela com calma antes de voltar para o começo do alfabeto, e, desta vez, o copo permaneceu imóvel até ela chegar ao I.

Houve uma movimentação entre eles, uma reconfiguração de dedos e mãos, causada por suor ou cansaço. A respiração de Charlotte se tornava cada vez mais ofegante.

Mais uma vez, Pamela recitou o alfabeto até o copo balançar de novo na letra L.

Ted levantou com um pulo.

— Que desatino — gritou ele. — Não vou mais participar disso. Alguém está fazendo isso com a água, e seja lá quem for, não é o maldito do Adrian.

Ele se afastou da mesa, e Louisa viu a chama de um fósforo iluminar seu rosto enquanto ele acendia um cigarro.

Charlotte começou a chorar, e, por causa da movimentação dela ou por algum outro motivo, a mesa balançou e o copo caiu, derrubando água sobre a toalha lisa, o que a fez gritar e levar as mãos ao rosto.

— Parem com isso agora — disse ela. — É sério. Chega! *Chega!*

Clara levantou e acendeu a luz.

— Concordo. Vamos beber e fazer outra coisa — sugeriu ela.

Louisa se levantou e rapidamente voltou para seu papel de criada, ocupando-se em limpar as coisas, como se torcesse para que esquecessem que estava ali. Afinal, havia sido a pressão suave dos seus joelhos contra o tampo da mesa que causara o efeito desejado.

No entanto, o que ela realmente queria saber era por que as letras B, I, L tinham feito Ted estremecer da cabeça aos pés.

CAPÍTULO CINQUENTA E QUATRO

Guy sabia que a solução não seria deixar um policial de vigia em frente à casa de Marie Long. Se ele fosse visto, isso só deixaria Alice Diamond ainda mais irritada com a família. Nem seria possível posicionar alguém à paisana. Um motor de carro pelas ruas de Lambeth não passaria nem um dia sem levantar suspeitas. Além do mais, Cornish jamais concordaria. Não havia provas suficientes para apoiar o plano, apenas uma ameaça vazia de que as Ladras podiam tentar se vingar dos Long de alguma forma. Era necessário descobrir onde e quando Alice atacaria. Ele tinha de encontrar Billy Masters.

Havia outro problema: as únicas pessoas que poderiam identificar Billy eram Dulcie Long e o pai dela, mas os dois tinham motivos para ficarem calados.

Mary e Guy estavam na delegacia no dia seguinte, cansados e inquietos.

— Precisamos alertar a família de Dulcie — disse Mary.

— Isso só assustaria eles — argumentou Guy. — Eles já sabem que irritaram as Ladras.

— Mas o garotinho está lá agora. Ele também deve estar em perigo.

Guy suspirou.

— Se encontrarmos Billy Masters, é provável que a gente prenda o assassino de Adrian Curtis ou alguém que sabe quem é o culpado. Todos fazem parte da mesma rede. Dulcie acabará sendo solta e, depois disso, ela e a família podem fazer o que quiserem.

— Ela não vai ter nenhuma liberdade se as Ladras acharem que Dulcie dedurou Billy para a polícia. Para onde os Long iriam? Eles não podem simplesmente fazer as trouxas e ir embora. As coisas não são tão simples assim, Guy. — Mary o encarou com um olhar reprovador. — Você sabe que não.

— Sim, eu sei. Mas também sei que sou policial, e meu trabalho é solucionar crimes. A coisa mais importante a fazer agora é encontrar Billy Masters.

Os dois terminaram suas bebidas. Eles não chegariam a um consenso, mas que diferença faria? Não havia pistas. A localização do homem era tão misteriosa quanto antes. E mais, se ele tivesse fugido, poderia estar em qualquer lugar.

— Só há uma solução — disse Guy. — Precisamos conversar com Dulcie, talvez até interrogar seu pai e sua irmã.

— Isso vai colocá-los em perigo — disse Mary.

Guy estava decidido.

— Não temos outra opção.

O detetive-inspetor Cornish demorou a ser convencido sobre o interrogatório de Dulcie Long na prisão Holloway, já que, oficialmente, a criada havia sido detida como parte de uma investigação de assassinato pela força policial de Oxfordshire. Porém, como Cornish conduzia sua própria investigação criminal sobre o bando de Alice Diamond, do qual Dulcie tinha feito parte, havia bons argumentos para ele se envolver.

— Isso sempre causa um mal-estar — disse Cornish. — Esse pessoal do interior parece um bando de terrier quando se trata dos casos deles, adoram marcar território. É melhor você descobrir alguma coisa que preste.

— Sim, senhor — respondeu Guy. — Estamos chegando mais perto, senhor. Tenho certeza.

Ele não contou a Cornish sobre o encontro de Mary com Alice Diamond no Elephant and Castle. Como poderia? Eles não tinham mandado, nem proteção. Tinha sido um erro permitir que Mary entrasse lá. Quanto mais ele pensava no assunto, mais se dava conta do quão imprudentes tinham sido. E se ela e Louisa tivessem levado uma surra? Em vez disso, ele contou para Cornish que Billy Masters havia sido identificado como um dos receptadores por um informante da 43. Isso bastava. Seus superiores não precisavam saber que aquilo tinha uma conexão com a investigação do assassinato. Pelo menos não antes de ele apresentar as provas irrefutáveis que procurava, e Guy estava mais certo do que nunca de que seria capaz de fazer aquilo. Isso lhe renderia uma promoção para o Departamento de Investigações Criminais, o que significaria um salário decente. Mais do que isso. Significaria respeito.

Depois de receber permissão, bastou apenas um telefonema para Guy seguir para a prisão Holloway, onde Dulcie o esperava na sala de interrogatório. Ele sentiu uma pontada de culpa por não ter convidado a policial Moon para vir junto, mas queria fazer aquilo sozinho.

O céu claro acentuava a realidade brutal do propósito da prisão obscura, deixando Guy nervoso ao se aproximar e servindo como um lembrete sinistro de por que ele estava deste lado da lei. Não havia sinais do Natal em Holloway, apenas chaves que tilintavam na cintura da carcereira enquanto ela guiava Guy por uma série de corredores compridos e cinzentos, com portas que fechavam pesadamente atrás deles. Na sala de interrogatório, Dulcie Long esperava, algemada à cadeira, parecendo frágil e derrotada. Guy acenou com a cabeça para a carcereira parada no canto e se sentou, pegando seu caderno.

— Obrigado por se encontrar comigo, Srta. Long — disse Guy.

Dulcie fez beicinho.

— Creio que não tive muita escolha.

Guy tossiu e resolveu não insistir.

— Vim aqui para conversar sobre sua conexão com as Ladras.

— O quê? — Estava escrito na cara de Dulcie que ela não esperava por aquilo. Ela tentou mascarar sua surpresa na mesma hora. — Não tenho nenhuma conexão com as Ladras.

— Srta. Long. Sou amigo próximo de Louisa Cannon. Ela me contou tudo. A esta altura, negar não vai ajudar em nada.

O pânico ficou nítido então. Guy se deu conta de que aquela informação, dada com a intenção de protegê-la, fez com que ela se sentisse ainda mais exposta.

Lágrimas começaram a escorrer pelo rosto de Dulcie.

— Minha família...

— Vamos fazer o possível para protegê-la — disse Guy.

— Como?

A pergunta o deixou sem palavras, e ele optou pelo caminho mais fácil.

— Isso é confidencial.

— Vocês não vão fazer nada. — O medo se transformou em fúria. — A polícia é toda corrupta. Vocês não se importam com gente da minha *laia*. — Ela cuspiu em Guy, e a carcereira deu um passo para a frente.

Guy esticou uma das mãos.

— Pode deixar. — A carcereira voltou para o canto, e Guy limpou o cuspe dos óculos. — Srta. Long, sugiro encarecidamente que colabore comigo. Essa é a melhor maneira de a sua família conseguir nossa proteção. — Ele voltou a pegar o lápis e o caderno, como se estivesse recomeçando. — Nós sabemos sobre o seu filho.

— Aquela vagabunda contou tudo, né? — perguntou Dulcie.

Ela parecia surpresa de verdade agora, como se não tivesse cogitado a ideia de ser tão traída.

— Ela me contou o necessário para evitarmos que a senhorita seja condenada à morte.

— Não faz diferença — respondeu Dulcie, inexpressiva. — Se vocês não me pegarem, *elas* me pegam.

— Seu filho prova que seu relacionamento com Adrian Curtis era... íntimo — disse Guy. — Isso pode ajudar na opinião dos jurados.

— Mas vão continuar achando que sou culpada — disse Dulcie.

— Então a senhorita precisa me contar sobre Billy Masters — disse Guy. Isso chamou a atenção de Dulcie. — Sabemos que ele tem uma conexão com a senhorita. De onde o conhece?

— Eu não o conheço. — Ela ficou parada, observando a reação de Guy.

— Só preciso que me conte onde encontrá-lo — disse Guy. — A senhorita está segura aqui dentro. As Ladras não podem atacá-la, correto?

Dulcie soltou uma risada desanimada.

— Não estou segura em lugar nenhum e não vou lhe contar nada. Me deixe em paz.

— Srta. Long — disse Guy —, seu filho, Daniel, está com sua irmã Marie. Ela está cuidando dele agora. Preciso saber de tudo para conseguir mantê-los seguros.

— Daniel não. — A voz de Dulcie falhou. — Ele não pode ficar lá. Se alguém descobrir que você veio falar comigo, ele estará em perigo. É sério! — Ela começou a arfar, o pânico tomando conta do seu corpo. — Por favor, não deixe nada acontecer com o meu menino.

— Se a senhorita me contar onde posso encontrar Billy Masters, não vou deixar.

CAPÍTULO CINQUENTA E CINCO

Dolly Meyrick estava sentada no sofá nos fundos da 43 e olhava para Guy com atenção.

— O nome parece familiar — disse ela por fim. — Mas, fora isso, não sei de mais nada. Como expliquei antes, apesar de muitos clientes fiéis passarem por nossas portas, não conhecemos todos pessoalmente. Além disso, é minha mãe quem costuma ficar aqui. Só estou cuidando das coisas até ela voltar de Paris.

Guy havia se recusado a brigar com as almofadas macias desta vez e estava de pé diante dela, segurando seu capacete.

— Acredito que ele faça parte da gangue do Elephant and Castle — explicou ele.

— Não gostamos daqueles rapazes no nosso bar.

— Mas eles já vieram aqui.

Dolly se remexeu um pouco e cruzou as pernas.

— Sim, mas não porque foram convidados.

Guy resolveu tentar outra abordagem.

— E Alice Diamond e suas moças? As Quarenta Ladras.

— Seria difícil que todas coubessem aqui dentro de uma vez. — Dolly riu, como se Guy tivesse contado uma piada. Ele resolveu deixar a irritação de lado.

— Mas Alice Diamond *já* esteve aqui. — Não era uma pergunta.

— Sim, já. Ela se comporta. Gostamos de receber todo mundo, contanto que nossas regras sejam obedecidas.

— E as suas regras por acaso seguem a lei, Srta. Meyrick? — Guy sabia ser irônico quando necessário.

Dolly não se abalou.

— Sargento Sullivan, foi muito bom conversar com o senhor, mas ainda preciso aprontar as coisas para hoje à noite. Posso ajudá-lo com mais alguma coisa?

— Preciso saber onde encontrar um homem chamado Billy Masters. Se a senhorita não souber, talvez possa me dizer alguém que o conheça?

Dolly se levantou e alisou a saia.

— Pois não, vamos conversar com Albert Alemão. Venha comigo.

Lá embaixo, no porão, várias pessoas arrumavam a boate para mais tarde. O piso era varrido; os cinzeiros, limpos; as luminárias, espanadas. Sem a música e os dançarinos, a luz de uma lâmpada elétrica sem cúpula pendurada no teto revelava a pintura desgastada nas paredes e as marcas de sapatos no chão; o lugar cheirava a cigarros. Albert Alemão estava sentado em um canto, lendo jornal e tomando café em uma xícara que chamava atenção por ser minúscula. Sem o smoking e longe da porta de entrada, ele aparentava ter um tamanho mais razoável. Dolly o interrompeu, apresentando-o a Guy e então deixou os dois a sós.

Albert Alemão encarou Guy com desconfiança, sem dizer nada. Guy estava prestes a se desculpar, quando se lembrou de que estava ali como um representante da lei e que não havia motivo para ter medo. Mesmo se tratando de um segurança com quase dois metros de altura.

— Estou procurando um homem chamado Billy Masters — disse ele.

Albert Alemão o fitou, inexpressivo.

— Billy faz parte da gangue Elephant and Castle, mas acredito que trabalhe sozinho — insistiu Guy. — Ele conhece uma criada que trabalhava para uma de suas clientes, a Srta. Charlotte Curtis.

— Não sei o nome deles. — Fazendo jus ao apelido, havia um forte sotaque alemão em sua fala. — Não é da minha conta. — Ele se virou para pegar o jornal de novo.

Guy estava verdadeiramente aborrecido agora.

— Senhor, não vim aqui para causar confusão, mas não seria difícil fazer isso se eu quisesse. Então, sugiro que me ajude.

O segurança olhou para o teto e pareceu pensar no assunto, então baixou o queixo e encarou Guy com os frios olhos azuis.

— Não. Não sei quem é esse tal de Billy. Não posso ajudar.

Guy também fez uma pausa.

— Não faz muito tempo prendi um homem que estava comercializando drogas aqui fora. Ele saiu daqui com um dos clientes que sempre frequenta a boate. Samuel Jones.

Albert Alemão não reagiu, mantendo seu olhar inexpressivo fixo na parede. Guy continuou como se estivessem batendo papo:

— Encontramos vários pacotes de cocaína em posse dele. Mas quem deve ser o fornecedor? Ultimamente, os jornais andam dizendo que a Alemanha é o país que mais produz cocaína. Parece que as leis por lá são bem menos rígidas, e a droga é distribuída por vários meios.

Um canto da boca de Albert Alemão se contorceu involuntariamente.

— Será que — continuou Guy —, se eu desse uma olhada no seu quarto lá em cima, nós encontraríamos alguma pista para ajudar com a investigação?

— Você não tem mandado — disse ele com a voz grossa.

— Ah, mas isso não é um problema — respondeu Guy. — Acho que, se eu der um pulinho aqui em algum dia, não vai ser difícil descobrir que vocês permitiram que uma ou outra atividade continuasse depois da meia-noite, e nenhum tribunal veria isso com bons olhos.

— O que você quer?

— Me diga onde encontrar Billy Masters.

— Não sei onde você pode encontrar ele, mas de vez em quando ele aparece aqui.

— Ele vem hoje?

Albert Alemão deu de ombros.

— Talvez.

— Então estarei aqui, e você vai poder me apontar quem é o sujeito.

A boca se retorceu de novo.

— Se é o que você quer...

— Obrigado — disse Guy —, já me ajudou bastante.

Finalmente, ele estava chegando mais perto.

CAPÍTULO CINQUENTA E SEIS

A manhã após a sessão espírita havia sido tranquila. Naturalmente, Nancy declarou que o jantar fora um sucesso para a mãe. Pamela contou para Louisa que todos ficaram acordados por mais uma hora, tentando restaurar o clima descontraído, o que acabou não dando muito certo. As duas conversavam no quartinho de roupas de cama depois do café da manhã, lugar que agora havia se tornado ponto de encontro delas.

— Papai foi terrível hoje cedo. — Pamela riu. — Disse que Seb é um paspalho completo porque o flagrou se ajeitando na frente de um espelho.

— Se existe alguém capaz de enfrentar lorde Redesdale, é aquele rapaz. Como estava lorde de Clifford nesta manhã?

— Como assim? — A expressão dela mudou. — Você também, Lou? Eu queria que as pessoas parassem de tentar me empurrar para cima dos outros. Ele está noivo de Dolly Meyrick.

— Não é isso. — Louisa sorriu. — Desculpe, só perguntei porque ele parecia um pouco nervoso ontem à noite.

— Pareceu mesmo, não foi? Ele estava bem hoje cedo, mas um pouco calado. A gente não devia ter feito aquilo ontem. Estou me sentindo péssima agora.

Louisa dobrou a última fronha da pilha.

— É melhor eu voltar para a ala das crianças. Ver se alguém precisa de mim. — Ela abriu um sorriso desanimado. — Mas imagino que não seja o caso.

Ao chegar à sala, porém, viu que uma carta a aguardava, apoiada sobre o relógio portátil da babá Blor. Havia um selo da prisão Holloway no envelope, e, quando ela o abriu, encontrou um recado muito curto.

Louisa,
Busque Daniel agora.
Dulcie.

Tremendo, Louisa colocou o bilhete de volta no envelope e o guardou no bolso. Era óbvio que Dulcie tinha motivos dignos para se preocupar. Fora isso, ela não conseguia pensar direito. Depressa, ela desceu correndo a escada e seguiu para o hall de entrada, que felizmente estava vazio. Depois de entrar de fininho na saleta do telefone, fez a ligação e, com a voz trêmula, pediu à telefonista que transferisse a ligação para a delegacia de Vine Street, solicitando em seguida o sargento Sullivan.

Ele não estava lá.

Louisa deixou um recado, avisando que havia recebido um bilhete de Dulcie pedindo para que buscasse Daniel.

— É só isso? — perguntou o policial do outro lado da linha.

— Sim — respondeu Louisa.

O que mais poderia falar? Porém, se Guy não conseguisse chegar logo à Johanna Street, ela teria de ir por conta própria. A única questão era como. Não podia pedir por outro dia de folga sem ser demitida pela Sra. Windsor. Louisa pensou. Sebastian voltaria para Oxford, e Ted iria junto. Charlotte ficaria na casa, é claro. Restava Clara; Louisa teria de pedir sua ajuda.

Louisa bateu à porta do quarto de Clara.

— Entre — foi a resposta animada do outro lado. — Ah, é você — disse Clara quando Louisa entrou. — Como posso ajudar?

Ela estava inclinada sobre a mala, aberta em cima da cama, dobrando seus vestidos em tons pastel.

Louisa hesitou, mas então lembrou a si mesma de que Dulcie — e Daniel — tinham muito mais a perder do que ela. De todos, Clara era a mais amigável; talvez por ser americana, a moça parecia encará-la menos como uma criada e mais como uma pessoa. E seu desejo de ser atriz significava que gostava de certas doses de drama e intriga.

— Preciso pedir um favor.

Clara a encarou, parecia estar aberta à proposta, mas não disposta a se comprometer por enquanto.

— Tenho de ir a Londres, mas não posso pedir folga para a Sra. Windsor, a governanta.

— Por que você precisa ir a Londres?

— Não posso explicar, Srta. Clara. Prometo que contaria se pudesse, mas é uma situação grave.

— Não imagino como eu posso ajudar. — Clara fechou a mala e bateu os trincos.

— Achei que, talvez, a senhorita pudesse dizer a lady Redesdale que está se sentindo indisposta e que precisa de uma acompanhante durante seu retorno a Londres, para que não esteja sozinha caso desmaie ou passe mal no trem, e então posso me oferecer para ir.

— Ah, não sei... — Clara ficou quieta, mas Louisa notou que a ideia havia ganhado força.

— Pensei na senhorita, sabe, porque sei que é atriz.

Clara sorriu diante da bajulação.

— É verdade. E sou atriz de verdade, diferente de Phoebe. Ela era dançarina na 43, sabia? — Clara levou o indicador aos lábios, fazendo um sinal de segredo. — Ela acha que foi por isso que Adrian a recusou quando deu em cima dele. Isso a deixou tão irritada! É óbvio, a mágoa não deve ter sido muito grande, porque ela mudou logo seu foco para Seb... — Clara parou de repente, lembrando com quem falava. — Desculpe, esqueça isto. — Com vergonha, ela alisou o cabelo e esfregou os lábios um no outro. — Sim, vamos fazer isso. Vou ajudá-la.

CAPÍTULO CINQUENTA E SETE

Louisa passou horas remoendo-se sobre o bilhete de Dulcie, se perguntando por que ela o teria enviado. Ela já havia dado a entender que as Ladras conseguiriam machucá-la na cadeia, então, se estivessem planejando algo, não seria estranho se mandassem um recado primeiro. Mas será que fariam alguma coisa se soubessem que havia uma criança na casa? Com certeza não. Contudo, Alice Diamond acreditava que tinha sido traída, e Louisa sabia como essas redes funcionavam. Lealdade era mais importante do que sangue.

A atuação de Clara não havia decepcionado, e Louisa logo recebera permissão para acompanhá-la no trem. Ela só não tinha explicado a parte que não pegaria o próximo trem de volta para a Sra. Windsor. Não fazia diferença. O trajeto havia sido longo, com Clara perguntando qual era a emergência e Louisa tendo de evitar as perguntas, até a americana ficar bem ofendida. Na estação, depois de se despedir de Clara o mais rápido possível, Louisa tentou falar com Guy de novo, sem sucesso.

Agora, por fim, ao chegar à Johanna Street, ela se perguntou se não teria se comportado feito uma boba, indo correndo até lá. O clima no lugar era de tranquilidade, com os postes iluminando uma rua limpa e ordenada. Mesmo assim, ela estremeceu diante do número 33, o nervosismo e a noite fria fazendo com que seu casaco de lã não fosse suficiente. Ela bateu à porta e esperou enquanto os sons de alguém andando pelo corredor ficava cada vez mais próximo. William Long a recebeu, ainda com um guardanapo enfiado na gola da camisa, seu rosto com barba por fazer exibindo o olhar confuso de alguém que fora interrompido inesperadamente em meio a uma tarefa. Havia um resquício de mostarda no canto de sua boca.

— Louisa. — Ele não parecia feliz nem incomodado com sua presença. — Aconteceu alguma coisa?

Ela olhou para trás, como se quisesse confirmar que realmente estava ali por livre e espontânea vontade, então se virou de volta para ele. Ele não tinha recebido um bilhete de Dulcie, então. Mas por que não?

— Na verdade, não. Eu só... vim saber como o Daniel está.

William abriu um sorriso largo.

— Ahh, ele é um bom menino. Entre, então. Estamos quase terminando de jantar, mas deve ter sobrado alguma coisa para você comer.

Sem muito entusiasmo, Louisa começou a dizer que não queria incomodar, mas sentiu o cheiro das linguiças, e sua boca aguou. Na cozinha nos fundos da casa havia uma mesa quadrada larga, à qual Marie estava sentada, com Daniel no colo, e um rapaz que foi apresentado como Eddy, irmão de Dulcie. Ele fez apenas uma pausa breve enquanto comia para dar oi, inclinado sobre o prato, usando o garfo como se fosse uma pá. Louisa estava tão acostumada com a postura dos Mitford à mesa que esqueceu que seu pai também costumava comer assim, esfomeado após um dia de trabalho.

Louisa não sabia o que pensar. Após horas de pânico e preocupação no caminho até ali ela se deparava com um ambiente tranquilo. Será que Dulcie estava imaginando coisas? Será que Louisa havia interpretado o bilhete do jeito errado? Ela o tateou no bolso de novo, como se tocá-lo fosse trazer uma resposta. Se William e Marie não estavam preocupados, ela não os assustaria sem necessidade.

Sem outro plano em mente, ela decidiu se sentar e esperar um pouco. Talvez algo acontecesse nesse meio-tempo. Daniel mastigava um pedaço de linguiça que segurava como se fosse o Henrique VIII em miniatura, mas, ao ver Louisa, abriu os braços. Marie o entregou para ela, e Louisa viu o alívio em seu rosto. A barriga redonda estava protuberante, e, agora que havia liberado as mãos, ela a esfregou.

— Ele está ficando pesado demais para mim — suspirou ela.

Louisa segurou o menino com facilidade, mas pegou uma cadeira indicada por William e se sentou com o menino ao colo.

— Como ele está se adaptando? — perguntou ela, precisando da conversa para distrair a cabeça.

— Bem — respondeu Marie. — Pobrezinho, ele ficou zanzando por aí feito um cachorrinho de rua, mas está em casa agora. — Ela se levantou e levou o prato vazio do irmão para a pia. — Quer comer alguma coisa? — perguntou ela para Louisa. — Não vai demorar. A frigideira ainda está quente.

Louisa sentiu o estômago roncar.

— Se não for dar trabalho...

Marie sorriu.

— Não, trabalho nenhum.

William tirou o guardanapo da gola e empurrou a cadeira para trás, fazendo barulho.

— Vamos deixar as meninas conversando. Eu e Eddy estamos indo para a sala.

Ele acenou com a cabeça para o filho, que levantou sem dizer nada e seguiu o pai para fora da cozinha.

— Você teve notícias de Dulcie? — perguntou Louisa depois que os homens saíram.

Marie virava as linguiças, que espirravam gordura.

— Nada. Escrevi para avisar que estamos com Daniel e que ela não precisava se preocupar. Mas é difícil saber se elas recebem as cartas. Se ela estiver envolvida em uma confusão ou algo assim, seria assim que eles a puniriam e nós nunca ficaríamos sabendo.

— Confusão? — repetiu Louisa, tentando não parecer muito preocupada.

— Dulcie tem um gênio forte. Já disse para ela tomar cuidado, mas aquela garota faz o que dá na telha. Nem adianta falar. Aqui, prontinho. — Marie colocou um prato diante de Louisa com duas linguiças douradas e duas fatias de pão com manteiga. — Quer molho?

— Agradecida — disse Louisa, se surpreendendo com um retorno ao vernáculo de sua vida antes dos Mitford.

Ela colocou Daniel na cadeira ao lado, que se distraiu mordendo um brinquedo — que, graças às marcas de mordidas, adquirira um formato bem definido. Ela comeu rápido e com prazer, se deliciando com a ardência da mostarda atrás do nariz quando colocou mais do que deveria. Saciada, ela se recostou na cadeira e observou Marie terminar de lavar a louça. Havia uma sensação de paz e aconchego na casa, que estaria completamente silenciosa se não fosse pela água pingando na pia. Daniel começou a choramingar, e Louisa o colocou no colo de novo, onde o menino se aconchegou.

— Posso colocá-lo para dormir? — perguntou Louisa. — Quero ajudar de alguma forma.

Marie secou as mãos em um pano pendurado na cadeira.

— Vou com você. Papai e Eddy vão querer voltar e surrupiar um pouco mais de pão com manteiga. Eles nunca se dão por satisfeitos.

As duas subiram, e Marie mostrou a Louisa seu quarto, onde Daniel dormia em uma cama improvisada no chão. O espaço era pequeno, com paredes um tanto monótonas, porém a jovem havia dado alguns toques femininos — uma echarpe jogada sobre um espelho e uma estrela de Natal pendurada na janela. A lâmpada não tinha cúpula, e seu brilho ofuscou os olhos delas depois de terem atravessado o corredor escuro. Não havia sinais de algo que poderia pertencer a um homem. De alguma forma, Louisa estava em casa ali na Johanna Street e sentia uma identificação forte com Marie. Essa foi a única explicação que encontrou para fazer uma pergunta tão impertinente:

— Onde está seu marido?

Marie desabou na cama e se deitou.

— Não sei. Faz meses que não o vejo. Nem somos casados de verdade. Só digo isso porque... Você sabe. — Ela apontou para a barriga. — Imagino que ele vá voltar quando souber que tudo deu certo e que o filho é dele. Não dá para não saber, né? Sempre são a cara do pai quando nascem.

Louisa concordou com a cabeça.

— Sim, verdade. — Ela olhou ao redor e viu uma bacia com água. — Posso pegar água quente? Para limpar o rosto dele?

— Só se você for lá embaixo — disse Marie, ainda deitada. De repente, ela parecia doente. — Desculpe. Só estou com cinco meses, mas qualquer coisinha já me deixa muito cansada. Papai diz que não estou me alimentando o suficiente, mas fico toda embrulhada só de pensar em comida.

— Já volto — disse Louisa.

Ela deixou Daniel na cama, que deitou ao lado da tia. Os olhos grandes dele fechavam conforme a mão de Marie acariciava com ternura seus cachos macios e escuros. Louisa pegou a bacia e a equilibrava em sua cintura para ter uma mão livre para abrir a porta quando ouviu um estrondo do lado de fora, o que a fez dar um pulo e derrubar a água no vestido. A última vez que algo assim havia acontecido fora na noite do assassinato de Adrian.

Parecia um tiro, mas ela disse a si mesma para não ser tão boba, que provavelmente era só o cano de descarga de um carro. Então, quando ouviu os gritos e berros que vinham da rua, ela percebeu que finalmente havia chegado o momento pelo qual tanto esperaram. As Ladras estavam aqui.

CAPÍTULO CINQUENTA E OITO

Guy dobrou o bilhete e o guardou no bolso, mantendo uma expressão calma enquanto a preocupação inundava sua mente. Mary estava em uma sala nos fundos, guardando arquivos e se aprontando para ir para casa, quando Guy entrou.

— Recebi um recado de Louisa — disse ele. — Parece que ela recebeu um aviso de Dulcie que dizia "Busque Daniel agora".

— O que ela quer que você faça?

— Não sei. Será que minha conversa com Dulcie fez com que ela ficasse mais nervosa e preocupada do que devia com o filho?

Mary refletiu.

— Acho que não é só isso. Dulcie sabe que seria difícil para Louisa pegar Daniel. E por que a irmã o deixaria ir embora? E para onde Dulcie acha que Louisa o levaria?

— Qual é o seu palpite? Que ela ficou sabendo de algum plano das Ladras?

— Ou de Billy Masters. Quem disse que ele não sabe que estamos rondando por aí? — perguntou Mary.

Guy esfregou a nuca.

— Mas eles não machucariam uma criança pequena, machucariam?

— Não — concordou Mary —, não machucariam. Porém, de toda forma, Dulcie sabe que algo aconteceu com ele ou que está prestes a acontecer.

— Será que tem a ver com o alerta que Louisa recebeu no dia em que vocês foram ao Elephant and Castle? Alice Diamond vai tentar se vingar da família?

— O que elas fariam? — O nervosismo brilhava nos olhos de Mary.

— Não sei! — gritou Guy em meio ao medo e à frustração. — Desculpe. Mas pode ser qualquer coisa, não pode?

— Só saberemos se formos até lá. — Mary começou a guardar o restante de suas coisas.

— É perigoso — disse Guy. — Não sabemos como e quantas pessoas estão envolvidas. Eu com certeza não quero você no meio disso.

Mary fez uma careta, mas não rebateu.

Guy pensava rápido, tentando desesperadamente achar uma solução para o pedido de socorro de Dulcie. Ele olhou para o relógio na parede da delegacia: passava um pouco das seis, ou seja, seu turno estava quase no fim. Não podiam ir sozinhos à Johanna Street, precisavam de reforços. Cornish não estava mais ali, então não havia como pedir sua permissão. O inspetor do turno noturno provavelmente diria que, se houvesse motivos sérios para se preocupar, Dulcie teria alertado as autoridades da prisão para avisar a polícia de Lambeth. Aquele nem era o distrito deles, de toda forma. Simplesmente não havia motivos suficientes para tomar uma atitude.

— Quais são seus planos para hoje à noite? — perguntou Guy.

— Vou encontrar Harry na 43 — respondeu ela, um pouco tímida. — Mas posso desmarcar, se você precisar de mim.

— Não — disse Guy —, é melhor você ir. Assim pode ficar de olho nas Ladras, caso elas apareçam. Eu ia mesmo passar lá mais tarde, para o caso de Billy Masters aparecer.

— Posso procurar por ele.

— Acho que as chefes de Harry na boate não ficariam muito felizes se a namorada dele começasse a causar rebuliço. Só fique de olho e me conte se você vir algo suspeito.

— Não sou... — Mas ela pensou melhor e ficou quieta. — Pode deixar.

Guy foi correndo para casa. Ele precisava tirar a farda antes de ir para a Johanna Street. Independentemente de qualquer coisa, não podia aparecer lá de uniforme. Se as Ladras estivessem na casa, isso só acirraria os ânimos. Ele também não queria ir sozinho, então decidiu levar Socks junto. Apesar de Guy ter de passar boa parte do seu tempo fora e ser seu pai quem alimentava o cachorro e o levava para passear, não havia dúvidas de que Socks era dele. Assim que Guy abria a porta, o monte de pelos pretos e brancos pulava nele, implorando para receber carinho atrás das orelhas antes de deitar de barriga para cima com um olhar pidão no rosto ao qual Guy nunca conseguia resistir. Ele era um cão brincalhão, mas seus anos com o tio de Louisa, Stephen, o ensinaram a ficar tranquilamente sentado ao lado do dono, parecendo pronto para atacar ao menor sinal. Isso também podia ser útil.

— Você perdeu o jantar — gritou a mãe quando Guy abriu a porta.

— Desculpe, mãe — respondeu Guy rápido, desamarrando os cadarços e pendurando o paletó no gancho. — Vou precisar sair de novo.

Ele enfiou a cabeça na fresta da porta da sala. Seu pai estava sentado a uma mesa de madeira diante da janela, com um jornal esticado e segurando um lápis. Ele gostava de fazer palavras cruzadas durante a noite, agora que tinha se aposentado.

— Mantém o cérebro funcionando — dizia ele pelo menos uma vez por noite, cutucando a lateral da cabeça com o indicador.

Bertie, o irmão caçula — outro que permanecia solteiro — estava em um banco baixo diante da mãe. Ela enrolava seu novelo de lã, e Bertie estava com um olhar resignado, comum a cada um dos filhos. A mãe de Guy o fitou com uma ruga de preocupação entre os olhos.

— Preciso saber de alguma coisa? — perguntou ela, mantendo as mãos suspensas no ar, os cotovelos apoiados nos joelhos.

— Não — respondeu Guy. — Não chegarei tarde. Vou levar Socks comigo.

Ao ouvir isso, as orelhas do cachorro se esticaram, e ele levantou com um pulo, como se tivessem apertado um botão. Guy subiu para o quarto para trocar de roupa e, quando voltou, Socks estava sentado pacientemente ao lado da porta, esperando por ele. Guy pegou o casaco e o chapéu, batendo a porta de leve após sair.

Em meio ao vento cortante, Guy andava apressado até o ponto de ônibus, e, quando viu as luzes quentes do transporte que se aproximava, ficou feliz. Socks pulou para dentro com destreza, Guy se segurou na barra do canto. Os dois ficaram olhando para fora e não se sentaram. As ruas estavam movimentadas, com homens e mulheres ansiosos para chegar em casa, mas havia um clima de tranquilidade no ar, a sensação de que o Natal se aproximava — o cheiro de castanhas e os sons constantes de corais cantando hinos diante da igreja e moedas tilintando em um balde traziam uma leveza para o ambiente. Mas nada disso era prazeroso para Guy, porque Daniel não saía de sua cabeça, e o medo o dominava.

CAPÍTULO CINQUENTA E NOVE

Marie se sentou.
— O que foi isso?
— Não sei — respondeu Louisa, porém, antes de conseguir falar qualquer outra coisa, foi silenciada por gritos ainda mais altos na rua.

Daniel também ficou alerta, olhando para a tia em busca de orientação — aqueles sons eram realmente assustadores ou alguma brincadeira? Marie não disse nada, mas o puxou para perto.

Louisa deixou a bacia com água em um canto e foi até a janela, sem ousar abri-la ou muito menos se inclinar para fora, apenas tentando entender o que estava acontecendo. A Johanna Street era um lugar extremamente comum, com fileiras de casas baixas que mal se distinguiam umas das outras, exceto pelas janelas e pelas portas em graus variados de conservação — lembrava uma fila de estudantes. Louisa sabia que os vizinhos deviam se conhecer de vista, inclusive pelo nome, e que as crianças teriam o costume de brincar ou brigar na rua na maioria das tardes, sem medo dos carros passando. À noite, as mulheres fechariam suas casas e as cortinas, mandariam as crianças para a cama e se recolheriam em suas salas particulares, para aproveitarem um momento sozinhas.

Alguns moradores provavelmente não eram flor que se cheire, e o ideal era fazer vista grossa se você não quisesse envolvimento com a polícia. O melhor era ficar na sua.

Hoje, não era o caso.

Janelas haviam sido escancaradas, e cortinas, abertas, revelando as luzes amareladas nas casas dos observadores. Louisa viu dois ou três homens, suas silhuetas iluminadas pelas luzes às suas costas, na dúvida se deviam participar da balbúrdia, acabar com a confusão ou gritar na segurança de suas casas trancadas. Louisa então abriu um pouco a cortina fina e olhou para fora. O grupo reunido diante do número 33 parecia conter cerca de trinta pessoas, mais homens do que mulheres, que gritavam vigorosamente. Assustada, Louisa notou que Bertha, Elsie e Alice Diamond estavam lá no meio. Elas pareciam empolgadas, talvez bêbadas, e incitavam os homens, alguns dos quais carregavam pedaços de madeira grandes e grossos, a serem violentos. Louisa viu de relance o brilho da lâmina de uma faca.

Ela ficou paralisada, e seus olhos se encheram de lágrimas. Aquele era seu fim, tudo estaria acabado. Aquilo tudo era sua culpa, pois levara Daniel para lá, trazendo esse terror para a casa. Ela se virou para Marie com os olhos arregalados.

— Sua porta tem tranca?

Marie estava totalmente enroscada em Daniel, acariciando seu cabelo e sussurrando que tudo ficaria bem.

Não ficaria porcaria nenhuma.

— Marie! — gritou Louisa, e mesmo assim foi difícil se fazer ouvir com os gritos que se tornavam mais altos e nervosos a cada segundo. — Chave! Você tem alguma?

Marie olhou para cima com olhos vermelhos, e balançou a cabeça. Não.

— Tem algum quarto aqui em cima que tenha?

Não.

Louisa empurrou uma cômoda diante da porta e olhou ao redor em busca de outra coisa, qualquer coisa, para acrescentar peso. Havia uma mala, uma mesa de cabeceira e alguns livros. Ela empilhou tudo ali. No mínimo, podiam dificultar a passagem, fazer um invasor tropeçar. Enquanto olhava ao redor, tentando encontrar mais alguma coisa pesada, um bramido terrível veio da multidão, junto com o som de vidro sendo quebrado. Louisa correu de volta para a janela. Um homem cambaleava para trás com as mãos na cabeça, sangue escorria entre seus dedos. Agora, tudo explodia, os homens e as mulheres iam para a frente como uma única força assustadora, e Louisa sentiu a casa balançar. Eles tinham derrubado a porta.

William e Eddy. Eles estavam no andar de baixo; seriam os primeiros. Ela torceu para que os dois fossem fortes o suficiente, que conseguissem lutar. Eles estavam em minoria, e a multidão era raivosa, barulhenta, e se aproximava cada vez mais. Louisa conseguia entender alguns gritos agora: "Traidores" e "Matem o velho..."

Não havia dúvida. Ela seria a próxima.

CAPÍTULO SESSENTA

Guy cruzou Londres de Hammersmith até Lambeth usando ônibus e metrô, com um mapa em seu bolso traseiro. No caminho, havia analisado o mapa e memorizado a rota da estação Lambeth North até a Johanna Street. Ele se lembrava de Louisa ter dito o nome da rua onde os Long moravam, mas não o número da casa. Se chegasse lá e não encontrasse nenhum sinal de baderna, pelo menos teria certeza de que não havia nada errado e observaria discretamente por algumas horas. Mas, se algo estivesse acontecendo, seria fácil identificar a quem pertencia a casa em apuros.

Com Socks lealmente ao seu lado, sem parar nem para farejar alguma coisa, os dois caminharam rápido pelas ruelas, se mantendo nas sombras. Estava frio, mas o ritmo aquecia Guy, então ele desamarrou o cachecol, deixando-o solto enquanto andava. Havia um pouco de barulho e alguns carros nas redondezas, além de avistar um ou outro homem de vez em quando, com o chapéu enterrado na cabeça, fumando. Mas, conforme se aproximavam do destino, Socks levantou as orelhas, e Guy sentiu um frio na espinha. Dava para ouvir gritos altos — berros raivosos e provocações, apesar de não ser possível distinguir as palavras. Com cuidado, ele se esgueirou pela calçada, tentando manter uma distância dos feixes de luz dos postes, e parou na esquina da Johanna Street para espiar o que acontecia.

Ao contrário das que tinha acabado de passar, as casas ali estavam com as luzes acesas, com pessoas nas janelas, uma ou duas com as portas abertas, observando a cena aterrorizante de mais ou menos uns trinta homens e mulheres aglomerados diante do número 33. Muitos balançavam garrafas de vidro no ar, outros atiravam-nas com violência no chão e alguns empunhavam pedaços de madeira compridos, grossos e pesados. Ele notou uma mulher parada sob um poste, seu rosto contorcido e disforme com a expectativa da violência. Havia mulheres paradas atrás do grupo, com as mãos para cima, incitando os homens a entrarem, a darem uma surra nos desgraçados. Perto da entrada, ele viu uma mulher mais alta que as demais, seus gritos eram os mais vigorosos e sanguinários. A visão era apocalíptica e apavorante, como assistir a uma matilha de lobos se reunindo para atacar um grupinho patético de ovelhas. Quem estivesse dentro daquela casa não teria a menor chance.

O mais rápido que pôde, Guy voltou pelo caminho até o ponto em que lembrava ter visto uma cabine telefônica. Havia poucas ali, e ele tivera sorte de passar por uma. A mão suada escorregava na maçaneta, e quando conseguiu abrir a porta da cabine, entrou rápido e usou uma das mãos para tirar o telefone do gancho e a outra para discar o número, gritando pela telefonista. Quando ela atendeu, foi calma e eficiente, transferindo-o para a delegacia mais próxima. Guy deu o endereço e explicou brevemente a situação, mas fez questão de deixar bem claro que se tratava de uma emergência.

— Envie vários homens — disse ele — em patrulhas. O mais rápido possível. Por favor!

Ele até deu o número do seu distintivo, para que soubessem que falava sério.

Quando Guy voltou para o início da Johanna Street, rezou para ter feito a ligação a tempo. Ao virar a esquina, depois de escutar o som de vidro estilhaçando, ele viu que uma janela havia sido quebrada aos chutes; no andar de cima, mãos abriram uma janela, e um vaso veio voando, acertando em cheio a cabeça de um dos homens. Ele gritou de dor, e os berros da multidão se tornaram mais altos, como um motor ganhando vida. Sem aviso, uma mão apontou uma arma para cima no meio da multidão e disparou um tiro. Um silêncio brevíssimo se seguiu, e uma mulher que estava parada diante de uma das casas da frente correu para dentro e bateu a porta. Então os urros recomeçaram, as ameaças mais parecidas com uivos de animais do que com palavras. Houve um estrondo apavorante quando os homens chutaram a porta de entrada. Guy olhou para cima e viu a única coisa que estava torcendo mais do que tudo para não encontrar. Louisa, meio escondida por uma cortina, espiando a multidão na rua. Ela estava encurralada, e não havia nada que ele pudesse fazer.

CAPÍTULO SESSENTA E UM

A casa em que estavam não era grande. Havia apenas dois lances de escada que começavam no hall de entrada no primeiro andar, onde ficavam a cozinha e a sala. Louisa sabia que ela, Marie e Daniel tinham apenas poucos minutos, o tempo que William e Eddy conseguiriam atrasar os homens, mas os dois com certeza seriam espancados. Não havia telefone na casa, e tentar chamar a atenção das pessoas nas janelas do outro lado da rua seria inútil. Elas também não teriam telefones e provavelmente tinham decidido que os moradores do número 33 da Johanna Street mereciam o que estava acontecendo, já que ninguém havia se prontificado a tentar dispersar a multidão.

Pelo amor de Deus, Guy não tinha recebido sua mensagem? Ninguém na rua ligou para a polícia?

Óbvio que não. Pelo mesmo motivo que ninguém chamava no conjunto habitacional em que Louisa crescera. Mesmo nas situações mais graves, ninguém queria a polícia batendo à sua porta. Se houvesse necessidade de punir os culpados, as pessoas preferiam fazer isso por conta própria, de um jeito rápido e direto. Não havia a necessidade de tribunais, juízes e procedimentos demorados.

Marie chorava agora, mas baixinho, sem esperança de ser ouvida ou consolada. Daniel permanecia enroscado em seus braços, completamente quieto, mas com os olhos abertos.

Poucos minutos tinham se passado desde o tiro, mas Louisa sentia como se toda a sua vida tivesse passado como um filme diante de seus olhos, pensando na mãe, nos Mitford, e até no tio Stephen. O que eles fariam quando descobrissem o que tinha sido dela?

Gritos e berros abafados vinham do andar de baixo, com baques que podiam ser qualquer coisa — um homem jogado no chão, uma cabeça empurrada contra uma parede. Não havia nada a ser feito além de esperar.

Lá fora, Guy estava paralisado. Ele viu os homens entrando na casa, as mulheres permanecendo do lado de fora, gritando incentivos sem parar. Não conseguia mais ver Louisa pela janela e, de repente, uma raiva o invadiu, impulsionando-o a sair correndo pela rua, quase voando, com Socks em seu encalço, com as orelhas para trás. Ele estava quase alcançado a multidão — uma ou duas mulheres se viraram para encará-lo, e ele viu a lâmina de uma faca reluzir —, quando as sirenes soaram. Todo mundo sabia que só restavam segundos. Boa parte da multidão já corria quando três patrulhas da polícia entraram na rua, duas por um lado, uma pelo outro. Os policiais pulavam para fora e saíam em disparada atrás dos baderneiros.

Guy entrou aos empurrões na casa, sentindo uma dor aguda na bochecha e chutes nas pernas ao passar pelas mulheres, mas sem se importar com os ataques que sofria naquele momento. Sua única certeza era que precisava alcançar Louisa e Daniel; precisava tentar. O interior estava escuro, com exceção de uma lamparina no corredor, e ao redor ouvia-se os sons caóticos de brigas, gritos de raiva e dor. Ele subiu a escada. No andar de cima, um homem se virou quando Guy se aproximou e se moveu como se tivesse levado um susto. Ele tentou empurrá-lo para descer a escada, mas Guy bloqueou o caminho e lhe deu um soco no queixo que emitiu um barulho satisfatório. O homem cambaleou pelos degraus e caiu, os pés ficaram presos nos rasgos do carpete surrado.

— Pega ele — comandou Guy, sem olhar para trás.

Havia apenas uma porta fechada, atrás da qual ele sabia que encontraria Louisa — ele precisava ser o primeiro homem a alcançá-la. Socks obedeceu ao dono e pulou em cima do fugitivo, mostrando os dentes, um rosnado saindo do fundo de sua garganta. Enquanto Guy empurrava a porta no segundo andar, quatro policiais vieram e seguraram o homem. Socks se virou e subiu voando a escada, passando por Guy e latindo para a porta fechada.

Marie olhou para Louisa, e as duas ficaram se encarando, tão alertas quanto um gato caçando ratos. Elas escutaram o som distante de uma sirene de polícia, e também de uma que parecia estar mais próxima.

Então veio o som de botas subindo a escada. Louisa sentou-se no chão, com as costas empurrando a cômoda, os pés apoiados na lateral da cama. Ela semicerrava os olhos de nervosismo, e mal conseguia se controlar para não gritar de medo e dor. Então veio o som dos passos de um ou dois homens, ela não conseguia ter certeza — era difícil ouvir com o barulho da multidão, das sirenes se aproximando e da briga no andar de baixo. Um cachorro começou a latir do outro lado da porta, alertando o homem, ou homens, para a presença de humanos, e Louisa sentiu a pressão da porta sendo empurrada contra seu corpo. Com toda força, ela empurrou de volta, até escutar o homem gritar:

— Daniel está aí? Não estou com eles, me deixe entrar. Me deixe entrar logo.

Mesmo assim, Louisa não conseguia ter certeza, confiar na voz.

Lá de fora, vieram os gritos de "Polícia!" e então os berros começaram a emudecer conforme as pessoas se dispersavam.

O homem parou de empurrar a porta, e Louisa ouviu passos correndo pelo corredor, se afastando da porta e depois se aproximando rápido, seguido de um empurrão forte que fez seus pés escorregarem. Ela levantou com

321

um pulo, pronta para se jogar contra a porta, quando uma pequena fresta foi aberta, e ela ouviu a voz chamando por Daniel. Agora, reconhecia quem era. A porta se abriu um pouquinho mais, e Socks entrou em disparada, latindo, as unhas arranhando o tapete conforme ele escorregava.

Rápido, Louisa afastou a cômoda da porta o suficiente para que Guy conseguisse entrar. Enquanto as sirenes paravam diante da casa, ela se jogou contra o peito dele, deixando que seus braços fortes a envolvessem. Lágrimas escorriam por seu rosto enquanto ele inclinava a cabeça para perto e sussurrava baixinho em sua orelha:

— Estou aqui, a polícia chegou. Desculpe, desculpe. Já passou.

CAPÍTULO SESSENTA E DOIS

— Vamos sair daqui — disse Guy e ajudou Marie a levantar da cama, lhe passando Daniel, que choramingava baixinho. — Que menino corajoso — sussurrou Guy para ele em um tom carinhoso.

A barulheira havia acabado, restando apenas os gritos de dor de William e Eddy, que ficaram gravemente feridos. Os policiais estavam por toda a casa, e várias ligações foram feitas para conseguir uma ambulância, além da necessidade de ataduras e dos pedidos aos gritos por água. No primeiro andar, o homem que tentara passar por Guy era seguro por dois sargentos enquanto berrava e se debatia. Finalmente, ele foi contido para que Guy, Marie e Louisa conseguissem passar, mas, ao fazerem isso, Daniel gritou:

— Billy!

Todos viraram para encarar o menino, exceto o homem detido, que virou a cabeça para o outro lado.

— Esperem um pouco — disse Guy para os policiais. Ele se aproximou do homem, que agora estava completamente calado e com a respiração pesada, encarando o chão. — Olhe para mim — disse Guy, com a adrenalina, o medo e o alívio inundando seu corpo como um coquetel de remédios criado para causar invencibilidade. — *Olhe* para mim.

O homem ergueu a cabeça, apesar de desviar os olhos, mas Guy viu os traços abatidos, que lembravam o de um rato, do homem que prendera por vender drogas em frente à 43.

— Samuel Jones? — perguntou Guy, agora tomado pela dúvida.

Marie se aproximou do homem também.

— O nome desse aí não é Samuel Jones — cuspiu ela. — É Billy Masters.

Na delegacia de Tower Bridge, os policiais estavam em júbilo depois de se darem conta de que integrantes importantes das Quarenta Ladras e dos Elefantes tinham sido presos. Porém, apesar das comemorações, a tentativa de Guy de interrogar Billy Masters foi frustrada. Na Johanna Street, enquanto Billy era colocado na viatura, Louisa lhe contou o que havia acontecido na sessão espírita, e ele estava ansioso para descobrir mais.

— Aqui não é seu distrito, é? — disse um detetive-inspetor arrogante, praticamente empurrando Guy para fora da delegacia.

No fim, ele precisou ligar para o detetive-inspetor Cornish, que no momento estava apreciando um pudim com frutas secas e creme especialmente gostoso no clube que frequenta. Eventualmente, foi acertado que Guy poderia falar com Billy como parte de suas investigações sobre as Ladras e que tinha a autorização do detetive-inspetor Cornish para compartilhar pistas e informações sobre a gangue de Alice Diamond com a equipe de Tower Bridge se isso significasse que teriam provas suficientes para "ela ser trancafiada antes de jogarmos a chave no Tâmisa".

Quando Guy, com um curativo em sua bochecha latejante, finalmente sentou-se diante de Billy Masters em uma sala de interrogatório, a noite já tinha sido bem longa para os dois. Um policial fardado observava em um canto, com Socks enroscado aos seus pés. Uma faca havia sido encontrada com Billy, e Eddy Long o identificara como um de seus agressores: ele seria acusado daqueles crimes e levado a julgamento o mais rápido possível. Isso era certo. Mas Guy agora precisava descobrir se ele também era um assassino. O detetive-inspetor Cornish participava do interrogatório, sua gravata-borboleta desamarrada, e um charuto havia sido deixado na mesa entre os dois.

— Nós já nos conhecemos, como o senhor deve bem lembrar — disse Guy.

Billy, com os pulsos algemados à cadeira, o encarou; apenas um movimento milimétrico de ombros sinalizou que concordava.

Com o caderno diante de si, Guy nunca se sentiu tão grato por sua dedicação em anotar detalhes, apesar das brincadeiras de Harry sobre ele ser muito caxias.

— Na noite em questão, dia 15 de dezembro, o senhor foi visto vendendo cocaína para um cliente da boate 43 e, ao ser preso, informou ser Samuel Jones, morador da Maryland Street, número 48.

Billy não respondeu. Cornish pegou o charuto e deu batidinhas na mesa antes de acendê-lo devagar, protegendo desnecessariamente a chama com uma das mãos, como se estivessem em um penhasco ventoso, e não em uma sala abafada nos fundos da delegacia de Tower Bridge. Mais pompa do que circunstância.

Guy continuou:

— Agora, podemos confirmar que seu nome é William, ou Billy, Masters. Estamos corretos?

— Se você diz.

Guy sabia que aquilo seria difícil, mas Billy Masters não tinha noção de como ele estava determinado. Aquele era seu momento, e ele queria que o detetive-inspetor Cornish presenciasse tudo.

— O suprimento de cocaína que o senhor vendia para os clientes da 43, e de outros lugares também, sem dúvida, vinha do Sr. Albert Mueller. Correto?

— Quero meu advogado.

— Escute aqui, garoto — disse Cornish, naturalmente assumindo o papel do policial durão. — Você não tem advogado. Só vai receber um quando precisar. Agora, sugiro que responda às perguntas se quiser apenas ser preso e não ser mandado para a forca. Entendeu?

Billy ficou quieto, mas seu olho direito começou a tremer.

— O Sr. Albert Mueller já confessou que fornecia drogas ilegais para o senhor, além de identificar potenciais clientes que viriam a consumir seus produtos. — Guy estava blefando, mas sentia que era necessário. Ele precisava que Billy se sentisse mais encurralado do que uma galinha com uma raposa dentro do galinheiro. Talvez duas raposas. — Sugiro que nos conte a verdade, porque temos algumas perguntas complicadas por vir, e seria melhor o senhor conquistar a nossa confiança primeiro.

— Não vou falar nada — disse Billy. Ele era como um diabo desdenhoso que ri na cara da lei.

— Tudo bem — respondeu Guy, folheando seu caderno. — Também preciso deixar claro que tenho muita certeza de que, se eu conversar com a Sra. Sofia Brewster, moradora da Pendon Road, número 92, ela o identificará como fornecedor de materiais roubados. Produtos que parecem ter sido removidos da Debenham and Freebody e da Liberty's, por exemplo. Furtados por várias integrantes das Quarenta Ladras e passados para o senhor para uma venda rápida. Que vida atarefada, hein?

O tremor piorou.

Com o charuto aceso, Cornish começou a falar com a fumaça ainda escapando de sua boca:

— A questão é que pegamos Alice Diamond, e o restante delas vai começar a cair feito dominó. O reinado dela acabou, e, para gentinha que nem você, não há saída. Se falar com a gente, podemos dar um jeito de o juiz ser mais tolerante quando determinar sua sentença. Ou podemos obrigá-lo a falar. Como vai ser?

Guy desejava que Cornish deixasse o interrogatório por conta dele e evitasse táticas de intimidação, mas não podia se ressentir do homem. O fato de a rainha em pessoa ter sido presa já era motivo para comemoração. E Guy tinha sido parabenizado por ter sido o responsável por chamar a polícia. No entanto, seu momento de glória havia sido diminuído quando Cornish notou que a ligação fora feita de uma cabine telefônica no caminho para a casa, depois de Guy receber uma denúncia de Louisa, e não como resultado direto de uma investigação.

— O senhor admite ou não que fornece produtos roubados pelas Quarenta Ladras à Sra. Brewster? — insistiu Guy.

Billy bufou.

— Talvez eu já tenha ido à casa da Sra. Brewster e ajudado com uma coisinha ou outra.

Guy parou por um instante e pensou se devia mesmo pressioná-lo sobre a outra questão. Mas, francamente, pelo que ele estava esperando? Por coragem? Já não tinha provado de uma vez por todas que a possuía?

CAPÍTULO SESSENTA E TRÊS

— Onde o senhor estava na noite de 20 de novembro, uma sexta-feira?

Billy olhou para cima na mesma hora.

— O quê?

Guy repetiu a pergunta.

— Não sei. Se era sexta à noite, provavelmente no Soho ou em algum outro canto. — Mas ele não parecia tão assertivo quanto antes.

— O senhor conhece a Srta. Dulcie Long?

— Mais ou menos — respondeu Billy, rouco.

— Acreditamos que o senhor combinou de se encontrar com a Srta. Long no campanário da mansão Asthall, onde ela deveria lhe entregar as joias que havia roubado da casa naquela noite.

Billy ficou em silêncio, mas o medo brilhava em seus olhos tanto quanto a luz de uma lanterna.

— Só que ela não sabia que o senhor tinha feito planos com alguns dos convidados da festa que ocorria naquela noite. Lorde de Clifford, por exemplo, noivo da Srta. Dorothy Meyrick, da 43. Talvez o senhor pretendesse fornecer cocaína para alguns dos convidados, como geralmente fazia para o Sr. Sebastian Atlas e o Sr. Adrian Curtis...

— Não! — gritou Billy, algemado à cadeira.

— O senhor pegou estas abotoaduras, não foi, como pagamento? — Guy tirou do casaco as abotoaduras de lápis-lazúli que havia tirado de Billy naquela noite; ele as carregava consigo desde então, como um amuleto, torcendo para lhe darem sorte ou uma inspiração divina que o ajudasse a solucionar este caso. Talvez tivesse dado certo. — Só que não foi suficiente, e, quando o Sr. Curtis, com quem tinha combinado de se encontrar no campanário, não lhe deu o dinheiro esperado, o senhor brigou com ele e o empurrou.

— Não, não, eu não fiz isso. — Billy estava com medo agora, o rosto corado.

Guy notou o quanto ele era jovem. Apesar de toda sua marra, ele mal parecia ter idade para se barbear.

— Ou ele caiu? — interrompeu Cornish.

Guy escondeu a irritação, mas não queria que Billy ganhasse uma desculpa como aquela.

— Não aconteceu assim.

— *Assim?* Como foi que aconteceu então? Explique, por favor, Sr. Masters. — Guy se sentia no controle agora. Dali, tudo iria de vento em popa. Ele tinha encurralado o culpado, e Cornish logo o promoveria para o Departamento de Investigações Criminais.

— Sim, eu sabia que aquele pessoal estaria na festa e fiz planos de vender um pouco de cocaína para eles. Pouca coisa, só um extra para garantir, sabe como é.

Guy e Cornish o encararam. Seus olhares diziam que eles não sabiam como era.

— Não que eles soubessem que eu estaria lá, foi Dulcie quem me contou sobre a festa. E, sim, eu tinha combinado de me encontrar com ela. Recebi ordens de... — Ele parou e resmungou, como se tivesse de forçar as palavras a saírem. — Alice Diamond foi mesmo presa?

Guy e Cornish concordaram com a cabeça em perfeita simetria.

— Certo, bem, Alice me disse que Dulcie ia fazer um serviço para elas, então conversamos por telefone e marcamos de nos encontrar no campanário. Sempre revistam os quartos das criadas primeiro quando algo desaparece.

— Prossiga — disse Guy.

Depois de outro resmungo sofrido, Billy disse:

— Eu me programei para encontrar com ela às duas da manhã, então fui de carro, estacionei a uns dois quilômetros da casa e fui andando até a igreja. Mas calculei mal o tempo e cheguei mais cedo. Entrei na igreja, mas, antes de subir na torre, escutei uma briga entre dois homens, e, como não queria me meter naquela confusão, me escondi entre os bancos. Quando tudo ficou em silêncio, levantei a cabeça e vi...

— O que você viu, Billy? — Guy sentia que estava prestes a descobrir algo fenomenal, era como se uma plateia os cercasse, pronta para explodir em aplausos.

— Vi um homem correndo.

Só *isso*? Um homem correndo?

— O senhor não viu Dulcie Long? — perguntou Guy.

— Não, não a vi. Estava cedo, e emprestei um relógio para ela chegar na hora certa.

— Então por que o senhor não disse nada antes? Se ela faz parte das Ladras, por que elas não encontraram uma forma de provar sua inocência?

Billy disse um palavrão baixinho.

— Vocês não entendem nada mesmo, não é? Porque tirá-la do caminho era vantajoso para elas. Me disseram que ela estava ameaçando largar o bando e se endireitar, e esse tipo de coisa não agrada elas. Me disseram para ficar de bico fechado.

— Essa história parece muito conveniente — disse Cornish. — Você não fez nada, mas viu "um homem" correndo.

Billy gritou como se sentisse dor.

— Não fui eu! Escutem, vocês me pegaram com a Sra. Brewster e tudo mais. Faço uns bicos para as Ladras, e uma coisa ou outra nas boates. Mas não sou assassino, nunca faria algo assim.

— Então quem foi, quem era o homem? — Guy precisou se controlar para não virar a mesa de tanta frustração.

— Não sei. Estava um breu naquela igreja, e ele estava com um tipo de capa, com capuz e tal. Só sei que era um homem, e que ele correu rápido. — A respiração de Billy ia e vinha em bufadas ritmadas.

Cornish levantou e abotoou o casaco.

— Certo, estou indo então. Sullivan, prenda esse homem pelas várias confissões que ele fez. E é melhor avisar o detetive-inspetor local do distrito da mansão Asthall sobre isso tudo, imagino que ele vá assumir as rédeas do caso. Talvez queira interrogar o Sr. Masters pessoalmente. — Ele assentiu com a cabeça para o policial no canto. — Boa noite a todos.

Não havia sido Dulcie Long nem Billy Masters.

Então, quem matou Adrian Curtis?

Guy teria de ir à mansão Asthall e descobrir.

CAPÍTULO SESSENTA E QUATRO

The Evening Standard, **quinta-feira**, *24 de dezembro de 1925*

PORTA ARROMBADA
CASA INVADIDA POR HOMENS E MULHERES
SURPREENDENTE RELATO POLICIAL

Um relato surpreendente sobre uma residência atacada por uma multidão foi apresentado ontem no tribunal policial de Tower Bridge, em Londres, quando Alice Diamond (23), Bertha Scully (22), Billy Masters (23) e Phillip Thomas (30) foram indiciados e mantidos em detenção preventiva pelo ataque malicioso contra William Long e Edward Long, seu filho, na Johanna Street, Lambeth, na noite de segunda-feira, 21 de dezembro. As agressões foram incisões na cabeça e nos braços usando objetos cortantes. Scully e Masters também foram indiciados pelo ataque ao sargento Sullivan, e Scully por obstruir o trabalho da polícia. Todos respondem às acusações de danos à propriedade de número 33 da Johanna Street, no valor de £8 17s. 6. Maggie Hughes, 27 anos, também estava presente para responder à primeira e à última acusações.

Lorde Redesdale dobrou o jornal e o colocou na mesa ao lado de sua poltrona.

— Parece que seu amigo Sullivan foi deveras heroico — disse ele, seco.

A notícia de que Louisa estivera envolvida na arruaça fora recebida com frieza por seus empregadores. Ela sabia que os dois estavam abalados por saber que ela mantinha relações próximas com Dulcie Long.

Todas as crianças e seus pais estavam reunidos na biblioteca para tomar chá, e Louisa trouxe o jornal como uma desculpa para dar outras notícias. Era Natal, mas a correria das festas havia acabado, com lady Redesdale contente em recusar quaisquer outros convites para a semana, exceto as caçadas. Na sua opinião, aquela era uma época em que nenhum esforço devia ser feito, exceto pelos criados. As meninas mais novas, Unity e Decca, já começavam a parecer porquinhos que haviam comido demais, resistindo à insistência do pai para que fossem dar uma volta lá fora, preferindo deitar nos sofás e ficar lendo até ele jurar que as duas acabariam ficando cegas. Um quebra-cabeça enorme estava disposto na mesa comprida no fundo da biblioteca, com dois terços montados, e Debo pegava e sacudia todos os presentes embalados que estavam debaixo da árvore de Natal cheia de decorações. Diana e a tia, Iris, conversavam intensamente, falando com seriedade e foco, apesar de Louisa imaginar que o assunto não seria nada mais escandaloso do que a última moda e os estilos de penteado. Diana já havia deixado bem claro que estava se preparando para sua temporada de debutante, que ocorreria dali a menos dois anos e meio, apesar de viver reclamando que morreria de tédio bem antes disso.

Nancy estava inquieta e entediada, rabugenta com as irmãs, sendo gentil apenas com Tom, que sempre parecia ser alvo da graciosidade e predileção da família. Pamela era a única que parecia feliz, depois de passar o dia inteiro caçando. O fato de seu cabelo sofrer por ser esmagado sob um chapéu e os músculos das suas coxas estarem doendo apenas aumentava seu contentamento. Ela dissera para Louisa que não tinha vontade nenhuma de voltar a Londres, pois o deslumbre pelas boates havia ficado para trás, e ela só queria andar a cavalo até chegar a época de cuidar da horta e plantar legumes.

Nancy e Louisa haviam ensaiado a próxima parte juntas; elas torciam para que a emboscada dificultasse qualquer tentativa de lorde e lady Redesdale de impedir seu plano.

— Com licença, milorde — começou Louisa —, mas preciso informá-lo sobre algo.

Lorde Redesdale a encarou com rispidez, e sua esposa deixou o livro de lado.

— Sim? — disse ele.

— Pois então, o sargento Sullivan tinha fortes suspeitas de que Billy Masters havia cometido o assassinato de Adrian Curtis, mas ele nega.

— Faz sentido, já que aquela criada terrível é a culpada — declarou lady Redesdale, como se tivesse sido o juiz e o júri do caso.

— Nós não acreditamos que ela seja a culpada— interrompeu Nancy.

— Nós? — resmungou o pai, mas não conseguiu impedi-la de continuar.

— Se ela fosse mesmo culpada, várias coisas não fariam sentido. Por que ela teria combinado de se encontrar com ele no campanário de novo, sendo que já tinham se encontrado e brigado?

— Porque ela queria se vingar — disse Tom, que ouvia em silêncio do sofá.

— Mesmo assim, por que ele iria ao campanário para se encontrar com ela? — continuou Nancy. — Ele deve ter achado que se encontraria com outra pessoa.

Louisa interferiu agora.

— No interrogatório, Billy Masters confessou uma série de outros crimes, mas negou o assassinato...

— Isso não surpreende ninguém, não é? Esses arruaceiros nunca admitiriam uma coisa dessas — zombou lorde Redesdale.

Louisa ignorou o comentário, educada.

— Ele disse que combinou de se encontrar com Dulcie Long, para coletar as joias roubadas. Mas que chegou à igreja antes da hora marcada e escutou uma briga no campanário. Duas vozes masculinas, e depois silêncio antes de um homem sair correndo. Ele não conseguiu ver quem era porque estava muito escuro, mas disse que o homem usava uma capa com capuz.

-- Qual é o seu ponto, Louisa? — A preocupação de lady Redesdale era evidente nas rugas profundas nos cantos de sua boca.

— O sargento Sullivan gostaria de vir aqui, milady. Ele quer conversar com as pessoas que estiveram presentes naquela noite como parte de sua investigação.

— Mas e o encarregado local, Monkton? Como é mesmo o nome dele? — Lorde Redesdale praticamente cuspia fogo.

— Detetive-inspetor Monroe — respondeu Louisa.

— Esse sujeito. Quer dizer, é o distrito dele. Sem dúvida, se ele acha que a criada é culpada, e ela está presa, esperando pelo julgamento, de que adianta Sullivan vir aqui para se meter na história?

— Esse é o problema, papai — disse Nancy. Ela se levantou agora, agitada por sua empolgação. — Ele não devia fazer isso, mas está claro que Dulcie não é a culpada, e acreditamos que o sargento Sullivan é o único que pode resolver o caso. Para isso, ele precisa que todos estejam presentes, então eu convidei todo mundo para uma festa de Ano-Novo.

— O quê? Imagino que você tenha conversado com a Sra. Windsor e a Sra. Stobie sobre isso? — A fúria de lady Redesdale era nítida. — Elas vão ter muito trabalho extra.

— Não — gaguejou Nancy, sabendo que tinha sido pega. — Elas não concordariam sem você saber.

— E com toda razão! — gritou papai, batendo com as mãos na lateral da poltrona e fazendo Unity e Decca deixarem suas posições jogadas sobre o sofá como uma dupla de bonecos saltando de uma caixa-surpresa.

— Isso não muda o fato, papai, de que todos estarão aqui, inclusive o sargento Sullivan, que vai interrogá-los.

— Você está mesmo dizendo que acha que um dos seus amigos cometeu esse ato terrível? — perguntou Iris. — É uma conclusão muito precipitada.

— É óbvio que não! — exclamou Nancy, a impaciência deixando-a cor-de-rosa. — Ele só quer conversar com todo mundo de novo sobre o que viram naquela noite, para o caso de algo ter passado despercebido.

Para o choque de todos, Pamela se levantou e disse:

— Eu não teria tanta certeza disso, Koko. — E foi embora.

— Então está resolvido — anunciou Diana, que estivera completamente em silêncio, o corpo rijo de tensão enquanto escutava cada palavra empolgante. — Vamos receber a visita de um assassino.

CAPÍTULO SESSENTA E CINCO

No último dia do ano, Guy pegou o trem de Paddington para Shipton com certo nervosismo. Apesar das garantias tanto de Louisa quanto de Srta. Nancy de que sua presença seria bem-vinda, ele não tinha muita fé nisso. Louisa dissera que a irmã Mitford mais velha tinha adorado a desculpa para dar outra festa, apesar de admitir que Srta. Pamela parecia ter suas reservas. A maior preocupação dele, no entanto, não era estragar as festividades, mas que o detetive-inspetor local, encarregado da investigação do assassinato, não ficasse muito animado quando descobrisse que Guy tinha ido à mansão Asthall para interrogar as testemunhas. Na melhor das hipóteses, aquilo poderia ser visto como antiético; na pior, como um motivo para demissão. Por isso, ele achara melhor não incluir Mary Moon, apesar de se sentir culpado por deixá-la para trás, depois de terem trabalhado tanto juntos. Ao mesmo tempo, ele podia estar perto de solucionar o caso, e, sendo assim, sua carreira estaria ganha. Nunca mais precisaria molhar as plantas da delegacia nem ficar direcionando o trânsito de Piccadilly Circus.

Só por uma questão de segurança, ele havia decidido viajar sem farda, para poder alegar que estava ali como amigo de Louisa, e não como policial. Louisa lhe disse que reservaria um quarto para ele na hospedaria do vilarejo, e, fora isso, não havia mais nenhum preparativo a ser feito.

A questão era: quem eram seus suspeitos?

Guy havia conseguido ler as minutas do inquérito, que incluíam uma declaração do detetive-inspetor Monroe sobre a localização dos convidados no momento do assassinato — de acordo com a hora estimada — e na hora da descoberta do corpo. Ele decidiu pegar as anotações que fizera, mas foi difícil. O vagão estava cheio, e Guy acabou apertado contra uma parede por uma dama avantajada de casaco e chapéu rosa-shocking. Ela estava com a bolsa no colo e a abria para pegar uma bala a cada dois minutos, seus cotovelos acertando a lateral de Guy toda vez que isso acontecia. Seus barulhos ao chupar a bala não eram menos intrusivos. Quando Guy se remexeu para tirar o lápis do bolso do casaco, próximo ao quadril rechonchudo da vizinha, ela o encarou como se ele a estivesse incomodando. Isso serviu como lembrete de por que Guy preferia ir andando a todos os lugares.

Ele releu suas anotações, baseadas em registros da polícia e nas informações de Louisa.

Clara Fischer
Sem álibi, sozinha na sala de jantar quando ouviram os gritos de DL.
Motivo: Talvez tivesse um "passado" com AC. Vingança? Carrega uma faca na bolsa (mas é atriz). Compartilha um segredo com lorde DC sobre sua localização naquela noite? Billy diz que viu um homem correndo, mas de capa e capuz — será que ela poderia ter se disfarçado?

Lorde de Clifford
Sem álibi, estava no vestíbulo, sozinho.
Motivo: Será que AC ameaçou revelar a conexão da noiva dele com Billy? Potencialmente contratou Billy para assassinar AC? Caça ao tesouro foi sua ideia. Um homem de capa e capuz

foi visto correndo — sua fantasia para a festa naquela noite era de Drácula.

Phoebe Morgan
Álibi original — tornozelo torcido — confessou ser falso.
Segundo álibi: estava na sala de estar com SA. Ela poderia ter saído de fininho quando ele saiu da sala?
Motivo: Vingança. Foi rejeitada por AC. Ex-dançarina da 43, podia conhecer BM e tê-lo contratado para cometer o crime?

Oliver Watney
Sem álibi, sozinho na saleta do telefone.
Sem motivo. Descartado.

Nancy Mitford
Álibi: No salão matinal com Charlotte Curtis.
Sem motivo. Descartada.

Charlotte Curtis
Álibi: No salão matinal com Nancy Mitford.
Sem motivo. Nervosismo visível no momento. Descartada.

Sebastian Atlas
Álibi: Na sala de estar com Phoebe Morgan. Em declarações, Charlotte Curtis o viu sair da sala, mas ele foi visto poucos minutos depois por PM ao lhe entregar o presente, retornando logo depois para a sala de estar.
Motivo: Nenhum evidente, e era amigo próximo de AC. Descartado.

Pamela Mitford
Sem álibi, sozinha no fumadouro.
Sem motivo, e avaliação de caráter a descarta.

Guy leu e releu suas anotações sem parar. Quando Hooper chegou para buscá-lo na estação, com a luz da tarde começando a desbotar para um crepúsculo invernal, Guy sabia quem era o culpado. E, agora, iria pegá-lo.

CAPÍTULO SESSENTA E SEIS

Louisa estava na cozinha quando Guy chegou, com Debo aos seus pés enquanto ela pegava um copo de leite. Ele bateu à porta com hesitação e, quando ninguém respondeu, entrou, seus sapatos londrinos fazendo barulho sobre o piso de lajotas.

— Você chegou — disse Louisa, sorrindo e se aproximando dele. — Hooper buscou você sem problemas?

— Talvez eu não usasse esses termos. — Guy riu. — Ele ficou resmungando sobre ter de fazer várias viagens até a estação de trem, mas cheguei inteiro, não cheguei? Não vou reclamar.

— Sente-se, vou pegar uma xícara de chá para você, a chaleira acabou de ferver. Você chegou em uma hora boa. A Sra. Stobie está com a Sra. Windsor na sala particular dela, planejando o jantar, e Ada está na ala das crianças. Eu ia levar a Srta. Deborah para dar uma volta no jardim.

Guy colocou sua mala no chão e puxou uma cadeira.

— Olá, Srta. Deborah — disse ele para a garotinha, que timidamente ofereceu a mão para ser apertada.

— Olá — disse ela. Então se virou para Louisa. — Quem é esse homem?

Louisa riu.

— É o sargento Sullivan, meu amigo.

Debo não disse nada, apenas subiu na cadeira ao lado dele e começou a tomar seu leite em pequenos goles, feito um gato.

Louisa colocou a xícara e o pires na mesa, junto a um bule.

— Você teve notícias de Daniel e Marie? — perguntou ele.

— Só uma carta, mas os dois estão bem. Continuam na Johanna Street. Ela diz que nunca moraram em outro lugar e que não vão ser expulsos dali. De toda forma, com Alice Diamond e as outras mulheres presas, não há motivo para se preocuparem. Daniel já está acostumado com a família. Agora, só precisamos que a mãe volte para ele.

— Eu sei — disse Guy. — Juro que penso nisso o dia todo.

— Tome seu chá e venha passear comigo e Srta. Deborah. Seria bom se conseguíssemos conversar antes de todos chegarem, e, quando eu precisar voltar para a ala das crianças, você pode ir ver seu quarto na hospedaria.

— Isso — disse Guy com um sorriso largo — seria perfeito.

Estava frio do lado de fora, mas pelo menos não chovia, e, com os casacos, eles facilmente aguentariam passar meia hora perambulando pelo jardim. Guy não conseguiu evitar: observando as duas caminhando pouco mais adiante, com a mão de Debo encaixada na de Louisa, o pensamento do que o futuro poderia reservar apertou seu coração. Rápido, ele as alcançou, e os três seguiram pela lateral da casa, mas, ao se aproximarem da passagem no muro que levava à igreja, Guy e Louisa resolveram ir até lá, concordando em silêncio.

— Vá contar os anjos para mim, Srta. Deborah — disse Louisa para a jovem pupila, e a menina foi saltitando por um caminho familiar entre tumbas e túmulos.

— Então foi aqui que tudo aconteceu — disse Guy.

— Sim, bem aqui.

Eles estavam parados quase no exato lugar em que Adrian Curtis havia caído. Guy olhou para o campanário e a janela sem vidro pela qual ele fora empurrado. O céu estava cinza-ardósia por trás da construção, pouco ajudando a amenizar o clima.

— Acredito que lorde de Clifford seja o culpado — disse Guy. — Ele não tem um álibi, porque estava sozinho no momento em que o assassinato ocorreu. E, o mais importante, você disse que a caça ao tesouro foi ideia dele quando a festa foi discutida em Londres. Fora que ele é quem tem mais conexões com Billy Masters. Os dois podem ter bolado um plano.

— Então você acha que Billy foi cúmplice?

— É possível. Mas, mesmo que Billy não tenha nenhum envolvimento, pela sua descrição da reação de lorde de Clifford na sessão espírita, é possível que Adrian Curtis estivesse ameaçando expor a conexão de Dolly Meyrick com ele. No mínimo, existe uma ligação, e é algo que o amedronta.

— E Charlotte Curtis disse que o irmão era completamente contra o noivado com Dolly Meyrick. Ele deve ter ficado nervoso com isso.

— Mas como convencer Adrian Curtis a subir até o campanário? É essa peça do quebra-cabeça que não consigo encaixar — disse Guy, ainda encarando a janela. Com certeza era alto suficiente para matar um homem empurrado lá de cima, mesmo que fosse forte.

— Você viu a lista de itens que estavam na posse dele quando o corpo foi encontrado?

— Sim, mas não há nada de interessante. Copiei a lista dos registros do inquérito — disse Guy.

Deborah continuava atrás dos anjos. Ela olhou para cima e viu que Louisa a observava.

— Sete! — gritou ela, feliz.

— Muito bem! — gritou Louisa de volta. — Continue contando.

Guy empunhava seu caderno.

— Há detalhes sobre seus trajes, a parte esquisita sendo, é óbvio, que ele estava fantasiado de vigário. Mas nos bolsos havia: um lenço, uma caixa de fósforos, uma cigarreira de prata entalhada com suas iniciais que continha seis cigarros, um paliteiro de prata e um pedaço de papel com a mensagem "Venha encontrar a cruz e reze para eu não badalar por ti" datilografada. Só isso.

— Repita a charada — disse Louisa.

— "Venha encontrar a cruz e reze para eu não badalar por ti."

— Isso não faz sentido.

— Como assim? — perguntou Guy, voltando a analisar o caderno, como se as palavras pudessem revelar algum grande segredo. — É óbvio que a resposta é o campanário.

— Por isso mesmo — respondeu Louisa. — As respostas de todas as charadas eram objetos. Todos tinham de contribuir com uma pista que levaria a um objeto que seria facilmente encontrado. Como muitos estariam brincando, todos teriam de ser capazes de achar a resposta e entregá-la para o Sr. Atlas e a Srta. Morgan na sala de estar antes de passarem para a próxima.

— Então havia oito jogadores, e cada um tinha oito pistas?

— Nove, porque Phoebe Morgan deveria ter participado também. Todos desvendavam uma charada diferente por rodada. Nancy me explicou. É para evitar que todo mundo fique procurando por oveiros ou algo do tipo ao mesmo tempo.

— Oveiros?

— O que eu posso fazer? — disse Louisa. — O pessoal da alta sociedade tem uns passatempos estranhos. Se eu aprendi uma coisa aqui, foi isso.

Guy sorriu.

— Mas você estava falando sobre a pista.

— Nesta aqui, a resposta é um lugar. Não algo a ser coletado. E se apenas Adrian Curtis recebeu essa pista? E se ele recebeu um papel que ninguém mais receberia de propósito, para levá-lo até sua morte.

Nesse momento, Deborah veio correndo até Louisa, enroscando os braços em torno de suas pernas e erguendo a cabeça para sua amada ama.

— Nove anjos, Lou-Lou! Encontrei todos os anjos, são *nove*. E adivinha só? Encontrei um diabo também.

CAPÍTULO SESSENTA E SETE

Às oito horas da noite de Ano-Novo, Nancy estava diante da lareira da biblioteca, com um vestido longo de cetim preto drapejado, luvas de botões roxos e um colar de ouro amarelo incrustado com rubis e diamantes, emprestado por lady Redesdale, que adornava seu belo pescoço alvo. O cabelo tinha sido ondulado e fora aparado recentemente, indo até um pouco abaixo de suas orelhas, exibindo o queixo bem-torneado e o nariz fino com maestria. Suas sobrancelhas estavam habilmente arqueadas, e os lábios, vermelho-escuros. Ela parecia, em resumo, a anfitriã de uma casa sofisticada. Louisa sabia que a surpresa que estava prestes a fazer para os convidados seria o auge de sua vida social: o evento superaria quaisquer brincadeiras infantis ou festas chiques das quais a alta sociedade de Londres certamente desfrutaria naquela noite. Esse também era o motivo pelo qual Nancy pedira aos convidados para usar trajes de gala.

— O tema da noite é vida adulta sofisticada — tinha dito ela para Louisa com um ar sábio enquanto se arrumava mais cedo, e quase fizera a ama rir, mas Nancy tinha vinte e um anos agora, e seus amigos dos condados mais próximos já estavam começando a se casar. Talvez ela também achasse que deveria estar fazendo isso.

No entanto, o verdadeiro tema da noite, é claro, era o motivo para Louisa e Guy estarem parados atrás da porta enquanto aguardavam a chegada dos convidados. A mesa comprida havia sido arrumada na extremidade do cômodo, perto das janelas salientes, coberta com uma toalha e pronta para o jantar que a Sra. Stobie concordara em preparar de muito mau grado, convencida apenas pela notícia de que lorde e lady Redesdale sairiam e não precisariam de nada. Os dois jantariam com os Watney, mas informaram a Nancy que tomariam um drinque com os convidados dela antes de partirem. Pamela chegou logo depois dos pais, no vestido costurado pela Sra. Brewster; ele já havia sido usado em dois bailes de caça — que Nancy se recusara a ir —, e, apesar de estar fadado a eventualmente ficar surrado pelo excesso de uso, hoje parecia novo e sofisticado, escondendo o busto avantajado pouco elegante de Pamela. A faixa cor-de-rosa tinha o mesmo tom de seus lábios fartos, e os olhos dela brilhavam, tão azuis, após um dia inteiro passado ao ar livre andando a cavalo. Diana tinha recebido permissão de estar presente na hora do drinque, porém teria de ir embora quando o jantar começasse. Seu cabelo cor de linho era comprido e espesso, as sobrancelhas ainda naturais, mas seu corpo já havia se desenvolvido no de uma jovem magra, de forma que, mesmo em seu vestido amarelo de manga curta, o porte e o drama da beleza que logo viria eram extremamente visíveis. Agora nervosa, ela estava sentada na ponta do sofá, as mãos remexendo as franjas das almofadas.

As próximas pessoas a entrarem na sala foram Sebastian e Charlotte. Uma dupla perfeitamente alinhada em altura e porte, os dois pareciam duas bétulas jovens no meio de uma floresta, com Sebastian usando casaca e calça brancas e Charlotte em prata. Ele parecia relutante, mas Louisa não sabia dizer se era por estar na mansão Asthall ou acompanhando Charlotte. Apesar dos boatos sobre o noivado, havia pouco sinal de afeto entre eles. Phoebe e Clara estavam no mesmo quarto, então desceram ao mesmo tempo, como era de se esperar. O corpo de dançarina de Phoebe era belamente exibido em um vestido comprido de seda dourado-champanhe; Clara exibia seu chiffon habitual, desta vez em tons de azul-céu, com uma faixa trançada prateada frouxa em torno do quadril. Lorde de Clifford — Ted — foi o último a chegar, sua silhueta elegante como sempre, seus trajes noturnos sendo os mais bem cortados no salão, porém os olhos escuros exibiam sinais de insônia, e sua pele parecia pálida em contraste com seu cabelo quase preto, penteado para trás e resplandecente de brilhantina. Louisa se perguntou por que ele havia aceitado o convite, levando em consideração que sua noiva, Dolly Meyrick, nitidamente não fora convidada. Mas, quando o viu ir direto até Charlotte ao entrar na biblioteca, ela se perguntou se essa seria parte da resposta. Independentemente de ser um amor fraternal, depois de tantos verões passados juntos na infância, ou algo mais ardente, dava para sentir o ar de proteção dele.

Louisa se recriminou: era melhor tomar cuidado para não fazer presunções só porque ela e Guy acreditavam que estavam prestes a solucionar o assassinato. Afinal de contas, talvez não resolvessem nada.

Depois que todos chegaram, a Sra. Windsor distribuiu taças de champanhe, e todos se posicionaram sobre o tapete diante da lareira, conversando em voz baixa. Havia um clima de expectativa no ar, de espera para a festa começar de verdade. Então uma lufada de ar frio veio de fora quando a porta abriu e Oliver Watney entrou. Mesmo com os trajes de festa e seus óculos redondos, parecidos com os de Guy, sua presença não impressionava. Ele pediu desculpas pelo atraso e explicou que o carro esperava lá fora para levar lorde e lady Redesdale para jantar com seus pais.

— Essa é a nossa deixa — disse lorde Redesdale com um tom obviamente satisfeito. Aquele não era seu meio.

— Feliz Ano-Novo a todos — disse lady Redesdale com uma determinação animada, mas a preocupação transparecendo em sua testa franzida

Ela ainda não havia se recuperado do choque da morte de Adrian Curtis ter sido tão próximo de casa, e nem ela nem o marido gostavam de ser alvo de fofocas vulgares, no vilarejo ou em outros lugares. "Só há três ocasiões em que devemos aparecer no jornal", já tinha dito lorde

Redesdale mais de uma vez. "Nascimento, casamento e morte." Nancy sempre fazia cara feia para esse comentário.

— Sim, feliz Ano-Novo. — Houve uma pausa rápida enquanto lorde Redesdale colocava sua taça sobre uma das mesas e se empertigava. — Comportem-se. Nancy, não invente de mudar os relógios hoje, como você costuma fazer, está bem?

Nancy o encarou de olhos arregalados, o retrato da inocência.

— Não sei do que o senhor está falando, papai.

— Sabe, sim. Aquela bobagem de atrasá-los em meia hora. Isso não faz bem aos relógios, e, quando você os acerta, nunca faz do jeito certo. O da sala de estar ficou três minutos atrasado por semanas depois da festa de Pamela.

Essa referência à fatídica noite da morte de Adrian, por mais discreta que fosse, gerou um mal-estar na sala. Mas Nancy exibiu as palmas das mãos bem abertas.

— Não precisa se preocupar, meu velho. Podem ir para o jantar, e divirtam-se. Até o almoço de amanhã.

Atrás da porta, Louisa e Guy se entreolharam, ofegantes. Seu momento de brilhar se aproximava.

CAPÍTULO SESSENTA E OITO

Quando lorde e lady Redesdale saíram do cômodo com Diana, seguidos pela Sra. Windsor, sempre ansiosa para garantir cada detalhe do bem-estar dos patrões, Pamela indicou para Louisa e Guy com um sinal que eles deveriam revelar sua presença.

Ao mesmo tempo, Nancy incentivou os convidados a se sentar em algum lugar confortável.

— Temos planos para hoje — disse ela em um tom grandioso. — Tipo uma peça, por assim dizer, só que todos nós seremos os atores, e acho que vocês já sabem suas falas.

— Ah, que sublime — exclamou Clara. — Agora, todos vocês vão ver meu talento em vez de só ficarem zombando de mim. — Ela lançou um olhar na direção de Ted ao falar.

Guy tossiu.

— Com licença, Srta. Mitford, mas creio que não deveríamos diminuir a gravidade da situação.

Todos os convidados se viraram na direção dele, surpresos.

Ao contrário do grupo, Guy não usava trajes de gala, mas, sim, seu melhor terno. Melhor para ele, de toda forma. Louisa estava com seu uniforme de trabalho, apesar de seu cabelo curto e o rosto bonito a deixarem em pé de igualdade com quaiquei moça bonita da alta sociedade. Pelo menos aos olhos de Guy.

Nancy, sem querer perder sua posição de apresentadora, acenou para Guy, incentivando-o a prosseguir.

Todos olhavam fixamente para ele, mas, sentindo-se encorajado pela presença de Louisa ao seu lado, Guy voltou a falar, um pouco mais alto do que antes.

— Boa noite. Tentarei não tomar muito do seu tempo. — Ele olhou para os rostos ansiosos diante de si e tentou não tossir, apesar de sentir como se tivesse um cabelo preso na sua garganta. Foi então que Sebastian se virou de lado para acender o cigarro com a chama de uma vela sobre a cornija da lareira, e, quando o brilho iluminou seu rosto, Guy se deu conta de que ele era *mesmo* o homem que havia comprado cocaína de Billy Masters diante da 43. — Talvez os senhores não saibam, mas, recentemente, tive uma participação na captura e prisão de alguns dos criminosos mais procurados de Londres...

— Sim, eu ouvi falar disso — interrompeu Clara, animada com a notícia. — Houve uma arruaça, e prenderam a líder de uma gangue famosa, Alice Diamond. Uma mulher!

Duas manchas rosadas surgiram nas bochechas de Guy.

— A própria — disse ele. — Na mesma noite, prendi um homem chamado Billy Masters... — Ted reagiu à notícia, como o esperado; foi apenas um leve espasmo, encoberto por um gole demorado de sua bebida, mas uma reação de toda forma. — Apesar de ele ter sido detido por outras acusações, descobri que ele esteve no campanário na noite da morte do Sr. Curtis.

Desta vez, todos reagiram de formas variadas. Nancy pareceu apenas satisfeita por chocar os amigos, enquanto Pamela demonstrava preocupação com o desenrolar da noite. Charlotte ficou nervosa, e Clara começou a reconfortá-la, mas foi dispensada com um movimento dos ombros. Phoebe sorriu, como se não tivesse entendido que estavam falando sobre um crime de verdade. Sebastian levantou uma sobrancelha e jogou o cigarro na lareira. Oliver Watney começou a tossir, como se a bebida tivesse descido pelo lugar errado. Ted empalideceu ainda mais e começou a gaguejar.

— O que ele estava fazendo aqui? Você sabe o que ele queria?

— A questão é essa, milorde — disse Guy. Mais cedo, Louisa havia se dado ao trabalho de explicar quem era quem. — Ele nos explicou que combinou de se encontrar com a Srta. Dulcie Long, para buscar as joias que ela roubaria. Ele frequentemente trabalhava para a gangue que acabei de mencionar, vendendo os produtos. Mas temos motivos suficientes para acreditar que alguém nesta sala pode conhecê-lo, e, para inocentá-los da investigação do assassinato, precisamos estabelecer quais conexões são essas, se é que existe alguma.

Ted se levantou, passando de pálido para corado em um piscar de olhos.

— Que ultraje! O que você está insinuando? Não *existe* mais investigação nenhuma; uma mulher está presa, aguardando o julgamento e a sentença. O caso foi encerrado. Como você ousa vir aqui e nos acusar!

Nancy riu, o que só deixou Ted mais agitado. Ele marchou até uma bandeja pequena que havia sido deixada pela Sra. Windsor mais cedo com decantadores de uísque e vinho do Porto, e se serviu de um copo grande.

— Temos fortes motivos para acreditar que a Srta. Long não cometeu o assassinato — disse Guy.

— Que motivos? — perguntou Charlotte, seus olhos escuros parecendo dois poços profundos de água.

— Billy Masters nos contou que nunca se encontrou com a Srta. Long no horário combinado porque, quando chegou mais cedo à igreja, ouviu uma discussão entre o Sr. Curtis e outro homem; ele ouviu o Sr. Curtis cair e o segundo homem sair correndo.

— Ele é capaz de identificar esse segundo homem? — Sebastian não voltou a se sentar depois de acender seu último cigarro.

— Não, senhor — respondeu Guy. — Não nitidamente. Ele usava um capuz e uma capa.

— Então você preferiu acreditar na palavra de um criminoso condenado sobre ele ter ido à igreja, escutado algo e depois ter visto um homem fugindo, que, aliás, ele não é capaz de identificar. Ah, sim, policial, você pegou um de nós com a boca na botija. — Sebastian riu e se virou para Nancy. — Francamente, querida, você vai ter de se esforçar mais para nos divertir hoje. Foi para isso que recusamos o convite da festa de Loelia Ponsonby?

Nancy parecia arrasada, e Charlotte lançou um olhar irritado para Sebastian, mas ele a ignorou.

Louisa cutucou Guy nas costas. Um pequeno incentivo.

— Nós pensamos que, talvez, se todos estivessem dispostos, poderíamos reencenar os acontecimentos da noite...

— Não — disse Charlotte, falando alto e com firmeza ao se levantar. — Nancy, não sei que brincadeira é essa, mas que atitude horrível da sua parte. Como se eu fosse suportar participar de um absurdo desses. Meu irmão morreu, caso você não tenha notado. — Ela arfou, controlando o choro, e seguiu para a bandeja de bebidas, onde Ted a abraçou, com Sebastian observando cada gesto. — Me sirva uma dose generosa — murmurou ela para Ted.

Guy não sabia o que fazer. Agora ele percebia que tinha se deixado seduzir pela casa, de alguma forma, e passara a acreditar nos seus poderes, depois de prender Billy Masters, achando que seria capaz de fazer aquilo. É óbvio que era uma ideia ridícula. Imaginar que eles se sujeitariam a reviver tudo que havia acontecido. Se um deles fosse culpado, não seria assim que conseguiria uma confissão, seria?

Não, aquilo teria de ser feito de um jeito mais tradicional: eliminando um por um.

CAPÍTULO SESSENTA E NOVE

Para a imensa surpresa de Louisa, foi Pamela quem quebrou o silêncio atônito.

— Vocês não querem resolver isso? — perguntou ela para o salão.

— Mas já foi resolvido. Dulcie Long está presa — respondeu Clara.

— Você não prestou atenção? Billy Masters admitiu que não havia sinal de Dulcie quando Adrian foi assassinado.

— Vocês, ingleses, não são nada sutis quando se expressam, não é? — murmurou Clara. — De onde eu venho, preferimos termos mais delicados, como "faleceu".

— A questão é essa — rebateu Nancy. — Essa situação não tem nada de delicada. É por isso que precisamos resolver tudo. — Ela se virou para Guy. — É possível que Billy Masters seja o culpado e só esteja tentando despistar a polícia?

Guy alternou o peso entre os pés. Nancy o fazia se sentir como se ele estivesse no banco dos réus e ela fosse uma advogada séria.

— Sim, é uma possibilidade.

— Ele não é a pessoa mais honesta do mundo, é? Poderia ser um blefe inteligente admitir a culpa por outras coisas e torcer para tirar o foco de vocês da acusação mais grave. — Nancy tinha entrado no ritmo agora, e os outros estavam vidrados em suas palavras.

Nancy foi até o centro da sala para se dirigir ao grupo.

— Nós todos estávamos lá e somos inocentes. Proponho que ajudemos o sargento Sullivan a repassar os acontecimentos daquela noite. Isso pode ajudá-lo a ter uma noção mais exata de onde e quando todos estavam, e, então, podemos determinar com certeza se foi Billy Masters ou Dulcie Long.

— Ou os dois juntos — disse Ted.

— Ou isso — concordou Pamela.

Um baque soou quando Charlotte bateu com seu copo de vidro na mesa.

— Vocês podem fazer como quiserem. Eu me recuso a participar disso.

Ela saiu da biblioteca e saiu pelos Claustros, aparentemente voltando para seu quarto na casa.

Clara fez menção de segui-la, mas Nancy a segurou.

— Deixe-a ir — disse ela. — Não dá para sair daqui. Não há mais trens, e Hooper não vai levá-la para Londres. Talvez ela se acalme e volte mais tarde.

Phoebe se aproximou de Sebastian e passou seu braço comprido e branco em torno do pescoço dele, apoiando a cabeça bonita em seu peito.

— Não fique triste, querido.

— Não estou — disse ele, brusco, e a empurrou.

Phoebe deu de ombros e foi se servir de uma taça de champanhe, mas piscou para afastar as lágrimas.

— Seu tornozelo está melhor, Srta. Phoebe? — perguntou Louisa, alto o suficiente para todos escutarem.

Phoebe olhou para cima, surpresa.

— Hum, sim — disse ela. — Foi uma bobagem, na verdade.

— Uma bobagem porque a senhorita nunca o torceu? — interferiu Guy.

Nancy o encarou com rispidez.

— O que está fazendo?

Ele a ignorou e continuou:

— A senhorita disse à Srta. Cannon que fingiu ter torcido o tornozelo, para ficar sozinha na sala de estar com o Sr. Atlas. — Não era uma pergunta.

Incapaz de negar, Phoebe soltou uma risada amargurada.

— Sim, e daí?

— Sorte sua que Charlotte foi embora — disse Clara, recebendo um olhar raivoso de Phoebe.

— Isso significa que seu álibi não era real — explicou Guy, confiante. — A senhorita poderia ter saído da sala a qualquer momento e se encontrado com o Sr. Curtis, para ir com ele até o campanário.

Phoebe não tinha amigos de verdade ali, pensou Louisa. Ninguém a defendeu. Sebastian abriu um sorrisinho e acendeu outro cigarro, observando-a com frieza.

— Que tipo de pergunta é essa? — Phoebe inclinou a taça e tomou um gole demorado.

— Não é uma pergunta — disse Guy. — A senhorita ficou sozinha na sala de estar em algum momento. Sabemos que o Sr. Atlas saiu para dar um presente de aniversário à Srta. Pamela Mitford. Será que a senhorita poderia ter saído nesse momento?

Phoebe não expressou nenhuma reação, mas tomou outro gole e olhou ao redor.

— Ninguém vai dizer nada?

Todos permaneceram em silêncio.

— Tudo bem — disse Phoebe, ríspida. — Eu saí da sala pouco depois de Sebastian. — Ela fez uma pausa e pareceu pensar um pouco antes de continuar. — Dei uma escapulida pela porta francesa. Fazia frio lá fora, e eu só estava com minha fantasia, então não queria ficar ali por muito tempo. Eu só precisava de um momento a sós para...

— Para? — insistiu Guy.

— Eu queria dar uma cheirada rápida, se é que você me entende. E não queria dividir com ninguém, então tinha de ser escondido. Eu não podia contar para aquele inspetor horroroso, ou ele me prenderia. — Ela tentou soar indiferente, mas fracassou. — Eu não suportaria se minha mãe descobrisse.

— Uma cheirada? — perguntou Pamela baixinho.

— Cocaína — disse Nancy. — Você realmente não sabe de nada, não é?

Pamela corou, mas ficou quieta.

— Não que eu aprove esse tipo de coisa — acrescentou Nancy com uma sobrancelha erguida.

— Não é como se eu fosse a única — rebateu Phoebe.

Então ela se sentou no sofá, perto da lareira, e cortou qualquer outra tentativa de conversa ao encarar intensamente as chamas.

Uma já foi, pensou Guy. Faltam cinco.

CAPÍTULO SETENTA

A Sra. Windsor entrou na sala e, se ficou chocada com o silêncio e a visão de Guy e Louisa parados diante dos convidados como se estivessem no meio de um discurso, foi profissional e não demonstrou.

— O jantar já vai ser servido — disse ela, se dirigindo a Nancy.

— Obrigada, Sra. Windsor — respondeu Nancy, confiante como qualquer dona da casa.

A governanta foi embora, e um silêncio cheio de expectativa pairava no ar.

— Não é melhor esperarmos por Charlotte? — perguntou Clara.

— Não — disse Sebastian.

— Você é um homem de tantas palavras — disse Nancy com um sorriso, mas ele não o retribuiu.

A calmaria estava prestes a se tornar um silêncio constrangedor quando Guy falou. Louisa sentiu uma onda de orgulho pela sua tranquilidade, sabendo como ele devia se sentir, parado naquela sala cheia de jovens glamourosos, todos os quais deixariam qualquer editor de jornal feliz ao agraciarem as páginas da sua sessão de fofocas. Ela só torcia para nenhum dos acontecimentos daquela noite ir parar nas manchetes.

— Perdoem-me, mas preciso averiguar outros fatos — disse Guy. Ele pegou seu caderno e virou algumas páginas para achar o lugar certo.

Oliver, que estava em total silêncio até então, se pronunciou:

— Ora, isso é *mesmo* uma brincadeira? Porque está me parecendo um tanto séria. Quer dizer, não sei o que o restante de vocês está achando, mas creio que uma rodada de carteado seria mais do meu agrado.

Ele tentou sorrir — não era algo que seu rosto fizesse com facilidade — e Pamela o fitou com um olhar solidário.

— Não é uma brincadeira.

— Ah, captei. Imagino que seja melhor prosseguir, já que é assim — disse Oliver, acenando com a mão para Guy como se indicasse para ele continuar, antes de ter uma pequena crise de tosse. Pamela pegou um copo de água para ele e voltou a se sentar, posicionando as mãos sobre o colo.

— Lorde de Clifford, posso confirmar sua movimentação naquela noite?

— Se você insiste — disse Ted, agora sentado ao lado de Clara. — Apesar de eu também achar isso tudo muito enfadonho. Nós já conversamos com o inspetor. — Ele se recostou no sofá e falou para o ar, como se suas palavras fossem flechas sendo lançadas de um arco. — Duvido que você tenha qualquer fundamento legal para fazer isso. O julgamento vai ocorrer em pouco tempo, e todos seremos chamados para testemunhar. Esta conversa inteira deve ser ilegal.

Esse era um ponto fraco, Louisa sabia. Ela se perguntou se Guy poderia ser preso por se passar por policial ao interrogar testemunhas fora do expediente de trabalho. Testemunhas em um caso que não estava sob sua investigação. Será que aquilo poderia ser classificado como uma interferência? A única coisa que tinham a seu favor era a última peça do quebra-cabeça que haviam encontrado, que lhes dava certeza de terem encontrado o culpado. Sem dúvida, qualquer juiz faria vista grossa para os métodos utilizados se conseguissem pegá-lo hoje, não?

Guy insistiu:

— Creio que, no momento em que os gritos da Sra. Long foram ouvidos, o senhor estava sozinho no vestíbulo. Confere?

— Não vou responder a essas perguntas sem sentido.

— O motivo para essa informação ser importante, milorde, é que existem provas contundentes de que o senhor conhece Billy Masters.

Diante disso, Ted se empertigou no sofá.

— Que provas?

— Billy Masters confirmou que se encontrou com o senhor na boate 43 em várias ocasiões. A boate que pertence à mãe de sua noiva.

— Não nego que frequento a 43, mas tem todo tipo de tratante lá. — Ted soltou uma risada meio desanimada. — Isso não significa que os conheço. Ele sabe quem eu sou, é óbvio. Todo mundo sabe, porque Dolly está gerenciando o lugar nos últimos meses. Ele disse que me conhece para parecer que tem alguma influência, imagino. Mas não tem porcaria nenhuma.

— Como o senhor sabe que tipo de influência ele tem? — Guy estava se sentindo mais confortável em seu papel de interrogador. Quanto mais tentavam atingi-lo, mais ele desviava dos golpes.

Ted levou rapidamente as mãos à cabeça.

— Ai, meu Deus. Escute, ele já causou encrenca para Dolly. Aparecendo lá, vendendo coisas e arrumando brigas. Ele sempre parece estar em seis lugares ao mesmo tempo, nenhum em que deveria estar. Talvez eu tenha tido de adverti-lo uma ou duas vezes. É por isso que ele está me metendo nessa história agora. Para se vingar.

Guy concordou com a cabeça e absorveu a informação, mas, então, pareceu ignorá-la.

— Nesse caso, o senhor teve oportunidade para contratar Billy Masters para assassinar o Sr. Curtis.

Ted riu agora, mas era impossível dizer se havia sido de nervosismo ou de alívio.

— Por que eu faria algo assim? Adrian era um bom amigo. Praticamente crescemos juntos.

— Ainda assim, ele era contra seu casamento com a Srta. Meyrick e não se fazia de rogado ao lhe dizer isso. Pela sua proximidade, ele poderia prejudicar o noivado. Talvez o senhor precisasse dele fora do caminho. Ou talvez ele tenha ameaçado expor a sordidez por trás da 43, o que tornaria impossível seu casamento. — Foi um discurso longo para Guy, e ele respirou fundo no final, desejando poder pegar seu lenço para secar a testa.

Ted fez que não com a cabeça.

— Você está completamente enganado.

Nancy interferiu:

— Sim, Guy, creio que você tenha ido longe demais. Não pode ficar acusando meus convidados. É melhor encerrarmos esta conversa. Além do mais, a Sra. Windsor já vai servir o jantar.

Todos se remexeram ao ouvir isso, mesmo que ainda um pouco rígidos, tendo passado os últimos minutos prestando atenção ao interrogatório.

— Não — disse Pamela, e Nancy a fitou com indignação. — O sargento Sullivan precisa terminar. É importante que todos nós sejamos inocentados sem sombra de dúvida. — Ela fez uma pausa. — Isso é, se todos nós *formos* inocentes.

— Ah, meu Deus, mulher. Não estamos brincando...

— Eu sei disso — disse Pamela. — E é exatamente por isso que insisto para que tudo seja feito da maneira correta. — Ela se manteve firme e venceu. — Sargento Sullivan, por favor. Prossiga.

— Obrigado, Srta. Pamela. O senhor estava sozinho, lorde de Clifford, de acordo com a sua declaração. Mas aqui vai o que tenho mais dificuldade de compreender: Louisa estava na cozinha e teria visto o senhor entrar no vestíbulo ou escutado sua movimentação lá dentro, mas isso não aconteceu. Está me entendendo? Quero descartá-lo, mas não consigo.

Todos ficaram paralisados.

— Ele não estava sozinho — disse Clara. — Nós estávamos juntos, na sala de jantar. Nós...

Agora ela hesitou, esperando um sinal do homem que havia sentado ao seu lado.

— Pode contar, Clara. Vou encarar as consequências.

— Nós estávamos nos beijando. Não podíamos contar por causa de Dolly. — Ela corou e exibiu uma expressão pesarosa para Ted. — Eu gostava de você, sabe.

— Eu sei — disse Ted, envergonhado.

Então ele *era* culpado — mas não do crime de assassinato.

CAPÍTULO SETENTA E UM

Pamela se aproximou e sussurrou para Louisa:
— Creio que vai ser melhor se vocês nos derem alguns minutos para nos acalmarmos. Vão dar uma volta. Busco vocês daqui a pouco.

Louisa concordou com a cabeça, e ela e Guy saíram da biblioteca pela passagem que levava à cozinha.

— Preciso ver se a Sra. Stobie necessita de ajuda, se você puder me esperar um pouco.

Louisa havia conseguido cumprir suas tarefas rotineiras da hora de dormir na ala das crianças, mas não se sentia confortável com essa situação estranha que era ser uma criada e participar do jantar, no qual nem ela nem Guy eram convidados no sentido exato da palavra.

— Ada não está trabalhando hoje? — perguntou Guy.

— Minha nossa, você quer exibir sua memória de policial? Porque estou impressionada.

Guy sorriu.

— Sim, está. Ela está grávida, então trabalha o máximo que pode por enquanto, antes de precisar parar de vez. Vai ser difícil para ela e Jonny quando o bebê chegar, com apenas o salário dele. — Louisa se interrompeu. — Mas, sim, você tem razão. Elas não vão precisar da minha ajuda. O que você quer fazer?

— Eu gostaria de dar uma olhada nos cômodos em que aconteceu a festa, para ver com meus próprios olhos onde todos estavam e tentar mapear os acontecimentos.

Louisa lançou um olhar para a porta da cozinha, como se a Sra. Windsor fosse capaz de ouvi-los. Ela não aprovaria.

— Tudo bem, mas vamos tentar andar sem fazer muito barulho.

No hall de entrada, as duas lareiras ainda exibiam brasas brilhantes, e luminárias estavam acesas, aguardando o retorno dos donos da casa. Porém os cômodos aos quais davam passagem — a sala de estar, o salão matinal, a sala de jantar, o fumadouro e a saleta do telefone, que não era um cômodo de verdade, mas um espaço muito apertado com uma cadeira e uma mesinha — estavam na escuridão. Louisa estremeceu apesar do casaco de lã; os cômodos daquela casa pareciam perder o calor assim que seus ocupantes iam embora. Os dois seguiram para a sala de estar, e Louisa ligou uma luminária para as paredes amarelas brilharem como um pôr do sol desbotado. Guy notou as portas francesas, ao lado das quais via-se a máquina de escrever de Nancy na mesa, parcialmente escondida por um biombo.

— A pista extra — disse ele. — Ela pode ter sido digitada em algum momento durante a caça ao tesouro, quando todos entravam e saíam. Ninguém mencionou essa questão, mas talvez não tenha ocorrido a Monroe perguntar.

— Tenho a impressão de que ele não perguntou muita coisa — disse Louisa. — Ele já tinha a culpada; as únicas respostas que lhe interessavam eram as que diziam que ele fez um bom trabalho.

— Você entende bem demais como funciona a cabeça dos policiais. Até parece que anda passando tempo com um. — Os dois se entreolharam à meia-luz. — E aquelas portas francesas. Seria fácil para a Srta. Morgan escapulir e depois voltar. O que fica lá fora?

— Só o jardim.

— Alguma dessas portas francesas leva a outra parte da casa?

Louisa refletiu com calma.

— Não, só a porta dos fundos da cozinha leva para fora.

Guy colocou as mãos nos bolsos e observou o cômodo pela última vez.

— Todo mundo começou aqui e saiu para encontrar a resposta da primeira pista. Você sabe qual era?

Louisa concordou com a cabeça.

— Um chicote. Eles podem ter procurado em uma série de lugares. Tem o vestíbulo, os estábulos, até o escritório de lorde Redesdale. Srta. Pamela saberia que ele guarda um lá, mas não para usar. Um que tenha valor sentimental.

Lá fora, uma coruja chirriou, um som suave e baixo. Guy reagiu e Louisa se lembrou de como era ser uma pessoa da cidade grande ali no interior, com seus barulhos misteriosos.

— Quando você entrou na sala de jantar e encontrou Srta. Pamela e o Sr. Curtis, os dois tinham decifrado a primeira pista e recebido a segunda, não é?

— Sim — respondeu Louisa, feliz pelas sombras esconderem o rubor de vergonha que sentiu ao se lembrar de sua participação nos eventos da noite. — Cada pista levava a um objeto, e vi quando o Sr. Curtis guardou um garfo no bolso antes de sair da sala.

— O garfo não foi encontrado no bolso dele mais tarde — refletiu Guy —, provavelmente porque o entregou para o Sr. Atlas e a Srta. Morgan, depois de discutir com a Srta. Long. Isso se partirmos do princípio de que ele simplesmente voltou para a brincadeira e veio coletar a terceira pista.

De novo, Louisa demonstrou concordar.

— E nós acreditamos ter sido nesse momento que ele saiu para o campanário?

— Não posso dar certeza — respondeu Louisa. — Depois que Pamela veio até mim na cozinha, assim que escutou a briga, continuei lá. Eu não sabia aonde Dulcie tinha ido, mas também não podia procurá-la.

Ela não queria que ninguém visse seu olho e fizesse perguntas, então disse que sumiria de vista.

— Mas sabemos que ela estava esperando o momento de se encontrar com Billy Masters, se não com o Sr. Curtis. — Guy ficou em silêncio, e Louisa sentiu o frio congelando seus ossos. Seria bom se eles fossem conversar diante do que sobrou das brasas no hall de entrada, mas ela não queria atrapalhar o raciocínio de Guy. — Quanto tempo demorou entre Dulcie ir embora e você escutar os gritos? — perguntou ele.

— Não sei exatamente, mas creio que cerca de quarenta e cinco minutos.

— A pergunta é: onde todos estavam nesse intervalo de tempo?

Então a luz invadiu o cômodo, e os dois olharam para a porta, encontrando Pamela. Ela havia ligado a outra luminária e os observava com uma expressão curiosa. Será que tinha escutado a conversa?

— Você se lembrou de Nancy e da mania com os relógios, não é? — perguntou ela.

Agora eles sabiam o que aconteceria a seguir.

CAPÍTULO SETENTA E DOIS

Enquanto Pamela ia buscar os outros na biblioteca, Louisa foi acender as luminárias nos outros cômodos do andar. Ela só podia torcer para lorde e lady Redesdale só voltarem bem depois da meia-noite e que a Sra. Windsor, acreditando que todos estavam na biblioteca, permaneceria em sua sala particular com a Sra. Stobie para receberem o novo ano com uma dose de xerez. Não havia sinal de Charlotte desde que ela fora embora, mas era possível que retornasse a qualquer instante. Simplesmente teriam de correr o risco de deixá-la nervosa de novo. Aquilo era importante demais.

Nancy chegou primeiro, os olhos brilhando pelo vinho tomado no jantar.

— Nós vamos fazer isso mesmo? — perguntou ela.

Guy concordou com a cabeça.

— Eu gostaria, e creio que seja a única maneira de descobrirmos a verdade.

— Suponho que os outros irão topar, exceto por Sebastian, que só faz o que dá na telha.

— Tudo bem, eu interpreto o papel do Sr. Atlas — disse Guy, fazendo Nancy soltar uma gargalhada.

— Desculpe — disse ela —, mas você não condiz muito com o papel.

Guy preferiu ignorar o comentário.

— Srta. Cannon, já que a Srta. Curtis ainda não voltou, será que poderia ocupar o lugar dela?

Louisa concordou com a cabeça e continuou a procurar o que fazer na sala de estar, ajeitando objetos aleatórios. Ela não queria parar e pensar no que estavam fazendo.

Clara, Phoebe, Ted, Oliver e Pamela entraram juntos, a tensão anterior tendo se dissipado um pouco, apesar de Ted lançar um olhar raivoso para Guy. Ele ainda não tinha superado o fato de ter sido acusado de ser suspeito de um crime tão grave.

Todos se sentaram nos sofás, porém o frio logo começou a incomodar.

— Há cobertas aqui? — perguntou Clara. — Francamente, essas casas inglesas. Vocês não gostam de conforto?

— Papai não gosta — respondeu Nancy, rindo.

Sebastian entrou por último, fumando um cigarro.

— Não vejo qual é a graça — disse ele para Nancy, ríspido. Ela começou a responder, mas ele a interrompeu. — Não sinto prazer nenhum em reviver a morte do meu querido amigo.

— Exceto pelo dinheiro que sua noiva irá herdar agora — rebateu Phoebe.

Sebastian a encarou com serenidade.

— Nós não estamos noivos.

— Tenho minhas dúvidas se Charlotte está ciente disso. — Phoebe falava com o tom de alguém que observava a Srta. Curtis com mais atenção do que seria aceitável.

— Está, sim. — Sebastian se sentou em uma poltrona e cruzou as pernas. — Nós rompemos depois do Natal.

— Então por que você veio hoje, seu desgraçado? — Ted tentou falar de um jeito brincalhão, mas não foi capaz.

Sebastian fez uma careta discreta.

— Ela não anda bem. Achei que seria melhor ficar de olho nela.

Guy tossiu.

— Eu gostaria de começar, se possível. O único momento da noite em que sabemos exatamente o que aconteceu foi à uma e meia da manhã. Porque os relógios foram alterados nesse momento.

— Voltando para uma hora — disse Nancy.

— O velho truque das festas — observou Clara. — Imagino que não funcione tão bem assim, já que todos sabemos que você faz isso.

— Hooper não sabe — disse Nancy. — Achei que poderia ganhar um tempo para Charlotte antes de ele levá-la de volta para os Watney.

— Alguém viu a senhorita fazendo isso? — perguntou Guy.

— Creio que não. Todo mundo tinha se espalhado pela casa. Não sei quando e onde as pessoas estavam.

— A senhorita mudou os relógios do hall de entrada e daqui, correto?

— Sim — respondeu Nancy.

— Pode repetir o que fez? Talvez isso a ajude a lembrar se viu alguém?

Nancy foi até o hall de entrada e voltou um ou dois minutos depois.

— Lembro que Seb e Phoebe estavam aqui, e Charlotte também. Ela havia decifrado a segunda pista e voltado com a resposta.

— Srta. Fischer e milorde, creio que tenha sido nesse momento que os senhores estavam na sala de jantar?

Clara levou a mão ao rosto e olhou para Ted.

— Sim, creio que tenha sido.

— E passaram muito tempo lá?

— Nós dois estávamos procurando por nossas segundas pistas. Acho que recebi a que Adrian tinha acabado de resolver, cuja resposta era um garfo, e Ted procurava por um anel de guardanapo.

— Essa era a segunda pista de Srta. Pamela, que ela já havia decifrado — comentou Louisa.

— Então isso significa que o Sr. Curtis já havia recebido sua terceira pista e saído da sala de estar — disse Guy. Ele preferiu não mencionar o que havia descoberto sobre a tal pista. — Nesse caso, preciso que lorde de Clifford e a Srta. Fischer sigam para a sala de jantar. Sr. Watney, lembra-se das suas pistas?

Oliver estava pálido.

— Sim, eu sabia a resposta da primeira, mas ainda não havia encontrado um chicote. Demorei um pouco.

— Por quê? — perguntou Pamela. — Você sabe onde encontrar um, nossa casa não é tão diferente da sua.

Oliver respirou fundo.

— A verdade é que eu não tinha desejo nenhum de participar daquela idiotice. Decidi me recolher na saleta do telefone.

Pamela o fitou com um ar solidário.

— Você telefonou para alguém?

— Não — disse Oliver. — Li a lista telefônica. Considerei reconfortante.

Quanto mais Guy descobria sobre a alta sociedade, mais excêntricos os achava.

— O senhor pode voltar para a saleta do telefone, por favor?

Com relutância, Oliver foi.

Guy removeu os óculos e esfregou os olhos. A tensão o deixava exausto, e a refeição que a Sra. Stobie lhe dera mais cedo parecia ter sido ingerida muito tempo atrás. Seria bom tomar uma taça de vinho, mas ninguém lhe oferecera uma.

— Certo, são uma e meia. Lorde de Clifford e a Srta. Fischer estão na sala de jantar e passam algum tempo lá. O Sr. Watney está na saleta do telefone, onde também permanece. O Sr. Atlas e a Srta. Morgan estão aqui. E a senhorita entra, Srta. Nancy, para atrasar o relógio em meia hora. Alguém a viu fazer isso?

— Os dois estavam conversando. Phoebe estava sentada no sofá com as pernas para cima e olhava para Seb enquanto ele preparava bebidas, então não sei se notaram minha presença.

— A senhorita pode atrasar o relógio do jeito que fez?

Nancy tirou o relógio portátil da cornija da lareira e, de costas para a sala, o atrasou rapidamente antes de devolvê-lo ao lugar. Agora, ele dizia uma hora.

— Quis ser o mais realista possível — disse ela.

— O que aconteceu então?

— Seb me entregou a próxima pista, e segui para o escritório de papai para pensar na resposta, porque achei que talvez fosse uma caixa de fósforos ou algo parecido. — Ela olhou para todos. — Tudo bem, vou para lá agora.

— Espere. — Louisa deu um passo para o lado para interromper Nancy. — A senhorita disse que estava com Srta. Charlotte quando ouviram os gritos.

— Sim, eu voltei e peguei a próxima pista, que Phoebe me deu. Charlotte também estava aqui, então fomos juntas para o salão matinal Decidimos solucionar nossas pistas juntas.

— Como as senhoritas chegaram lá? — perguntou Guy.

— Por aqui, é claro — disse Nancy, apontando para a porta que unia as duas salas.

— Então não passaram pelo hall de entrada. E a senhorita também afirma que o Sr. Atlas não estava aqui quando voltou pela segunda vez?

— Creio que esse tenha sido o momento que ele foi falar comigo — disse Pamela. — Ele me encontrou no fumadouro e disse que, agora que era oficialmente meu aniversário, queria me dar um presente.

— Sim — disse Guy. — Essa informação estava no seu depoimento. No hall de entrada, ele pegou uma caixa sob uma mesa, onde a escondera mais cedo. Havia um broche no interior, que ele lhe deu. A senhorita notou a hora, não foi?

— Notei, o relógio dizia uma e quinze, mas eu sabia que Nancy teria atrasado a hora, então, na realidade, eram quinze para as duas.

Sebastian se levantou.

— Alguém mais quer uma bebida? Não sei se aguento mais isso.

Sem esperar por uma resposta, ele saiu da sala.

— Sinto muito, Srta. Pamela — disse Louisa. — Mas precisamos que vá para o hall de entrada. E Srta. Nancy...

— Tudo bem — rebateu Nancy, irritada. — Vou para o salão matinal.

Phoebe ficou sozinha com Louisa e Guy. Ela se empoleirou na ponta do sofá, segurando um cigarro aceso em uma das mãos e uma taça quase vazia de vinho na outra. Seus belos lábios estavam comprimidos em uma linha fina.

— Srta. Phoebe — começou Guy —, precisamos que nos conte o que aconteceu agora, de verdade.

— Nada de mais — disse ela. — Vocês já ouviram a maior parte. Depois de Nancy aparecer e mudar o relógio, coisa que eu não percebi, como ela disse, Adrian chegou e recebeu a próxima pista. Ele foi embora logo depois. Não estava de bom humor, o que não surpreende ninguém, agora que sabemos de sua briga com Dulcie. Então Charlotte entrou, imagino que para buscar sua pista também, mas não prestei muita atenção.

— Ela passou muito tempo aqui?

— Alguns minutos, creio eu. Ela disse que já havia passado de uma hora e que Seb devia entregar o presente de Pamela. Os dois saíram da sala, e aproveitei para ir lá fora.

— A senhorita levou um casaco? — Louisa, agora com muito frio, se lembrou de que estavam falando de uma noite no fim de novembro, igualmente gélida.

— Eu tinha uma echarpe. Comecei a andar um pouco, para encontrar um lugar para... vocês sabem, sem ser vista. Eu não queria que ninguém me visse pela janela.

— Por quanto tempo a senhorita ficou lá fora?

Phoebe tragou seu cigarro mais duas vezes antes de apagá-lo.

— Não pensei nisto antes, mas, agora que vocês tocaram no assunto, foi estranho. Porque passei pelo menos vinte minutos fora, mas, quando voltei para a sala, o relógio marcava pouco mais de uma e quinze. Não sei por que notei isso. Parecia que eu tinha passado um instante lá fora. Imagino que eu tenha achado que era por causa do truque de Nancy.

— Alguém esteve na sala durante sua ausência?

— Como eu vou saber?

Louisa e Guy se entreolharam.

— Precisamos chamar os outros de volta — disse Louisa.

— E eu preciso ligar para o detetive-inspetor Monroe — disse Guy.

Phoebe olhou para os dois.

— Como assim? O que foi que eu disse?

— Agora, sabemos que o Sr. Atlas passou pelo menos meia hora fora desta sala, apesar de a senhorita e Srta. Pamela afirmarem que o viram quase na mesma hora. Alguém o ajudou, modificando este relógio duas vezes, e só há uma pessoa que poderia ter feito isso.

— Como assim? Não fui eu. — Phoebe riu. — Quer dizer, sério, não fui eu. Eu não gostava de Adrian, mas não o suficiente para querer matá-lo.

Guy a encarou, seus olhos azuis firmes por trás dos óculos.

— Eu não estava falando da senhorita.

CAPÍTULO SETENTA E TRÊS

Phoebe, Louisa e Guy seguiram para o hall de entrada, passando pelo salão matinal para buscar Nancy. Chegando lá, Pamela estava sentada em uma cadeira dura de madeira diante da lareira, na qual jogara lenha. Guy bateu à porta da saleta do telefone, e Oliver saiu, parecendo encabulado.

— Já acabou? Ou já estamos perto da hora da virada? — perguntou ele.

— Ainda não — respondeu Guy, sério. Ele entrou na saleta e fechou a porta.

Louisa havia seguido para a sala de jantar, para chamar Ted e Clara, que propositalmente estavam sentados cada um em uma extremidade da mesa comprida. Os dois pareciam nervosos e com frio.

— O que está acontecendo? — perguntou Ted, mas Louisa não conseguiu pensar em uma resposta, então ficou quieta.

No hall de entrada, todos estavam reunidos. Guy saiu da saleta e disse:

— Liguei para a delegacia. Vão tentar encontrar o detetive-inspetor Monroe, mas enviarão uma patrulha de toda forma.

Nancy deu um pulo.

— Mas que *diabo* está acontecendo?

Mesmo assim, Guy e Louisa preferiram não explicar nada a ela nem a ninguém.

— Onde está o Sr. Atlas? — perguntou Guy.

Ninguém fazia ideia.

— Como vamos saber? Você separou a gente em diferentes salas — disse Ted. Então, de repente, ele ficou boquiaberto. — Meu Deus, homem, foi exatamente por isso, não foi?

Um tremor de medo passou pelo grupo.

Pamela disse:

— Vou dar uma olhada no quarto de Charlotte.

— Irei junto — disse Louisa.

— Não. Se eu for sozinha e Seb estiver com ela, os dois não vão suspeitar de nada. Caso eu não volte em cinco minutos, subam.

Pamela saiu e deixou os outros ali, escutando cada um de seus passos batendo nos degraus de madeira, cobertos apenas com um tapete de lã gasto. Ninguém falou nada, mal ousando respirar. Porém, assim que chegou ao topo, ela começou a voltar.

— Ela não está no quarto.

Um som veio do lado de fora, dando um susto em todos.

— O que foi isso?

— Uma coruja? — sugeriu Guy.

— Não — disse Pamela. Ela foi até a porta e saiu rápido. Ao voltar, estava pálida feito a morte, mas sua voz era calma. — Escutei duas pessoas gritando.

Guy saiu correndo e esbarrou nela, pedindo desculpas ao passar. A grama diante da casa já estava coberta por uma camada de gelo, e os galhos desnudos das árvores se inclinavam levemente por causa do vento cortante. Estava escuro, e não havia muita luz do luar, então os olhos de Guy enxergavam menos do que o normal. Ele prestou atenção e escutou os gritos. O som vinha do outro lado do muro do jardim. Onde ficava a igreja.

Louisa também saiu e, ao alcançar Guy, segurou o braço dele. Ela ouviu as vozes. Sem dizer nada, os dois correram juntos, Louisa segurando sua mão e guiando o caminho.

Conforme se aproximavam, mais altos os gritos ficavam — de um homem e de uma mulher. Atrás deles também vinham os sons nervosos de Nancy e seus convidados, porém muito mais baixos. A umidade da grama silenciou seus passos rápidos, e, ao chegarem à porta da igreja, os gritos não haviam diminuído.

Ainda em silêncio, mas com as mãos soltas, Guy e Louisa atravessaram rápido a porta aberta. A igreja estava completamente escura, e seus olhos precisaram se ajustar. O som vinha do outro lado, de cima. Do campanário.

CAPÍTULO SETENTA E QUATRO

Devagar e cautelosamente, Louisa e Guy atravessaram a nave, tateando as extremidades dos bancos para se guiar pelo caminho. Enquanto isso, uma nuvem saiu da frente da lua, e um fino feixe de luz atravessou os vitrais conforme eles alcançavam a escada que levava à torre. Em segundos, haviam subido e encontrado Charlotte sentada na janela sem vidro, de costas para o ar noturno. Era nítido que ela estivera chorando, com a pele rosada e os olhos vermelhos. Os cachos suaves do seu cabelo escuro tinham sido soprados pelo vento, e ela tremia em seu vestido de festa. Os pés descalços balançavam no peitoril, as mãos segurando as bordas de pedra da abertura estreita. Parado diante dela, mas sem tentar alcançá-la, estava Sebastian. Ele mantinha as mãos nos bolsos, a fúria estampada em seu rosto.

Ele viu Guy subir até a torre, seguido por Louisa, e, agora, sua raiva irradiava, como se pudesse jogá-los para longe.

— Sua vagabunda idiota — disse ele para Charlotte, que tremia de tanto chorar.

Louisa começou a correr para a frente, mas Guy a puxou.

Seb olhou para a dupla. À meia-luz, ele parecia fantasmagórico e ameaçador.

— Por que vocês não voltam para qualquer que seja o buraco de onde saíram? Vejam o estrago que fizeram.

— Nós não causamos estrago nenhum — disse Guy. — A culpa é sua.

— Não sei de que diabo você está falando.

Charlotte havia parado de chorar e, agora, encarava Guy com os olhos arregalados, repletos de medo.

— A única parte que ainda não entendi é por que o senhor queria matar seu amigo — disse Guy.

Sebastian deu um passo na direção de Guy, e Louisa se encolheu.

— Não sei o que você está insinuando, mas acho melhor tomar muito cuidado.

Charlotte estava quieta agora, mas suas bochechas permaneciam molhadas das lágrimas que ainda escorriam.

Guy ajeitou sua postura, e separou seus pés, mantendo-os firmes no chão. Se Sebastian lhe desse um soco, ele não cairia.

— Sr. Atlas, por que você fez isso? Foi por vingança ou inveja?

Seb riu.

— Por que alguém teria inveja daquele paspalho? Ele era um drogado reclamão. Eu gostava tanto dele quanto ele gostava de mim.

O clima se amenizou, dissipando algo que havia entre os quatro. Louisa não sabia se tinha sido o frio, a noite, o espaço apertado do campanário ou a percepção de que não havia mais o que esconder. Talvez fosse tudo.

— Achei que os senhores fossem amigos — disse Guy.

— Nós éramos úteis um para o outro — respondeu Seb.

Os joelhos de Charlotte cederam, e ela pareceu prestes a perder o equilíbrio. Ela gritou, e Louisa correu em sua direção, segurando-a pela cintura e salvando-a do mesmo destino que o irmão teve. As duas caíram no chão, Charlotte arquejando pelo choque e pela dureza fria do chão de pedra. Ela se ajoelhou e secou o rosto com as palmas das mãos.

— Achei que você me amava — choramingou ela.

— Como se você fosse capaz de saber o que é isso — disse Seb, cuspindo. Ele tirou uma cigarreira de prata do bolso e levou um cigarro à boca, acendendo-o com um isqueiro e liberando um cheiro forte de gás. Sob o breve brilho da chama, seu olhar parecia duro e sombrio. — Agora que ela resolveu que não vai se jogar da janela, eu gostaria de voltar para a casa.

Ele fez menção de sair, mas Guy o segurou pelo braço e não soltou.

— Só depois de o senhor explicar algumas coisas — disse ele.

— Solte o meu braço.

— Sabe — disse Guy —, nós entendemos que o senhor permaneceu na sala de estar para escrever outra charada. Uma direcionada apenas a Adrian Curtis, que o traria diretamente para cá. A única pista que levava a um lugar, e não a um objeto.

Seb exalou a fumaça do cigarro para o lado e encarou Guy com frieza. Guy tinha soltado seu braço agora, mas permanecia próximo, bloqueando sua passagem. Charlotte havia parado de chorar e prestava atenção, os braços desnudos arrepiados. Louisa se mantinha ajoelhada no chão ao seu lado, seu corpo tremia de ansiedade pelo que estava por vir.

— O senhor sabia, não sabia, que Dulcie Long viria ao campanário para se encontrar com Billy Masters. Ele lhe contou isso?

Os olhos de Seb se agitaram diante da pergunta, e ele jogou o cigarro no chão, triturando-o com o sapato.

— Louisa viu o senhor comprando algo de Billy diante do Criterion Theatre, e sei que fez negócios com ele na frente da 43 porque eu o prendi naquela noite, depois de flagrar vocês dois interagindo.

Sebastian foi pego de surpresa com essas informações, e Guy viu a mudança em sua expressão antes de ele conseguir se recompor.

— E daí se eu sou cliente dele? Isso não significa nada.

— Acredito que o senhor tenha dado a Billy as abotoaduras que seu amigo, o Sr. Curtis, lhe deu de presente. Como um agradecimento por avisar que ele estaria aqui no dia 20 de novembro, e em troca de algo mais que o senhor receberia naquela noite. Billy achava que o senhor esperava cocaína em troca, quando, na verdade, seu desejo era que outra pessoa levasse a culpa pelo assassinato que planejava cometer.

Sebastian bufou.

— Nunca ouvi tantos disparates. Vou descer agora.

Charlotte levantou, pálida. Louisa sabia que, se a tocasse, sua pele estaria fria como gelo.

Guy colocou as mãos nos bolsos e pegou as abotoaduras de lápis-lazúli que tirara de Billy. Desta vez, ele olhou para Charlotte.

— Creio que isto pertencesse ao seu irmão.

Charlotte gritou e dobrou o corpo para a frente.

— Mas as coisas não aconteceram como esperado, não foi? Billy apareceu mais cedo e o viu quando fugiu. O senhor tentou se disfarçar de lorde de Clifford, usando a capa dele, que, por sorte, havia sido deixada perto da porta, no hall de entrada, mas o que não sabia era que ele e Clara Fischer estavam juntos na sala de jantar. Todo mundo devia estar brincando sozinho, não era?

Louisa viu os olhos de Sebastian hesitarem agora. Ela sabia que ele estava perdendo a confiança.

— Dulcie Long levou a culpa, mas você não se importava com isso, não é, Srta. Curtis? Na verdade, era mais conveniente. — Agora, Guy falava com segurança.

— Do que você está falando? — A voz de Charlotte era tensa.

— Do filho de Dulcie com seu irmão, seu sobrinho Daniel. Ele é uma ameaça para a sua herança. A que a senhorita receberia após a morte do seu irmão.

— É a palavra dela contra a minha — disse Charlotte. A firmeza havia voltado à sua voz, apesar de sua aparência desmazelada. — Em quem você acha que vão acreditar? — Então, como se tivesse se soltado da corda em que se segurava, ela respirou fundo e lançou um olhar desesperado para Sebastian. — Além do mais, que herança? Meu irmão gastou tudo. E quando *ele* descobriu... — Ela começou a chorar de novo, porém mais discretamente agora. — Ele não quis mais nada comigo. Terminou o noivado.

— Não me lembro de tê-la pedido em casamento — zombou Sebastian. — Não sou do tipo que fica de joelhos.

— Você prometeu — choramingou Charlotte, mas Sebastian se virou.

Do lado de fora veio o som de um carro parando sobre o cascalho diante da mansão Asthall. A polícia havia chegado. Conforme o restante dos amigos subia a escada, foi se formando um tumulto. Ao se apertarem dentro do campanário, seria impossível não presumir o que estava acontecendo. Nancy, Ted, Clara, Pamela, Phoebe e Oliver se alinharam diante da parede dos fundos. Eles prenderam a respiração, com medo de falar.

— Devo explicar a todos como o senhor agiu? — perguntou Guy.

Sebastian deu de ombros.

— O senhor sabia que Srta. Nancy atrasaria os relógios em meia hora à uma e meia.

Louisa notou que Nancy se enrijeceu.

— E mais — continuou Guy —, o senhor sabia que aquilo era de conhecimento geral. Qualquer confusão com os horários poderia ser atribuída ao truque. Seu erro foi dar muita atenção aos detalhes, se quer saber minha opinião. O senhor foi o único convidado a usar o relógio como álibi.

Pamela deu um passinho para a frente.

— Você está falando de quando eu confirmei que me encontrei com Sebastian no hall de entrada às quinze para as duas? Isto é, quando o relógio indicava uma e quinze, mas eu sabia que estava meia hora atrasado.

— Sim — respondeu Guy —, só que, na verdade, eram duas horas. Srta. Charlotte atrasou o relógio em mais quinze minutos. Então, quando Srta. Phoebe viu o Sr. Atlas saindo da sala de estar pouco depois da uma da manhã, Srta. Pamela pareceria ter encontrado com ele alguns minutos depois. Na verdade, foi um intervalo de meia hora.

— Preciso que explique melhor — disse Pamela.

— Srta. Charlotte fez o Sr. Atlas ganhar tempo suficiente para vir aqui ao campanário e pegar Adrian Curtis desprevenido. Sabemos que houve uma breve luta, mas ele estava bêbado, e seu amigo mal deve ter tido tempo de entender o que estava acontecendo antes de tudo acabar. — O rosto de Sebastian parecia esculpido em pedra, mas um gemido escapou de Charlotte. Guy se virou para ela. — Os dois planejaram tudo juntos.

Não era uma pergunta, mas Charlotte respondeu com um aceno minúsculo da cabeça.

— Ele disse que se casaria comigo se houvesse dinheiro, e só precisávamos tirar Adrian... — Ela parou e olhou para Sebastian, mas ele se recusava a encará-la. — Só precisávamos tirar Adrian do caminho para termos o que queríamos. Ele sempre detestou meu irmão, mas sabia disfarçar bem, contanto que conseguisse tirar proveito da amizade. Eu sabia disso. Só nunca me dei conta de que isso significava que ele me odiava também.

Ela finalmente se debulhou em lágrimas, soluçando tanto que seu corpo magro se contorceu como o de uma cobra moribunda.

O som dos passos pesados da polícia subindo a escada soou.

— Sebastian Atlas — disse Guy diante de oito testemunhas —, o senhor está preso sob suspeita do homicídio de Adrian Curtis e por tramar o crime junto com Charlotte Curtis.

CAPÍTULO SETENTA E CINCO

Naquela noite, pouco se dormiu na casa, com exceção das crianças mais novas, que tiveram um sono tranquilo. Por sorte, Tom estava fora, visitando um amigo da escola, mas Diana quase perdeu a fala ao saber que ela — mais uma vez — perdera um grande evento em seu próprio lar.

Quase imediatamente após todos descerem do campanário, a polícia levou Sebastian e Charlotte para serem interrogados. Depois que o detetive-inspetor Monroe — talvez com certa relutância — elogiou Guy pelo seu bom trabalho, ele o convidou para ir à delegacia. Houve muita comoção e conversas pela casa, o choque abalando o grupo de amigos e lorde e lady Redesdale, quando voltaram.

Lorde Redesdale estava furioso e, ao mesmo tempo, nada surpreso com o fato de "aqueles mequetrefes" terem cometido o pior dos pecados.

— Eu não esperava menos do que isso dos seus supostos amigos, Koko — gritou ele para a filha. — Nunca mais quero ver *nenhum* deles aqui.

Lady Redesdale o puxou rapidamente pelas escadas, seu rosto pálido exibindo o nervosismo por uma calamidade como aquelas ter ocorrido dentro de sua própria casa.

Oliver Watney bateu em retirada o mais rápido possível, e Pamela ficou com medo de ele ter ficado muito abalado com os eventos. Clara, Ted, Phoebe e Nancy ficaram na biblioteca até a Sra. Windsor encontrá--los lá quando acordou, às seis da manhã, e mandou todos para a cama.

Louisa levantou cedo, se vestiu rápido e foi para a ala das crianças, pronta para preparar o café da manhã delas. A babá Blor já estava de pé. Ela havia acordado com a chegada da polícia, mas, com medo, ficara sentada em sua sala particular, no escuro, esperando que Louisa ou Pamela voltassem para lhe contar o que havia acontecido. Quando as duas subiram a escada, com os detalhes da noite fervilhando na cabeça, foi a babá quem preparou chocolate quente para elas, insistindo para se sentarem e tomarem tudo antes de se acalmarem o suficiente para dormir.

— Sei que toda essa situação foi muito anormal e terrível — disse Pam, seus olhos azuis-violeta brilhando mesmo após uma noite tão longa —, mas compartilho dos sentimentos de papai. Acho que os amigos de Nancy não são para mim. Gosto mais de ficar em casa. — Ela corou. — Não conte para Nancy, ela vai zombar de mim.

Louisa compreendia. Pamela, prestes a começar a vida adulta, precisava decidir como queria viver sua vida. Ela nunca tivera a sagacidade cáustica nem a ambição social da irmã mais velha, e tinha mais facilidade em apreciar a rotina da vida no campo em que fora criada. Ela andava bem a cavalo e não se envergonhava do prazer que sentia em comer e aprender a cozinhar. A babá Blor deu um tapinha no joelho de Pam e lhe disse que tinha certeza de que ela viveria as próprias aventuras algum dia. Porém, por enquanto, sim, talvez fosse melhor passar um tempo em casa.

Para Louisa era diferente. Ela sentia que havia chegado ao fim da sua vida no campo. Em primeiro lugar, quando lady Redesdale descobrisse a verdade, como inevitavelmente aconteceria — que Louisa havia levado Dulcie Long a um quarto vazio e então mandara Adrian Curtis para lá —, com certeza questionaria se era uma boa ideia mantê-la trabalhando para a família.

Depois do café, Louisa foi para o vilarejo. Era o primeiro dia do ano, e todos se preparavam para a caçada. Até Pamela, apesar de ter ido dormir tarde, havia se levantado ao nascer do sol e ido para os estábulos. Louisa andou rápido até a hospedaria em que Guy estava e pediu para baterem à sua porta e o chamarem.

— Louisa? — Guy apareceu um minuto depois. Ele parecia um pouco abatido, e suas roupas estavam amassadas, como se tivesse dormido com elas. — Desculpe — disse ele, gesticulando para seus trajes. — Voltei tarde da delegacia. O Sr. Monroe precisava da minha ajuda com os depoimentos. Os dois confessaram, então as coisas correram como o esperado.

— E Dulcie?

— Ela será solta. O tempo que ficou presa vai bastar para o roubo.

— Você foi ótimo, Guy.

Louisa estava feliz por Dulcie. Ela voltaria para Daniel. Talvez até pudesse trabalhar como costureira com a Sra. Brewster, ajeitar sua vida e se afastar dos Elefantes. Não que eles fossem incomodá-la agora que sabiam que a polícia estava prestando atenção.

— Obrigado. — Guy sorriu. — É melhor eu voltar para Londres, imagino. Não sei quantos trens vão circular hoje.

— Podemos descobrir. Mas eu queria conversar uma coisa com você primeiro. Vamos dar uma volta?

Guy pegou o casaco, o chapéu e o cachecol, e os dois saíram para a rua. Aquele era o tipo de dia que exibia em completo esplendor tudo que ela amava em Asthall. A geada da madrugada ainda não derretera na grama, os gritos felizes das crianças do vilarejo ecoavam conforme elas saíam para ver os integrantes da caça se reunirem, e as pedras de Cotswold brilhavam, quentes, como sempre faziam, mesmo sob a luz azulada do inverno.

— Vou pedir demissão — disse ela.

Guy apenas levantou as sobrancelhas.

— Eles não vão querer que eu continue, de toda forma. Mesmo que Sebastian e Charlotte tenham sido os culpados, e não Dulcie, creio que vão achar que causei problemas demais a casa.

— Pode ser que não. Você está lá há muito tempo, e trabalha tanto.

— Eu sei. Mas estou pronta para uma mudança. Quero voltar para Londres.

Guy parou e a encarou. Eles tinham subido por uma colina baixa, e a extensão de campos delimitados por cercas se espalhava atrás da silhueta de Louisa, a ponta do nariz estava vermelha de frio, e os olhos semicerrados de leve por causa do sol.

— O que você vai fazer lá?

— Pensei em me inscrever para trabalhar na polícia. — Ela soltou uma gargalhada ao ver o rosto chocado de Guy. — Ainda não sei ao certo.

— Não estou dizendo que você não se daria bem do outro lado...

— É... Você tem razão. Eu pensei... se você não pode vencê-los, junte-se a eles.

Guy também riu disso. Ele passou um braço em torno dos ombros dela, e os dois ficaram observando juntos a paisagem, parados em silêncio por alguns instantes, até ambos aceitarem que seria impossível continuar adiando o resto de suas vidas.

POSFÁCIO/OBSERVAÇÃO HISTÓRICA

No dia 2 de março de 1926, Alice Diamond foi julgada por conspiração, roubo, danos à propriedade e agressão no Tribunal Central Criminal, condenada a dezoito meses de trabalho forçado. Suas companheiras Bertha Tappenden e Maggie Hughes também foram presas pelo ataque à família Britten (em quem baseei os Long), que ocorreu no dia 20 de dezembro de 1925. Isso marcou o fim do reinado de Alice como a "rainha" das Quarenta Ladras.

Em março de 1926, lorde de Clifford se casou com Dorothy ("Dolly") Meyrick em um cartório de Londres. Como ele tinha apenas dezenove anos e casava sem a autorização da mãe, mentiu sobre a idade e depois foi multado em 50 libras. O casal teve dois filhos, mas se separou em 1936.

Pamela Mitford e Oliver Watney foram noivos por um breve período em 1928, até a mãe dele convencê-lo a desistir do casamento. Pamela aceitou, já que ela também tinha suas dúvidas.

Kate Meyrick, a dona da boate "43" na Gerrard Street, foi solta em abril de 1925, seguindo para Paris logo depois e lá permanecendo até 1927. Sua filha, Dolly, gerenciou a boate durante sua ausência. No começo de 1929, George Goddard, que era o chefe da Delegacia de Costumes de Savile Row, foi preso, acusado de corrupção, e Kate Meyrick foi condenada a quinze meses de trabalho forçado por suborná-lo.

Por favor, tenha em mente que, apesar de partes deste livro terem se baseado em pessoas reais e eventos históricos, todas as conversas foram completamente imaginadas. O assassinato de Adrian Curtis é fictício.

UMA OBSERVAÇÃO SOBRE FONTES HISTÓRICAS

Durante minha pesquisa para escrever esta obra, li vários livros, mas sou especialmente grata a:

Bad Girls: A History of Rebels and Renegades, Caitlin Davies (John Murray)

Dope Girls: The Birth of the British Drug Underground, Marek Kohn (Granta Books)

The Mitford Girls: The Biography of An Extraordinary Family, Mary S. Lovell (Abacus)

Alice Diamond and the Forty Thieves: Britain's First Female Crime Syndicate, Brian McDonald (Milo Books Ltd)

The Mitfords: Letters Between Six Sisters, editado por Charlotte Mosley (Harper Perennial)

Nights Out: Life in Cosmopolitan London, Judith R. Walkowitz (Yale University Press)

A Woman At Scotland Yard, Lilian Wyles (Faber and Faber)

AGRADECIMENTOS

Por sua inspiração, orientação e paciência, quero agradecer a Ed Wood da Sphere/Little, Brown, junto com Andy Hine, Kate Hibbert, Thalia Proctor e Stephanie Melrose. Também a Caroline Michel da PFD, com Tessa David; Hope Dellon e Catherine Richards da St Martin's Press. Pela pesquisa e verificações históricas (mas admitindo que todos os erros foram cometidos por mim): Sue Collins e Celestria Noel.

Para Simon, Beatrix, Louis, George e Zola... obrigada.

Este livro foi composto na tipografia Electra LT Std,
em corpo 11,5/16, e impresso em
papel off-white no Sistema Cameron da
Divisão Gráfica da Distribuidora Record.